TABITHA KING

DAS PUPPENHAUS

Ein unheimlicher Roman

Deutsche Erstveröffentlichung

WILHELM HEYNE VERLAG
MÜNCHEN

HEYNE ALLGEMEINE REIHE
Nr. 01/6625

dem Bogeyman
in Liebe gewidmet

Titel der amerikanischen Originalausgabe
SMALL WORLD
Deutsche Übersetzung von Rainer Epp

2. Auflage

Printed in Germany 1986
Umschlagfoto: Jeanette Adams, New York
Umschlaggestaltung: Atelier Ingrid Schütz, München
Satz: IBV Satz- und Datentechnik GmbH, Berlin
Druck und Bindung: Elsnerdruck, Berlin

ISBN 3-453-02220-3

Danksagungen

Mein Dank für ihre unschätzbaren Dienste geht an meine Schwester Catherine Graves und ihren Mann David, an Chris Lavin vom Büro des damaligen Senators Edmund Muskie, an meine Schwester Stephanie Leonard, an Kirby McCauley und seine Schwester Kay McCauley und an meinen Mann Stephen King.

Dem Dalton Institute bin ich dankbar für die freundliche Hilfe, die mir seine Angestellten gewährten.

Die Handlung des Buches ist frei erfunden. Jede Ähnlichkeit mit tatsächlichen Personen, lebenden oder toten, ist zufällig und unbeabsichtigt. Es gab und gibt viele Miniaturmodelle des Weißen Hauses, unter anderem das für die Kinder von Grover Cleveland angefertigte, das in Washington ausgestellt ist. Das Modell in meiner Geschichte ist jedoch ein Werk meiner Einbildungskraft. Das Dalton Institute freilich existiert tatsächlich, es hat aber nicht und hatte auch niemals die Angestellten und den Direktor, mit dem ich es ausstatte. Etwaige Ungenauigkeiten in der Darstellung der täglichen Institutsroutine gehen ganz und gar zu meinen Lasten.

Der einzige Weg, die Grenzen des Möglichen zu erkennen, ist, über sie hinaus ins Unmögliche vorzudringen.

Clarkes Zweites Gesetz

Jede Technologie, wenn sie nur weit genug fortgeschritten ist, wird ununterscheidbar von Zauberei.

Clarkes Drittes Gesetz

In all den Jahren im Weißen Haus, in denen er für so viele Kinder den Vater, Bruder, Onkel und Großvater hatte ersetzen müssen, war ihm noch nie ein unglücklicheres Kind begegnet, dachte Leonard Jakobs. Wie so viele von den Reichen und Weißen schien es die Kunst des Glücklichseins einfach nicht zu kennen. Sicher, die Mama war eine heimliche Trinkerin, und der Papa hatte nie Zeit, na und? Das kam doch nicht bloß bei den Reichen und Weißen vor. Manche Kinder wurden damit fertig und andere eben nicht.

Aber das hier ging ihm nahe. Sie war ein niedliches kleines Ding, obwohl sie niemals eine wirkliche Schönheit werden würde. Nein, sie sah ihrem Vater zu ähnlich, und früher oder später, vielleicht erst, wenn sie eine alte Frau war, würde der Vater in ihr zum Vorschein kommen. Aber auch jetzt schon war sie zäh und willensstark wie er, und das war ja auch gar nicht schlecht. Heutzutage kam man mit Zähigkeit auch schon ganz schön weit.

Es war ihre hoffnungslose Verlorenheit, die ihn rührte. Er hatte das Gefühl, daß dieses arme Wesen jetzt schon verloren war, bevor sein Leben richtig begonnen hatte. Wie so ein dünnes, einfältiges Hundebaby, das niemals genug Milch von seiner Mama bekam, bloß Tritte, und wenn es zum erstenmal rausgeht, kommt es bestimmt gleich unter einen Lastwagen.

Es gab ja nicht viel, was er für sie tun konnte: mit ihr herumalbern, sie zum Lächeln bringen, wenn sie ihm während der Arbeit begegnete. Und er konnte tun, was er im Laufe der Jahre schon für ein Dutzend Mädchen getan hatte: er konnte das Talent, das ihm der Herr gegeben hatte, dazu benutzen, ihr ein Erinnerungsstück an ihre Zeit in diesem großen Haus zu schenken.

So wie dieses jetzt hatte er noch nie eines gebaut, deshalb zog er ein Buch der Historischen Gesellschaft zu Rate, das auch alte Baupläne enthielt. Einen Abschnitt darin las er immer wieder:

›Mit diesem Gebäude haben wir eine klare und heitere Vision des achtzehnten Jahrhunderts vor uns, die in der damals als sichtbar erlebten göttlichen Ordnung des Universums gründet. Das Viereck des Gebäudes wird symmetrisch von den Säulenhallen unterbrochen: von den sinnlichen Bogenkolonnaden der Südseite und der klassischen, strengen Halle der Nordseite. Beide sind aus glatten, Autorität ausstrahlenden Säulen gefügt. Einzelheiten, die die strenge Linienführung stören könnten, werden geläutert durch die Farbe Weiß, die durch die Jahre einen weichen gelblichen Ton erhalten hat. Dieser Bau ist der wirkliche Traum der Republik.‹

Die hochtrabenden Worte, dachte Leonard Jakobs, konnten nur so ungefähr sein eigenes Gefühl ausdrücken. Für ihn war das Gebäude etwas Besonderes und Einzigartiges, fast lebendig. Es war ein trauriger Ort. Niemand war hier wirklich zu Hause, obwohl so viele Leute hier schon gewohnt hatten. Acht Männer waren – symbolisch gesehen – unter seinem Dach gestorben. Er war nicht der einzige unter den alten Bediensteten, der ihre Gegenwart in den Räumen manchmal fröstelnd fühlte.

Während der monatelangen geduldigen Arbeit vor dem Geburtstag der Kleinen bedachte er diese Fragen und legte sie in die Hände des HERRN. Dieses Haus, das Abbild des großen, würde die Herzen der Kinder, die mit ihm spielten, mit Freude, Vergnügen und Erbauung füllen; denn dies war nach dem Willen des HERRN der Sinn ihres Spiels.

Am Ende aber demütigte ihn der HERR für den Stolz, den er in das Werk gesetzt hatte, und ließ das Kind die Augen von dem Puppenhaus abwenden, das er gebaut hatte. Leonard Jakobs überwand seine Enttäuschung schließlich. Wenn die Kleine in ihrem Elend seine Gabe zurückwies, so würde er mit den Gaben des HERRN nicht das gleiche tun. Vielleicht würde Er irgendwann schließlich auch Seine Tochter Dorothy segnen, wie Er es mit ihm, Leonard Jakobs, getan.

1

WAS IST MIT PRINZESSIN DOLLY PASSIERT?

›...verschwand letzten Dienstag. Sartoris' einst so berühmtberüchtigtes Aktportrait der fünfzehnjährigen Präsidententochter war im Laufe der Zeit eher zu einem nostalgischen Schnappschuß aus dem Familienalbum geworden...‹
28. 3. 80 VIP Magazin

Ein gedämpfter Glockenton verkündete das Ende der Öffnungszeit. Roger Tinker war in der dreiwandigen Zelle allein, einer der vielen in dem wabenartigen Labyrinth, in dem die Sammlung des Museums untergebracht war. Goldenes Nachmittagslicht fiel durch die Fenster, Staubkörnchen flimmerten darin und verschwanden im Schatten der Wände. Die leisen Stimmen der zum Ausgang schlendernden Besucher und das ›Auf Wiedersehen‹ der Bediensteten drangen in die mönchische Stille der Zelle wie gedämpfte Gebete.

Roger umklammerte seine Handtasche mit schweißnassen Händen und wisperte sein eigenes, leicht blasphemisches Dankgebet. Er starrte das Bild mit dem Mädchen an, bis es vor seinen Augen verschwamm. Schweiß lief ihm von den Achselhöhlen hinab; es juckte fürchterlich.

Er trat ein paar Schritte zurück, als wollte er sich anderen Bildern zuwenden. Auf seinen hohen Absätzen fühlte er sich immer noch unsicher. Die Luft strich um seine unrasierten Beine und ließ ihn frösteln. Die Nylonstrümpfe raschelten, als er sein Gewicht von einem Bein aufs andere verlagerte. Er biß sich auf die Lippen, schmeckte den Lippenstift und hoffte, daß er nicht verschmiert war. Mist. Er mußte sich zusammennehmen.

Der Glockenton erklang erneut. Roger schaute zur Decke, um sicher zu sein, daß dort nicht plötzlich eine

Überwachungskamera aufgetaucht war. Ein paar Aufseher mit weißen Haaren und dicken, in rote Uniformjacken gezwängten Bäuchen gingen ein letztes Mal durch die Gänge. Sie wirkten wie Weihnachtsmänner zur falschen Jahreszeit; ihre Aufmerksamkeit galt nur dem Ausgang und dem Uhrzeiger.

Die Glocke erklang zum drittenmal. Roger ging wie zufällig wieder zum Bild der *Prinzessin Dolly* zurück. Sein Moment war gekommen. Zitternd sog er den Atem ein, dann öffnete er seine Handtasche und langte hinein, als suche er nach einem Taschentuch.

»Also dann, bitte lächeln!« flüsterte er.

Als er das erste Mal vor dem großen Spiegel seiner Mutter gestanden hatte, war es schon so etwas wie ein Schock gewesen. Er sah überhaupt nicht aus wie Roger Tinker in Frauenkleidern – er war jemand anderer. Eine Frau. Nicht schön, eine ganz normale, etwas männlich aussehende dickliche Matrone. Aber trotzdem eine Frau. Selbst nach einiger Zeit noch bereitete ihm der Anblick seines eigenen Spiegelbildes Unbehagen. Trotzdem mußte er immer wieder hinschauen, mußte er immer wieder diesen anderen Roger anschauen.

Eine Stunde nach dem Diebstahl des Bildes stand er wieder vor dem Spiegel. Er war noch immer erregt. Doch seine Mutter würde bald nach Hause kommen, und dann mußte er wieder er selbst sein. Er zog die Kostümjacke und den Rock aus, dann die Bluse und den Unterrock. Er faltete die Kleidungsstücke sorgfältig zusammen und packte sie in die Kartons, in denen er sie gekauft hatte. Die Verkäuferin damals war dünn und ältlich gewesen und sehr darauf aus, ihm die Sachen zu verkaufen. Rogers Verlegenheit war nicht gespielt gewesen. Die Verkäuferin war scheinbar auf seine Geschichte eingegangen, daß all dies ein Geschenk für seine Mutter sein sollte. So ein Kostüm, das sei ja so schmeichelhaft gerade für die Figur einer älteren Dame. Wie schön, einen Sohn zu haben, der sich solche Mühe gab, seiner Mutter eine Freude zu machen. Grinsend war Roger gegangen, unter der schweißnassen Achsel den Karton mit genau den Kleidern, die er gewollt hatte.

Er bewunderte kurz seinen künstlichen Busen im Spiegel. Seine eigene Kreation aus Schaumgummi. Glücklicherweise hatte er einen Büstenhalter gefunden, der sich vorn schließen ließ. Frauen mußten wohl irgendwo ein Extragelenk im Arm haben, er hatte es jedenfalls nicht fertiggebracht, einen Büstenhalter auf dem Rücken zuzumachen. Aber vielleicht war da irgendein Trick dabei, ein finsteres Geheimnis, in das nur Frauen eingeweiht wurden.

Er streifte die hochhackigen Schuhe ab und schlüpfte aus dem Korsett. Schließlich trug er nur noch das blaue Nylonhöschen mit der rosa Stickerei ›Montag‹. Es war zwar Dienstag, aber Roger mochte das blaue lieber als das gelbe Dienstagshöschen. Seine Mutter hatte ihm nämlich nie verraten, daß es Unglück bringt, das falsche Höschen zu tragen.

Nachdem er besagtes Kleidungsstück nun selbst getragen hatte, war Roger sicher, daß die Frauen dauernd an diese Stelle zwischen den Beinen denken mußten. Man durfte sich nicht wundern, daß keine von ihnen ohne Taschenrechner addieren oder subtrahieren konnte. Als er das erste Mal so ein Höschen anhatte, bekam er gleich einen mächtigen Ständer. Er hatte sich zwar schließlich an das Gefühl gewöhnt, aber das glatte Nylon auf seinen empfindlichsten Körperteilen war wie eine erregende zweite Haut.

Die junge und sehr resolute Frau in der Wäscheabteilung war wohl schon an Männer gewöhnt gewesen, die verlegen und etwas fehl am Platz wirkten. Sie hatte Roger mit ihren dickbemalten Augenlidern angeblinkert, und ihre langen, dünnen Finger mit den gräßlich lackierten Nägeln hatten die zarten seidigen Gebilde vor Roger mit einem Rascheln ausgebreitet, das ihn erzittern ließ. Sie hatte ihn wissend angelächelt, und das Gefühl, daß sie Bescheid wußte, verursachte ihm einen Magenkrampf.

Er hätte nicht gleich Unterwäsche für eine ganze Woche kaufen sollen. Das war eine nervöse Überreaktion gewesen, aber er hatte die verrückte Idee gehabt, daß auf diese Weise seine Geschichte, die Wäsche sei für eine Freundin, plausibler klang. Jetzt hatte er also Unterhöschen für alle Wochentage, jede in einer anderen Farbe. Jeden Tag die Wäsche zu wechseln, das war tatsächlich eine typisch weibliche Idee. Irgendwie niedlich.

Die grauweißgesprenkelte Perücke kam in ihren Karton. Sie zu tragen, machte ihm immer wieder Kopfschmerzen. Die Verkäuferin hatte ihm seine Geschichte von dem Kostümfest keinen Moment geglaubt. Sie hatte ihn statt dessen wie jemanden angesehen, der wohl etwas fragwürdige sexuelle Neigungen hat. Roger hatte jedoch ihre mißbilligenden Blicke ignoriert und bekommen, was er wollte.

Das Make-up war gar nicht so leicht runterzukriegen, aber er konnte nicht riskieren, daß seine Mutter irgend etwas bemerkte. Sie würde vor Entsetzen ihre Hosen naßmachen. Er mußte grinsen, als er sich vorstellte, wie sie wohl auf den Gummibusen und die Höschen mit den Wochentagen reagieren würde.

Schließlich war sein Gesicht sauber. Er kam sich fast ein wenig nackt vor ohne Make-up.

Seine eigene Kleidung lag unordentlich auf dem Bett seiner Mutter. Er stopfte die Unterwäsche in den Kleiderkarton und griff erleichtert zu seiner Cordhose und dem T-Shirt mit dem Supermann-Bild. Dann schaffte er die Frauensachen hinunter in seinen Kellerraum und verschloß sie dort im Schrank. Er hatte gerade noch Zeit, das Schlafzimmer seiner Mutter und das Badezimmer rasch nach verräterischen Spuren abzusuchen, als er auch schon das Auto draußen hörte. Er schaltete den Fernsehapparat im Wohnzimmer ein und schlurfte in die Küche, um sie an der Hintertür zu begrüßen.

»Hallo, Mama«, sagte er und nahm ihr die Tüte mit Lebensmitteln ab.

Sie streckte ihm ihre weiche, pfirsichfarbene, duftende Wange entgegen. »Nun«, sagte sie fröhlich, »ist mein Kleiner heute wieder munter und gesund?«

»Ja, sicher«, sagte er und öffnete den Kühlschrank, »sicher ist er das.«

Nach dem Abendessen setzte sich Roger vor den Fernseher. Seine Mutter zog ihr Korsett aus und schlüpfte in ein bequemes Hauskleid. Sie saßen schweigend und zufrieden im bläulichen Licht des Bildschirms, das irgendwie unirdisch wirkte.

Roger achtete nicht besonders auf die Nachrichten. Die Welt ging wie üblich vor die Hunde. Aber die letzte Meldung der Sendung ließ ihn aufhorchen. Heute nachmittag, so wurde berichtet, hatte schon wieder ein Kunstdiebstahl stattgefunden. Der Nachrichtensprecher schien sich direkt darüber zu freuen, so als ob er persönlich den »unglaublichen Raub«, wie er ihn nannte, durchgeführt hatte. Ein berühmtes Gemälde von Leighton Sartoris, der von vielen als der Welt größter lebender Künstler eingeschätzt wurde, war aus der Appt-Sammlung verschwunden, die im Feero-Museum für Moderne Kunst untergebracht war. Niemand war Zeuge der Tat gewesen oder hatte die Täter gesehen. Die Polizei bezeichnete die Sicherheitsvorkehrungen des Museums als ›ungenügend‹. Der Kurator des Museums schätzte den Wert des Bildes auf eine dreiviertel Million Dollar. Es war schließlich das bekannte Portrait, das Sartoris 1950 von Dorothy Hardesty Douglas gemalt hatte, der Tochter des damaligen Präsidenten Michael Hardesty.

Rogers Mutter schnalzte mit der Zunge, als sie von dem Wert des Bildes hörte. Sie schnalzte überhaupt viel während der Nachrichtensendungen, aber Roger achtete kaum noch darauf. Wenn jemand bei einer Hungersnot genauso schnalzt wie bei einem Einbruch, kann man das nicht mehr ernst nehmen. Er lehnte sich zurück und genoß in Gedanken noch einmal seine Tat.

Am schwierigsten an der Sache waren die Einkäufe gewesen. Er hatte zwei Tage gebraucht, bis er die richtigen Schuhe und die richtige Handtasche gefunden hatte. Der langhaarige Schuhverkäufer hatte sich über seine Geschichte von dem Kostümfest amüsiert und fröhlich den Lagerraum durchwühlt, um ein Paar Lacklederschuhe zu finden, die für Rogers kurze, breite Füße taugten. Mit der Handtasche hatte er einfach Glück gehabt. Er hatte diesen Schatz unter einem Berg altmodischer Taschen entdeckt, die in einem Discountladen verramscht wurden.

Nach all den Einkäufen hatten seine Füße so weh getan, daß er die Sachen nicht gleich anprobieren konnte. Während er vor dem Fernsehschirm seine Zehen badete, hatte er seine Lehren aus dem Abenteuer gezogen. Frauen waren ja viel zäher, als er sich je vorgestellt hatte: sie stürzten sich in das unvorstellbare Chaos der Warenhäuser und kleinen Läden, fanden, wonach sie suchten, und tauchten lebend wieder auf. Anscheinend mochten sie das auch noch.

Dann hatte er seine neue Kleidung anprobiert. Als er sich im Spiegel erblickte, wußte er auf einmal, daß mehr dahintersteckte, mehr als nur Kleidung und Make-up. Eine Frau zu sein erforderte eine ganz andere Haltung, andere Bewegungen, einen anderen Gesichtsausdruck. Auf einmal erschien ihm das ganze Unternehmen fürchterlich kompliziert.

Er hatte sich hoffnungslos unwissend gefühlt. Kleidung war für ihn bisher eben immer nur Kleidung gewesen, man brauchte sie, um die Stellen zu bedecken, wo Gott von seinem Geschmack im Stich gelassen worden war. Und Frauen, nun ja, da gab es seine Mutter, und damit erschöpften sich auch schon seine Beziehungen zur anderen Hälfte der Menschheit. Aber er war jetzt schon so weit gegangen in seinem Projekt, seinem Raubzug, und konnte nicht zurück. Neugier trieb ihn weiter und eine perverse Erregung.

Als die Nachrichten vorüber waren, floh Roger in sein Kellerversteck. Seine Mutter hatte ihm den Keller überlassen, als er fünfzehn war. In den dreißig Jahren, die sie im Haus wohnte, war sie wohl nicht öfter als zweimal dort unten gewesen. Das letzte Mal, als sie einen Blick in den Keller geworfen hatte, war es ein feuchtes Zementverlies gewesen, voller Spinnweben, Schimmel und Mäusekot. Als sie Roger den Keller überließ, hatte sie geglaubt, er werde sich so eine Art Clubhaus einrichten, rauh und männlich, voller Comics und überquellender Aschenbecher. Sie war ziemlich stolz auf ihre mütterliche Toleranz gewesen.

Es war freilich mehr als ein Clubhaus oder Hobbyraum daraus geworden. Die Treppe wurde zwar wie früher von einer einzelnen schwachen Birne erleuchtet. Oben vom Treppenabsatz aus sah der Keller auch noch immer aus wie vor fünfzehn Jahren. Hinter der trüben Lichtpfütze, die die schwache Birne verbreitete, befand sich eine Zwischenwand aus Sperrholz. Roger hatte sie schmutzigbraun angestrichen, um den düsteren Eindruck noch zu verstärken. In die dunkelste Ecke hatte er eine Tür gebaut, solide und mit einem guten Schloß, zu dem er allein den Schlüssel hatte. Über der Tür hatte er die Inschrift angebracht:

Festung der Einsamkeit.

Hinter der ersten Zwischenwand befand sich noch eine zweite. Der Raum dazwischen war Rogers Bibliothek. Eine Wand wurde ganz von ungestrichenen Bücherbrettern eingenommen, die bis zur Decke hingen. Hier standen Rogers Sammlung von Science-fiction-Magazinen und seine Modelle des Raumschiffs *Enterprise,* eines *Space Shuttle* und eines Raumkreuzers der Klingonen.

Er hatte den Raum mit billigen Gebrauchtmöbeln ausgestattet: ein monströser Sessel, aus dem das Roßhaar quoll, ein dick überstrichener und mehrfach angeschlagener Tisch, eine Stehlampe, die so häßlich war, daß schon ihr bloßer Anblick blendete. Seine Mutter hatte ihm einen Puff aus orangerotem Vinyl gestiftet, in dem sie früher ihre Frauenmagazine untergebracht hatte. Roger bewahrte darin die Bücher auf, von denen sie nicht ahnte, daß er sie las.

Auf der anderen Seite der zweiten Zwischenwand war Rogers Werkstatt. Sie war seltsam und bemerkenswert eingerichtet, hauptsächlich auf Kosten der nichtsahnenden Steuerzahler. Es gab da einige verschlossene Schränke, die interessante Sachen enthielten, darunter auch Rogers geheime Garderobe.

Hinter einer der Schranktüren war Rogers selbstgebauter Computer, den er kostenlos und illegalerweise an die Stromleitung eines Nachbarn angeschlossen hatte. Ebenso illegal war seine Verbindung zu einer Telefonleitung mit Anschluß an das Computernetz der Regierung und an die Hälfte aller Bankcomputer in Kalifornien. Es wäre einfacher gewesen, auch den Strom vom Bankennetz zu beziehen, aber Roger war überzeugt, daß dadurch die Gefahr einer Entdeckung zu groß war. Daher hatte er das Risiko verteilt.

Er war kein Dieb aus Berufung. Es war eine Überraschung für ihn gewesen, als er diese Fähigkeiten an sich entdeckte. Sie machten sein Leben interessanter und verschafften ihm mehr Spaß und Aufregung, als er je gehabt hatte.

In seinem bisherigen Leben hatte er in der Hauptsache für Regierungsstellen gearbeitet, und zwar in einer Reihe von geheimen Projekten. Eigentlich war es nur ein Projekt, aber es war im Laufe der Zeit einige Male auf den Altären kleinerer demokratischer Götzen geopfert worden, nur um unter neuem Namen, mit neuem Personal und an anderer Stelle wieder aufzuerstehen, sobald es politisch opportun erschien.

Als Folge dieser periodischen Projektunterbrechungen war Roger zwischendurch immer wieder arbeitslos gewesen. Das Fehlen der Arbeit, die sein Lebensinhalt war, machte ihm jedesmal sehr zu schaffen. Zwar war er unverheiratet und ungebunden und deshalb nicht so sehr darauf angewiesen wie andere Kollegen, sein Glück in den stürmischen Gewässern der Privatwirtschaft zu suchen. Ohne Examen und ohne Zeugnisse hätte ihn da auch kaum einer genommen.

Irgend jemand in den oberen Rängen der Regierung hatte Rogers plötzlichen Abgang von der Universität großmütig übersehen. Dieser Anonymus hatte seine zurückgewiesene Dissertation angeschaut und entschieden, daß Roger keineswegs der verrückte Ketzer war, für den ihn seine Professoren hielten, sondern ein Mann mit praktischer Begabung. Die Regierung hatte ihn unter ihre Fittiche genommen und ihm Arbeit gegeben. Er hatte niemals nach Ruhm verlangt. Es genügte ihm, daß er arbeiten durfte.

Sein letzter Arbeitsplatz war im sechsten Stock eines Gebäudes gewesen, das ›die Küche‹ genannt wurde, allerdings nur metaphorisch. Tatsächliches Essen war dort streng verboten, eine Regel, die Roger regelmäßig mißachtete. Rogers Arbeit war eine sehr exotische und uneßbare Art von ›Kochen‹. Eigentlich war es kein Experimentieren, denn in sieben von zehn Fällen erhielt er die Resultate, die er erwartet hatte. Es war eher eine systematische Progression von Zufallskombinationen.

Roger hatte an einer besonderen Kombination bereits mehrere Wochen gearbeitet und war mit ihr schon ziemlich vertraut geworden. Er fing an, einige grundlegende Dinge zu begreifen.

Wie üblich hatte sein Magen sich gemeldet, als es spannend wurde, und Roger hatte einen Apfel zu schälen begonnen, während er den Bildschirm des Computers betrachtete. Was darauf auftauchte, interessierte ihn plötzlich mehr als das Apfelschälen, und die Klinge des Taschenmessers war in seinen Daumen abgerutscht.

»Verdammte Scheiße!« brüllte Roger los, weniger aus Wut als vor Erstaunen, als das Blut auf die Computertasten tropfte. Er ließ Apfel und Messer fallen und steckte den Daumen in den Mund.

Dann schaute er wieder auf den Bildschirm. Was er da sah, ließ ihn fast den blutenden Daumen verschlucken. Er zog ihn aus dem Mund und vergaß vor Aufregung jeden Schmerz.

Erst zwei Tage später wurde er wieder an seine Verletzung erinnert. Er saß nach der Arbeit in seinem Auto, im Schoß seinen Gehaltsstreifen und – auf himmelblauem Papier – die Kündigung, daß seine Dienste leider nicht länger benötigt würden. Der Schnitt im Daumen hatte zu pochen begonnen wie das Blut in seinen Schläfen. Er war rot, angeschwollen von einer Infektion.

Wenn er jetzt von seiner Entdeckung erzählte, würden sie sie einfach übernehmen. Falls sie ihm überhaupt glaubten. Andernfalls würden sie ihn für einen Fantasten halten, der jetzt endgültig übergeschnappt war. Es konnte noch Monate dauern, bis er seine Entdeckung auch beweisen konnte.

Roger hatte noch sechs weitere Wochen an dem Projekt

gearbeitet, bevor seine Kündigung wirksam wurde. In dieser Zeit war der größte Teil seiner Überlegungen und Anstrengungen darauf gerichtet gewesen, sich die nötige Ausrüstung zusammenzustehlen, um privat weiterzumachen. Er hätte zwar das meiste von denselben Lieferanten kaufen können wie die Regierung (wahrscheinlich billiger als diese), aber dann wären diese Käufe irgendwo registriert worden. Er beruhigte sich damit, daß alles nicht so schlimm wäre; er hatte schon vorher Regierungseigentum gestohlen, um seine Kellerwerkstatt auszurüsten. Diesmal war es sogar fast legitim. Seine Arbeit war ja eine Fortsetzung des Projekts im Untergrund, sozusagen; irgendwann würde die Regierung ja die Resultate erhalten. Tatsächlich malte er sich schon aus, wie er seinen früheren Chefs das fertige Projekt präsentieren würde.

Der erste Apparat war noch so groß wie ein Schrank gewesen. Der zweite, vier Monate später, nur noch so groß wie ein Fernsehapparat. Der dritte, den er in fieberhafter Arbeit in sechs Wochen zusammenbaute, war nur noch etwas kleiner als eine der üblichen Sofortbildkameras.

Er hatte ihn ausführlich getestet. Über drei Wochen lang. Roger hatte zwei Dutzend Mäuse dabei verbraucht, die er paarweise in einem Dutzend verschiedener Zoogeschäfte erstand. In der Nachbarschaft hatten sich die Diebstähle von Haustieren gehäuft. Zwei Katzen, ein Pudel, eine Perserkatze und ein fetter, wabbeliger Beagle waren verschwunden und tauchten nicht mehr auf, auch nicht als Leichen.

Für Roger war es eine befriedigende, wenn auch etwas hektische Zeit gewesen. Die organischen Überreste waren sehr interessant. Roger spielte stundenlang mit ihnen, bevor er sie widerstrebend in der Toilette hinunterspülte.

Die Begeisterung hatte sich schließlich gelegt. Was sollte er als nächstes tun? Roger war sich plötzlich sicher, daß das Regierungsprojekt tatsächlich abgeblasen worden war. Aus und vorbei. Nicht nur sein Job, nein, das ganze Projekt. Niemand würde ihn wieder einstellen. Das hieß aber auch, daß seine Karriere als Wissenschaftler damit vorbei war. Er wußte, wie schwierig es auf dem freien Markt für Leute mit Titeln und Examen war. Für ihn, ohne Examen, gab es da überhaupt keine Chance.

Wenn er seinen Apparat nicht der Regierung überließ, was konnte er damit anfangen? Es hatte niemals zu seinen Aufgaben gehört, über die Anwendbarkeit von neuen Entdeckungen nachzudenken. Konnte er ihn für sich selbst nutzbar machen und auf welche Weise? Der Apparat hatte seine Vergangenheit so lange bestimmt, warum sollte er nicht auch seine Zukunft sein? Es gehörte jetzt ihm, das war nur gerecht.

Mit diesem Entschluß hatte er aber das Problem noch nicht gelöst. Er konnte doch nicht einfach damit fortfahren, den Apparat kleiner und kleiner zu machen. Irgendwann mußte er mit ihm auch etwas Nützliches anfangen.

Seine Mutter hatte die Antwort in einem Karton mit alten Zeitschriften nach Hause gebracht. Sie nahm sie aus der Praxis des Frauenarztes mit, bei dem sie als Sprechstundenhilfe arbeitete. Sie tat das regelmäßig einmal im Monat, wenn die neuen Ausgaben erschienen waren. Es machte Roger immer ein wenig verlegen wie vieles, was seine Mutter tat.

Es machte ihn verlegen, sie zur Arbeit zu bringen oder von dort abzuholen. Das hieß, in eine Praxis voller Frauen zu gehen, die wegen der allerintimsten Dinge dort waren. Manchmal traf er dabei auch den Frauenarzt selbst, einen kleinen grauhaarigen Mann mit glitzernden Augen, der immer gerade seine Gummihandschuhe an- oder auszog. Roger mußte dann entscheiden, ob er dem Doktor die Hand geben sollte oder nicht. Er fragte sich stets, ob der

Doktor wohl seine Arbeit liebte und ob er wohl vermutete, daß Roger sich dieses fragte.

Seit er arbeitslos war, hatte Roger das Gefühl, daß die Kolleginnen seiner Mutter, alles saubergeschrubbte, ewig lächelnde Frauen, ihn für einen faulen Tunichtgut hielten, der seiner Mutter auf der Tasche lag und ihre alten gebrauchten Zeitschriften las. Das tat er zwar tatsächlich, aber die Damen in der Praxis interessierte das nicht besonders. Die umständlichen Klagelitaneien seiner Mutter trafen bei ihnen wie bei Roger selbst auf taube Ohren, waren nur ein Hintergrundgeräusch, wie Regen auf einem Blechdach. Rogers Mutter mochte jeder gern, weil sie immer freundlich und gutgelaunt war, aber man nahm sie nicht besonders ernst.

Er hatte sich gefreut, als er unter den Zeitschriften eine alte Nummer des VIP-Magazins fand. Sie war gar nicht mal so alt, vom Ende des letzten Monats. Er erkannte die Frau auf dem Titelblatt sofort. Leyna Shaw, sein Liebling unter den weiblichen Fernsehmoderatoren. Sie sah sehr groß aus mit ihren hohen Absätzen und hatte sich vorgebeugt, um einen Mann in einem Auto zu interviewen. Roger schenkte dem Mann keinen zweiten Blick, nachdem er ihn beim ersten als den Chef der Energiebehörde der Regierung identifiziert hatte, ein pompöses, pfeifenrauchendes Arschloch erster Güte, das vor noch gar nicht so langer Zeit Rogers Chef gewesen war, ohne es zu wissen. Was Roger viel mehr interessierte, das war die Art, wie die Bluse der Dame auseinanderklaffte, während sie sich zum Auto hinabbeugte und dem Dummkopf ein Mikrophon vor die Nase hielt. Die Bluse war weiß und stach scharf von der dunklen Kostümjacke ab; dabei drohte sie jeden Moment von der muschelrosa Titte zu gleiten, die sie kaum zu halten vermochte.

Dem Energiechef bot sich ein toller Anblick; Roger beneidete ihn heftig. Sein Daumen glitt über das glänzende

Bild und blieb dort liegen, wo man die Knospe ihrer Brustwarze ahnen konnte. Er schloß die Augen und begann, mit kreisenden Bewegungen das Bild zu reiben. Er hatte noch nie eine wirkliche Brust berührt.

»Roger?« fragte seine Mutter.

Er schreckte hoch und öffnete die Augen. Die Couch knarrte protestierend.

»Ja?« fragte er und versuchte, fröhlich und asexuell zu klingen.

»Magst du ein Schokoladenplätzchen?«

»Aber sicher.«

Sie ging wieder, den Kopf voll Schokoladenplätzchen. Roger lächelte freundlich hinter ihr her. Sein Magen rutschte an den gewohnten Platz. Wie gut, daß Mütter keine Gedanken lesen konnten.

Er wandte sich erneut dem Magazin zu. Das Bild war gestochen scharf, fast dreidimensional. Sie war wirklich ein großes Mädchen, zu groß, um Fotomodell oder Tänzerin zu sein, und hart wie ein Fels. Es gab ein anderes Bild von ihr im Inneren, auf dem sie beim Joggen zu sehen war.

Er blätterte das Magazin durch. Da fand er noch einen Artikel über eine homosexuelle Modenschau, der ihn in eigenartiger Weise beunruhigte. Ein anderer beschäftigte sich mit einem alten klapprigen Maler, der auf einer Insel vor der Küste von Maine lebte. Der Name kam Roger bekannt vor. Die übrigen Artikel interessierten ihn nicht besonders: etwas über einen Rocksänger, über einen berühmten Seehund und über den Fall jenes Teenagers, der im Koma lag. Die Eltern wurden gerade geschieden und stritten sich vor Gericht darüber, wer das Kind mitsamt dem Beatmungsgerät erhalten sollte. Auf der letzten Seite der übliche Klatsch, und ganz unten schließlich in einem Kasten noch ein Anreißer, eine Vorschau auf das nächste Heft. Roger stutzte und begann zu lesen.

DOLLY IST ZWAR NICHT MEHR IM WEISSEN HAUS
ABER
DAS WEISSE HAUS GEHÖRT IHR IMMER NOCH

›Die ganze Nation verliebte sich damals in Mike Hardestys kleine Prinzessin. Wir schauten zu, wie sie heranwuchs, zu einem blühenden Mädchen wurde und reihum die Männerherzen brach. Wer erinnert sich nicht an die Traumhochzeit mit Harrison Douglas, dem Sohn eines der ältesten Freunde ihres Vaters?

Das war vor fünfundzwanzig Jahren. Inzwischen hat Dolly viel erlebt, aber es sind nicht immer nur glückliche Zeiten für sie gewesen. Ihre Mutter starb, kurz nachdem ihr Vater Mike Hardesty das Präsidentenamt verloren hatte. Harrison, ihr Mann, beging vor zwölf Jahren Selbstmord. Der einzige Sohn der beiden, Harrison III., kam vor vier Jahren bei einem tragischen Flugzeugabsturz ums Leben. Der Verlust seines Enkels traf den verbitterten Expräsidenten schwer, und bald darauf verlor Dolly auch ihren geliebten Vater.

Was also tut eine immer noch schöne, reiche Frau mit ihrer Zeit? Die unberechenbare Dolly und die Witwe ihres Sohnes, Lucy Douglas, haben sich auf ein neues Hobby gestürzt, nicht nur als Therapie für ihren Schmerz, sondern inzwischen auch als profitables Geschäft.

Nächste Woche lädt VIP seine Leser ein, einen Blick in DOLLYS WELT zu tun, in die Welt der Miniaturhäuser und Puppenstuben, die als Hobby immer mehr in Mode kommen.‹

VIP Vorschau

Die nächste Nummer hatte schon im Zeitungsladen ausgelegen. Auf dem Titelblatt war das berühmte Miniaturhaus von Dolly Hardesty Douglas zu sehen gewesen. Roger hatte den Artikel kaum lesen können, so aufgeregt hatten seine Hände gezittert.

›... Augenscheinlich ist Mike Hardestys Tochter niemals ganz vom Weißen Haus losgekommen. In den letzten Jahren hat Dolly eine Menge Zeit, Energie und Geld aufgewendet, um das maßstabgerechte Modell des Weißen Hauses zu restaurieren, das sie während der Präsidentschaft ihres Vaters als Geschenk erhalten hatte.

»Damals war ich dreizehn«, erzählte sie lachend, »und ich fand mich viel zu alt für Puppenhäuser.«

Das wohlgemeinte Geschenk von Leonard Jakobs, einem schwarzen Hausmeister, der dreißig Jahre in der Präsidentenresidenz gearbeitet hat, blieb unbeachtet und wurde in den folgenden zwanzig Jahren fast vergessen.

Erst nach dem Tode ihres Sohnes und ihres Vaters stieß Dolly wieder auf das Modell, als sie die Sachen ihres Vaters aufräumte. Sie trug es sofort zu Lucy, der Witwe ihres Sohnes, die sich schon seit längerem mit Modellhäusern befaßte und einen gewissen Ruf als Restaurateurin hatte.

»Zuerst dachte ich, Lucy könnte es vielleicht für meine Enkeltochter Laurie wieder instand setzen«, bekennt Dolly heute, »aber dann verliebte ich mich selbst in das Ding. Laurie ist sowieso noch zu klein dafür.«

Das Puppenhaus hat eine gespenstische Ähnlichkeit mit dem wirklichen Gebäude. Es zu möblieren ist fast so teuer wie beim echten, hundertmal größeren Original.

Nach einer vorsichtigen Schätzung von Lucy Douglas hat ihre Schwiegermutter einhunderttausend Dollar für die Restaurierung des Puppenhauses ausgegeben. Für so viel Geld hätte die kleine Laurie eine ganze Anzahl von nur ein bißchen weniger großartigen Häusern bekommen können. Mrs. Douglas, Mutter von Laurie, sechs, und Zachary, vier, den Kindern von Dollys Sohn Harrison, nennt ihr Verhältnis zu ihrer Schwiegermutter fair und geschäftsmäßig. Sie berechnet Dolly dasselbe Honorar wie anderen Kunden auch. Während sie an Dollys weißem

Haus arbeitete, hat sie allerdings wenig andere Aufträge angenommen. Fachleute betrachten sie als einen der zwei oder drei führenden Miniaturisten in den Vereinigten Staaten. Ein Sammler auf diesem Gebiet, der gern anonym bleiben möchte, behauptet, daß Lucy Douglas eher zu niedrige Honorare berechnet.

»Dolly Hardesty hat ein glänzendes Geschäft gemacht«, sagte uns dieser Sammler. »Allein durch den Namen Lucy Douglas ist das Haus heute eine Viertelmillion wert.«

Aber Lucy Douglas hat anscheinend noch einen anderen unerwarteten Profit aus dem Geschäft gezogen: Dollys restauriertes Weißes Haus erregte das Interesse von Nicholas Weiler, dem Direkter des Dalton Institute, der zur Zeit eine Ausstellung von Miniaturhäusern zusammenstellt. Dolly machte ihre Schwiegertochter und Weiler miteinander bekannt. Das neueste Gerücht in Washington ist nun, daß Lucy bald Weilers Karriere als Nummer zwei (nach dem Präsidenten) der begehrenswertesten Junggesellen der Hauptstadt ein Ende setzen wird.‹

29. 2. 80 VIP Magazin

Der Artikel war mit vielen Bildern des Miniaturhauses illustriert, die auch die von Lucy Douglas verfertigten Einrichtungsgegenstände zeigten. In Großaufnahme sahen diese Sachen sehr echt und sehr kostbar aus – viel schöner als die Sonderangebotsmöbel im Wohnzimmer von Rogers Mutter. Dolly Hardesty und die begabte Lucy waren sehr fotogen. Dolly war älter, als Roger gedacht hatte, aber sie sah noch immer verteufelt gut aus. Und Lucy – na ja, dieser Weiler kriegte da wirklich was Hübsches. Weiler selbst, der im Zusammenhang mit der erwähnten Ausstellung im Dalton Institute abgebildet wurde, war, vorauszusehen, ein gutaussehender, aristokratischer Typ mit langen Koteletten. Wahrscheinlich waren seine Schweißdrüsen längst durch Nichtgebrauch eingeschrumpft.

Die Frauen waren sicherlich ein hübscherer Anblick. Roger lehnte sich zurück, das Magazin wie ein kleines Dach aufgeklappt auf seinem Bauch. Er sah da einige Möglichkeiten...

›... Sartoris ist inzwischen auch unter den Einheimischen, die sonst nicht leicht zu beeindrucken sind, zu einer Legende geworden. Er lebt isoliert auf den vierzig Hektar seiner Insel, elf Meilen von Margarite Port entfernt. Ihn scheint das Problem nicht zu berühren, das viele der Anwohner bedrückt: die Differenz zwischen den steigenden Kosten für Treibstoff und Heizenergie und dem geringen Einkommen, daß die traditionelle heimische Wirtschaft – Hummerfang, Fischerei und ein wenig Ackerbau – bieten kann. Dies führt zur allmählichen Entvölkerung der Inseln, denn viele Einheimische können es sich einfach nicht mehr leisten, in den Häusern und auf dem Land ihrer Vorväter zu wohnen.

Seit Sartoris in den vierziger Jahren auf seine Insel gezogen ist, hat er versucht, selbstgenügsam von seinem Land zu leben – etwas, das erst in den Sechzigern richtig in Mode kam. Das bedeutete harte Arbeit, und die Einheimischen sehen in diesem arbeitsamen Leben den Grund für die gute Gesundheit und das hohe Alter des Malers.

»Der Grund ist wohl eher Ethelyn«, meint Sartoris dazu scherzend. Ethelyn Blood, die Witwe eines Hummerfischers aus Margarite Port, ist seit vielen Jahren die Gefährtin und Haushälterin des alten Mannes.

»Von wegen«, sagte Mrs. Blood dazu, »daran ist wohl eher der Teufel schuld, der schon mehr als genug alte Grantler in der Hölle hat, und der liebe Gott, der mich wohl zur Heiligen machen will.«‹

22. 2. 80 VIP Magazin

Das Telefon klingelte. Der alte Mann fluchte leise und

schlürfte laut an seinem Glas mit kaltem Tee. Das Telefon achtete nicht auf seinen Fluch und klingelte erneut.

»Ethelyn!« brüllte er. »Ethelyn!«

Keine Antwort aus dem Haus. Nur das Telefon.

»Wo treibt sie sich bloß wieder rum?« murmelte er. Dann schlurfte er durch die offene Verandatür in sein Schlafzimmer und nahm den Hörer ab.

Der Anrufer wollte wissen, ob er Leighton Sartoris sei. Wie waren die bloß an seine Nummer gekommen?

»Ja. Und was wollen Sie von mir?«

Er sei der Soundso vom VIP-Magazin. Was Mr. Sartoris denn zum Diebstahl seines Gemäldes *Prinzessin Dolly* aus einem kalifornischen Museum sage?

Sartoris kicherte vergnügt. »Das habe ich ja noch gar nicht gewußt«, erklärte er. »Na, die sollen froh sein, daß sie es los sind.«

Er knallte den Hörer auf die Gabel. Dann wickelte er das Telefon in ein Kopfkissen und schob es unter das Bett. Daher hatte der Kerl also seine Nummer. Diese Halunken hatten all seine persönlichen Daten. Es war ein großer Fehler gewesen, die Klatschtante von dem elenden Magazin auf die Insel zu lassen.

Er nahm sein Glas Tee und schlurfte wieder nach draußen. Neben der Veranda war ein bequemer Grashügel, auf dem er sich niederließ. Ein uralter grauer Kater tauchte aus dem Haus auf und rollte sich neben ihm zusammen. In Gedanken versunken, streichelte er seinen Rücken.

Es war schon amüsant, daß gerade dieses Bild aus irgendeinem blöden Museum gestohlen worden war. Fast gegen seinen Willen mußte er daran denken, wie das Bild entstanden war. Aber inzwischen lebte er ja viel in seinen Erinnerungen.

Es war in seinem elften Jahr auf der Insel gewesen. Er kam sich immer noch bißchen wie ein Gast vor, der in dieser seltsamen Landschaft nur geduldet war. Als er von der

Präsidentenfamilie, die in Margarite Port den Sommer verbrachte, zum Essen eingeladen wurde, nahm er an. Es wäre unhöflich abzulehnen, sagte er sich.

Aber das war nicht der wahre Grund. Er war gerade sechzig geworden, und ihm war bewußt, daß er irgend etwas verloren hatte. Während des Winters hatte er angefangen, mehr zu trinken – aus Langeweile und, wie er sich einredete, um die Kälte besser zu ertragen. Jetzt im Sommer kam er sich wie ein Ballon an einer langen Leine vor, der in einer Atmosphäre von Alkohol trieb. Es versetzte ihn langsam in Panik. Deshalb hatte er darum gebeten, das dumme, boshafte kleine Mädchen malen zu dürfen. In ihrer bodenlosen Eitelkeit hatte sie begeistert zugestimmt. Er wußte, daß er aus jahrelanger Gewohnheit heraus nüchtern bleiben würde, solange er mit dem Bild beschäftigt war.

So war es dann auch. Aber der Sommer, der erbarmungslos heiß war, wurde noch viel heißer durch das feuchte junge Fleisch, das er da so masochistisch vor sich ausgebreitet hatte.

Er hatte sie am Strand gemalt. Dorothy hatte halb zurückgelehnt in einer Sandkuhle gesessen, außer Sicht für ihre Leibwächter, die etwas entfernt im Schatten einiger Kiefern warteten. Sartoris trug nichts als ein paar weite Shorts und einen Strohhut. Er hatte in der vollen Sonne gestanden, die Staffelei war dagegen durch mehrere Schirme vor ihr geschützt worden. Während der sechs Wochen, die er für das Bild brauchte, hatte sie unaufhörlich geschwätzt wie ein kleiner Affe, schlau und spitzzüngig, aber sie hatte wenigstens ihren Körper still gehalten. Er hatte niemals mit ihr geredet; es hatte nichts gegeben, was sie einander nicht mit Blicken hätten sagen können.

An dem Nachmittag, an dem das Bild fertig war, hatte sie schließlich zum ersten Mal ihren Mund gehalten. Ihre

Augen blickten wie immer geschäftig umher, spekulierend und irgendwie ausweichend, und ihre Zungenspitze spielte zwischen den Lippen. Ihr Körper glänzte von Schweiß, und ihre kleinen gierigen Hände erzeugten ein schmatzendes Geräusch, als sie damit über ihre Brüste strich. Schweißüberströmt hatte er zugeschaut, wie sie masturbierte. Schließlich hatte ihr Körper sich entspannt zusammengekrümmt, und sie hatte gelacht. Es war das vergnügte Lachen eines Kindes gewesen, so viel süßer und verdorbener als das kehlige Murmeln einer zufriedenen Frau.

Der Alte schreckte aus seinen Erinnerungen hoch und war erstaunt, daß ihm da etwas ein bißchen angeschwollen war. Er lachte rauh wie über einen dreckigen Witz, aber er war sich bewußt, daß er das Objekt dieses Witzes war. Und er wünschte, er hätte jemanden, dem er den Witz erzählen könnte. Nicht Ethelyn Blood, die in dem Winter, nachdem er die kleine Hure gemalt hatte, zu ihm auf die Insel gezogen war, und auch nicht Nick, der ihm in diesen Tagen so oft in den Sinn kam. Nein, Maggie hätte er gern den Witz erzählt, jetzt in diesem Moment, und sie hätte bestimmt darüber gelacht. Niemand konnte wie Maggie lachen.

Er mußte herausfinden, ob sie noch lebte, und sie anrufen. Irgendwo mußte er doch den Namen, den sie seit ihrer Hochzeit trug, aufgeschrieben haben – den Namen, den er nie hatte behalten können, aus nur zu offensichtlichen Gründen. Und ihre Telefonnummer.

Aber nein, er sollte Maggie Jeffries doch lieber nicht anrufen. Das war Geschichte, und er hatte keine Zeit mehr für Geschichte, keine Zeit mehr, herumzusitzen und über die Toten und Vergangenen zu brüten. Nostalgie war ein verachtenswürdiges Gefühl. Außerdem hatte er dafür keine Energie mehr übrig.

Es gab anderes zu bedenken: die Art, wie die Sonne sich

in dem grünen Glassplitter vor ihm spiegelte. Das Licht, das vom hellen Sand reflektiert wurde. Das Licht.

›...Der einzige Erbe des beträchtlichen Sartoris-Vermögens ist Nicholas Weiler, Direktor des Dalton Institute in Washington. Er ist der illegitime Sohn von Sartoris und Maggie Jeffries Weiler, einem Mitglied der englischen High Society.

Lady Eugenie Walters, unter ihren Freunden auch als ‚Pinkie' bekannt, berichtet in ihren Memoiren, daß ihre gute Freundin Maggie Jeffries nie jemanden wirklich liebte außer Sartoris. Sie setzte ihr Verhältnis mit ihm auch nach ihrer Heirat mit Lord Weiler fort, anscheinend im Einverständnis ihres Mannes. Es war trotzdem eine Überraschung, daß Sartoris das Baby, das sie von ihm bekam, sofort als das seine anerkannte. Sie war zu der Zeit schon zweiundvierzig, und die Affäre war zu einer bequemen und gelegentlichen Gewohnheit geworden. ‚Pinkie' erzählt, daß die unbezähmbare Maggie niemals eine Chance ausließ, ihre Umwelt zu schockieren. In diesem Fall lag der Skandal nicht so sehr darin, daß sie ein Baby von Sartoris bekam oder daß ihr Mann das stillschweigend akzeptierte, sondern in ihrer ruhigen und festen Versicherung, Sartoris sei ein gemeiner Lügner und das Kind sei von ihrem Mann. Erst nach Lord Weilers Tod im Jahre 1962 ließ sie diese Behauptung fallen. ‚Pinkie' vermutet, diese Farce sei Maggies seltsame Art gewesen, sich bei einem arg strapazierten Mann zu entschuldigen...‹

22. 2. 80 VIP Magazin

Captain Morrisey sollte den Wagen eigentlich nicht herumfahren. Er hatte seiner Frau versprochen, ihn nur für Ausstellungen, Vorführungen und – mit langsamer Geschwindigkeit – auf der Ranch zu benutzen. Aber sie war eben eine Frau und verstand einfach nicht, daß ein Motor wie dieser ab und zu einmal gefahren werden mußte. Als sie nach Ventura fuhr, um ihre Schwester im Krankenhaus zu besuchen, holte er deshalb den Villerosi heimlich aus der Garage und steuerte auf die Schnellstraße zu.

Es war ein herrliches Gefühl, aber nach einiger Zeit war der 1949er Villerosi durstig. Captain Morrisey auch. Er hielt an einer Raststätte, um zu tanken. Daneben gab es auch eine kleine Kneipe, die wohl hauptsächlich von Fernfahrern besucht wurde. Er stellte seinen Sportwagen neben einem blauen Lieferwagen ab und ging hinein.

Als er nach zwanzig Minuten wieder herauskam, ging er festen Schrittes zu dem blauen Lieferwagen hinüber. Sein Wagen war weg.

Eine vage Panik stieg in ihm auf. Die Farbe wich aus seinem Gesicht, und er starrte auf die Stelle, wo ein langes, niedriges, rosafarbenes Projektil hätte stehen sollen, der Villerosi, Sieger der Targa Miglia und der Targa Firenze. Kalter Schweiß trat auf seine Stirn. Da war nichts als ein paar Ölflecken, ein zertretener Kaugummi und eine zerknüllte Zigarettenschachtel.

Jemand hatte den Villerosi gestohlen. Sein wunderbares klassisches Rennauto. Maureen würde ihn dafür umbringen. Einfach umbringen. Er taumelte gegen den Lieferwagen.

Irgend etwas in ihm riß entzwei wie ein Gummiband. O Jesus, dachte er und spie warmes Guinnes über seine kanariengelbe Hose auf seine blankgeputzten Bally-Schuhe.

2

»Lucy!« rief Paps, »Lucy!«

Er erschien in der Eingangstür der Werkstatt. Lucy schob ihre Schutzbrille nach oben und stellte den Bohrer ab.

Die Luft in der Werkstatt war heiß und staubig. Sie roch nach Holz und Öl. Trotz der Oberlichter und des Dachfensters über der Werkbank war es drinnen dunkler als draußen, wo die Frühlingssonne alles in grelles Licht tauchte. Ihr Vater kam herein und grinste begeistert. Er streckte ihr ein Magazin entgegen. Lucys Hände begannen plötzlich zu schwitzen. Sie wischte sie an ihrem Overall ab.

»Endlich ist es rausgekommen«, sagte er befriedigt.

Sie blickte von dem Magazin in seinen Händen empor in sein Gesicht. Widerwillig griff sie nach dem Heft. Ihr Vater schaute erwartungsvoll drein, während sie das Titelblatt studierte.

Er zeigte die Nordseite des Weißen Hauses, ein Anblick, der den meisten Amerikanern so vertraut ist wie das Gesicht der eigenen Mutter. Es war sehr geschickt fotografiert worden, die Kamera war in der Höhe der künstlichen Landschaft postiert gewesen, in der das Modell stand. Das Plastikauto in der Einfahrt und die Büsche und Bäume aus Plastik verrieten zwar sofort, daß es sich um ein Modell handelte, trotzdem sah das Haus verblüffend echt aus, fast so, als hätte jemand ein Foto des echten Weißen Hauses auf einen künstlichen Hintergrund montiert. Und an Stelle des Himmels waren da große schwarze Buchstaben auf rotem Grund: VIP. Und dort, wo man das Washington-Monument erwartete, fand sich eine andere Buchstabengruppe: *Dollys Weißes Haus*.

Lucy hatte auf einmal in ihrem Magen ein Gefühl, als ob sie in einem Aufzug sei, der rasch abwärts fuhr. Sie gab ihrem Vater das Heft zurück.

»Ich muß losfahren und Zach abholen.«

»Oh, es ist doch noch Zeit.« Er drehte das Magazin in den Händen und schien erstaunt über ihren augenscheinlichen Mangel an Erregung.

»Ich will mir aber noch die Hände waschen und den Overall ausziehen«, sagte sie. »Warum stellst du nicht die Suppe schon mal auf den Herd, während ich weg bin?«

Er nickte. »Willst du die Geschichte denn nicht lesen?«

»Lies du sie ruhig zuerst. Ich schaue sie mir nach dem Essen an. War sonst noch was in der Post?«

»Ein Auftrag von Mrs. Ashkenazy. Möbel für ihr Wohnzimmer. Ich hänge es an dein Notizbrett und schicke ihr heute nachmittag gleich eine Bestätigung. Der Rest bestand nur aus Rechnungen und Reklame.«

Sie lächelte müde. »Danke, Paps. Ich bin in zwanzig Minuten zurück.«

Nach dem Essen war es immer Lucys Aufgabe, den Tisch abzuräumen. Ihr Vater saß mit seinem Kaffee und dem Magazin am Tisch. Er würde das Geschirr später am Nachmittag abwaschen.

»Willst du dich nicht mal setzen und dir das Heft anschauen?«

Lucy trocknete ihre Hände ab und setzte sich. Zach war nicht zu hören. Anscheinend hatte der Mittagsschlaf ihn übermannt.

»Bist du schon durch?«

»Ja, sonst ist nichts Interessantes drin.« Er schob ihr das Magazin über den Tisch und schaute auf seine Uhr. »Jetzt fängt sowieso gleich diese Fernsehshow an. Entschuldige mich bitte.«

Lucy blickte noch einmal kurz aufs Titelbild und wandte sich dann dem Artikel zu. Die Bilder gaben ihr das Gefühl, ein altes Jahrbuch der High School vor sich zu haben: sie hatte das Verlangen, die Seiten schnell umzublättern und so zu tun, als sei sie gar nicht darauf.

Das größte Foto zeigte das Modell des Weißen Hauses mit aufgeklappter Nordwand, so daß man die Möbel und Tapeten der Zimmer erkennen konnte. Von der Seite her beugte sich Lucy über das Haus und zeigte auf den Kamin des Grünen Zimmers. Es war eine Reproduktion des ›Monroe Empire‹-Kamins. Sie hatte ihn mit ihren Händen geschaffen.

Und diese Hände waren auch zu sehen, mit allen Schwielen und abgebrochenen Nägeln. Sie wurde beinahe rot, als sie sich so sah; aber es war nur ein geringer Preis, den sie dafür zahlte, daß sie eine Arbeit tun durfte, die ihr wirklich Spaß machte. Ihrer Schwiegermutter würde dazu sicher wieder eine spitze Bemerkung einfallen. *Ihre* Nägel waren stets perfekt, ihre kleinen Hände waren immer makellos, weich und angenehm duftend.

Dolly Hardesty Douglas war auf der anderen Seite des Modellhauses zu sehen. Sie blickte wie eine Königin mit ihrer Krone aus silbernen Haaren. Lucy lächelte amüsiert. Dolly würde sicher schäumen vor Wut, wenn sie das Titelbild sah. Sie haßte nichts so sehr wie ihren Spitznamen und die Witze, die damit gemacht wurden. Sie bestand darauf, Dorothy genannt zu werden, nicht Dolly. In ihrem Beisein tat Lucy das auch, aber wie alle anderen sprach sie von ihr als ›Dolly‹, sobald sie nicht da war. Zweifellos zerfetzte Dolly die Redakteure von VIP in diesem Moment gerade in der Luft. Besser die als mich, dachte Lucy.

Lucy stach auf dem Bild in vielem von Dolly ab, negativ, wie sie meinte. Gegenüber der zierlichen, aristokratischen Figur wirkte sie groß und unbeholfen, mit zu großem Busen, zu großem Hinterteil, eine Hinterwäldlerin in Jeans und Pulli.

Unwillen gegenüber Nick stieg in ihr auf. Es war seine Schuld. Lucy hatte gar nicht erwartet, fotografiert zu werden. Nick hatte sie und die Kinder eingeladen, die Ausstellung am Tag vor der Eröffnung anzuschauen, und nor-

malerweise war das Institut an dem Tag ge
hatte sie dann zu den Fotos überredet, wi
überredet hatte, ihm das Modellhaus für d
zu leihen. Nick war ein professioneller Üb
mand konnte von Lucy erwarten, daß sie ih
wenn nicht einmal Dolly das geschafft hat

Auf der Seite gegenüber waren ihre beiden Kinder zu sehen, wie sie das Modell bewunderten. Ihre andere Großmutter, Lucys Mutter, würde dieses Foto sicher lieben. Sie würde sicher ein halbes Dutzend Hefte kaufen und sie an Freunde und Verwandte schicken. ›Auf Seite elf ist eine Überraschung‹ oder so ähnlich würde sie ihnen dazu schreiben. Das versöhnte Lucy wieder ein bißchen mit der ganzen Sache. Wenigstens ihre Mutter würde ein wenig Freude daran haben.

Auf der nächsten Seite war ein Bild der Haupthalle des Dalton Institute, aufgenommen von einem Balkon im dritten Stock. Es bot einen Überblick über die gesamte Modellausstellung im Erdgeschoß. Nick stand in der Mitte der Häuser und gab einen Anhaltspunkt bezüglich der Größe.

Offensichtlich war der Fotograf von der Größe und der Architektur der Halle ebenso beeindruckt gewesen wie Lucy bei jedem ihrer Besuche. Sie blickte immer staunend empor auf die fünf Stockwerke, die sich zur Haupthalle öffneten.

Am Tag der Ausstellungseröffnung war es grau und regnerisch gewesen. Lucy war mit Laurie und Zach die nasse Promenade entlanggestakst und hatte sich eingeredet, daß sie nur Nicks wegen kam. Zugleich wußte sie, daß sie neugierig war auf die Reaktionen des Publikums. Die Gebäude um die Promenade herum sahen im Regen entfernt und viel weniger solide aus, wie romantische Ruinen. Das nasse Gras unter ihren Füßen war schmierig und schlüpfrig.

Aber das Wetter hatte auch andere Kinder und Erwachicht entmutigt. Zu Hunderten waren sie erschie-. Der Marmorboden des Dalton war glatt und schmutzig von dem hereingetragenen Schlamm, die Luft war feucht. Die aufgeregten Stimmen der Kinder, die autoritären der Erwachsenen und das Rauschen in den kleinen Radios, die an die Besucher ausgegeben wurden, hatten einen hohen Geräuschpegel erzeugt.

Die Publikumsführung über Radio begann mit einer vertrauten Stimme. »Willkommen«, hatte sie gesagt, und Zach hatte gerufen: »Nick!« – »Willkommen in der kleinen Welt des Dalton Institute, in unserer Ausstellung von Puppenhäusern und Puppenmöbeln von der Kolonialzeit bis heute!«

Dann waren sie durch die Ausstellung geschlendert, und Lucy war froh gewesen, daß Laurie und Zach den Mund gehalten und nicht gerufen hatten: »Guckt mal, das hier hat meine Mutter gemacht!« Vielleicht war es die Stimme ihrer Großmutter Dorothy in dem kleinen Radio, die sie ein wenig eingeschüchtert hatte. Nach ein paar Stunden hatten sie sich wieder durch den grauen Regen davongemacht, und Laurie und Zach waren beide schon im Auto eingeschlafen.

Lucy schreckte hoch. Das Telefon klingelte. Sie hätte schon seit einer Viertelstunde wieder bei der Arbeit sein sollen. Sie nahm den Hörer ab und wußte schon im voraus, wer es war.

»Sind Sie nicht die Lucy Douglas aus dem VIP-Magazin? Diese tolle Biene?« fragte Nicks Stimme.

»Es gibt auch Leute, die arbeiten müssen, also entschuldige mich bitte«, unterbrach sie ihn.

»Halt, warte doch«, bat er.

»Ich warte, aber nur, weil man mir Respekt vor älteren Leuten beigebracht hat.«

»Die Bilder waren großartig, und du siehst toll darauf aus. Bist du wirklich schon neunundzwanzig?«

»Danke. Nein, ich bin erst vierzehn, ich sehe nur reif aus für mein Alter. Aber du hättest mich warnen können, so daß ich was Besseres hätte anziehen können als diese Jeans, in denen mein Hintern so mächtig aussieht wie das FBI-Hauptquartier.«

»Ich weiß nicht«, meinte er, »aber ich finde deinen Hintern ganz toll. Und wenn ich dich gewarnt hätte, wärst du ja gar nicht gekommen.«

»Du bist so erschreckend raffiniert.«

Er kicherte böse. »Vergiß nie, meine stolze Schöne, dein Schicksal liegt in meiner Hand.«

Lucy lachte. »Aber ich muß jetzt wirklich an die Arbeit, du Schlaumeier.«

»Du mußt dich von dieser puritanischen Mittelklasse-Einstellung befreien, dieser Besessenheit mit Arbeit.«

»Ich bin eine Mittelklasse-Puritanerin. Und ich habe diese puritanischen Mitteklassekinder, die mir die Haare vom Kopf essen. Willst du sie vielleicht ernähren?«

Zu ihrer Zufriedenheit gab es auf Nicks Seite eine kurze Pause.

»Nun?« fragte sie und freute sich, daß sie ihn unerwarteterweise in die Enge getrieben hatte.

»Ich denke noch darüber nach«, sagte er. »Es sind wirklich nette Kinder. Ich weiß nur nicht, ob ich die spitze Zunge ihrer Mutter ertragen könnte.«

»Alles, was ich auf dem Gebiet kann, habe ich doch von dir gelernt. Aber geh und spiel mit deinem Museum, ich muß wieder an die Arbeit.«

»Schade. Ich wollte dich gerade fragen, ob du mit mir heute abend essen gehst.«

»Dann frag mich doch.«

»Um acht?«

»Gut.«

»Hast du schon was von Dolly gehört?«

»Nein.«

»Darum willst du so schnell wie möglich in deine Werkstatt.«

»Du Schlaumeier, du vergißt Paps. Neben seinen anderen Lastern nimmt er auch Telefonhörer ab.«

»Aber Zach hält gerade seinen Mittagsschlaf, da nimmst du doch immer den Hörer ab. Ich war ganz erstaunt, daß ich dich überhaupt erreicht habe, aber ich vermute, du warst noch ganz in den Anblick deines Bildes auf Hochglanzpapier versunken.«

Lucy lachte. »Also bis heute abend, du Ekel.«

Sie legte auf und nahm den Hörer gleich wieder von der Gabel.

»Paps«, fragte sie ins Wohnzimmer hinüber, »kannst du heute abend bitte mal den Babysitter spielen?«

»Klar«, er winkte in ihre Richtung, ohne den Blick vom Fernsehschirm zu wenden. »Das ist wirklich die blödeste Sendung seit langem!«

»Ich bin dann in der Werkstatt.«

Nick Weiler strich sich über den Bart und lauschte in den summenden Hörer. Schließlich legte er ihn auf und blickte auf das Magazin, das geöffnet auf seinem Schreibtisch lag. Lucy war während des Fototermins mit Dolly sehr nervös gewesen. Die ganze Publizität hatte sie überrascht, und in Dollys Gegenwart fühlte sie sich ohnehin nicht wohl. Erst auf dem Bild mit den beiden Kindern war sie ganz sie selbst. Das Telefon klingelte. Zögernd nahm er ab.

»Mrs. Douglas am Apparat, Dr. Weiler. Soll ich durchstellen?«

»Danke, Roseann. – Hallo, Dorothy.«

»Hast du das verdammte Magazin gesehen?«

»Sicher.« Sie würde toben. Aber er mußte nur ruhig bleiben und den Sturm überstehen.

»Mit diesen Halunken will ich nie mehr etwas zu tun haben!«

»Du solltest es dir nicht so zu Herzen nehmen«, sagte er ohne jede Hoffnung, daß sie ihm zuhörte.

Sie fluchte wie ein Bierkutscher. »Würdest du denn gern Nickie genannt werden? Oder wie hat dich deine Familie sonst genannt, als du noch zu klein warst, dich dagegen zu wehren?«

»Nickel«, sagte er geistesabwesend. »Meine Mutter hat mich immer Nickel genannt.«

Dollys kehliges, explosives Lachen ertönte im Hörer. »Nickel?« fragte sie.

»Bis ich wegging aufs Internat.«

Dolly machte eine Pause. »Na ja, deine Mutter war ein ganz schöner Wirrkopf.«

»Aber sie hat mich geliebt«, wandte er ein.

Dolly machte eine Pause. Den Spitznamen ›Dolly‹ hatte sie von ihrem Vater bekommen, ihre Mutter hatte sie immer nur Dorothy oder sogar Dorothy Ann genannt. Und Nick Weiler wußte das. Er wußte auch, daß sie den Namen haßte, weil er von ihrem Vater stammte. Ein Kosename.

»Auf jeden Fall«, sagte sie gereizt, »es tut mir leid, daß ich dir mein Haus geliehen habe. Ich kann es gar nicht erwarten, es zurückzubekommen. Es fehlt mir einfach.«

»Aber du kannst es dir doch jederzeit anschauen.«

»Das tue ich vielleicht auch.«

Nick fühlte sich wieder etwas sicherer. »Es wird sehr bewundert. Wir hatten noch nie eine so erfolgreiche Ausstellung.«

»Wirklich?« Dolly klang erfreut.

»Wirklich«, versicherte er.

»Du paßt gut auf, ja? In den Zeitungen liest man so viel von Kunstdiebstählen.«

»Dorothy«, sagte Nick mit feierlicher Stimme, »du bist die einzige Person, der ich zutrauen würde, ein Puppenhaus zu stehlen.«

Sie lachte.

»Immer noch besser, als die Puppenhausmacherin zu stehlen«, sagte sie.

»Man kann nichts stehlen, was niemandem gehört«, sagte er und vermied, seinen Ärger in der Stimme zu zeigen.

»Vielleicht gehört sie mir nicht, aber auf jeden Fall verdankt sie mir viel. Hältst du mich eigentlich für dumm? Ich weiß genau, daß du diesen Fototermin nur arrangiert hast, um dein Museum und Lucy bekannt zu machen. Und ich mußte als Staffage herhalten. Durch mich hat sie jetzt eine Menge kostenlose Werbung, und jeder hält sie für die beste Modellhausbauerin im ganzen Land.«

»Willst du etwa behaupten, daß sie das nicht ist?«

»Red nicht so dumm, schließlich arbeitet sie ja für mich, oder?«

»Oh, ich dachte, vielleicht beschäftigst du sie nur, um deine Enkelkinder zu unterstützen.«

»Das außerdem.« Sie ignorierte seine sarkastische Attacke. »Auf jeden Fall schuldest du mir für das Haus einen Gefallen. Sei also nett zu Lucy. Ich weiß, daß sie auch zu dir nett ist. Sie kann manchmal ziemlich gemein sein, aber damit kannst du ja umgehen, und sie braucht wirklich einen Mann. Ich habe nie erwartet, daß sie den Rest ihres Lebens dem keuschen Gedenken Harrisons weiht.«

»Stets zu Diensten, gnädige Frau.«

»Lieb von dir, Darling. Ich ruf dich bald wieder an. Paß gut auf meinen Schatz auf.«

Damit meinte sie natürlich das Puppenhaus, nicht Lucy, Laurie oder Zach. Nick ertappte sich beim Zähneknirschen. Es war Lucy gewesen, die ihre Schwiegermutter erst für Miniaturhäuser interessiert hatte, und es war Lucys Arbeit, was auch immer Dolly ihr dafür gezahlt hatte, die die Leute in die Ausstellung brachte. Es wurde ihm ein bißchen übel, als er daran dachte, daß er Dolly

Hardestys harten kleinen Körper früher einmal in den Armen gehalten hatte.

Aber er hatte keine Zeit, sich über Dolly zu ärgern. Es gab im Museum genug zu tun. Er schob das Magazin zur Seite und schlug den Aktenordner auf.

Lucys Vater öffnete auf Nicks Klopfen.

»Hallo, Mr. Novick«, sagte Nick und schüttelte die Hand des älteren Mannes.

»Kommen Sie herein. Sie takelt sich noch auf. Wird bald da sein.« Sie gingen ins Wohnzimmer, wo Laurie und Zach vor dem Fernsehgerät saßen und gebannt Snoopys Abenteuern folgten.

Nick setzte sich zu ihnen aufs Sofa, und während der nächsten Werbeeinblendung kletterte Zach wortlos auf seinen Schoß. Er schob den Daumen in den Mund, seine andere Hand in den Hosenschlitz seines Pyjamas. Laurie stieß Nick an, sie blickten beide auf Zachs Hand und grinsten.

Lucy fand sie so auf dem Sofa, als sie ins Wohnzimmer kam. Sie nahm Zach und setzte ihn von Nicks Schoß aufs Sofa. Laurie legte in einer mütterlichen Geste ihren Arm um den kleinen Bruder. Lucy küßte beide auf die Stirn.

»Nach Snoopy geht ihr aber ins Bett«, sagte sie. »Also, gute Nacht, Paps.«

»Gibst du Paps dann bitte die Nummer?« sagte sie zu Nick, der rasch die Nummer des Restaurants, zu dem sie gehen wollten, auf einen Zettel kritzelte.

Mr. Novick begleitete sie zur Tür. »Amüsiert euch gut«, strahlte er sie an.

»Wie geht es deinem Vater zur Zeit?« fragte Nick, nachdem die Haustür sich geschlossen hatte und sie zum Auto gingen.

»Ganz gut, glaube ich. Er hat heute abend mit meiner

Mutter telefoniert. Sie hatte das Magazin gesehen und rief an.«

»Ich wußte gar nicht, daß sie wieder miteinander sprechen!«

»Na ja, viel hatten sie sich auch nicht zu sagen. Er ritt darauf herum, daß sie doch wohl ihre Enkelkinder vermissen müsse, daß er sie aber jeden Tag um sich habe, ätsch. Und sie beschuldigte ihn, daß er mich ausnutze und unterdrücke und wahrscheinlich heimlich meinen Kochwein aussaufe.«

»Fand sie den Artikel in VIP denn gut?«

»Mehr oder weniger. Auf jeden Fall das Bild von den Kindern. Und über dich...«

»Oh!«

»...über dich bemerkte sie, du sähest recht vornehm aus, aber älter, als sie erwartet habe. Dann seufzte sie ein bißchen und räumte schließlich ein, ich sei ja wohl auch nicht mehr ihr kleines Baby.«

»Oh.« Nick konnte ihr Gesicht nicht erkennen, sie starrte seitwärts aus dem Wagenfenster. »Bist du ja auch nicht mehr, oder?«

Lucy antwortete nicht. Anscheinend wollte sie das Thema nicht weiter verfolgen. Er hätte sich gewünscht, daß sie beide einmal darüber sprechen könnten, aber sie vermied gern jede Erörterung ihrer Kindheit. Nick wußte, daß ihre Eltern sich hatten scheiden lassen, als sie gerade zehn war. Sie hatte nie das Gefühl überwunden, daß sie nur eine peinliche Erinnerung war, ein Hindernis bei dem Versuch, eine Ehe zu vergessen, die für beide katastrophal geendet hatte. Ihre Mutter hatte wieder geheiratet und weitere Kinder gehabt. Sie war so mit ihrem Beruf als Lehrerin und mit ihrer zweiten Familie beschäftigt, daß nur wenig Energie übrigblieb, die sie in die Beziehung zu ihrer erwachsenen, verwitweten Tochter hätte investieren können.

Nick musterte Lucy von der Seite, als sie an einer Ampel anhielten. Sie hatte ihr Haar hochgesteckt, was ihre hohen orientalischen Wangenknochen betonte.

»Du siehst heute abend wunderschön aus.«

»Vielen Dank. Du wirkst auch sehr...«

»Vornehm?«

Sie lachten beide.

»Hat Dolly angerufen?«

»O ja«, sagte sie, »dich doch sicher auch? Ich habe so wenig wie möglich gesagt. Ich habe ihr versichert, sie habe mein volles Mitgefühl bezüglich des Sakrilegs in dem Magazin. Anscheinend war die Redaktion sehr kurz angebunden, als sie sich bei denen beschwerte.«

Nick schnaubte.

»Sie wollte wissen, wie es ihren kleinen Lieblingen geht. Sie hätten ja so niedlich ausgesehen auf dem Foto, wie sie da Großmutters Puppenhäuschen bewunderten«, äffte Lucy. »Ich hätte mich am liebsten übergeben.«

»Hast du keine Angst, daß die Kinder nach ihr schlagen?«

Lucy grinste. »Ich habe sie schon in der Wiege genau untersucht. Wenn ich auch nur die geringste Ähnlichkeit festgestellt hätte, dann hätte ich sie sofort erwürgt, mit bloßen Händen! Die Hände übrigens, so sagte sie, hätten ja obszön ausgesehen auf den Fotos, sie hätten den Zuschauer direkt abgelenkt.«

»Sie muß eine wundervolle Schwiegermutter abgegeben haben.«

»Ja, aber glücklicherweise sahen wir sie nicht zu oft. Wir lebten meist auf Militärstützpunkten. Sie zu besuchen, fehlte uns das Geld, und sie weigerte sich, zu uns zu kommen. Die Wohnverhältnisse seien wohl doch nicht angemessen, sie fand sie fast beleidigend. Auf jeden Fall hab' ich das Gespräch heute nachmittag rasch beendet. Ich erzählte ihr, Zach tue gerade Scheuerpulver auf seine Zahnbürste, und legte auf, bevor sie mir einen Vortrag darüber halten konnte, daß man das Zeug nicht in Reichweite der Kinder lassen solle.«

»Ich wußte gar nicht, daß du jemals lügst.«

»Tat ich auch nicht. Er hat das Zeug wirklich draufgetan.«

»Bah. Ist das nicht giftig?«

»Ich glaube nicht. Aber sicher nicht besonders bekömmlich.«

»Mein Gespräch mit Dolly war auch ganz lustig.«

»Wirklich?« Lucy kicherte. »Das mußt du mir erzählen.«

»Das liebe Ding warf mir vor, ihren Namen und ihr Ansehen und ihr Modellhaus zu benutzen, um dich, mich und das Dalton in die Zeitung zu bringen.«

»Tatsächlich?«

»O ja. Und dann machte sie noch ein paar undelikate Anspielungen...«

»Ich kann mir schon denken, worüber.« Lucys Stimme wurde ernst. »Wie lange kennst du Dolly eigentlich schon, Nick?«

»Seit wir Kinder waren. Mein Vater hat sie einmal gemalt.«

»Ich erinnere mich. Das Bild wurde doch vor kurzem gestohlen.«

»Es muß im Sommer darauf gewesen sein, nachdem ihr Vater sein Amt verloren hatte. Dolly und ihre Mutter kamen für einige Zeit nach England, und ihre Mutter benutzte ihre Bekanntschaft mit Sartoris, um sich bei meiner Mutter einzuführen. Mama ist die Güte in Person, sie kann niemals gemein sein und erwartet deshalb von anderen auch keine Gemeinheit. Das erklärt vielleicht, warum sie Sartoris liebte, der ja in vielem ein ganz schöner Bastard ist, und warum mein Stiefvater sie liebte.«

»Hmm.«

»Na, jedenfalls lud sie die beiden für mehrere Monate zu uns ein. Ich kam eines Tages aus dem Internat heim, und da waren sie. Sie hielten in unserem Haus Hof wie exilierte Monarchen. Meine Mutter befahl mir nachdrücklich, Mrs. Hardestys exzessiven Alkoholkonsum zu ignorieren und mir nichts aus dem zu machen, was sie ›Dollys Launen‹ nannte.«

»Du solltest also den braven Pfadfinder spielen.«

Nick lächelte. Er hätte gerne das Thema gewechselt, aber Lucy ließ nicht davon ab.

»Und dann? Spann mich nicht auf die Folter. Was hat Dolly angestellt? Gib mir eine Waffe, um Himmels willen, damit ich mich das nächste Mal wehren kann, wenn sie wieder behauptet, ich ließe ihre Enkelkinder wie Wilde aufwachsen.«

Nach kurzem Schweigen fuhr Nick fort: »Sie war nicht nur ein elendes verzogenes Ding, sie machte auch alle Männer an, die in ihre Nähe kamen, einschließlich meines armen Stiefvaters, der damals ein siebzigjähriger Tattergreis war.«

Lucy pfiff leise. »Die Waffe würde mich vielleicht selber treffen, ich glaube nicht, daß ich sie benutzen kann. Und dich, hat sie dich auch angemacht?«

»Was? Ach so, ja, ich war damals frisch in der Pubertät.«

»Da wird sie wohl kaum Erfolg gehabt haben, oder?« Lucy stocherte unbarmherzig in dem Thema herum.

»Du bist heute abend besonders herzig.« Nick schwieg einen Moment. »Komisch, aber auf einmal hörte sie mit dem ganzen Spiel auf, einfach so. Wurde wieder zum braven Schulmädchen. Wahrscheinlich hat Mama ihr die Meinung gesagt.«

»Aber ich dachte, deine Mutter würde so was gar nicht merken.«

»Oh, sie merkt so Sachen schon. Sie akzeptiert nur einfach nicht den Begriff Sünde oder die Idee, eine Person könnte mit voller Überlegung böse sein. Nein, für sie ist das eine Sache der guten Manieren. Ich bezweifle nicht, daß sie der Meinung war, daß Dolly einfach schlecht erzogen sei und daß man ihr nur gute Manieren beibringen müsse, um das kleine Biest zu zähmen. Jedenfalls hat sie das versucht.«

Lucy schauderte. »Dolly hat wunderbare Manieren. Als ich sie zum erstenmal traf, war ich beeindruckt. Eine wirkliche Dame, und das heutzutage. Dann habe ich herausgefunden, daß sie ihre Manieren nur einsetzt, wenn es ihr gerade paßt.« Sie wechselte das Thema. »Hast du eigentlich Harrison gekannt?«

»Deinen Harrison?«

Lucy nickte, fast ein wenig scheu, als habe sie auf ihren toten Ehemann nie zuvor einen Besitzanspruch erhoben.

Nick schüttelte den Kopf. »Ich kann mich kaum an ihn erinnern, jedenfalls nicht als kleinen Jungen. Ich war damals nicht in dem Alter, in dem man sich für die Nachkommenschaft anderer Leute interessiert. Tut mir leid. Ich würde auch nicht behaupten, daß ich ihn wirklich gekannt habe, als er erwachsen war.«

»Er war niemals wirklich erwachsen«, sagte Lucy leichthin, aber mit etwas Bitterkeit. »Er lebte und starb als ein Junge. Er war Dolly nicht sehr ähnlich, nur darin vielleicht, daß er immer seinen Kopf durchsetzen mußte, ganz egal, was es ihn und andere kostete. Aber ein bißchen sind wir doch alle so, oder?«

Die Erinnerung schmerzte sie offensichtlich. Nick hätte gern mehr gehört über die Dinge, die wichtig für sie waren, aber offensichtlich ging das im Moment über ihre Kräfte. Er schwieg und gab vor, sich auf den Verkehr zu konzentrieren. Er wechselte die Fahrspur und fuhr von der Highway ab.

»Wieviel Arbeit hast du denn für Dolly noch zu tun?« fragte er schließlich.

»Das Ende ist inzwischen abzusehen.« In ihrer Stimme lag ruhige Befriedigung. Sie hatte sich wieder etwas erholt. »Ein paar Kleinigkeiten noch, Geschirr und ähnliches. Ich versuche auch, französische Landschaftstapeten aufzutreiben, um den Saal für diplomatische Empfänge so zu dekorieren, wie sie es will. Und sie sagte heute, ihrer Meinung nach sähe die Parklandschaft, die deine Leute beim Dalton zusammengebastelt haben, ziemlich mies aus.«

»Willst du das wirklich? Das ist doch eine Heidenarbeit.«

»Nein, ich will in meinem Leben auch noch was anderes tun als für Dolly zu arbeiten. Es ist schon schlimm genug, daß die Kinder zwischen uns eine Verbindung schaffen. Ich kann andere Kunden haben, wenn ich will. Ich habe vielen wegen Dollys Haus absagen müssen. Ich glaube, ich werde nie wieder ein so großes Projekt angehen.«

Es war beruhigend, über die Arbeit selbst zu sprechen, dachte Nick. Und töricht, diesen schmalen Pfad zu verlassen. Aber genau das wollte er tun.

»Hat Dolly irgendwelche Befürchtungen geäußert, daß du weglaufen und mich heiraten könntest und dann nicht mehr arbeiten würdest, bevor sie von dir bekommen hat, was sie will?« fragte er leichthin.

»Nein. Aber darüber sollte sie sich keine Sorgen machen.« Lucy sah ihn an. Ihr Gesicht war ausdruckslos.

»Ich kann mir nicht vorstellen, daß du deine Arbeit dann aufgeben würdest«, fuhr Nick fort. Er zog es vor, die Bedeutung ihrer Antwort zu ignorieren.

»Sie glaubt, ich würde dich ihr stehlen, oder daß jemand das Modellhaus stehlen könnte. Sie hat wirklich keine Ahnung«, fuhr Nick fort, »das Dalton ist im Moment sicher wie ein Tresor. Außerdem habe ich noch nie gehört, daß jemand ein Puppenhaus stiehlt.«

Er mußte nicht erst hinzufügen: *und du bist auch ver-*

schlossen wie ein Banksafe. Eine ungemütliche Stille entstand zwischen ihnen, die erst vom Wein beim Abendessen etwas gelockert wurde. Sie verließen das Restaurant ein bißchen beschwipst.

Er stoppte den Wagen an der Ecke einer ruhigen, baumbestandenen Straße in Georgetown.

»Na, dann laß mich mal sehen, was du in deiner Handtasche hast«, verlangte er.

Das Blut schoß ihr in die Wangen, als er nach ihrer Tasche griff. Sie protestierte lachend und hielt die Tasche fest.

»Na komm schon.« Er streckte die Hand aus, und sie schob ihm die Tasche hin.

»Eine schöne Bescherung, wenn ich dich nicht mal zu einem guten Restaurant mitnehmen kann, ohne daß du die Papierrüschen von den Lammkoteletts stiehlst. Und die Verzierungen vom Kuchentablett.«

»Vielleicht kann ich sie zu irgendwas gebrauchen. Die schmeißen sie ja nur weg«, sagte sie.

»Du weißt noch nicht mal, wofür du sie brauchst?«

»Um irgendwas draus zu machen.«

»Du weißt es also nicht. Und es waren noch nicht einmal unsere Lammkoteletts!«

Er gab ihr die Handtasche zurück und startete den Wagen erneut.

»Du bist eine verdammte diebische Elster, Lucy. Magst du noch ein bißchen zu mir nach Hause kommen?«

Sie lehnte sich gegen ihn und schloß die Augen.

»Du kannst alle meine alten Eierkartons haben«, bot er an.

Sie unterdrückte einen Anfall von Kichern.

»Und meine alten Teebeutel.«

Lucy lachte jetzt laut. Nick beugte sich zu ihr hinüber und küßte sie auf die Stirn.

»Komm, gehen wir«, flüsterte sie.

3

Dolly Hardesty Douglas ging unruhig in ihrem Salon auf und ab. Sie fühlte sich wie im Exil. Heute nacht fand sie in den ihr vertrauten Gegenständen keinen Trost. Ihre Mutter schaute aus dem Porträt über dem Kamin herab, das Leuchten ihrer Haare war die einzige kräftige Farbe im Raum, der sonst nur in beigen, silbernen und blauen Tönen dekoriert war. Dolly starrte auf das Bild und sah dieses Mal nicht die träumerische Schönheit, die sie so liebte, sondern das in seiner eigenen Fantasiewelt gefangene Gespenst, das Leighton Sartoris vor fünfundzwanzig Jahren gemalt hatte.

Sie drehte sich um und schaute hinaus auf die Stadt. Manhattan war eine spektakuläre Skulptur aus Licht. Sie hatte eigentlich fast immer ihr Vergnügen daran gehabt; es gab ihr das Gefühl, die Königin von all dem zu sein auf ihrem Berggipfel aus Stahl und Glas. Aber heute abend fühlte sie sich von allem weit entfernt, sie empfand keine Verbindung zu dem Anblick der Stadt.

Sie leerte einen vollen Aschenbecher in einen kleinen silbernen Papierkorb, nur um etwas zu tun. Sie versuchte sich jemanden in der Stadt einfallen zu lassen, den sie kannte. Schmerzhaft kam ihr zu Bewußtsein, daß es da niemanden mehr gab. Aber eigentlich wollte sie ja auch keinen sehen. Sie zündete noch eine Zigarette an. Wahrscheinlich gab es tatsächlich niemanden in diesem Sündenbabel, der sie kannte oder gern gekannt hätte.

An der kleinen Hausbar goß sie sich ein Glas Ginger Ale ein. Sie hatte nie an etwas Stärkerem als Wein Geschmack gefunden, das hatte sie wahrscheinlich vor dem Alkoholismus bewahrt, der ihre Mutter zerstört hatte. Ihr einziges wirkliches Laster war die Zigarette. Sie schaute mit Ekel auf die, die zwischen ihren Fingern qualmte. Ihr Vater hatte immer darauf bestanden, daß Frauen nicht rauchen sollten; fünfunddreißig Jahre war das ein ewiger Streitpunkt zwischen ihm und ihrer Mutter gewesen.

Ihre frühesten Erinnerungen an ihre Mutter zeigten diese im Kinderzimmer, gierig rauchend, während sie Dolly eine Gutenachtgeschichte vorlas. Dolly war damals wohl zweieinhalb, alt genug zum Reden, aber auch alt genug, ein Geheimnis zu bewahren, wenn ihre Mutter daraus ein Spiel für sie beide machte. Daddy kam niemals ins Kinderzimmer, er war abends immer in seinem Büro.

Seit damals hatte sie in ihrem Leben eine Menge Dinge getan, denen ihr Vater wohl nicht zugestimmt hätte. Aber auch jetzt war sie keine eisgekühlte Heilige. Allerdings hatte sie seit drei Jahren keinen Liebhaber gehabt. Außer sich selbst. Sie hielt Masturbation nicht für eine Sünde, nicht einmal für eine schlechte Angewohnheit. Es war wundervoll für den Teint und gab dem Tag einen schönen Anfang. Was auch immer der blöde Alte dazu gesagt hätte. Schließlich war er doch nur ein typischer Mann, der Scheißkerl.

Wenn sie etwas liebte, dann war es ihr Puppenhaus. Es hatte die Leere in ihrem Leben angenehm gefüllt. Drei Jahre voll Befriedigung. Nicht viele Liebesaffären hätten ihr das bieten können, schon gar nicht so lange. Und eine Heirat? Der Gedanke an Harry Douglas machte sie schaudern. Soll das Schwein doch in der Hölle schmoren.

Sie käme sich auch ganz schön komisch vor, in ihrem Alter gegen die jungen Frauen mit ihren frischen Körpern konkurrieren zu wollen. Dieser Nick Weiler, der war ja auch nicht viel jünger als sie und rannte hinter ihrer Schwiegertochter er, einer Frau mit zwei Kindern. Die dumme Lucy war doch jung genug, um Nicks Tochter sein zu können. Fast. Nicht daß sie, Dorothy, eifersüchtig wäre. Soll er doch Lucy haben. Und sie ihn. Er war doch eigentlich ein ganz kalter Fisch. Sie hatte immer das Gefühl, daß er ihr um ein paar Gedanken voraus war. Und diese Gedanken waren nicht sehr schmeichelhaft für sie. Genau wie sein Vater, dieses alte Reptil Sartoris.

Um gerecht zu sein, Nick hatte auch seine Reize. Dorothy setzte sich mit ihrem Ginger Ale in einen Sessel und blies gedankenvoll den Zigarettenrauch zum Porträt ihrer Mutter empor. Es war alles vollkommen vorhersagbar. Bei einer Frau wie Lucy wurde Nick eben weich im Kopf und hart in der Hose. Die typische Midlife-Krise, und natürlich bei einer Frau, die das genaue Gegenteil seiner früheren Liebschaften war. Sie hätte gern gewußt, was Lucy über diese wußte. Nicht viel, wenn sie Nick richtig einschätzte. Er war ein Meister der Diskretion, wenn es seinen Interessen diente. Das tat es meist.

Sie leerte ihr Glas und drückte die Zigarette aus. Zeit, mal wieder in den Raum mit den Modellhäusern zu gehen. Sie fürchtete sich ein bißchen davor, aber es würde ihrer trägen Seele guttun.

Das Zimmer wirkte schrecklich leer, obwohl es das gar nicht war. Da standen immer noch die kleinen Puppenstuben und die anderen Miniaturhäuser. Sie waren sehr hübsch aufgebaut, doch konnten sie den leeren Platz in der Mitte nicht verdecken, wo Dollys Weißes Haus gestanden hatte.

Der verdammte Nick Weiler, der es ihr abgeschwatzt hatte. Sie zögerte, den Raum zu betreten, und lehnte sich gegen den Türrahmen. Es war ja eigentlich lächerlich, wie sie hier in ihrer Wohnung herumtigerte, sich einen Lungenkrebs anrauchte und wie eine schmutzige alte Frau über das Sexleben anderer Leute herumspekulierte. Alles nur, weil Nick sie überredet hatte, ihr Puppenhaus mit der ganzen Welt zu teilen. Er hatte sie bei ihrer Eitelkeit gepackt. Vielleicht sollte sie Lucy anrufen und mal mit ihr über Nick reden, von Frau zu Frau. Das könnte seinen Ballon zum Platzen bringen.

Als sie die Nummer wählte, waren ihre Finger fast wieder ruhig. Aber es war vergebliche Mühe, nur der alte Novick war zu Hause. In seiner zittrigen Altmännerstimme erklärte er, Lucy sei ausgegangen. Er sagte nicht, mit wem. Brauchte er auch nicht.

Plötzliche Wut schnürte ihr die Kehle zu. Diese beiden, die saugten sie aus, die versuchten ihr das Haus wegzunehmen. Und jetzt fickten sie sich auch noch das letzte bißchen Verstand aus den Schädeln. Ihre Finger brannten darauf, ihnen die Augen auszukratzen. Sie warf sich auf ein großes leeres Bett und hämmerte auf die Kissen, bis sie außer Atem war. Sie lauschte ihrem Keuchen und mußte kichern. Sei großzügig, sagte sie zu sich. Wie ging dieses Lied? *Was die Welt jetzt braucht, ist Liebe...*

War doch hübsch, daß wenigstens ein paar Leute ihren Spaß hatten. Sie tastete nach ihren Zigaretten. Aber früher oder später würde sie auch wieder an der Reihe sein und ihren Spaß haben...

Leyna sah umwerfend aus. Sie wußte es. Die Maskenbildnerin sah sie kritisch an und nickte dann ihr Einverständnis, aber das war nur das übliche Ritual. Leyna winkte dem Regisseur mit makellosen Fingern zu und stellte sich voll Zuversicht auf die Markierung am Boden. Dann überflog sie mit Roddie zusammen schnell noch einmal das Skript. Roddie, der Regisseur, arbeitete gern mit Leyna. Sie las niemals von den Schrifttafeln des Teleprompters ab, sondern hatte alles im Kopf, und sie verpaßte nie einen Einsatz.

Leyna richtete sich zu ihrer vollen Größe von einem Meter und einundneunzig Zentimetern empor – plus elf Zentimetern von ihren hohen Absätzen. Sie entspannte die Schultern und bewegte den Kopf ein wenig, so daß ihr langes Haar sich um den Kragen schmiegte. Eine Umfrage hatte gezeigt, daß die Fantasien der männlichen Zuschauer sich oft mit ihrem Haar verbanden. Sie vergaß das niemals.

Achtung, signalisierte das rote Licht; sie blickte direkt in die Kamera.

»Vielleicht sieht es ein bißchen aus wie Kuchenessen mitten in einer Revolution, aber Washington war kaum jemals fröhlicher, leichtlebiger, niemals funkelnder und – klatschsüchtiger als in diesen Tagen«, begann sie. »Vielleicht brauchen die Menschen ja Ventile zum Dampfablassen, vor allem die in den höchsten Regierungskreisen, die täglich unter dem Druck schwerwiegender Entscheidungen stehen.«

Sie lächelte. »Einer der Plätze, wo Washington seine täglichen Krisen zu vergessen sucht, ist dieser hier«, die Kamera blendete ab, und die Außenansicht eines erleuchteten Gebäudes erschien auf dem Schirm, »das Dalton Institute, erbaut im 19. Jahrhundert, früher auch bekannt als das ›Penny-Museum‹.«

Das rote Licht blinkte wieder auf, und Leyna war zurück auf dem Bildschirm. »Was ist so amüsant dort?« Leyna sprach jetzt so vertraulich zu den Zuschauern, als blicke sie ihnen im Bett über ein dickes Kopfkissen in die Augen: »Eine Ausstellung von Puppenhäusern«, gestand sie dann.

Eine andere Kamera, in einer der oberen Etagen der Eingangshalle postiert, zeigte nun einen Überblick über diese Halle mit all den wohlfrisierten, prächtig gekleideten Verkörperungen der Demokratie, die sich zwischen den Modellhäusern amüsierten. Leynas Stimme, leicht und ein bißchen kehlig, fuhr fort:

»Puppenhäuser: diese Miniaturhäuser reichen von Gänseeiern, die mit Stanniol ausgekleidet und mit Puppen aus Büroklammern bevölkert sind bis zu viktorianischen Häusern in Schrankgröße, von Massenprodukten aus Plastik bis zu extravaganten Spielzeugen für Erwachsene, die Tausende von Dollars wert sind.« Die Kamera zeigte einige Häuser in Großaufnahme, während sie sprach, dazwischen aber auch, wie beiläufig, den einen oder anderen Senator, die eine oder andere Senatorengattin, einen kurzen Augenblick auch den Präsidenten, an seinem Arm seine Mutter, einen Richter des Obersten Gerichtshofes, ein Kabinettmitglied, einen graubärtigen Abgeordneten, schließlich ein Trio pubertierender Mädchen in glitzernden Plisseeröcken, die hinter Seidenfächern kicherten.

»Aber der Star der Ausstellung ist dieses Haus.« Leyna machte eine Pause und ließ die Kamera Dollys Weißes Haus einfangen. »Das ist ja auch natürlich, schließlich sind wir in Washington. Das ist das Weiße Haus von Dorothy Hardesty Douglas, eine bemerkenswerte Nachbildung des tatsächlichen Regierungssitzes.«

Leyna kam jetzt seitlich vom Hausmodell ins Bild, neben ihr erschien eine zierliche Frau mit platinblondem Haar, in ein spinnwebhaftes Silberkleid gehüllt.

»Stimmt es eigentlich, daß Sie das Haus nicht besonders mochten, als Sie es geschenkt erhielten?« fragte Leyna.

»Man kann nicht sagen, daß ich es nicht mochte, ich fühlte mich zu alt dafür. Heute vermute ich, daß ich zu jung war«, erklärte Dolly etwas selbstironisch.

»Und jetzt empfinden Sie anders?«

»O ja. Als ich es nach dem Tod meines Vaters unter seinen Erinnerungsstücken wiederfand, habe ich mich sofort in es verliebt. Ich beschloß, es zum idealen Weißen Haus zu machen.«

»Ein ideales Weißes Haus?« fragte Leyna. »Ist es denn nicht eine genaue Nachbildung?«

»Nicht, wie es heute ist, auch nicht, wie es früher war. Das echte Weiße Haus verändert sich ja dauernd. Ich habe einiges weggelassen, was später hinzugebaut wurde, die Flügel zum Beispiel, die die Büros enthalten, die sind ja nicht besonders interessant, und dann auch das Souterrain, wo jetzt ein Teil der Hausverwaltung untergebracht ist. In der Hauptsache besteht dieses kleine Haus aus den historischen Empfangsräumen und den privaten Wohnräumen, wie sie etwa im 19. Jahrhundert existiert haben.«

»Und Sie haben das alles eingerichtet?«

»Die Einrichtung folgt meist dem, was Jacqueline Kennedy damals ausgewählt hat, zum Teil aber auch meinem eigenen Geschmack, vor allem in den privaten Räumen. Sie hat die historische Funktion des Weißen Hauses sehr gut erkannt, und sie hatte einen exzellenten Geschmack. Also eigentlich ist dieses das Weiße Haus, wie ich es gern hätte, wenn ich dort leben würde.«

Leyna blickte geradeaus in die Kamera. »Das war Leyna Shaw vom Dalton Institute in Washington«, sie warf einen kurzen amüsierten Blick auf das Modell neben sich, »und das hier war Dollys Weißes Haus.«

Das rote Licht an der Kamera erlosch. Leyna lächelte kühl zu Dolly hinüber, die bewegungslos dastand. Ihr Gesicht war zu einer Maske erstarrt. Dollys Kopf reckte sich steif nach oben wie der einer Schlange, die ihre Fangzähne entblößt. Ihre Augen waren weit aufgerissen. Sie drehte sich auf dem Absatz um und ging weg.

Leyna entließ ihre Aufnahmecrew mit einem Nicken, drückte jemandem das Mikrofon in die Hand und bedankte sich bei allen im Vorübergehen. Sie mischte sich nun unter die anderen Gäste. Jemand gab ihr ein Glas Champagner. Es war Nick Weiler.

»Danke, Liebling«, sagte Nick. »Dorothy war wegen ›Dolly‹ schon auf VIP stinksauer, und nun ist sie es auch auf dich. Auf mich sowieso.«

»Soll sie sich doch in den Arsch beißen«, sagte Leyna fröhlich.

»Du verstehst nicht, worum es geht. Vielleicht hätte sie ja dem Dalton eine Schenkung gemacht, vielleicht hätte sie uns dieses verdammte Haus und auch noch den Rest ihrer Sammlung vererbt. Sie besitzt mehrere Sartoris-Bilder, weißt du!«

Leyna zuckte elegant mit den Schultern. »Ich wußte gar nicht, daß der alte Mike Hardesty so viel geklaut hat. Tut mir leid, ich dachte, alles wäre schon geregelt. Aber warum bist du denn so hinter den Sartoris-Bildern her? Wird dein Vater denn seinen Kram nicht sowieso dem Dalton vererben, wenn er den Deckel schließt?«

»Wer weiß schon im voraus, was mein Vater tun wird?«

»Ja, kannst du denn nicht die Bilder aus ihr herausfikken?«

»Warum redest du so nicht während deiner Sendungen?« Nick mußte grinsen. »Millionen von Perversen gerieten in Ekstase!«

»Ich habe es mir für dich aufgespart.« Leyna schob sich dichter an ihn heran. »Ich meine gehört zu haben, daß Dolly und du sich nicht mehr so nahestehen. Du hast wohl jetzt was mit der süßen kleinen Heldenwitwe Lucy?«

»Ich habe immer gedacht, du kümmerst dich nur um die Interessen unserer Republik und behältst die Politiker scharf im Auge, und jetzt merke ich, daß du deine Zeit damit verbringst, dir den übelsten Klatsch anzuhören«, gab er zurück.

»Richtig, und ich hätte auch noch Zeit für ganz andere Dinge. Deine Ohren sollten jetzt eigentlich rot werden, mein Schatz. Ich habe gerade gesehen, wie deine Freundin Lucy mit Dolly schwätzte. Ich wette, sie tauschen ihre Erfahrungen aus. Nicht, daß du dich da irgendwie schämen müßtest.«

»Das hab' ich mir für dich aufgespart«, sagte Nick.

Leyna lachte tief in ihrer Kehle.

Nick Weiler verschränkte die Hände auf dem Rücken.

»Wirst du was über das Dalton im Sonntagsmagazin bringen?« fragte er.

»Roddie dreht heute abend genug Material, um was zusammenzuschneiden. Wir brauchen aber natürlich noch ein bißchen Gerede von dir. Können wir das heute abend nicht noch genauer besprechen?«

Leyna war nicht höflich genug wegzuschauen, während Nick mit sich selbst kämpfte. Er verfluchte sie innerlich für ihre Forschheit. Aber warum sollte sie ihm gegenüber schüchtern sein?

»Ich muß ziemlich lange hier bleiben, bis wir das Haus abschließen können«, sagte er endlich, »aber ich werde es versuchen.«

Leyna nickte. »Gut.« Sie winkte jemandem zu, den sie kannte.

»Entschuldige mich bitte«, sagte Nick, aber Leyna war schon weg. Sie verschwand in der Menge.

Das Dalton war leer bis auf ein paar letzte Angestellte, als Nick Lucy entdeckte. Sie schlief unter ein paar Decken auf dem Sofa in seinem Büro. Eigentlich war sie eher stockbetrunken, als daß sie schlief. So schien es ihm jedenfalls, als er sich über sie beugte, um ihr einen Kuß zu geben. Heute nacht vermochte kein Prinz, sie wieder wachzuküssen.

Mit viel Mühe schaffte er sie zu seinem Wagen. Sie verkroch sich in ihrem Sitz, so weit weg von ihm wie möglich, und pendelte auf dem Weg nach Hause ständig zwischen Schlaf und halber Bewußtlosigkeit. Ihm wurde auf grausame Weise die Distanz klar, die sie beide trennte. Es war, als ob das Meer unerwarteterweise zurückgewichen sei und sich ihm nichts als endloser flacher Grund zeigte mit ein wenig Wassergekräusel ganz weit in der Ferne, in dem sich das Licht brach.

Mr. Novick schlief ebenfalls fest, und zwar vor dem laufenden Fernseher. Nick stellte den Apparat ab, während Lucy ihre Schuhe von den Füßen schüttelte. Sie bot ihm mit geschlossenen Augen ihre Wange für einen Kuß, ergriff ihre Schuhe und eilte ohne ein Wort die Treppe zum Schlafzimmer hinauf.

Nick war erleichtert, dem Schweigen zu entkommen, als er zu seinem Wagen ging. Nicht nur, daß sie nicht mit ihm reden wollte, sie schien sogar Bewußtlosigkeit seiner Gesellschaft vorzuziehen. Er fühlte sich wie jemand, der eine Prüfung nicht bestanden hatte.

Er fuhr zurück zu den erleuchteten Straßen der Stadt, kein bißchen müde. Es schien, als sei er der einzige unter Millionen, der nicht schlief. Eine plötzliche Wut stieg in ihm auf. Er spürte auf einmal das Bedürfnis, zurückzufahren und mit Lucy zu schlafen. Aber eigentlich wollte er gar nicht mit ihr schlafen. Er wollte, daß sie still und ohne Reaktion daliegen sollte wie eine Schaufensterpuppe; er wollte sie mit seinem Penis bestrafen.

Nick fuhr schnell, er schwitzte vor lauter Angst vor seiner Wut. Vielleicht konnte er einmal mit seinem Vater über diese neue Erfahrung der wuterfüllten Liebe sprechen, der alte Spieler würde sicher verstehen, woher sie kam. Aber sein Vater war weit weg auf seiner Insel und schlief den Schlaf der Alten und Gerechten. Leyna wohnte nicht weit von seinem Weg. Sie würde ihn wieder zu sich selbst bringen.

Leyna hatte die dummen hochhackigen Schuhe ausgezogen, so daß sie einander in die Augen schauen konnten. Erst sehr viel später konnte er schlafen.

Lucy war froh, als das Sonntagsmagazin das direkte Interview mit Nick beendete und ihn nur noch zu Bildern von der Ausstellung Kommentare sprechen ließ. So konnte sie die Puppenhäuser und ihr Inneres betrachten und seine Stimme von ihm trennen, diese gleichmäßige, ruhige, immer noch leicht britisch klingende Stimme.

Als letztes zeigte die Kamera das Stettheimer-Haus, das in den 20er Jahren von drei Schwestern geschaffen worden war. Es war zugleich ein Kunstwerk, die Illustration eines vergangenen Lebensstils und ein Spielzeug, unerreichbar für die meisten kleinen – und großen – Kinder.

Nicks Stimme kommentierte: »... Was zieht uns so zu Puppenhäusern und ihrer winzigen Einrichtung hin? Vielleicht ein einfacher, offensichtlicher, kindischer Grund: ihre Kleinheit. Die Wiedergabe unserer Welt in einem kleineren Maßstab, das erinnert uns an die Zeit, als wir Mutter und Vater spielten, als unsere Puppen jene Kinder waren, die wir vor einem Puppenhaus wieder selbst sein können...«

Lucys Vater schnaubte, als die Sendung vorbei war. »Da hast du den Mund aber ein bißchen voll genommen, Nick«, sagte er. Er warf Lucy einen besorgten Blick zu. Was eigentlich passiert war, wußte er nicht, er sah nur, daß Lucy unglücklich war, und offensichtlich war es Nick Weilers Schuld. Er mochte Nick, aber Lucys wortloses Leiden machte ihn zornig auf den Burschen.

»Stell das bitte ab, Paps«, bat Lucy plötzlich. Sie stand auf und räkelte sich. »Das ist sowieso vorbei.«

Der alte Mann sah ihr nach, wie sie die Treppe hinaufging. Anscheinend war sie müde. Wenn er nur wüßte, was los war. Verwirrt und leicht von ihrer Depression angesteckt, drehte er die Lautstärke niedriger und setzte sich wieder, um die Abendnachrichten zu sehen.

Einige Tage später saß er in seinem Liegestuhl und las Zeitung. Laurie und Zach spielten in Sicht- und Hörweite mit ein paar Nachbarkindern. Ein Transistorradio auf einem Gartentisch in der Nähe verkündete die neuesten Sportmeldungen.

Alles war angenehm und friedlich, genau die Sorte Frühlingstag, die er in letzter Zeit zu genießen gelernt hatte. Eine kleine Wolke schob sich vor diese Sonne, als Nicks Mercedes in der Einfahrt erschien.

Mr. Novick winkte Nick zu und zeigte hinter sich zur

Werkstatt. Er lächelte und schüttelte seine Hand, als Nick vorüberkam. Sonst gab es nichts zu sagen. Hoffentlich würden die beiden sich wieder vertragen.

Auf dem Weg zur Werkstatt durchfuhr Nick der Gedanke, daß Mr. Novick ja nicht einmal zehn Jahre älter war als er. Invalidität, Alkoholismus und Verbitterung hatten Lucys Vater vorzeitig altern lassen, so daß er aussah und sich bewegte, als sei er zwanzig Jahre älter, als er wirklich war. Er hatte inzwischen seine Fehlschläge überwunden und lebte in resignierter Zufriedenheit mit dem, was ihm geblieben war: ein stilles Leben im Schlepptau seiner Tochter. Wahrscheinlich war er dankbar für jedes bißchen Familienanschluß.

Lucy sprach so gut wie gar nicht über ihren Vater, auch nicht über den Zerfall der Ehe ihrer Eltern, bei dem sie ja alt genug gewesen war, um sich zu erinnern. Sie sprach auch nicht über ihre eigene Ehe mit Harrison Douglas Junior. Sie war so verschlossen; er verstand erst in letzter Zeit ihr Verhalten ein bißchen. Aber noch hatte er nicht ihr volles Vertrauen. Und er wußte, daß das nur zum Teil ihre Schuld war.

Er lehnte sich einen Augenblick gegen den Türrahmen und sah ihr beim Arbeiten zu. Sie schaute kurz auf, um zu sehen, wessen Schatten da auf sie fiel, und reagierte auf sein unerwartetes Erscheinen, indem sie errötete.

»Was willst du?« fragte sie kurz. Ihre Finger rieben mit einem häßlichen Geräusch Sandpapier über ein Stück Holz.

»Eine faire Anhörung.«

»Ich habe zu tun«, entgegnete sie. Sie suchte zwischen den Werkzeugen auf dem Tisch, ergriff eine scharfe Klinge und begann an dem Stück Holz vor ihr zu schaben.

»Ich hätte so ein Verhalten von dir nicht erwartet, Lucy«, sagte er ruhig.

»Wirklich?« Lucy sah ihn nicht an. »Anscheinend kennen wir uns doch nicht so gut, wie wir gedacht haben.«

»Ich dachte, du seist ein bißchen abgeklärter...« Er wurde von einer neuen Attacke des Sandpapiers auf das Holz unterbrochen. Es war fast eine Erleichterung, es schien ihm, als sage er lauter falsche Sachen, ohne es zu wollen.

»Mir sind die alle ganz egal, Leyna Shaw oder Dolly oder sonstwelche Weiber«, erklärte Lucy plötzlich mit Zorn in der Stimme.

»Lucy«, sagte er in einem bittenden Ton, für den er sich augenblicklich haßte, »niemand ist betrogen oder mißbraucht worden. Ich habe mit einigen einsamen Frauen geschlafen. Nicht mal mit so vielen. Sie waren für eine Weile nicht mehr so einsam. Ist das so schlimm?«

»Und du hast dafür Geld für das Dalton bekommen. Oder etwas anderes, ein Gemälde, eine Skulptur oder eine Einladung zu genau der richtigen Party.«

»Verdammt noch mal, Lucy, in meinem Job muß man mehr tun, als Spender bei Laune zu halten. Und ich bin gut in meinem Job, verstehst du?«

»Das freut mich aber für dich. Dein Job. Es gibt wohl keine Frau in diesem Land, die nicht dieses Lied hat anhören müssen: ›es ist eben mein Job‹. Das sollte ein Scheidungsgrund sein, so wie Ehebruch und seelische Grausamkeit: ›mein Job‹.« Ihre Hände bearbeiteten wütend das Holz. Sie holte tief Atem. »Es wird mir ja schon schlecht bei dem Gedanken, daß du mit Dolly gebumst hast. Und dann mit mir. Führst du eigentlich Abschußlisten, oder machst du das nur zum Vergnügen? Oder mußtest du eine Gönnerin bei Laune halten? Ich möchte am liebsten kotzen.«

»Um Himmels willen, Lucy, Dolly und ich haben doch schon seit Jahren nichts mehr miteinander. Ich bin dreiundvierzig. Hätte ich mich denn für die große, wahre Liebe aufbewahren sollen?«

»Ich hab' dir schon gesagt, Nick, mich interessiert nicht,

mit wem du geschlafen hast oder daß du mit denen geschlafen hast. Aber warum du es getan hast, das interessiert mich. Offenbar haben wir da nicht die gleichen Standards. Mir ist das wichtig, das Warum, anscheinend viel wichtiger als dir.«

»Für mich war das auch nicht unwichtig. Ich mochte sie. Ich bin nie mit einer Frau ins Bett gegangen, die ich nicht mochte. Ach, Scheiße«, sagte er hilflos. Warum verstand sie ihn denn nicht? Wie konnte er ihr das nur erklären? Immer waren diese Frauen zu ihm gekommen, diese traurigen reichen Frauen mit ihrer schrecklichen Leere. Und er war eben höflich zu ihnen gewesen, freundlich, er konnte nicht anders.

»Blah, blah.« Lucys Stimme war wie splitterndes Glas.

Verzweifelt versuchte er Boden zu gewinnen. »Du hast dich von Dolly beschwätzen lassen, dieser Hexe, und von Leyna Shaw. Zwei von den gemeinsten Biestern auf diesem Erdboden.«

»Bist du dir ganz sicher, daß du nie mit einer Frau geschlafen hast, die du nicht mochtest?« Lucy war erbarmungslos.

»Geschlafen habe ich mit keiner von beiden, das war eher Krieg in der Horizontale. Ich war froh, daß hinterher meine Eier noch ganz waren.«

»Reizend. Ich kann es gar nicht erwarten, dein Urteil über mich zu erfahren.«

»Lucy, du bist zu streng mit mir«, beklagte er sich. »Ich stehe hier und versuche, mich vor dir zu rechtfertigen. Zeigt das nicht, wieviel mir an dir liegt?« Müde strich er sich übers Gesicht. »Ich will dir nur klarmachen, daß die Welt nicht immer nur schwarz und weiß ist.« Das war etwas, so schien es ihm, das er schon auf den Knien seiner Mutter erkannt hatte. Warum wollte sie es nicht verstehen?

»Wie würdest du denn über mich denken, wenn du was

Ähnliches bei mir herausfändest?« fragte Lucy mit leiser Stimme.

»Die Frage ist unfair. Ich habe dir von Anfang an nicht mißtraut und habe dich auch nie nach irgendwelchen Beweisen gefragt.« Das war richtig; er hatte von Anfang an gewußt, daß sie nicht auf ihn zugehen würde. Er hatte um sie werben müssen. Vielleicht war das der Fehler? Sich in ein gutes, wählerisches Mädchen aus der Mittelklasse zu verlieben, das an den glücklichen Zufall der reinen, großen Liebe glaubte, die schon kommen wird, wenn man nur tugendhaft genug auf sie wartet, so als sei es eine Art Naturgesetz?

Ihr Gesicht war steinern und bleich. Sie blickte ihn nicht an.

Nick lehnte sich gegen den Türrahmen und schaute hinaus ins helle Sonnenlicht. Er konnte die Stimmen von Zach und Laurie und von anderen Kindern hören und fragte sich, wie lange es wohl dauern würde, bis er diese Stimmen vergessen konnte. Er holte tief Luft und wandte sich wieder Lucy zu.

Ihre Hände bearbeiteten das Holz wie eine Waschfrau ihr Waschbrett. Haarsträhnen hatten sich gelöst und hingen ihr ins Gesicht.

»Ich versuche nur dir klarzumachen«, sagte er langsam und überlegt, »daß es mir leid tut. Daß alles aus ist. Mit Dolly, mit Leyna, mit allen anderen. Ich will nur noch dich.«

»In einem hast du recht.« Sie sah ihm zum erstenmal voll ins Gesicht, seit er in der Tür aufgetaucht war. »Es ist alles aus.« Sie schaute schnell wieder weg. »Ich habe zu arbeiten, das verstehst du doch sicher. Leb wohl.«

Er stand schweigend da und dachte nur immer *Das war der letzte Tropfen*. Die Stimmen der Kinder wurden leiser und verstummten. Er drehte sich um und ging weg.

Lucys Hände kamen endlich zur Ruhe. Sie fühlte sich

dumm und töricht, irgendwie hatte sie das Empfinden, daß sie im Unrecht war. Nach einiger Zeit ergriff sie ein Schnitzmesser und begann damit herumzuspielen. Plötzlich warf sie es hin und sah auf ihre Hand. Eine dünne rote Linie zog sich über die Handfläche, Blut quoll hervor. »Mist«, murmelte sie und wischte die Hand am Overall ab. Sie schob die Werkzeuge außer Reichweite der Kinder und warf die Holzabfälle in den Karton, der ihr als Abfalleimer diente. Mit gesenktem Kopf verließ sie die Werkstatt.

Der Mini-Staubsauger summte mechanisch, und Dolly summte mit, während sie das kleine Sofa reinigte. Das Häuschen mit den Schnitzereien und der Veranda war diesmal dran, Dolly nannte es einen ›gründlichen Hausputz‹. Seit das Weiße Haus weg war, bekamen die anderen Häuser andauernd diesen Hausputz, aber irgendwie kam es ihr vor, als pflanze sie Blumen rund um ein Grab. Die leere Stelle schmerzte.

Dolly dachte an ihr morgendliches Telefongespräch mit Nick.

»Wir haben wirklich einen Rekordbesuch«, hatte er gesagt, »ich wünschte, du würdest es uns ein bißchen länger überlassen.«

Er hätte schon ein bißchen enthusiastischer dabei klingen können, dachte Dolly.

»Ja, und wenn ich das täte«, schimpfte sie, »dann würdest du doch früher oder später darum betteln, es mit dem Rest der Ausstellung an andere Museen ausleihen zu dürfen!«

Nick klang verstimmt. »Nun, wir haben ja auch noch Missy Updegraffs ›Fondtland Manor‹, das wir statt dessen zeigen können.«

»Na also, was beklagst du dich dann?« fragte sie, aber in Wirklichkeit hielt sie das Fondtland Manor kaum für einen würdigen Nachfolger ihres Weißen Hauses, und natürlich hatte sich Nick ja gar nicht beklagt.

»Ich weiß es wirklich sehr zu schätzen, daß du uns dein Weißes Haus zur Verfügung gestellt hast, Dorothy. Ich möchte nur betonen, daß es dir nicht gestohlen wurde!«

Ein schwacher, dummer Witz, dachte Dolly. Wie konnte der dumme Kerl nur annehmen, daß bei all den Diebstählen, die passierten, gerade ihr Weißes Haus sicher sein würde?

Aber er war auch gar nicht so richtig in Form. Höflich wie immer, ja, das alte Ekel Maggie Weiler würde aus ihrem antiken Bett krabbeln und ihn mit dem Nachttopf verprügeln, wenn er je unhöflich wäre. Aber der alten Maggie würde es gar nicht gefallen, daß er so geknickt und ohne jeden Esprit reagierte. Bloß weil er und die liebe Lucy auseinander waren. Der Gedanke ließ Dolly ein bißchen lauter und fröhlicher summen.

Die Idiotie von dem Kerl, zu Leyna Shaw ins Bett zu hopsen, sozusagen um alter Zeiten willen! War ihm nicht klar gewesen, daß sie im selben Gebäudekomplex wie das halbe offizielle Washington lebte, das dann natürlich Nicks Wagen in der Tiefgarage neben dem ihren sehen *mußte?* Ein hübsches Symbol dafür, kicherte Dolly, was er sonst noch parkte und bei wem. Und dann das Sonntagsmagazin im Fernsehen, wo Leyna ihn anschnurrte wie eine Katze, die einen Büchsenöffner klappern hört, das hatte jeden verbliebenen Zweifel zerstreut. Es war wirklich komisch, wie die beiden ihre Routine diesmal aufeinander angewendet hatten. Leyna fickte doch jeden, der irgendwas wußte, und außerdem natürlich alle Fernsehbosse, die für ihre Beförderung wichtig waren, und Nick, der Schatz, machte reiche Frauen glücklich und sorgte damit zugleich für sein Museum. Das führte zu der interessanten Spekulation, ob einer von den beiden oder sogar beide jemals mit dem Präsidenten gebumst hatten. Leyna pflegte so etwas anzudeuten, und Matt Johnson dachte nicht daran, es zu dementieren. Aber Dolly hatte nie gehört, daß er jemals Gelüste nach etwas anderem als dem eigenen Geschlecht gezeigt hätte. Und Nick Weiler war genau der Typ von gutem Freund, den Matt Johnson so bevorzugte.

Na gut, Lucy war jedenfalls schlau genug, die Signale zu erkennen. In den Klatschspalten war ein bißchen was gewesen, und Dolly selbst hatte ein nettes Schwätzchen mit Connie Winslow gehalten, die Lucy für ihre Freundin hielt. Connie mit der herrlichen Stimme in ihrem häßlichen, narbenbedeckten Körper wußte nur zu gut, daß Nick Weiler sie niemals lieben würde. Daher hielt sie ihr Verlangen nach ihm gut verborgen und ging sogar so weit, sich mit seinen jeweiligen Freundinnen anzufreunden. Connie hatte es eine diebische Freude bereitet, Lucy so ganz aus Versehen ein paar indiskrete Dinge zu sagen. Ach entschuldige, Liebes, das hätte ich jetzt doch nicht sagen sollen... Dolly wurde es ganz warm ums Herz, wenn sie daran dachte, daß die hochnäsige Lucy nun wohl endlich begriffen hatte: ihre große Liebe war nichts als eine männliche Hure.

Die Türglocke läutete. Dolly ignorierte sie. Kurz darauf klopfte ihr Dienstmädchen an die Tür des Puppenhausraumes.

»Herein.«

Ruta schlurfte herein und streckte ihr einen schmalen Umschlag hin. Dolly schaute ihn prüfend an und stellte den Ministaubsauger ab. Sie riß den Umschlag an der oberen Kante auf.

In ihm war kein Brief oder Zettel, nur ein kleines viereckiges Schächtelchen, eine flache Streichholzschachtel aus einem beliebten Restaurant. Dolly öffnete sie ein wenig und schloß sie gleich wieder. Sie scheuchte Ruta mit einer Handbewegung aus dem Zimmer.

Dann schloß sie hinter ihr die Tür ab. Sie öffnete die Schachtel erneut. Mit zitternden Fingern holte sie den Inhalt heraus. Ein halbes Dutzend Rosen, jeder Stengel weniger als drei Zentimeter lang. Die Blüten waren kaum fünf Millimeter im Durchmesser. Die Stengel verhakten sich in der Haut ihrer Hand, sie hatten winzige Dornen. Dolly schüttelte die Blumen vorsichtig auf ihre Handfläche. Sie glühten wie frische Blutstropfen zwischen grünen Blättern und Stengeln. Dolly hielt sie vor ihre Nase. Ihr Magen begann zu flattern. Der unvergleichliche Duft von Rosen, von echten Rosen, schwach zwar, aber ganz real...

Sie holte die Juwelierslupe heraus, die sie stets in der Schürzentasche bei sich trug, und studierte die kleinen Blumen. Dann schaute sie noch einmal in die Streichholzschachtel und fand ein winziges Blatt Papier. Mit Hilfe der Lupe konnte sie die Schrift darauf entziffern. Ein Name und eine Telefonnummer.

Gedankenverloren steckte sie die Lupe wieder weg. Dann ging sie zum Telefon. Ihre Finger zitterten so sehr, daß sie erst beim dritten Versuch die Nummer richtig wählte.

4

Roger versuchte sich in seinem Hotelzimmer etwas zu entspannen und seine Aufregung mit dem Hamburger und dem Bier hinunterzuschlucken. Zwischen den einzelnen Bissen und Schlucken rollte er den kleinen rosaroten Sportwagen auf der Glasplatte des Tisches hin und her. Er blickte auf seinen Reisewecker, es war beinah Zeit. Roger schlang den Rest des Hamburgers hinunter. Dann zerdrückte er die Bierdose mit der linken Hand und warf den Abfall seines Mahls in den Papierkorb. Schade, daß er nicht mehr gekauft hatte, jetzt war keine Zeit, sich noch eine Tüte zu holen. Er schnipste geschickt mit dem Mittelfinger gegen das kleine Auto. Den Trick hatte er als Kind an den Köpfen mehrerer Schildkröten perfektioniert, die er nacheinander besessen hatte. Es war eine jener Fähigkeiten, die man nie mehr verlor, wenn man sie einmal richtig geübt hatte.

Er schrak zusammen, als es an die Tür klopfte. Rasch saugte er an seinen Schneidezähnen, um eventuell zurückgebliebene Zwiebelreste zu entfernen. Er schob das Auto in die Jackentasche. Sie hielt also die Verabredung pünktlich ein, die Dame.

Er trug seinen besten Anzug, den er sonst nur zu Vorstellungsgesprächen anhatte. Er war in schillerndem Blaugrün gehalten und bemerkenswert unbequem. Roger sehnte sich nach seinen weichen sackartigen Hosen und seinem T-shirt, durch dessen Öffnungen man sich so bequem kratzen konnte. Nur einem potentiellen Arbeitgeber zuliebe zwängte er sich in den Anzug, das gehörte zu den wenigen Regeln, die er sich selbst gesetzt hatte.

Seine Hand war so naß von Schweiß, daß sie fast von der Türklinke abglitt, aber irgendwie bekam er die Tür auf. Da stand die berühmte Lady tatsächlich vor ihm. Es war überraschend, wie sehr sie ihren Bildern glich. Allerdings in drei Dimensionen, und hübschen dazu, dachte er. Und in natürlichen Farben. Sie lächelte ihn an. Das Bier und der Hamburger gluckerten in seinem Bauch wie zur Begrüßung.

»Mr. Tinker?« fragte sie. Ihre Stimme klang einfach gepflegt, dachte Roger, einfach erstklassig.

Er nickte heftig und streckte die Hand zur Begrüßung aus. Danach wußte er nicht mehr weiter und steckte sie in die Hosentasche. Sie stand da und schaute ihn erwartungsvoll an. Dann blickte sie bedeutungsvoll auf einen der Sessel.

Ach so, das tat man wohl in so einem Fall. Er bat sie also, sich zu setzen, was sie auch sogleich tat – mit einer Grazie, wie er sie nur von den Frauen in den Werbespots der Automobilindustrie kannte. Er bot an, Kaffee kommen zu lassen. Sie lehnte ab, und damit war Roger schon wieder mit seinem Latein am Ende.

Sie ergriff das Wort. »Ich bin Dorothy Hardesty Douglas«, sagte sie. Es war ein bißchen verwirrend, denn Roger wußte das ja schon, aber dann begriff er, daß sie ihm helfen wollte, daß sie die Konversation einfach fortsetzen wollte, um ihm die Scheu zu nehmen. Ihre Augen blickten – er suchte für einen Moment nach dem richtigen Ausdruck – freundlich, aber es lag noch etwas anderes darin. Amüsiertheit?

»Die Blumen«, sie hielt inne und schaute ihn an, »die Blumen waren wirklich ganz außergewöhnlich. Wie machen Sie das?«

Roger errötete vor Stolz. Er kicherte. »Das kann ich Ihnen jedenfalls sagen: ich habe sie nicht gezüchtet.« Er hoffte, es klang geheimnisvoll genug.

Das ruhige Lächeln der Dame verwandelte sich in Verblüffung. Sie suchte in ihrer Handtasche herum, und Roger, der die Geste erkannte, wußte gleich, wonach sie suchte. Er zog seine Zigaretten heraus und bot ihr eine an.

Sie schürzte dankbar die Lippen, was Roger weich in den Knien werden ließ, und steckte eine der Zigaretten in den Mund. Roger erinnerte sich, daß es zum guten Ton gehörte, ihr Feuer zu geben. Er zog eine Schachtel Streichhölzer aus der Jackentasche, noch eine mit dem Aufdruck des beliebten Restaurants, und versuchte eines anzuzünden. Es zerbrach.

»Die taugen nichts«, murmelte er, und sie nickte. »Ich habe in Wirklichkeit auch gar nicht dort gegessen.«

»Das war klug von Ihnen«, versicherte sie ihm, »das Essen ist viel zu teuer und taugt überhaupt nichts.«

Ihre Vertraulichkeit gab Roger den Mut, ein anderes Streichholz auszuprobieren. Dieses funktionierte. Er war hingerissen. Da saß er nun und zündete eine Zigarette an, an deren anderem Ende die schimmernden Lippen einer berühmten, reichen und noch immer sehr gut aussehenden Frau saugten.

»Sie züchten sie also nicht?« wiederholte sie nachdenklich. Ein feiner blauer Rauchschleier zerstob vor ihrem Gesicht. Für einen Moment besaß sie das grausam schöne Gesicht der Stiefmutter aus dem *Schneewittchen*-Film. Roger erinnerte sich gut an den Zeichentrickfilm von Disney; er hatte ihm eine fürchterliche Angst eingejagt, als er gerade in dem Alter war, vorgeben zu müssen, daß er sich nicht davor fürchtete. Er hatte niemals diese Schurkin vergessen, die beste, dachte er, in der langen Reihe der Disney-Hexen, die so viel anziehender, so viel mehr sexy waren als die zitternden kleinen Heldinnen.

»Nun«, fuhr sie fort, »sie sind aber auch nicht künstlich. Sie sind echt, verdammt noch mal.«

Der Fluch ging ihr so leicht von den Lippen wie ein ›Hallo‹. Roger war verblüfft, so verblüfft, daß er den nun folgenden Moment, den er sich so oft in seiner Vorstellung ausgemalt hatte, kaum richtig genießen konnte. Er holte tief Atem und sagte: »Ich verkleinere sie.«

Die Augen der Lady, grau wie Regenwasser, wurden für einen Moment ganz groß. Dann zogen sie sich wieder zusammen, und sie paffte an ihrer Zigarette, als wolle sie das Höllenfeuer anheizen.

Roger griff wie beiläufig in seine Tasche und schloß seine Hand um das kühle Metall des Sportwagens. Er kicherte ein bißchen. Langsam zog er den Wagen hervor und zeigte ihn ihr. Sie hob die Augenbrauen. Schweigen setzte ein.

Sie starrte eine Weile auf das kleine Auto in seiner Hand. Dann legte sie die Zigarette in den Hotelaschenbecher und zog eine Juwelierslupe aus der Handtasche. Sie nahm Roger den kleinen Wagen aus der Hand, klemmte die Lupe vors Auge und studierte das Auto einige Zeit. Schließlich ließ sie die Lupe in ihre leere Hand fallen, stellte das Auto wieder auf den Tisch und lehnte sich zurück.

»Sonst noch irgend etwas?« fragte sie ruhig.

Roger bewunderte, wie beherrscht sie blieb. Jeder andere wäre inzwischen hysterisch geworden. Er schob einen kleinen Umschlag über den Tisch.

Sie öffnete ihn eilig, mit einem kaum bemerkbaren Händezittern. Ein kleines Rechteck war darin. Dieses Mal keuchte sie überrascht. Endlich eine befriedigende Reaktion.

Sie schob die Lupe wieder vors Auge. Die Hand, die das Miniaturgemälde hielt, mußte sie mit der anderen festhalten, sie zitterte so sehr. Dieses Mal brauchte sie für die Untersuchung nicht lange. Sie ließ die Lupe wieder fallen, saß sehr still, das Gemälde auf ihrer Handfläche, und starrte Roger so intensiv an wie vorher seine Waren. Roger war das irgendwie unangenehm, er kam sich vor wie eine Grapefruit auf dem Markt, die dauernd angetatscht wird. Sie hätte genausogut die Lupe im Auge lassen können.

Schließlich flüsterte sie: »Wie?«

»Ich verkleinere sie«, erklärte Roger, »ich habe einen Apparat, den ich Verkleinerer nenne.«

Der Apparat war im Kleiderschrank, in einer Kamerahülle aus Leder. Aber das würde er ihr nicht verraten. Vielleicht war er ein bißchen irre, aber er war bestimmt kein Narr.

»Verkleinerer?« fragte sie. Ihr Mund verzog sich wie über einen Witz, in den Roger nicht eingeweiht war. Aber dann verschleierten sich ihre grauen Augen.

Roger fühlte, daß sie mit dem Gedanken ihre Schwierigkeiten hatte. Er zog die Zigaretten wieder heraus. Diesmal nahm er sich selbst auch eine.

»Ich habe früher für die Regierung gearbeitet«, sagte er, als er ihr die Schachtel hinhielt, »bei einem Forschungsprojekt.«

Sie nahm eine und nickte.

»Na ja, und die Schweine, entschuldigen Sie den Ausdruck, haben das Projekt abgebrochen. Und mich gefeuert.« Er zündete ihr die Zigarette an und kam sich dabei vor wie Humphrey Bogart.

Sie hob die Hand.

»Moment, daß ich es auch richtig verstehe. Das war also ein Regierungsprojekt, das Methoden der Verkleinerung von Gegenständen erforschte?«

Roger zuckte die Schultern. Das kam der Sache sehr nahe. Sie hatte eine rasche Auffassungsgabe. »Ein bißchen komplizierter war es schon. Aber das war eines der Gebiete, für das wir uns interessierten. Es war reine Grundlagenforschung, aber natürlich wollten sie auch praktische Ergebnisse, verstehen Sie?«

»Ja, wie das so geht«, sagte sie amüsiert.

»Ja, und das Projekt wurde übrigens zur Regierungszeit ihres Vaters begonnen, so lange läuft das schon. Ich kam erst vor fünfzehn Jahren dazu.«

Sie schien jetzt nicht mehr so amüsiert und runzelte eine ihrer eleganten Brauen.

»Also hab' ich das Ding dann selbst fertig entwickelt. Zap! Offensichtlich wollten sie es ja nicht mehr, also gehört es jetzt mir, oder?«

Die Lady rauchte heftig. Anscheinend ließ sie sich von seiner Logik überzeugen.

»Und wie funktioniert es?« fragte sie.

»Ganz großartig«, sagte Roger, »das sehen Sie doch hieran!« Er zeigte auf das Bild in ihrer Hand.

Sie blickte noch einmal darauf und dann wieder zu Roger.

»Ja, das kann ich sehen. Aber könnten Sie mir nicht den Mechanismus erklären?«

»Nein«, erwiderte er. Er freute sich über ihr verblüfftes Gesicht. Es schien, als hörte die Dame dieses Wort nicht oft.

»Warum nicht?« bedrängte sie ihn und drückte heftig ihre Zigarette im Aschenbecher aus.

»Weil ich es nicht kann.«

»Oh. Sind Sie da sicher?«

»Es ist viel zu kompliziert. Es gibt wahrscheinlich nur zwei oder drei Leute auf der ganzen Welt, die verstehen könnten, wie es funktioniert, wenn man ihnen die nötigen theoretischen Informationen gäbe. Und mich natürlich, aber manchmal bin ich selbst nicht sicher, ob ich es verstehe.«

»Ich glaube, ich weiß, was Sie meinen. Aber können Sie mir nicht ein bißchen die Theorie, die dem Ganzen zugrunde liegt, erläutern. Ich will versuchen, mich nicht allzu dumm anzustellen.« Sie lächelte dabei umwerfend.

Es konnte keinen Schaden anrichten, das wußte er. Sie würde mit Theorie allein doch nichts anfangen können.

Er rückte in den Sessel ihr gegenüber. »Wollen Sie das wirklich?«

»O ja.« Ihre Augen glitzerten erwartungsvoll.

Er überlegte kurz und begann.

»Also, als ich ein kleiner Junge war, da habe ich geglaubt, die Welt würde durch Knopfdruck funktionieren. Durch viele Knöpfe. Ich habe wohl mal jemanden davon reden hören, daß man sie durch einen Knopfdruck zerstören könne, und überlegte mir, daß es dann ja wohl auch andere Knöpfe geben müsse, die alles steuerten. Vielleicht gab es sogar Knöpfe für Menschen. Es klingt verrückt, aber ich glaubte, daß alles, was geschieht, nur deshalb geschieht, weil irgendwo irgendwer auf einen Knopf drückt. Ein Erwachsener. Ich ging herum und fühlte unter Sessellehnen und an ähnlichen Stellen, ob da nicht diese Knöpfe waren.

Es machte mir auch angst. Ich wußte nicht, wie man herausbekam, welcher Knopf wofür zuständig ist. Ich hatte Angst, ich könnte ganz zufällig auf den Knopf drükken, der die Welt zerstört, und bumm, wäre alles vorbei. Oder auf den, der meine Mutter töten könnte. Wahrscheinlich kommt Ihnen das ziemlich verrückt vor.«

Sie sah ihn erstaunt an, hörte aber weiter zu.

»Na, jedenfalls«, fuhr er fort, »fand ich bei dem Forschungsprojekt heraus, daß ich damals recht gehabt hatte. Ich fand einen der Knöpfe. Ja, es gibt wirklich solche Knöpfe!«

Er war schweißgebadet, fühlte sich aber irgendwie erleichtert, so wie wenn er als Kind seiner Mutter ein Vergehen gebeichtet hatte. Jetzt gab es noch jemanden, der es wußte.

»Eines Tages«, sagte er, »wenn ich genug Geld habe, werde ich nach den anderen Knöpfen suchen.«

Die Lady hatte die nächste Zigarette zwischen ihren Fingern ausgehen lassen. Ihr Mund stand ein wenig offen, und die Zunge bewegte sich nervös um die Oberlippe. Sie räusperte sich.

»Aber können Sie den Effekt auch genau kontrollieren?«

Roger nickte. Er lehnte sich vor und umklammerte seine Knie. »Sie meinen, ob ich alles, was ich verkleinern will, auch exakt so weit verkleinern kann, wie ich es will?«

»Genau.«

»Aber sicher«, sagte Roger überlegen. Er zeigte auf das Bild und auf den Sportwagen, der noch auf dem Tisch stand. »Wollen Sie diese Dinger kaufen? Ich muß meine Investitionen wieder hereinbekommen.«

Sie starrte vor sich hin. Offenbar dachte sie über etwas nach. Dann setzte sie sich aufrecht und holte tief Atem.

»Den Wagen kann ich nicht gebrauchen. Meine Häuser sind alle historisch, da wäre er ein Anachronismus. Die meisten haben nicht einmal eine Garage.«

Das paßte Roger gut. Er hatte für das kleine Auto eine Schwäche entwickelt. Es war eine Art Talisman für ihn geworden. Das war ja auch reines Glück gewesen, daß er gerade dazukam, als der alte Knacker sein Bier trinken ging. Und daß er den Verkleinerer dabeigehabt hatte. Und jedesmal, wenn er es jetzt in der Hand hielt, schien es ihm Glück zu bringen.

»Ja, und das Bild«, sie zögerte ein wenig, »nun, ich kann es in keinem der Puppenhäuser an die Wand hängen, oder?«

Keine gute Nachricht, so viel verstand Roger. Na gut, dann war das eben ein Fehlschlag. Wie sollte er das auch alles wissen? Dieses Geschäft war komplizierter, als er gedacht hatte. Na, jedenfalls hatte er der Lady bewiesen, daß er bessere Miniaturen produzieren konnte als ihre Schwiegertochter.

»Aber trotzdem«, fuhr sie zu seinem Erstaunen fort, »nehme ich das Bild. Es weckt in mir bestimmte Erinnerungen. Ich kann es ja irgendwo privat aufhängen.«

Roger schlug die Hände zusammen. »Großartig!«

Sie blickte ihn an und lächelte. »Ich nehme an, daß Sie mir das Gerät nicht verkaufen wollen?« fragte sie leichthin.

Roger verstummte. Er blickte nervös zum Schrank hinüber und wurde rot, als er sah, wie sie ihn dabei beobachtete. Ihr Lächeln schien zu besagen, daß sie sein Geheimnis erriet. Roger geriet in Panik.

»Nein«, brach es aus ihm heraus, »nein.«

»Ich dachte, fragen kostet ja nichts«, meinte sie beruhigend. »Aber wir sollten uns über die Kosten genau verständigen und auch darüber, was genau ich dafür bekomme.« Sie entspannte sich in ihrem Sessel.

»Sicherlich.« Er war bereit, gleich über alles zu sprechen, nur um das Thema zu wechseln.

Sie schaute auf ihre Armbanduhr und runzelte die Stirn. »Es wird spät. Vielleicht wäre es besser, Sie würden mit zu meinem Apartment kommen und sich meine Häuser dort einmal ansehen. Leider ist das schönste von allen im Moment gar nicht da.« Sie lächelte entschuldigend. »Wir können da auch etwas bequemer reden und zusammen zu Abend essen. Ich kann Ihnen eine Menge über Miniaturhäuser erzählen.«

Rogers Herz hämmerte. Sie hatte ja recht. Und er hatte noch nie mit einer schönen Frau in einem vornehmen Apartment zu Abend gegessen. Dieses Erlebnis wollte er nicht verpassen. Sie strahlte ihn weiterhin an, als wolle sie ihm gleich den Kopf tätscheln.

Fast ohne sich dessen bewußt zu sein, ging er zum Schrank und holte den Verkleinerer aus seinem Kameraetui.

»Vielleicht kann ich ein paar Bilder machen«, murmelte er.

Sie stand auf und legte ihre Hand auf seinen linken Arm. Roger ließ sich von ihr führen. Er ging wie auf Wolken.

Dorothy Hardesty Douglas lebte in einem jener Glastürme. Als sie unten auf der Straße daran vorbeifuhren, fragte sich Roger, wie viele Fensterputzer die wohl ständig bezahlen mußten.

Sie fuhren in eine Tiefgarage, die vollgepackt war mit Mercedes, Rolls-Royce und anderen noch teureren und noch exotischeren Automarken. Roger stellte sich vor, daß er die alle auf Streichholzschachtelgröße schrumpfen lassen und dann säuberlich in einen Schuhkarton packen könnte. Es roch zwar nach Garage und war auch eine, aber sie erweckte in Roger die Erinnerung an Beerdigungen berühmter Filmstars in Forest Lawn, als er die Reihen der Dinosaurier-Autos dort bewundert hatte, Autos wie diese, die langsam und feierlich vorbeifuhren.

Zwei Männer wachten in dem kurzen, auf Hochglanz polierten Korridor, der zu den Aufzügen führte. Sie waren höflich, aber nicht gerade freundlich, dachte Roger. Sie sahen aus, als seien sie mindestens zwei Meter groß. Ihre Augen musterten Roger, sie sahen ihn und sahen ihn auch wieder nicht, unpersönlich wie Röntgenstrahlen.

Der Aufzug war leer bis auf einen Gummibaum in einem Glaskasten, der als ewiger Passagier in einer Ecke stand. Die Pflanze sah ganz gesund aus, aber Roger dachte, es müsse ziemlich langweilig sein, tagaus und tagein in diesem Glaskasten hinauf und hinunter zu fahren. Aber besser der Gummibaum als ich, dachte er.

Die Dame schien nicht zu Gesprächen aufgelegt. Tatsächlich war sie ungefähr so steif wie der Gummibaum. Roger studierte die Bedienungsknöpfe des Aufzugs, das einzige, das es außer der Pflanze und seiner stummen Begleiterin anzuschauen gab. Einer der Knöpfe ließ erkennen, daß das Gebäude ein eigenes Schwimmbecken und eine Art Fitness-Center hatte.

Reiche lebten anders als gewöhnliche Leute, soviel wußte Roger schon. Sie besaßen ihre Apartments, anstatt sie zu mieten, und sie gingen immer in diese privaten Freizeitclubs; offenbar fühlten sie sich sicherer in Gruppen.

Die Wohnung der Lady war beeindruckend. Sie war nicht gerade das, was seine Mutter gemütlich nennen würde. Sie war eher ... atemberaubend. Ein Feenpalast in schimmernden Farben.

Eine Frau mit teigigem Gesicht und einer anthrazitgrauen Zofentracht erschien, und Mrs. Douglas trug ihr auf, für Roger ein Bier zu holen. Danach entschuldigte sie sich und folgte dem Dienstmädchen aus dem Zimmer. Niemand hatte Roger verboten, sich zu setzen, also setzte er sich. Er nahm an, die Dame wolle ihr Make-up auffrischen, obwohl es für ihn ganz in Ordnung schien. Vielleicht wollte sie auch nur aufs Klo gehen. Er genoß den Luxus um sich herum. Ein Dienstmädchen, mein Gott.

Er lehnte sich auf dem hellblauen Sofa zurück und betrachtete das Bild über dem Kamin. Er erkannte die Frau darauf. Elizabeth Payne Hardesty, die Mutter der Lady, möge sie in Frieden ruhen. Wahrscheinlich war sie inzwischen eine Heilige, wenn man bedachte, was sie in ihrer Ehe alles durchgemacht haben mußte. Roger erinnerte sich vage an eine unablässig schmerzlich lächelnde Frau, die hinter der alten Kröte Mike Hardesty hertrippelte. Er hatte sie nicht so schön wie auf dem Gemälde in Erinnerung, aber er war damals ja auch noch ein kleiner Junge gewesen. Es war ein seltsames Bild, das nur Kopf und Schultern der Frau in Lebensgröße zeigte. Kaum ein Pinselstrich war sichtbar, die Farben waren wie ein dünner Film aufgetragen. Roger fand es etwas unheimlich.

Er erhob sich aus der weichen Umarmung des Sofas und schaute aus einem großen Fenster auf die Stadt, die wie ein bunter Rummelplatz weit unter ihm lag.

Das Dienstmädchen kam mit einem Bier zurück. Sie hatte es in ein Glas gegossen und präsentierte es auf einem Silbertablett. Dabei sah sie ihn sehr von oben herab an. Er ignorierte sie und griff nach dem Bier. Es schmeckte nicht sehr amerikanisch, aber Bier war es wenigstens. Er trank fröhlich und dachte, daß sie ihn anschauen konnte, wie sie wollte. Schließlich war sie es, die das Bier servierte, und er trank es.

Die Lady kam zurück, sie hatte die Kleidung gewechselt. Das Schneiderkostüm hatte sie gegen ein weiches, schimmerndes Gewand eingetauscht, das irgendwie zum Raum paßte. Sie fragte, ob das Bier in Ordnung sei, und bot ihm aus einer kleinen Silberschachtel, die wie ein Vampirsarg geformt war, eine Zigarette an. Roger war amüsiert; ein kleiner Scherz darüber, daß man Zigaretten auch Sargnägel nannte. Er war auch erleichtert. Langsam gingen seine Zigaretten zu Ende, so viele hatte sie davon geraucht. Höflich nahm er eine.

Sie redeten eine Weile nichts. Er leerte sein Bierglas, und sie rauchte noch eine Zigarette.

»Wollen wir uns die Puppenhäuser ansehen?« fragte sie schließlich.

Erleichtert fuhr er hoch. »Dazu bin ich ja gekommen, gnädige Frau.«

»Wenn doch bloß mein Weißes Haus auch hier wäre«, klagte sie und führte ihn durch den Korridor.

Das Zimmer war nicht so groß wie der Wohnraum. Eine der Wände war ganz aus Glas, Möbel gab es weiter keine. Zwei große Puppenhäuser auf eigens für sie konstruierten Tischen füllten zwei der Ecken aus. Ein halbes Dutzend Kästen mit einzelnen möblierten Zimmern darin hing an der Wand. Die Mitte des Raums wurde von einem großen leeren Tisch beherrscht.

Dorothy Hardesty Douglas ging um ihn herum, ohne ihn anzuschauen.

»Das hier ist das Knusperhäuschen und da drüben mein Glaspuppenhaus.«

Das Knusperhäuschen war tatsächlich wie aus Rogers

Lieblingsmärchen. Jedes Jahr zu Weihnachten bestellte er sich eines aus Plastik und Pappe mit ein paar eßbaren Verzierungen, wie sie in den Katalogen der Käse- und Wurstversandhäuser angeboten wurden. Es war sein Beitrag zum Weihnachtsschmuck der Wohnung, aber oft ließ er es bis Ostern auf dem Couchtisch stehen.

Das hier war aber das schönste, das er je gesehen hatte. Sogar die, für die in den Frauenzeitschriften seiner Mutter komplizierte Bauanleitungen abgedruckt waren, reichten bei weitem nicht an dieses heran. Es war über einen Meter hoch und aus Holz gebaut, das so bemalt war, als sei es Lebkuchen, Zuckerguß und Naschwerk. Die Ränder waren in wunderschönen Mustern geschnitzt und stellten Zuckerstangen, Gummidrops und andere leckere Sachen dar.

Neben dem Backofen war ein Käfig aufgehängt. Amüsiert erkannte Roger darin einen kleinen Jungen aus Holz. Er war blond, hatte kurze Hosen an und einen handgestrickten Pullover, der an den Ellenbogen durchgewetzt war. Seine kleinen Wangen glühten im Widerschein des imitierten Feuers neben ihm, und seine Augen glitzerten – vom Feuer oder aus Furcht. Ein Mädchen war daneben an ein Tischbein gekettet. Sie saß mit gekreuzten Beinen und traurigem Gesicht auf dem steingetäfelten Fußboden.

Die Hexe war nicht da, in keinem der vier Räume in den beiden Stockwerken, auch nicht auf dem Dachboden des Häuschens, wo geheimnisvolle Kräuterbündel hingen und farbige Glasflaschen mit unidentifizierbarem Inhalt standen. Im Schlafzimmer hingen schwarze Gewänder und spitze Hauben an Kleiderhaken, und der Baldachin des Bettes schien sich im Nachthimmel zu verlieren. In der Küche waren neben den Kindern frischgebackene Plätzchen aufgestellt. Ein kleineres Zimmer, für das Roger keine Bezeichnung einfiel, war leer bis auf einen mannshohen Spiegel. Sein Boden war mit mystischen Zeichnungen bedeckt.

Roger war ganz hingerissen, auch von dem Reisigbündel neben dem Herd, dem Kessel, der über dem Feuer hing, und von dem Tisch, der für eine Person gedeckt war. Ein gefährlich aussehendes Messer steckte in einem Schneidebrett.

»Wow«, sagte er einfach. Dorothy Hardesty Douglas akzeptierte würdevoll das Kompliment.

Das Glashaus erschien ihm mehr als irgendein Haus, das er gesehen oder sich auch nur vorgestellt hatte, wie eine Skulptur. Es wirkte wie ein Origami, eines dieser japanischen Kunstwerke aus gefaltetem Papier: nur Winkel, Facetten, Seiten, Schatten und Spiegelungen; doch war das hier durchsichtig. Roger war erstaunt, als er sah, daß es leer war, unmöbliert und undekoriert. Es war nur es selbst und spielte mit dem Licht seine abstrakten Spiele.

Die Dame lachte angesichts seines Staunens.

»Aber wer könnte denn darin leben?« stieß er hervor.

Sie nickte. Der Mann hatte einen Blick für die zentralen Fragen, für das Eingemachte, wie man heutzutage sagte. Sicher war es das, was ihn zu einem so außerordentlichen Wissenschaftler oder Erfinder – was immer er auch war – gemacht hatte. Sie schüttelte den Kopf, als müsse sie eine plötzliche Rauchwolke vertreiben. Es war unglaublich, aber sie hatte das Bild ja gesehen und hatte keinen Zweifel an seiner Echtheit.

»Na ja«, sagte sie etwas scherzend, »ich könnte mir zwei Sorten Leute vorstellen, die darin leben können.«

Roger untersuchte das Haus. Er konnte sich nicht denken, daß er sich wohlfühlen würde. Keine ›Festung der Einsamkeit‹ im Keller, nicht einmal eine Toilette mit undurchsichtigen Wänden.

»Gespenster oder Exhibitionisten!« Mrs. Douglas grinste, und sie mußten beide lachen.

Das Glashaus war für Roger unverständlich wie moderne Kunst. Er mochte das Knusperhäuschen lieber, diese klebrige, verführerische Kinderfalle, in der das Böse hauste. Es erweckte sein Verlangen, auch dieses andere Puppenhaus zu sehen, das kleine Weiße Haus.

Sie führte ihn wieder hinaus und zum Tisch, auf dem ein Abendessen angerichtet war. Nach Rogers Maßstäben war es ein kärgliches Mahl: zuviel rohes Gemüse, dünne kleine Pfannkuchen ohne Biß, die mit Krabben in einer Soße gefüllt waren, kein Brot und keine Brötchen. Aber es gab wenigstens Bier für Roger und eine Flasche französischen Wein für die Lady.

Roger aß, und Mrs. Douglas redete. »Nennen Sie mich ruhig Dolly, mein Lieber«, sagte sie und widmete sich eifrig der Weinflasche. Roger selbst fand an Wein keinen Geschmack. Er erinnerte ihn an schreckliche Brummschädel und fürchterliches Erbrechen in seiner College-Zeit – und an Feinschmeckersnobs am anderen Ende des Spektrums.

Er war damit zufrieden, ihr zuzuhören, während er alles erreichbare Essen in sich hineinstopfte und Bier aus einem Glas hinterherschüttete, das keinen Boden zu haben schien. Sie konnte erzählen, diese zierliche Dame mit der elfenbeinfarbenen Haut, die er jetzt Dolly nennen durfte. Das war etwas anderes, als dem Geschwätz seiner Mutter zuzuhören. Sie wußte eine Menge über Puppenhäuser und Miniatureinrichtungen, er lernte viel von ihr. Es war fast wie in einem Seminar, selbst wenn es in der Atmosphäre von Luxus stattfand. Holländisches Bier und französischer Wein. Als die Mahlzeit vorüber war, wußte er genau, was Dorothy Hardesty Douglas für ihr Weißes Haus im Auge hatte.

Er verzichtete dankend auf Kaffee, Tee oder Dessert, nur etwas Bier hätte er gerne noch, sagte er. Er fühlte sich richtig in Stimmung von all dem Bier, das er schon vertilgt hatte. Als sie aufstanden, nahm sie die angebrochene Weinflasche mit.

»Ich muß dieses Weiße Haus unbedingt sehen«, sagte er, als sie sich wieder auf das Sofa setzten.

»Das werden Sie schon noch«, versprach sie.

Roger war glücklich. Es würde schön sein, diese warme, elegante Frau noch recht oft zu sehen. Ein Vergnügen für Auge und Nase. Es war unglaublich, aber sie hätte fast seine Mutter sein können, dachte er, wenn sie schon sehr früh mit dem Kinderkriegen angefangen hätte. Und sie hatte ja auch schon Enkelkinder.

Dolly saß auf einmal sehr viel näher bei ihm. Hatte er sich bewegt oder sie? Sie seufzte zufrieden wie eine Katze vor dem Ofen, dann lehnte sie sich zurück und schaute ihn mit halb geschlossenen Augen an.

Plötzlich waren Rogers Achselhöhlen triefend naß. Er legte den Arm um sie und wartete darauf, daß sie ihm ins Gesicht schlagen oder ihm ihren Wein über den Kopf schütten würde. Aber sie kroch nur näher und kicherte. Er war verblüfft und schloß die Augen. Es konnte doch nicht so einfach sein. Er oder vielleicht auch sie mußten betrunkener sein, als er glaubte. Sicher würde gleich das Telefon klingeln, und seine Mutter würde ihn mit scharfer Stimme zurechtweisen. Aber sie konnte doch gar nicht wissen, wo er war, oder?

Er strich über den schimmernden Stoff von Dollys Kleid und begann am ganzen Körper zu zittern. Seine Kehle war auf einmal ausgetrocknet, und er sehnte sich verzweifelt nach einem Bier. Aber wie sollte er sich von ihr lösen, um an eine der verführerischen Flaschen auf dem Servierwagen zu gelangen? Sie gab jetzt schnurrende Töne von sich und rieb sich an seiner Hüfte und seinem Körper.

Panik überkam ihn. Wenn er jetzt die Augen öffnete und feststellte, daß das neben ihm nur ein Sofakissen war – oder das fette Dienstmädchen?

Seit sie an seine Hotelzimmertür geklopft hatte, war er sich vorgekommen, als balanciere er am Rande eines Strudels. Er war aus seinem vertrauten Element gerissen, jeder Schritt war voller Gefahr. Nun umfing ihn das seidene Rascheln ihres Kleides, so schien es ihm, und er fühlte, wie er ins Rutschen kam; er glitt hinein in den Strudel, in das Zentrum des Hurrikans, in den Tornado, er glitt hinein zusammen mit einer Frau namens Dorothy.

Sex war nicht so, wie er ihn sich immer vorgestellt hatte. Er war weniger und zugleich mehr, wie ein ganzer Käsekuchen, den man heißhungrig in sich hineinstopfte. Er hatte sich immer eingeredet, daß es doch wohl nur geringe Unterschiede geben könne zwischen dem, was man empfand, wenn man eine andere Person liebte, und dem, was die eigene Hand bewerkstelligen konnte. Auch eine seiner falschen Theorien, das war ihm jetzt klar. Aber er hatte noch etwas viel Wichtigeres entdeckt: noch einen Knopf, den man drücken konnte.

Roger erwachte am nächsten Morgen mit einem fürchterlichen Kater. Er fühlte sich wie ein verrosteter Eimer in einem stinkenden, elenden Wasserloch. Die seidigen Laken umfingen ihn fast so, wie *sie* es getan hatte, und schienen sich über sein gequältes Fleisch lustig zu machen. Aber es war ihm leider nur zu klar, daß er nicht im Sterben lag. Er brauchte eine Zigarette, ein oder zwei Liter klares kaltes Wasser und die Gelegenheit, zehn Minuten lang ruhig und ungestört zu pinkeln, und das möglichst alles auf einmal. Wenn er doch nur aus diesen verdammten Laken hinausfinden könnte!

Schließlich gelang es ihm, und er wankte ins Badezimmer. Erleichtert kehrte er zum Bett zurück und vergrub den Kopf in den Kissen. Jetzt wollte er nur noch ein bißchen Ruhe und Vergessen, jedenfalls bis er sich wieder besser fühlte. Statt dessen kamen die Strapazen der Nacht zurück in sein Bewußtsein, leider nicht nur so vage, wie er gewünscht hätte. In realistischen Farben und dreidimensional erschienen all seine Fehlschläge auf dem Videoschirm seines Gehirns, irgendwo in den geheimen Räumen seines Schädels. Den Kommentar dazu lieferte die nasale und bestimmte Stimme seiner Mutter, die ihn – zu seinem eigenen Besten! – vor Bier, Bars und schlechten Frauen warnte.

Seine Eingeweide verkrampften sich, und ein riesiger schwarzer Vogel hackte von innen gegen seine Schädeldecke. Er versank in halbe Bewußtlosigkeit. Auf einmal bemerkte er, daß sie ebenfalls im Zimmer war.

Sie saß in einem Sessel und hatte die Füße aufs Bett gelegt. Sie räusperte sich höflich, und er sah, wie sie ihn durch eine Wolke von Zigarettenrauch betrachtete.

Er wurde knallrot und zog das Laken etwas höher. Sie war so zierlich und delikat, von den sorgfältig lackierten Zehennägeln bis zu den Spinnweben ihres Platinhaares. Ihr gegenüber fühlte er sich plump und ungeschickt. Er wurde noch röter, als er sich erinnerte, wie tolpatschig er sich bei ihr angestellt hatte. Und was sie zu ihm in einem der entscheidenden Momente gesagt hatte. Seine Mutter wäre in Ohnmacht gefallen, wenn sie es gehört hätte.

»Wie fühlst du dich?« fragte sie, ohne die Zigarette aus dem Mund zu nehmen.

Roger versuchte ein tapferes Lächeln, aber es wurde nur eine Grimasse draus.

Sie blies den Rauch in seine Richtung, dann warf sie ihm die Schachtel und ihr Feuerzeug zu. Er grabschte dankbar danach, achtete jedoch – der Anständigkeit wegen – darauf, daß das Laken nicht zu tief rutschte.

»Das war dumm von uns, nicht wahr?« sagte sie. Er schaute erschrocken hoch. »Das viele Saufen, meine ich. Das verdirbt die Sache doch meistens, oder?«

Er sog erleichtert an der Zigarette. Sie bot ihm ein Mäntelchen für seinen verletzten Stolz. Er grabschte ebenso danach wie vorher nach den Zigaretten.

Dolly hob etwas neben ihrem Sessel auf. Sein Schädel schien vor Schmerz fast zu explodieren, als er sich aufrichtete, um zu sehen, was sie da hatte. Es war der Verkleinerer.

Sie saß ruhig da, den Apparat auf ihrem Schoß. Ihr Blick traf den seinen. Es war ihm, als sähe er eine riesige Schlange, die ihn verschlingen würde, wie schnell er auch immer zu entkommen versuchte. Plötzlich lächelte sie engelsgleich und warf den Apparat hinüber auf sein Bett. Er vermochte sich nicht zu rühren, um ihn zu ergreifen. Er fühlte sich leicht und leer wie ein Vogelnest. Die geringste Bewegung würde ihn vom Baum fallen lassen.

Sie war es schließlich, die sich bewegte. Dolly drückte die Zigarette in einem Aschenbecher aus. Er überlegte, ob sie vielleicht Aschenbecher in ihren Taschen mit sich herumtrug, jedenfalls war immer einer da, wenn sie ihn brauchte. Sie stand auf und räkelte sich wie eine Siamkatze. Ihr seidener Pyjama, der die Farbe von Champagner hatte, glimmerte und raschelte wie Blätter im Mondschein.

Sie kroch vom Fußende aus ins Bett. Der Pyjama klaffte vorn auseinander. Roger konnte ihre kleinen Brüste sehen, die in dem seidenen Schatten zitterten. Die erste Welle der Erregung durchfuhr seinen Leib und wusch alle Überreste seiner Übelkeit weg wie Tang und Treibgut an einem Strand.

Sie saß mit gekreuzten Beinen neben ihm. Er konnte ihren Duft riechen und war irgendwie und absurderweise tief berührt. Der Duft einer Frau. Sie strich ihm mit den Fingerspitzen über den Mund. Auf einmal schmeckte er seinen sauren Speichel und den üblen Geschmack des Nikotins auf Zähnen und Zunge. Sie begann sehr leise zu summen.

Roger konnte sich nicht bewegen. Sie wendete ihre beiden Körper nach ihrem Geschmack. Er blickte zu ihr auf und sah ihre Kehle, ihren nach hinten gebogenen Kopf, als ob sie, die Hexe, auf ihm wie auf einem Besen flöge. Er fühlte, wie sie ihn aufhob und mit sich nahm. Und wieder vergaß er den Gegenstand, der sie zusammengebracht hatte und der jetzt unter den Laken zu ihren Füßen vergraben war.

»Ich möchte etwas verkleinern«, sagte sie.

»Hmm?«

Sie blies Zigarettenrauch in sein Gesicht, er wedelte ihn weg, ohne die Augen zu öffnen.

Sie stieß einen Finger in seine Achselhöhle, daß es weh tat. Er zuckte zusammen und machte protestierend ein Auge auf.

»Na, komm schon.« Dolly sprang aus dem Bett und warf ihre Pyjamajacke zu der Hose auf dem Boden, die schon früher dort gelandet war.

Er schloß sein Auge wieder.

»Nein«, rief sie und schlug ihm mit der flachen Hand auf die Hinterbacken. Es gab ein klatschendes Geräusch, das ihn augenblicklich demoralisierte.

Sie wollte offensichtlich seine Aufmerksamkeit. Er wälzte sich auf den Rücken und versuchte dabei, nicht zu sehr vor lauter Anstrengung zu stöhnen.

»Wie spät ist es?« fragte er.

»Beinahe Mittag.«

Er überlegte einen Moment. »Dann geht es nicht«, sagte er und ließ sich wieder in die Kissen zurücksinken. Von diesem Beobachtungspunkt aus sah er, wie Dolly eine Jeans anzog. Roger bewunderte sie. Die Hose saß wie eine zweite Haut und hatte wahrscheinlich mehr gekostet als der beste Mantel seiner Mutter.

Sie stand mit nackten Füßen da, die Hände in die Hüften gestemmt. Falls sie sich nicht bewußt war, daß sie oben nichts trug – Roger war es um so mehr.

»Warum nicht?« fragte sie.

»Zu viele Leute überall«, sagte er. »Es sei denn, du willst etwas verkleinern, was dir selbst gehört. Wenn du was stehlen willst, mußt du warten, bis niemand in der Nähe ist. Oder sie schnappen dich.«

Sie setzte sich mit unglücklichem Gesicht und verschränkte die Arme. »Da könntest du recht haben.«

»Außerdem bin ich im Moment dazu auch gar nicht in der richtigen Verfassung«, beklagte er sich.

»Du bist im Augenblick zu gar nichts in der richtigen Verfassung«, schnaubte Dolly.

Roger war geknickt. Sie hatte ja recht, aber es war nicht sehr freundlich. Er wälzte sich wieder auf den Bauch, um seine mangelnde Verfassung besser zu verbergen, als ihm einfiel, daß er dabei ja sein Hinterteil entblößte. Verzweifelt tastete er nach dem Laken und verpaßte dabei, wie Dolly Büstenhalter und Bluse anzog.

Aber auch mit der Kleidung war sie nicht übel. Er konnte sich über ihren Körper nicht beklagen. Er war straff, kein Gramm Fleisch zu viel, und was da war, war fest und glatt. Irgendwie war es nicht ganz normal für eine Frau in ihrem Alter, auch nackt noch so gut auszusehen. Roger fühlte schmerzlich seine Unwissenheit in bezug auf Frauen. Er hatte den Verdacht, daß sie schummelte. Es gab da gewisse Operationen, wenn man das Geld dazu hatte. Aber dann fühlte er sich schuldig und ziemlich fies. Wahrscheinlich arbeitete sie wie verrückt daran, in Form zu bleiben.

Sie sah überhaupt nicht aus wie eine fast fünfzigjährige Frau, die die ganze Nacht getrunken und gehurt hatte. Na ja, vielleicht ein bißchen. Kleine blaue Äderchen auf ihren Lidern und dünne Falten um ihren Mund und ihre Augen ließen doch ein wenig Alter und Erschöpfung ahnen. Roger gefiel es. Es gab ihr etwas Pikantes, ließ sie so erfahren aussehen.

»Ich will aber trotzdem etwas verkleinern«, verkündete sie.

»Na gut, dann erzähl mir doch, was.«

Das tat sie auch.

Es nieselte. Roger lehnte sich entspannt zurück und griff nach Dollys Hand.

»Was denkst du?« fragte er und verrenkte den Hals, um durch die Windschutzscheibe die niedrigen Wolken zu betrachten.

»Daß bei diesem Wetter kein vernünftiger Mensch im Park ist«, antwortete sie triumphierend. »Oder überhaupt draußen.« Sie zog ihre Hand fort, um das Steuerrad zu fassen.

»Nicht mal die Handtaschendiebe«, grinste Roger.

Dollys silberner Mercedes fuhr langsam am Südrand des Central Parks entlang. Nur ein paar Taxis waren auf der Straße. Es war noch zu früh für die Straßenhändler mit ihren Pferdewagen, aber die würden heute wohl gar nicht auftauchen, denn es gab keinen anständigen Regenschutz für die Pferde und ihr Geschirr. Die wenigen Fußgänger waren viel zusehr damit beschäftigt, dem Regen zu entkommen, als daß sie auf vorbeifahrende Wagen geachtet hätten.

Ihr Ziel war nicht weit von hier im Park gelegen. Dolly stellte den Wagen an der Ecke zur Westseite ab. Sie ergriffen einen Regenschirm, der groß genug für beide war, und eilten in den Park. Roger trug den Verkleinerer in seiner Kameratasche; außerdem hatte er einen leeren Seesack dabei.

Auf einer kleinen Erhebung hielten sie an und blickten hinunter auf ein unscheinbares achteckiges Gebäude.

Es war das berühmte Karussell, seit fünfundachtzig Jahren eine Attraktion für alle Besucher des Central Parks, vor allem für die Kinder unter ihnen. Es war in dem achteckigen Gebäude untergebracht, mit großen Türen, die sich nach allen Seiten öffneten, wenn es in Betrieb war. Jetzt war es das nicht, und die Türen waren zu.

»Mist«, murmelte Dolly, »die Türen hatte ich ganz vergessen.«

Roger zuckte mit den Achseln. »Kein Problem.«

Er öffnete die Kameratasche. Dolly sah ihm aufmerksam zu. Von Zeit zu Zeit blickte sie umher und hielt Ausschau nach unerwünschter Gesellschaft. Nur ein großer schwarzer Hund trottete den Weg entlang, niemand folgte ihm.

Der Verkleinerer sah nicht wie eine Kamera aus, jedenfalls nicht wie eine, die Dolly schon einmal gesehen hätte. Er hatte allerdings so etwas wie eine Linse. Aber Kameras waren ohnehin etwas Rätselhaftes für sie, sie hatte nie verstanden, wie sie funktionierten, vor allem nicht die Polaroidapparate, die schon nach Sekunden ein Bild ausspuckten. Dolly sah, wie Roger den Apparat vor sein rechtes Auge hob und einen verborgenen Knopf drückte. Sie drehte sich um und blickte in die Richtung des Gebäudes.

Wo es gestanden hatte, war nur noch ein leeres achtekkiges Stück Erdboden, von einer Art Trottoir umschlossen. Das Gebäude war aber noch da, genau in der Mitte des Achtecks, verkleinert etwa zur Größe des Seesacks, den Roger neben sich auf den Boden gelegt hatte. Sie eilte den Weg hinunter, hielt aber am Rand des Achtecks an. Roger kam ihr nach, er ging ohne Zögern direkt auf das Ziel zu.

Er bückte sich, um es aufzuheben. Da erwachte sie aus ihrer Erstarrung. Sie eilte an ihm vorbei und hob es auf. Sie brauchte beide Hände dazu, denn es war immer noch schwer und maß über einen halben Meter im Durchmesser. Sie atmete zitternd und aufgeregt und sah Roger einen Augenblick triumphierend an.

Rogers Herz schlug ebenfalls wild. Sie war so wunderschön in ihrer Erregung, ihre Wangen waren gerötet wie die eines Kindes.

Mühsam stopften sie das Karussell samt seinem Haus in den Seesack, der dabei fast aus den Nähten platzte. Dolly trug den Schirm, während Roger den Sack zurück zum Auto schleppte. Auf dem Weg zu Dollys Apartment ertappte er sich, wie er den Verkleinerer streichelte, als sei er ein Schoßtier.

Winzig konnte man es nicht nennen, wie es da auf dem Couchtisch stand. Fünfzig Zentimeter hoch, mindestens sechzig im Durchmesser. Roger spielte mit den Türen, eigentlich waren es eher große Schlagläden. Er untersuchte das Kuppeldach. Dolly ging aufgeregt auf und ab und machte ihn nervös. Er beschloß, erst einmal das Dach zu entfernen. Das war einfach, er schob nur einen Meißel zwischen Dach und Seitenmauer und hebelte das Ding hoch. Es ging dabei zwar in Stücke, aber es ging ab.

Nun konnte er ins Innere sehen. In der Mitte war ein walzenförmiger Behälter, in dem die Maschinerie saß. Die Figuren des Karussells waren in ihrer Bewegung eingefroren, unter ihnen sah man die grüne runde Scheibe, ihren endlosen Pfad.

Er entfernte als nächstes die Mauern und dann mit größter Sorgfalt den Betonboden, auf dem alles ruhte. Es dauerte eine ganze Weile, bis das Karussell ohne Gehäuse da stand. Wenigstens hatte Dolly mit ihrem aufgeregten Umherlaufen aufgehört. Sie räumte den Schutt in Einkaufstüten. Und sie war glücklicherweise still, sie summte nur wie gewöhnlich vor sich hin. Roger konnte sich vorstellen, wie seine Mutter sich in dieser Situation verhalten hätte. Sie hätte ununterbrochen auf ihn eingeredet, während er sich auf die Arbeit konzentrieren mußte.

Schließlich legte er die Werkzeuge beiseite, die er in Dollys Schrank gefunden hatte, und schaute stolz auf Dolly. Aber die war viel mehr an dem Karussell interessiert.

»Sieh doch bloß!« sagte sie atemlos.

Er hatte es sich die ganze Zeit angesehen, dachte er, und aus allen möglichen Perspektiven. Er schaute trotzdem hin und grunzte.

»Wie funktioniert es?« fragte sie.

»Mit einem Motor. Wie fast alles andere auch«, erwiderte Roger kurz angebunden. »Aber ich muß es umbauen, so läuft es nicht.«

Dolly wurde wütend. »Mist. Und wie lange dauert das?«

»Ich muß den Mechanismus auseinandernehmen«, sagte Roger achselzuckend. »Und dann muß ich mir was überlegen. Laß uns erst mal essen.«

Dolly drückte ihre Zigarette aus. »Das finde ich überhaupt nicht lustig.«

Sie ließ sich schmollend aufs Sofa sinken.

»Tut mir leid«, erklärte Roger geduldig, »aber es läuft elektrisch. Man kann es nicht einfach irgendwo anschließen, die Drähte würden durchbrennen. Ich muß sie alle erneuern.«

Dolly schaute ihn zweifelnd an. »So ein Mist.« Sie studierte ihre Fingernägel. »Was hättest du gern zu essen? Ich werde Ruta Bescheid sagen.«

Roger nickte zufrieden. Schnell einen Happen essen, und dann würde er sich um die Sache kümmern. Sie würde erstaunt sein, wie schnell er das Karussell zum Laufen bringen konnte. Er sah ihr nach, wie sie hinausging. Ihr Hintern war wirklich ein hübscher Anblick. Er bewegte sich ganz anders als der seiner Mutter. Der bewegte sich eigentlich gar nicht, er wabbelte im Korsett. Er lehnte sich zurück und dachte an all die hübschen Dinge, die er über Dollys Hintern wußte.

Endlich war es soweit. Die Musik begann zu spielen. Die Pferde hoben und senkten sich in Viererreihen, die Wagen glitzerten, als sie vorbeizogen. Roger mochte die weißen Pferde am liebsten. Ihre Schwänze waren kurz gestutzt und golden, und auch ihre Mähnen auf den stolzen, gebogenen Nacken glänzten vor Gold.

Dolly summte die Melodie der Karussellmusik. Roger erkannte sie: es war die gleiche, die sie früher gesummt hatte, als er das Karussell aus seinem Gehäuse befreite, und noch früher im Bett.

Ein Wagen mit blauen Rädern zog vorbei. Er war mit farbenprächtigen Drachen und silbernen Ornamenten geschmückt. Der Mittelteil, in dem die Maschine saß, war mit einem Fries verziert, auf dem kleine Liebesengel ihre Pfeile schossen, Tauben fingen und in roten Windeln umhertanzten. Roger mochte das, vor allem die kleinen Kaninchen, die die Engel zu jagen schienen. Er hatte immer geglaubt, diese Engel schössen Liebe ins Herz der Menschen. Vielleicht waren die Kaninchen symbolische Herzen. Wie auch immer, er kannte sich da nicht aus. Das war nicht sein Gebiet.

Dolly schien ganz verzaubert von dem laufenden Karussell. Sie streichelte abwesend Rogers Kopf und lehnte sich gegen ihn.

»Oh, Roger«, flüsterte sie, »laß uns das öfter machen.«

Nick Weiler schob die Zeitung auf die Seite seines überfüllten Schreibtisches und lehnte sich in seinem Stuhl zurück. Dreck, alles Dreck. Natürlich hoffte man immer wieder, daß mal was Vernünftiges drinstand. Vergeblich. Er schloß die Augen. Sein Kopf schmerzte, wenn er an den bizarren Artikel in der Zeitung dachte.

Das einzige, was feststand, war, daß das Karussell aus dem Central Park verschwunden war. Wer es dort hatte verschwinden lassen und zu welchem Zweck, war ein Geheimnis. Und auch, wie. Das Seltsamste war, daß auch das Gebäude, in dem das Karussell untergebracht war, mit verschwunden war. Solche Reste ließen Abbrucharbeiter doch nur zu gern zurück. Es war aber kein Stein mehr da. Äußerst seltsam. Als ob alles in einem Stück entfernt worden wäre.

Nick schüttelte den Kopf und versuchte, klar zu denken. Es war nur zu wahrscheinlich, daß das alles lediglich eine Riesenidiotie der Gartenarbeiter und der Parkleitung war. Vielleicht entdeckte man das Karussell dann eines Tages auf einem Lagerplatz wieder oder auf der städtischen Müllkippe oder in New Jersey. Oder auch in Nevada in den Händen eines schlauen Geschäftsmannes, clever und gerissen, wie der alte Mike Hardesty gewesen war.

Er fuhr hoch. Hatte jemand schon die Möglichkeit erwogen, daß das Karussell auseinandergenommen worden war und jetzt in Einzelteilen im Dschungel des Antiquitätenhandels wieder auftauchen könnte? Er griff zum Telefon und rief einen Mann vom FBI an, den er kannte.

»Tucci.«

»Roscoe, hier ist Nick Weiler. Wie geht's?« Er lauschte Roscoe Tuccis Stimme, die ihm versicherte, er sei immer noch am Leben, wenn auch mühsam genug.

»Hör mal, Roscoe. Ich habe gerade an Mike Hardesty gedacht und daran, wie seine Karriere anfing.«

Roscoe lachte. »Er war Versorgungsfeldwebel in Südostasien, nicht wahr? Und hat mit allem geschoben, was er in die Hände bekam. Sie haben ihn aber nie erwischt.«

»Richtig. Und dann wurde er Präsident, und schließlich

erhielt er für alle Sünden, die er je begangen hatte, eine Amnestie, noch bevor einer seiner früheren Geschäftspartner den Mund aufmachte. Na, jedenfalls hat die verrückte Sache im Central Park mich wieder daran erinnert. Hardesty hat damals auch gestohlene chinesische und tibetanische Antiquitäten verschoben. Die Central Park-Affäre riecht ganz nach ihm.«

»Nick«, protestierte Roscoe, »Hardesty schmort doch schon lange in der Hölle.«

»Das weiß ich auch.« Nick schwieg einen Moment. »Entschuldige, wenn ich etwas konfus klinge, aber die ganze Sache ist eben konfus. Ich dachte nur, daß jemand ihn kopiert haben könnte. Vielleicht wollte dieser Jemand gar nicht das ganze Karussell. Nur die Teile.«

Roscoe überlegte einen Moment. »Mein Gott, das ist eine Idee!«

»Private Sammler fragen nicht, woher etwas kommt. Figuren von einem alten Karussell, wer kann die schon identifizieren.«

»Gott segne dich, Nick. Da könnte für mich eine Beförderung drin sein. Du bist jetzt schon zu der Party eingeladen.« Er hängte ein.

Der alte Bastard Hardesty. Dollys Zuckerdaddy. Dolly. Er vermißte Lucy, er hatte seit Wochen nichts mehr von ihr gehört. Früher kam sie mit den Kindern wenigstens einmal pro Woche ins Dalton. Es bedrückte ihn, daß sie ihn offenbar so sehr verabscheute, daß sie sogar das Dalton mied. Vielleicht sollte er Urlaub machen.

An dem Tag, an dem Roger Tinker aus seinem Hotel ausgezogen und bei Dolly eingezogen war, hatte er mit seiner Umgebung auch sein Leben geändert. Manchmal kam es ihm so vor, als habe er sogar seine Haut mit jemand anderem getauscht.

Dolly war an jenem Tag von ihrer Ballettstunde zurückgekommen, und da war er gewesen, ein seltsamer Anblick in ihrem Wohnzimmer. Sie trug noch immer ihren Tanzdreß, eines jener Trikots, die wie eine zweite Haut aussehen. Dieses hier war weiß. Sie trug einen Rock darüber, der mit vielen dünnen Schnüren um ihre Hüfte gewickelt war. Ihr Parfüm mischte sich mit einem leicht athletischen Duft, frischem, leichtem Frauenschweiß.

Sie betrachtete ihn, als sei er ein besonders gefährliches Exemplar von Pestbazillus. Seine Erregung über ihre Rückkehr verwandelte sich in Verlegenheit. Roger war eigentlich immer verlegen.

Der pfirsichfarbene Anzug hatte auch nichts ändern können. Er konnte Dolly schlecht erklären, daß er ihn vor zwei Jahren auf Geheiß seiner Mutter zur Hochzeit eines Vetters erstanden hatte. Er hatte versucht, ein wenig schicker auszusehen, indem er ein schwarzes Hemd dazu angezogen hatte, doch das war ihm ebenso wie der Anzug längst zu eng geworden, und er fürchtete, eher wie ein mieser kleiner Gangster auszuschauen. Aber es war alles, was er bei sich gehabt hatte, außer seinem guten Anzug, seinen Socken, den Unterhosen und dem Pyjama. Er hatte ja nicht vorgehabt, länger als ein paar Tage zu bleiben.

Sie setzte sich und zündete eine Zigarette an.

»Mein Gott, Roger«, murmelte sie. Dann sprang sie auf und boxte ihn in den Bauch, nicht gerade liebevoll.

Er war zu überrascht, um zu reagieren.

»Du bist unmöglich«, sagte sie.

Er wußte genau, was sie meinte. Unmöglich, daß er mit ihr zusammenbleiben konnte. Er senkte seinen Kopf, als er den Ekel in ihrer Stimme spürte.

»Na ja, wir können ja etwas dagegen tun«, fuhr sie fort.

Erstaunt blickte er auf.

»Zuerst einmal werden wir dir ein paar anständige Kleider kaufen. Und dieses fürchterliche Zeug wegschmeißen.«

Roger lächelte dankbar.

»Aber nicht zu viele, denn du wirst bald zu dünn für sie sein, sehr bald.«

Seitdem war das Leben für Roger ein einziges Fitnesstraining. Lange schmerzhafte Übungsstunden in dem Fitnesscenter in Dollys Apartmenthochhaus. Spatzenmahlzeiten. Ständig nagender Hunger. Er nahm jede Chance wahr, zu schummeln, aber er verbrachte so viel Zeit in ihrer Gesellschaft, und sie beobachtete ihn genau. Und von Ruta, dem Dienstmädchen, konnte er nicht einmal einen Keks erbetteln.

Die Stunden körperlicher Qual wechselten mit wunderschönen in Dollys Bett.

Sie veranstaltete eine Art Kurs mit ihm, diesmal nicht über Miniaturen und Puppenhäuser, eher einen Grundkurs: Einführung in die Geheimnisse der Haut, seiner und ihrer.

In seinem Keller, in der ›Festung der Einsamkeit‹, hatte er sich oft gefragt, ob es wirklich Leute gab, die das taten, was in den Büchern beschrieben war, die er heimlich las. Vielleicht machten sich die Autoren auch nur lustig auf Kosten der Unschuldigen und Einsamen. Einiges, was da stand, kam ihm ziemlich weit hergeholt vor. In Pornokinos hatte er sich nie hineingetraut.

Die Wirklichkeit war noch viel befriedigender. Sie lehrte ihn, und er war glücklich, ihr Schüler zu sein. Anfangs saß sie auf ihm und ritt ihn, als sei er das weiße Pferd am Karussell. Es war einfacher für ihn und vielleicht auch für sie, wenn man sein Gewicht in Betracht zog. Ihm gefiel es, es hätte immer so weitergehen können. Aber sie ließ ihn nicht auf dieser Stufe stehenbleiben, bald gab es neue Varianten.

Alles war entweder so befriedigend oder so anstrengend, daß es ihm schwerfiel, an etwas anderes zu denken als an das, was da in ihm passierte.

Er dachte trotzdem daran, seine Mutter anzurufen, die er in dem Glauben gelassen hatte, er sei zu Vorstellungsgesprächen für einen neuen Job in New York. Er erklärte ihr, er müsse noch eine Weile bleiben, vielleicht bekomme er einen Beratervertrag bei der Firma. Es schien ihr nicht zu gefallen. Roger wußte, daß sie befürchtete, er werde sie bitten, mit ihm woanders hinzuziehen, oder er werde sie gar verlassen. Bisher hatten sie jede längere Trennung und jeden Umzug vermeiden können. Sie würde umziehen, falls er es verlangte, denn sie wollte ihn nicht verlieren, aber es würde nicht einfach für sie sein, das Haus zu verlassen, in dem sie dreißig Jahre lang gewohnt hatte, und in ihrem Alter war es zweifelhaft, ob sie einen neuen Job finden konnte. Sie erinnerte ihn an das alles. Schließlich legte Roger erleichtert auf. Er konnte ihr wirklich nicht sagen, wie lange er wegbleiben würde. Er wußte es selber nicht. Es hing alles von Dolly ab.

Dolly hatte ihm ein kleines Zimmer in ihrem Apartment gegeben, in dem er sich einrichtete. Bald war es mit Werkzeug übersät wie das Zimmer eines kleinen Jungen mit Spielzeug. Er bastelte an dem Verkleinerer herum und brachte einige Verbesserungen an.

Dolly fuhr fort, ihm Unterricht in Sachen Puppenhäuser und Miniaturen zu geben und ihn in ihre Welt einzuführen. Er lernte bald alles über die Leute, die sich um ihre Haare, ihre Kleider, ihr Apartment, ihre Tennis- und Ballettstunden zu kümmern hatten, über die Leute, die so etwas wie Freunde waren, Nick Weiler zum Beispiel, und solche, die sie nicht ausstehen konnte.

Und dann gab es ihre Schwiegertochter und die zwei Enkelkinder. Dolly telefonierte mehrmals wöchentlich mit ihnen. Ein paar Fotografien von ihnen in Silberrahmen hingen im Schlafzimmer neben einem Bild ihres verstorbenen Sohnes. Aber abgesehen von den wenigen Minuten am Telefon und von den Familienfotos erwähnte

Dolly ihre Familie nie. Sie hatte wohl keine Lust. Roger war das nur recht.

Er selbst hatte keine Freunde, daher fand er Dollys isoliertes Leben keineswegs ungewöhnlich. Wahrscheinlich war er verliebt, falls man sich in seine gute Fee verlieben konnte. Er vermied es, darüber nachzudenken, ob sie wohl in ihn verliebt war. Ihm genügte es, daß sie ihn in ihr Bett ließ.

Sie war so begeistert über das Karussell gewesen, daß er beschloß, ihr bald etwas Ähnliches zu besorgen. Vielleicht in Washington, wo sie demnächst hinfahren würden, um das Weiße Haus aus dem Museum zurückzuholen.

In der Zwischenzeit nutzte er die wenige Zeit, die er für sich selbst hatte, zu Spaziergängen durch die Läden Manhattans und durch die Kunstgalerien und Museen der Stadt. Die Museen waren geradezu lächerlich unbewacht. Bei den Läden war es unterschiedlich. Einige zeugten geradezu von akuter Paranoia, bei anderen hätte man ein Schild ›Selbstbedienung‹ aufstellen können. Roger stahl der Übung halber mal hier und da eine Kleinigkeit, ein paar Socken oder ein Halstuch. Aber die meisten Läden waren mit Spiegeln vollgestellt, die Diebe abschrecken sollten. Das gab ihm die Gelegenheit, sein Bild zu bewundern. Sein neues Bild. Er hatte in kurzer Zeit ordentlich abgenommen, hatte einen neuen Haarschnitt, seine Wangen wirkten rosig und gesund. Er streichelte den Verkleinerer in seinem Lederetui. Er sah gut aus, fand er. Glücklich.

Am Tag, an dem sie mit einem geliehenen Lieferwagen nach Washington fahren wollten, um das Weiße Haus abzuholen, lud er sie morgens ein, ein Museum mit ihm zu besuchen. Es war eines, das sie gut kannte und wo sie auch bekannt war, denn es beherbergte eine kleine wertvolle Miniaturhaussammlung.

Sie blickte ihn kurz an und suchte in ihrer Handtasche nach Zigaretten.

»Ist das dein Ernst?« Ihre Stimme zitterte erregt.

»Du wirst sehen, es wird ganz lustig werden«, sagte er. Ihre Augen glitzerten, und sie sog heftig an der Zigarette. Sie bot ihm eine an, und er nahm sie. Sie rauchte aus Nervosität. Er rauchte, weil es ihm Spaß machte. Er genoß es bis zum letzten Zug.

»Du könntest einen kleinen Auflauf verursachen, wenn du reingehst, das würde mir helfen.«

»Also meine Prominenz ausspielen, meinst du?«

»Ja. Ich möchte ein bißchen unbeobachtet herumsuchen können. Gib mir fünfzehn oder zwanzig Minuten.«

»Und dann?«

»Du gehst, sobald du mich wieder auftauchen siehst. Die Leute werden hoffentlich nur Augen für dich haben.«

»Dafür werde ich schon sorgen«, versprach sie.

Er betrat das Museum vor ihr und ging zu dem Andenkenstand auf der linken Seite der Eingangshalle. Ein Trio älterer Frauen ging unmittelbar vor ihr her; sie wartete höflich, bis diese die Treppenstufen erklommen und die altmodische Tür aufgestoßen hatten. Die Frau am Informationsstand in der Halle griff nach einem Blick auf Dolly sofort zum Hörer des Haustelefons. Eine halbe Minute später erschien ein glatzköpfiger Herr, in dessen Gesicht nur zu offensichtlich seine offizielle Funktion zu lesen stand, und der kleine Auflauf, den Dolly versprochen hatte, begann sich zu entwickeln. Roger ging unauffällig die Haupttreppe hinauf, hinter sich die Stentorstimme des Offiziellen.

»Mrs. Douglas! Wie schön, Sie wieder einmal hier bei uns zu sehen!«

Köpfe drehten sich, Roger grinste. Dolly war schon Klasse, sie konnte ihre eigene Show brillant inszenieren.

Er ging wie beiläufig zu einem Raum am Ende des Korridors, an dem auch der Saal mit der Puppenhaussammlung lag. Dieser Raum war voller Glasvitrinen, die nur schmale Durchgänge frei ließen. Er war ziemlich schlecht beleuchtet, aber in den Vitrinen glitzerte eine Sammlung silberner und goldener Objekte.

Roger war hier schon einmal gewesen. Er wußte, was er wollte. Zuerst aber mußte er in dem Raum allein sein. Es gab hier nie viele Besucher. Mit einigem Glück sollte es klappen.

Er wartete, bis ein älterer Mann, der auf einer kalten Pfeife herumkaute, von einer Horde Schulkinder vertrieben wurde, die ihrem unsicheren jungen Lehrer aber sogleich erklärten, hier sei es ihnen zu langweilig. Roger atmete erleichtert auf, als sie verschwanden. Er sandte ein Stoßgebet an Loki, den Gott der Diebe, und griff nach seiner Kameratasche.

Zu seiner Enttäuschung erschien da aber eine junge Frau mit einem Baby, das in einem Tragegurt schlief. Er starrte ungeduldig auf sein Spiegelbild im Vitrinenglas. Die Frau ging zum Glück eilig wieder hinaus, als habe sie sich im Raum geirrt.

Draußen auf dem Korridor hörte Roger die Stimme des Museumsangestellten. Dolly ließ ein höfliches Lachen vernehmen, umrahmt vom Flüstern und Füßescharren einer ganzen Anzahl von Leuten, die hinter ihr herkamen, als sei sie der Rattenfänger von Hameln. Ihr Gefolge würde jeden Moment den Saal gegenüber betreten. Er öffnete seine Kameratasche.

Die Glasvitrinen waren mit kleinen zylindrischen Schlössern gesichert. Roger zentrierte den Verkleinerer auf eines. Es klirrte ein wenig, als das Schloß auf den Boden fiel. Wo es gewesen war, befand sich jetzt nur noch ein kleines rundes Loch. Roger bückte sich, hob das nun ganz winzige Schloß auf und steckte es in die Tasche.

Er blickte zur Tür, sah aber niemanden. Vom Saal mit den Puppenhäusern her hörte er ein gleichmäßiges Stimmengewirr. Er schob das Vitrinenglas vorsichtig auf und nahm vier goldene Ringe heraus. Dann schloß er die Vitrine wieder.

Schnell ging er zum nächsten Glasschrank. Diesmal erbeutete er einen Handspiegel mit Silbereinfassung, dazu eine Haarbürste, einen Schuhanzieher und ein kleines silbernes Kästchen, wohl für Haarnadeln bestimmt. Er verkleinerte sie und steckte sie ein. Er wischte sich die Stirn mit einem Taschentuch und ging in den hinteren Teil des Raumes.

Dort öffnete er noch eine Vitrine. Diesmal verkleinerte er eine frühviktorianische Kaffeekanne mit Milchkännchen und Zuckerdose, alles aus massivem Silber. Er verstaute auch sie noch in seinen Jackentaschen, schloß das Kameraetui und schlenderte hinaus.

Langsam schob er sich in den Raum mit den Puppenhäusern. Dolly sah ihn und schaute geradewegs durch ihn hindurch. Es war fast beunruhigend; er bewunderte ihre schauspielerischen Fähigkeiten. Sein Magen verkrampfte sich dagegen vor Nervosität, und sein Kopf schmerzte.

Innerhalb von zwei Minuten marschierte sie aus dem Saal, gefolgt von Kindern, älteren Damen und jungen Müttern. Sie lächelte einem Kind freundlich zu, das auf ein Autogramm wartete, und ergriff den hingehaltenen Notizblock und den Stift. Damit war ein Damm gebrochen, alle umringten sie und baten um Autogramme. Der Korridor war vollkommen verstopft, die ganze Aufmerksamkeit richtete sich auf Dolly. Niemand achtete auf Roger.

Es ging dann sehr rasch. Roger drängte sich durch die Menge und verließ das Museum. Es war ein sehr heißer Frühlingstag, und Roger war schweißdurchtränkt. Er kaufte an einem Straßenstand einen Orangensaft. Der schmeckte wie gezuckerte Pisse, aber Roger trank ihn aus; wenigstens war er flüssig.

Dolly fand ihn erschöpft im Auto.

»Das war zuviel«, sagte er und lächelte schwach.

Sie glitt in den Sitz neben ihm. »Zeig es mir.«

Er schüttelte den Kopf. »Nein. Laß uns erst mal abhauen.«

Sie schmollte, aber sie fuhr los. Dadurch begann endlich die Klimaanlage des Wagens zu arbeiten.

Als sie später die kleinen Objekte sah, jauchzte sie vor Freude. Aus einem Grund, den er sich selbst nicht erklären konnte, zeigte er ihr die vier Ringe nicht. Er hatte sie ja auch nicht verkleinert. Zu seiner Überraschung schlug aber ihre erste Freude rasch in Bedenken um.

»Mein Gott, Roger, siehst du nicht die Gefahr? Schließlich war ich auch da. Ich könnte in Verdacht geraten.«

»Wieso denn? Jeder in dieser alten Gruft schaute auf dich, und ganz offensichtlich hast du nichts davongeschleppt.«

Dolly spielte mit den kleinen silbernen Dingen herum. »Vielleicht hast du recht. Aber keine solchen Risiken mehr, bitte. Ich möchte bei einer derartigen Sache nicht mehr in der Nähe sein, jedenfalls nicht so offensichtlich.«

Roger schenkte ihnen Wein ein. Ein Glas pro Tag, das war alles, was sie zuließ. Er würde sich nie an den sauren Nachgeschmack gewöhnen.

»Wir müssen uns nach Washington aufmachen«, sagte sie, als er ihr das Glas reichte. »Ich kann es gar nicht erwarten, meine kleinen Babys zu sehen.«

Roger konnte das schon. Ihre Babys, ihre Enkelkinder. Er stürzte den Wein hinunter. Bisher hatten sie es vermieden, die Familien des anderen zu treffen. Morgen würde er nicht nur die kleinen Lieblinge sehen, sondern auch ihre Mutter und, was viel schrecklicher war, eine andere Dolly, die Großmutter. Was da passieren würde, davor fürchtete er sich. Er sprach sich Mut zu.

Aber es war auch gut, ein paar Tage aus der Stadt zu

verschwinden, vor allem, wenn die Reise wie in diesem Fall schon seit Wochen geplant war. Sollte doch die Polizei das Apartment durchsuchen. Dollys Safe, in den Roger das Karussell hineingezwängt hatte, würden sie nicht finden. Auch die anderen Sachen nicht, denn sie würden nach der falschen Größe Ausschau halten. Und vielleicht würden sie die Beute des Tages mit nach Washington nehmen, wo sie die Ausstattung des Weißen Hauses ergänzen könnte.

Jedenfalls würde der Trip interessant werden, was immer auch passierte. Er würde neue Leute kennenlernen und neue Sachen, neue Orte sehen. Das war einer der großen Vorteile seiner Beziehung zu Dolly. Mit ihr war das Leben fast immer interessant.

5

»Mrs. Douglas ist hier«, verkündete Roseann über die Gegensprechanlage.

Nick stand von seinem Schreibtisch auf, um sie zu begrüßen. Er war überrascht, daß sie nicht allein war, ließ es sich aber nicht anmerken.

Sie hatte sich verändert. Als ob sie zehn Jahre jünger geworden wäre, seit er sie zum letzten Mal gesehen hatte. Sie war weicher geworden, blühender und erinnerte ihn an die junge Frau, die sie einmal gewesen war.

Er küßte sie formell auf die Wange und roch ihr vertrautes Parfüm. Auch das duftete ein wenig klarer, ein wenig substantieller. Alte Wunden, die er längst vernarbt glaubte, öffneten sich wieder. Er war plötzlich deprimiert, aber er konnte nicht sagen, ob wegen Dolly, wegen Lucy oder weswegen sonst.

»Nick, das ist Roger Tinker«, stellte sie den Mann vor, der mit ihr eingetreten war.

Roger blickte unbehaglich um sich. »Roger«, sagte Dolly, »das ist Nick Weiler, der Direktor des Dalton.«

Die beiden Männer reichten sich die Hände und taxierten einander.

Beiden war sofort klar, daß es zwischen ihnen wohl niemals mehr als ein nur formelles Verhältnis geben konnte.

Roger erblickte einen hochgewachsenen, bärtigen Mann, dem seine teure Kleidung nur allzugut stand. Ein Mann, der in seinem Leben all das Geld, all die Frauen und all die Macht gehabt hatte, die er, Roger, sich immer gewünscht hatte. Die Sorte Mann, die Dorothy Hardesty Douglas sich als Liebhaber aussuchen würde, eher jedenfalls als jemanden wie Roger Tinker.

Für Nick wirkte der andere in geradezu schmerzhafter Weise fehl am Platz. Er trug seinen neuen Anzug und seinen neuen Haarschnitt, als ob sie ihn juckten. Er wußte nicht, und sein Körper drückte das nur zu deutlich aus, wie er sich in diesem gediegen eingerichteten Büro bewegen sollte. Und ganz sicherlich gehörte er nicht zu Dolly. Es war einfach unpassend, wie er ihr besitzergreifende Blicke zuwarf.

»Mr. Tinker schreibt ein Buch über Miniaturen«, erklärte Dolly.

»Wenn wir Ihnen in irgendeiner Weise dabei behilflich sein können...«, bot Nick an. Roger schien darüber nicht sehr begeistert, falls man seinem Gesichtsausdruck glauben konnte.

Dolly hatte manchmal schon seltsame Bekannte. Nick wandte sich ihr zu. »Bist du sicher, daß dir meine Leute nicht das Packen abnehmen sollten?«

»Nein, Liebling. Wir möchten gleich damit anfangen. Komm, bring uns hin.«

Nick blieb nicht länger bei ihnen, als nötig war, um sie dem Leiter der Aufsicht und zwei Packern vorzustellen. Mittwochs war das Dalton für das Publikum geschlossen, da wurden die nötigen Reinigungs- und Renovierungsarbeiten durchgeführt. Er konnte sich mit seinen Pflichten entschuldigen. Dolly hing an ihm wie ein flirtendes Schulmädchen und nannte ihn *Liebling* und *Schatz*. Roger Tinker stand voll kindischer Eifersucht daneben. Nick war wirklich erleichtert, als er sie sich selbst überlassen konnte.

Dolly inspizierte das Verpackungsmaterial und schickte dann die beiden Packer weg. Sie würde sie rufen, wenn sie sie brauchte. Denen war das sehr recht, denn es war kein Vergnügen, für Dolly zu arbeiten. Sie wollte ihr Puppenhaus für sich, und das hatte sie nun.

Das Auseinanderbauen und Verpacken dauerte Stunden. Dolly schien weder die Zeit noch Roger zu beachten. Sie wickelte all die kleinen Objekte sorgfältig und liebevoll ein und legte sie in mit Schaumgummi ausgekleidete Kisten. Roger blieb nur das Zuschauen.

Es war das erste Mal, daß er das Haus sah. Es war ihm unheimlich. Die Perfektion in jedem Detail schien geradezu nach kleinen Menschen zu verlangen, die seine kostbaren Räume bevölkerten.

Nach einer Weile hielt er es nicht mehr aus und wanderte umher, um den Rest der Ausstellung zu betrachten. Aber das unheimliche Gefühl wollte nicht verschwinden. Irgend etwas hatte sich in seinem Kopf festgesetzt, eine Art mentales Jucken, das danach verlangte, gekratzt zu werden.

Er war ohne Schwestern aufgewachsen, in einem festen Korsett von Männlichkeit, und hatte als Junge nie mit Puppenhäusern zu tun gehabt. Seine Kindheit war vorüber gewesen, bevor es auch für Jungen in Mode kam, mit Puppen, verkleidet als ›action figures‹, zu spielen und mit all dem Zubehör von Raumschiffen, Motorrädern, Autos und ›Kommandozentralen‹. Er hatte darüber gelesen, aber hier im Dalton sah er die Dinge vor sich: die Spielsachen von ganzen Kindergenerationen waren in ein Erwachsenenhobby verwandelt worden, und für manche Erwachsene in mehr als ein Hobby, in eine Leidenschaft.

Das Warum konnte er nicht begreifen. Was machte die Verkleinerung jeder Facette des menschlichen Lebens so faszinierend?

Während er darüber nachdachte, ging er zur Galerie im zweiten Stock hinauf, wo eine neue Ausstellung zusammengestellt wurde. Projektionsschirme und Lautsprecher wurden aufgebaut. Das Ganze hatte etwas mit vorindustriellen Produktionsprozessen zu tun. Roger sah einen kurzen Videofilm über einen alten Mann, der Faßdauben machte, und einen anderen über die Herstellung von Ahornsirup.

Vor jedem Videoschirm wurden die dazugehörigen alten Werkzeuge ausgelegt. Ein Mädchen von der Graphikabteilung erklärte Roger, daß die Besucher sie in die Hand nehmen und ausprobieren sollten. Roger dachte insgeheim, daß das ganze Zeug wohl Stück für Stück verschwinden würde. Nick Weiler würde daran nicht lange Freude haben.

Schließlich fand er zu Dolly zurück.

»Nick kam vorbei und fragte, ob wir mit ihm zum Essen gehen wollten«, sagte sie, ohne von ihrer Arbeit aufzublicken.

»Was immer du möchtest.« Roger war von der Aussicht auf Nick Weilers Gesellschaft nicht gerade begeistert.

»Also vergessen wir die Idee«, sagte Dolly. »Faß hier mal mit an, und dann hol mir einen von Nicks Packern, möglichst mit genügend Muskeln, der uns helfen kann, die Kisten zu tragen.«

Sie war so eifrig und so voller Energie, daß Nick davon angesteckt wurde. Am Nachmittag waren das Weiße Haus und seine Einrichtung in dem geliehenen Lieferwagen verstaut. Rogers Magen knurrte laut. Er freute sich auf ein wohlverdientes Essen.

»Was denkst du über Nick?« fragte Dolly, als sie abfuhren.

Roger blickte zurück zur Eingangshalle des Dalton, wo Nick immer noch stand. Als guter Gastgeber hatte er sie zur Tür begleitet. Die Nachmittagssonne glitzerte in seinen Haaren und verwandelte ihr Stroh in gesponnenes Gold.

»Hübsch ist er«, knurrte Roger.

Dolly tätschelte ihm ironisch die Hand zum Trost.

»Du solltest ihn erst mal als kleinen Jungen gesehen haben. Der arme Nick ist immer schon hübsch gewesen. Es ist fast wie ein Fluch.« Sie blickte zu Roger hinüber und lächelte. Ein angenehmes, zufriedenes Lächeln.

»Du«, sagte sie.

Roger straffte sich in seinem Sitz und erwartete das Urteil.

»Du«, sagte sie, »bist schlauer, als du aussiehst.«

Roger grinste. »Ich bin hungrig«, gestand er.

Dolly schaute streng auf seinen kaum noch bemerkbaren Bauch. »Dir wird es guttun, mal eine Mahlzeit auszulassen«, ermahnte sie ihn.

Roger sank das Herz. Es sah so aus, als müsse er noch eine ganze Weile aufs Abendessen warten.

Das mußte er auch. Dolly weigerte sich, die verdammten Kisten in dem abgeschlossenen Lieferwagen in der Hotelgarage zu lassen. Sie mußten mit dem Lastenaufzug in ihre Suite geschafft werden. Sie überwachte die ganze Operation genau, so daß Roger und die Hotelpagen, die sie dazu rekrutiert hatte, keine Chance hatten, nachlässig zu sein.

Roger mußte sich einen Wegwerfrasierapparat besorgen. Er erklärte Dolly, es würde vielleicht eine Weile dauern, er wolle sich in der Umgebung des Hotels noch ein bißchen umschauen. Es lag ganz nahe bei den touristischen Attraktionen Washingtons; so konnte Roger sich einen Hotdog von einem Straßenstand einverleiben, während er das Capitol vor sich betrachtete. Er schlenderte zur Kongreßbibliothek und kaufte an einem anderen Stand ein T-shirt mit der Aufschrift ›Frisch gestrichen‹ in bunten, tropfenden Buchstaben. Dolly würde es abstoßend finden, aber ihm gab es ein gutes Gefühl. Ein Mann brauchte eben ab und zu auch mal etwas Bequemes zum Anziehen.

Er war zurück und stand unter der Dusche, als die FBI-Leute kamen. Wenn er das Klopfen an der Tür gehört hätte, dann hätte er sich mit dem Duschen beeilt. Es hätte ja der Zimmerkellner sein können. Er hörte aber unter der lauten Dusche nichts und spazierte deshalb mitten hinein in die Szene: Dolly saß auf einer der Kisten und rauchte, während die beiden FBI-Agenten ziemlich verblüfft von einer anderen Kiste hochschauten, die sie gerade untersuchten.

Dolly stellte ihn vor. Er setzte sich auf die Couch, zog sich Socken und Schuhe an und kämmte seine nassen Haare, während die Agenten in den Kisten herumwühlten. Dolly setzte sich neben ihn. Dann stellte sie plötzlich fest, daß ihr die Zigaretten ausgegangen waren.

»So ein Mist«, schimpfte sie und sah ihn auffordernd an.

»Ich hol' gleich welche«, beeilte er sich zu sagen, nachdem er auch in seinen Taschen augenscheinlich keine finden konnte. Er nahm seine Kameratasche und verschwand.

Einer der FBI-Agenten zog sein Notizbuch heraus.

»Hätten Sie etwas dagegen, einige Fragen zu beantworten, gnädige Frau?«

Dolly war amüsiert. Solche Höflichkeit verdiente fast eine Medaille. Wenn sie die FBI-Mythologie aus alten Fernsehdrehbüchern nachspielen wollten: sie würde soviel Spaß wie möglich daraus schlagen.

»O nein, natürlich nicht.«

»Über Mr. Tinker?«

»Was möchten Sie denn wissen?«

»Nun, womit verdient er seinen Lebensunterhalt? Und woher kommt er?«

»Oh.« Dolly drehte sich um und ergriff einen Aschenbecher. Sie balancierte ihn vorsichtig auf den Fingerspitzen. »Mr. Tinker schreibt ein Buch über Miniaturhäuser. Ich helfe ihm dabei. Ich glaube, er stammt aus Kalifornien, aber ich weiß sehr wenig über ihn.«

Der FBI-Mann nickte aufmunternd. »Kennen Sie seinen ständigen Wohnsitz?«

Dolly lächelte. »Derselbe wie meiner.«

Er schrieb es auf. »Ist er bei Ihnen angestellt?«

»Nicht direkt.«

Der Agent verfolgte die Frage weiter. »Welche Beziehung haben Sie zu Mr. Tinker?«

»Wir sind gute Freunde. Er ist ein bißchen hilflos. Ich kümmere mich um ihn.« Sollten sie sich doch ruhig ein wenig anstrengen.

Der FBI-Mann blickte nervös zu seinem Kollegen hinüber. Er hatte Hemmungen, die Frage noch einmal zu stellen, in direkterer Weise. Und er konnte auch keinen Grund sehen, warum das FBI die Antwort wissen mußte, aber ihm war klar, daß sein Vorgesetzter sie würde hören wollen. Also fragte er noch einmal.

»O nein«, rief Dolly, »so habe ich das nicht gemeint. Roger ist so schwul, wie einer nur sein kann.«

»Wie haben Sie Mr. Tinker kennengelernt?« Erleichterung in der Stimme. Die nächste Frage.

»Oh, irgendwo auf einer Party. Ich kann mich wirklich nicht mehr genau erinnern.«

Der Agent schloß sein Notizbuch. »Vielen Dank, gnädige Frau. Entschuldigen Sie die Störung.«

Roger begegnete ihnen auf dem Korridor. Er lächelte ihnen freundlich zu und war enttäuscht, als Antwort nur ein spöttisches Grinsen zu erhalten.

»Die sind wir los«, sagte Dolly, als er zur Tür eintrat. »Noch so ein ›gnädige Frau‹, und ich hätte losgeschrien.«

Roger gab ihr die Zigaretten. Er streifte die Kameratasche von der Schulter und legte sie in eine Schublade.

»Na, wenigstens ist es vorbei. Was hast du ihnen erzählt?«

Sie schaute ein wenig unbehaglich. »Es wird dir nicht gefallen. Ich mußte ein bißchen schwindeln.«

»Das ist klar. Aber was hast du gesagt? Ich sollte es wissen, damit sie mich nicht mit einer ganz anderen Geschichte erwischen, wenn sie mich verhören sollten.«

Dolly schaute ihn aus halbgeschlossenen Augen an. Sie drückte ihre Zigarette aus.

»Ich habe ihnen erzählt, ich hätte dich irgendwo aufgelesen, wie das so passiert. Und daß du schwul wärest.«

»Was?« Roger war verblüfft. »Um Gottes willen, warum denn das?«

»Ich wollte nicht, daß sie die wahre Natur unserer Beziehung erraten.«

»Mist.« Sie klang, als zitiere sie aus einer dieser blöden Fernsehserien. »Was hat das denn mit dem zu tun, wonach sie suchten?«

»Brüll mich nicht an.« Sie drehte ihm den Rücken zu.

Roger fiel nur ein einziger Grund ein, warum sie so eine Lüge erzählt hatte. Sie schämte sich seinetwegen. Plötzlich starrte ihm ›die wahre Natur ihrer Beziehung‹, wie sie es ausgedrückt hatte, ins Gesicht wie sein eigenes Spiegelbild, dem er unerwartet begegnet war. Er hatte etwas, was sie wollte, den Verkleinerer und was man damit anstellen konnte. Und sie hatte Geld und ihren Körper.

Was hatte er denn nicht schon alles für sie getan? Sich kasteit mit dieser Diät und dem Fitness-Programm, auf jede ihrer Verrücktheiten war er eingegangen. Und dann verleugnete sie ihn vor ein paar FBI-Agenten, deren Meinung für sie nun wirklich nicht wichtig war. Oder nicht sein sollte. Aber es war alles seine Schuld. Das hätte jedenfalls seine Mutter gesagt.

Er konnte jederzeit gehen, wenn auch seine Brieftasche leer war. Nachdem er ihr die Zigaretten gekauft hatte, besaß er noch genau fünfundsiebzig Cents. Aber das war schon in Ordnung, dachte er. Er würde durchkommen, und wenn er Teller waschen müßte. Er öffnete die Schublade und nahm den Apparat heraus.

Als er aufblickte, hatte sie sich wieder zu ihm umgedreht. In ihren Augen war eine kaum kontrollierte Panik. Sie trat rasch auf ihn zu und preßte ihren kleinen stählernen Körper gegen den seinen. Er packte den Verkleinerer fester und zog sich von ihr zurück.

»Roger«, sagte sie, »bitte.«

Er schüttelte den Kopf. »Ich bin pleite«, sagte er. »Ich kann nicht länger bleiben. Ich geh' heim.«

»Nein«, sagte sie. Dann lachte sie leise. »Dummer Kerl, warum hast du mir das denn nicht gesagt? Ich denke so selten an Geld, ich habe das einfach vergessen.« Sie langte nach ihrer Handtasche.

Roger blieb stehen. Er wußte es besser. Sie dachte andauernd an Geld. Man konnte nicht so lange wie er mit ihr zusammenleben und das nicht merken. Er hatte den üblen Verdacht, daß sie nur deshalb so schlank war, weil ihr das Geld fürs Essen leid tat. Er würde gehen, sobald er die Befriedigung erlebte, daß sie ihn bat, zu bleiben. Der Verkleinerer hing schwer vor seiner Brust. Er fühlte sein Herz dagegen schlagen.

Sie kam jetzt mit Bündeln von Scheinen in den manikürten Händen auf ihn zu und stopfte das Geld in seine Taschen.

»Hier, Liebling«, murmelte sie. »Ich möchte doch, daß du hast, was du brauchst. Alles.«

Ihr Haar streichelte Rogers Gesicht mit silbrigen Fangarmen. Ihre Hände, jetzt leer, legten sich um ihn und liebkosten ihn. Roger schloß die Augen und atmete ihr Parfüm ein.

»Oh, Mama«, murmelte er.

»Was?« Dorothy schaute auf.

»Ach, nichts.«

Sie fuhr mit der Hand durch sein lockiges Haar. »Schau, Liebling, ich bin gemein gewesen. Ich habe die Dinge nicht aus deiner Sicht betrachtet. Aber ich will es wiedergutmachen.«

Roger nickte betäubt. Auf einmal wußte er, wie sich Fliegen in einem Spinnennetz fühlten. Er verlangte nach dem Köder, konnte ihn fast schon schmecken, und sein Appetit wurde nicht durch den Anblick der Spinne gedämpft, nein, höchstens noch verstärkt. Selbst die klebrigen Fäden wirkten elektrisierend.

»Was möchtest du denn?« flüsterte sie.

Er räusperte sich. »Ich habe da heute diese Statue gesehen.«

Sie knöpfte sein Hemd auf. »Ja?«

»Es war ein Gott oder so was. Ein Meeresgott.«

»Neptun.« Dolly half mit dem Namen aus.

»Ja. Und so Nixen waren um ihn herum.«

Sie hielt inne mit dem Streicheln und Aufknöpfen. Sie sah ihn an.

»Würde es dir etwas ausmachen«, stotterte er, »äh, so eine Nixe zu spielen?«

Dolly dachte kurz nach und entschied sich rasch. »Natürlich nicht, Liebling. Klingt irgendwie hübsch. Aber sag mir, was machen denn Nixen?«

»Nun«, sagte Roger und legte den Verkleinerer wieder in die Schublade, »ich stelle mir das so vor...« Hoffentlich merkte sie nicht, wie er schwitzte.

»Na, wie denn?« ermutigte sie ihn.

»Ich glaube, wir sollten erst die Badewanne vollaufen lassen«, sagte er. »Dann kann ich es dir zeigen.«

Roger glaubte, daß sie schlafe. Da er sich nicht im geringsten müde fühlte, glitt er aus dem Bett und ging ins Wohnzimmer der Suite. Er schaltete den Fernsehapparat an und sah den letzten Rest eines Films. Dann folgte Werbung, die fast eine Stunde zu dauern schien. Er wartete geduldig, bis die Spätnachrichten kamen. Er ließ sich aus dem Sessel zu Boden gleiten und legte sich auf den Bauch, das Kinn in die Hände gestützt.

Sie sah wundervoll aus, genauso wie in dem VIP-Magazin. Ihr Make-up war ziemlich stark, ihr Haar war sorgfältig frisiert. Sie trug einen Pullover mit V-Ausschnitt im Stil der fünfziger Jahre. Diese unglaublichen Titten taten unter der dünnen Wolle erstaunliche Dinge. Der Pullover war tiefrot, genauso rot wie ihre schimmernden Lippen.

Er fragte sich, ob Dolly vielleicht einmal Leyna Shaw für ihn spielen könnte. Aber vielleicht war sie beleidigt, wenn sie eine reale Person spielen sollte.

Dolly hatte offenbar doch nicht so tief geschlafen, wie er geglaubt hatte, denn kaum war Leyna mit den Wirtschaftsnachrichten durch, nur schlechte natürlich, als sie in ihrer weißen Satinrobe erschien und sich in den Sessel setzte. Sie sagte nichts, schaute und hörte nur zu.

Roger war überrascht, als ihn nach ein paar Minuten ihr kalter Fuß ins nackte Hinterteil stieß.

»Mach die Glotze da aus und komm wieder ins Bett. Ich will schlafen.«

»Entschuldigung«, sagte er, rappelte sich auf und schaltete den Apparat aus. »Ich konnte nicht schlafen.«

»Dann hol dir doch einen runter«, sagte Dolly rüde.

Roger grinste. »Könnte ich schon, wenn ich dabei Leyna Shaw zusehe.«

Sie schien das nicht sehr lustig zu finden. Türenschlagend verschwand sie im Schlafzimmer.

»He!« Roger lief ihr nach. »Ich hab' doch nur Spaß gemacht!«

»Ich würde es zu schätzen wissen«, informierte sie ihn kühl, »wenn du diese Person in meiner Gegenwart nicht mehr erwähntest.«

»Ist sie deine Feindin oder so?« Roger war jetzt wirklich neugierig. Wie konnte man eine so schöne Frau nur hassen?

»Ja, genau das ist sie. Sie macht mich lächerlich, wo sie nur kann.«

»Oh, das tut mir leid.«

Ein längeres Schweigen folgte. Beide wälzten sich in ihren Betten.

»Roger«, sagte Dolly und stieß ihn mit den Fingern in

die Achselhöhle, um zu sehen, ob er noch wach war. »Laß mir dir etwas erklären.«

»Was?« fragte er schläfrig.

»Ich habe eine Menge Feinde. Es gibt immer Leute, die jeden anderen hassen, wenn er etwas hat, das sie nicht haben. Geld, Macht, Gesundheit, gutes Aussehen, die richtige Familie. Verstehst du?«

»Sicher.« Roger verstand nur zu gut. Seine Mutter hatte keinen Dummkopf aufgezogen. Die Welt war hart.

»So gibt es auch Leute, die mich hassen, obwohl ich ihnen nie etwas getan habe.«

Roger murmelte sein Mitgefühl.

»Sie gehört dazu.«

»Wer?«

»Die verdammte Leyna Shaw!« rief sie.

»Oh.«

»Du bist ein Schatz, Roger«, fuhr Dolly fort, »aber du mußt besser achtgeben. Du bist wie ein Kind, du denkst nur an das, woran du gerade denken möchtest. Du mußt dein wunderbares Gehirn auch mal im täglichen Leben benutzen.«

»Hmm«, stimmte Roger zu. Er schlief ein.

Dolly seufzte, setzte sich auf und langte nach ihren Zigaretten. Was für ein beschissener Tag. Wenigstens hatte sie ihr Weißes Haus wieder. Ihre Hand zitterte, als sie sich die Zigarette anzünden wollte.

Sie blickte auf Roger neben sich, dessen massiger Körper jetzt in Laken gewickelt war. Das erstemal hatte sie sich betrinken müssen, um es tun zu können. Er war so ein Niemand, so ganz ohne jede Klasse. Sie hatte von Frauen gehört, die es mit ihren Chauffeuren und Gärtnern trieben, aber das hatte für sie nie einen Reiz gehabt. Die mußten schon ziemlich die Schnauze voll gehabt haben von den Alternativen, ihren Ehemännern und denen ihrer Freundinnen.

Aber trotzdem hatte sie die richtige Intuition gehabt, denn Roger hatte etwas Besonderes. Unerfahrenheit, was heutzutage schon ein bißchen verblüffend war, und ein natürliches wildes Talent.

Nick hatte Roger heute natürlich etwas überschattet. Aber sie konnte bezeugen, wenn der Moment kam, die Bettdecke wegzuziehen, würde sie allemal Roger vorziehen. Ihre Beziehung zu Nick lag schon ein paar Jahre zurück, doch sie hatte nichts vergessen. Er hatte eine ganz gute Technik, aber da war kein wirkliches Gefühl. Als ob es ihn nicht wirklich interessiere. Roger war da ganz anders.

Verdammt, war das Leben kompliziert. Und ständig im Fluß. Roger hatte sie daran erinnert, wofür Männer eigentlich gut waren, nachdem sie sie schon aufgegeben hatte; er hatte einen abgestorbenen Teil ihrer selbst wieder zum Leben erweckt. Alles, was sie jetzt wirklich wollte, waren ihre Puppenhäuser und der Verkleinerer. Und Roger. Wie alle Männer würde er bald langweilig werden. Sie zweifelte nicht daran. Aber sie wußte, damit würde sie fertig werden, wenn es passierte. Dieses Wissen gab der Sache einen perversen Geschmack. Sie würde ihren Spaß haben, wie lange auch immer er dauerte.

Die Stadt hörte schon bald auf. Es war immer wieder überraschend für Dorothy, wie klein Washington eigentlich war. Sie fuhren auf der Schnellstraße durch Vororte und Streifen unbebauten Landes. Es herrschte nicht viel Verkehr in ihrer Fahrtrichtung, und sie kamen schnell voran.

Roger zeigte Dolly das Modell des Washington-Denkmals mit dem eingebauten Bleistiftspitzer, das er für seine Mutter gekauft hatte. Sie blickte angewidert darauf.

»Ich hätte ja auch das echte Denkmal verkleinern können.« Roger gab an wie ein kleiner Junge.

»Und warum hast du nicht?« fragte Dolly. Seine Mutter

hätte statt der Kopie ruhig das häßliche Original haben können, dachte sie.

»Zu viele Touristen.«

»Immer diese Ausreden. Verkleinere die doch auch.«

»Mein Gott«, sagte Roger, »da würden wir einen auf den Deckel kriegen. Es wäre ein bißchen zu auffällig, oder?«

»Nein, Liebling«, gab Dolly zurück, »wir könnten doch den Touristen ganz kräftig einen auf den Deckel geben.« Sie lachte.

»Das würde ein schöner Matsch werden«, sagte Roger, um im Ton des Gesprächs zu bleiben. Der Gedanke gefiel ihm eigentlich nicht besonders.

Dolly überquerte eine Kreuzung. »Aber wirklich, wir sollten uns ein kleines Souvenir mitnehmen, solange wir hier sind.«

»Woran denkst du dabei?« Roger war bereit, mit sich reden zu lassen, obwohl ein neues Abenteuer ein bißchen zu sehr auf den Fersen des letzten sein könnte. »Vielleicht das echte Weiße Haus?«

»Puh, das würde ich gar nicht wollen.«

»Da gibt es sowieso zu viele Leute«, sagte er. »Oder würdest du wirklich ein Haus voller winziger kleiner Pressesekretäre und Geheimdienstleute haben wollen?«

»Ich denke, was ich für mein Weißes Puppenhaus brauche, sind ein paar Puppen, die darin leben. Und«, sie stieß ihn an, um seine Aufmerksamkeit zu erlangen, »Puppen sind die einzige Sache, die niemand in Miniatur wirklich gut hinkriegt.«

»Auch Lucy nicht?«

»Sie sagt nein. Will es nicht mal versuchen.«

Roger mußte jeden bewundern, der zu Dolly nein sagte. Langsam begann er sich auf das Treffen mit Lucy zu freuen.

»Warum?«

»Nicht ihr Gebiet. Sie versprach, herumzufragen, um jemanden für mich zu finden. Aber außerhalb des Disney-Konzerns gibt es da wohl niemanden. Außer dir.«

»Ich könnte einen dieser täuschend echten Roboter verkleinern, wie sie sie in Disneyland haben«, bot Roger an.

Dolly stieß Zigarettenrauch durch ihre Zähne. »Das klingt ganz scheußlich.«

»Oh.« Roger ließ sich die Sache durch den Kopf gehen.

Dolly warf ihren Zigarettenstummel aus dem Fenster. »Hör zu, Roger. Hast du schon einmal ein Tier verkleinert?«

»Natürlich. Labortiere.«

»Hat es geklappt?«

»Sicher. Tadellos. Ich hatte einen ganz tollen Beagle, vier Zentimeter lang.«

»Kannst du das auch mit Menschen machen?«

Sie blickte ihn beim Fahren rasch von der Seite an.

Er befingerte die Kameratasche in seinem Schoß.

»Mein Gott.«

»Nun?« fragte sie.

»Nun«, er holte tief Atem, »soweit ich weiß, und ich weiß mehr darüber als irgend jemand sonst, ist dieser Prozeß nicht umkehrbar. Man kann etwas anschließend nicht wieder auf die ursprüngliche Größe bringen.«

»Oh.« Diesmal mußte sie einen Moment nachdenken. »Aber betrachte es bitte als eine Möglichkeit. Denk darüber nach. Vielleicht können wir es doch machen.«

»Gut.«

Jetzt kam der weiße Bretterzaun in Sicht, der vor Lucys Haus einen großen baumbestandenen Rasen umschloß. Roger konnte mitten in dem grünen Gras einen flachen Gartenteich aus Plastik erkennen. Dolly hupte.

Zachary Douglas saß in einer verblichenen Badehose am Rand des Teiches. Seine Füße waren mit Schlamm bedeckt, und das Gras um das Becken triefte vor Nässe.

Laurie servierte ihrer Mutter und ihrem Großvater gerade Leitungswasser in kleinen Plastiktassen als Tee. Da sah sie den Lieferwagen in die Einfahrt einbiegen und hinter Lucys zerbeultem alten Kombi halten.

»Gee!« schrie sie.

Zachary blickte kurz auf und wandte sich wieder seinen Experimenten mit Schlamm und Wasser zu. Die waren viel interessanter als die Großmutter, die er Gee nannte. Er wußte von früher, daß sie von Schlamm nicht sehr begeistert war.

Mr. Novick hatte ein kleines Transistorradio in der Hemdtasche, von dem ein Draht zu einem Plastikknopf in seinem Ohr führte. Er lauschte einer Baseball-Übertragung. Er war schläfrig, denn er hatte den ganzen Tag in der Sonne gesessen und mittags zwei große Schinkenbrote verdrückt. Trotzdem richtete er sich auf, um der Schwiegermutter seiner Tochter einen etwas würdigeren Anblick zu bieten.

Lucy lag auf einem Liegestuhl in der Mittagssonne. Sie sprang auf, prüfte, ob der Reißverschluß ihrer Hose zu war, und streckte sich.

»Hallo, hallo!« rief ihre Schwiegermutter im Näherkommen. »Lucy, Liebling, du siehst ja fantastisch aus!«

Lucy sah tatsächlich sehr gut aus. Sie nickte.

»Danke.«

»Oh, das hier ist Roger Tinker, Lucy. Er schreibt ein Buch über Miniaturen.«

Lucy schüttelte Rogers leicht feuchte Pfote in höflichem Erstaunen. Das Herstellen und Sammeln von Miniaturhäusern spielte sich in einer relativ kleinen Welt ab, die sie gut kannte, und sie hatte noch nie von einem Roger Tinker gehört.

»Freut mich, Sie kennenzulernen«, murmelte er. Er starrte auf ihren Büstenhalter und steckte die Hand wieder in die Tasche, während er Lucys Vater vorgestellt wurde. Eine Kamera hing um seinen Hals wie ein übergroßes Amulett.

»Und das hier«, sagte Dolly stolz, »ist mein kleines Goldstück Laurie.« Sie drückte das kleine Mädchen fest an sich. Laurie Douglas quietschte auf. Sie genoß die Aufmerksamkeit, die ihr zuteil wurde.

Dolly sah erwartungsvoll zu Zachary hinüber. Der Kleine ignorierte die Erwachsenen jedoch einfach.

»Zach!« schalt sein Großvater, »sag deiner Großmutter guten Tag.«

Zwei kleine rote Flecken erschienen auf Dollys Wangen. Zach blickte von seiner Beschäftigung auf und sah sie ernst an.

Dolly lachte. »Komm, du Dummkopf. Komm zu Gee.«

Langsam, mit einem Sinn für das Ritual, steckte Zach einen Finger in die Nase. Das war zuviel für Lucy.

»Zachary«, sagte sie.

Der Finger kam wieder heraus, und Zach steckte die Hand schuldbewußt in die Tasche. Er schob sich bis auf Griffweite an die Großmutter heran.

»Tag.«

Dolly betrachtete ihn. Schlamm bedeckte seine Beine bis hoch zu den Knien wie schmutzige Strümpfe, und seine Arme trugen Handschuhe gleicher Art bis hinauf zu den Ellenbogen. Sie fand einen Fleck relativ sauberer Haut über einer der Augenbrauen, bückte sich zu einem raschen Kuß und zog sich wieder in sichere Entfernung zurück.

»Laß dich von mir nicht aufhalten«, sagte sie eisig.

Er blickte seine Mutter hoffnungsvoll an, sie nickte bestätigend, und er trollte sich zurück zum Gartenteich. Dort gab es noch neue Welten zu erforschen.

Lucy lächelte Dolly entschuldigend an, schließlich war er erst vier.

Dolly runzelte die Brauen.

»Du hättest ihn ein bißchen saubermachen können. Du wußtest doch, daß ich komme.«

Lucys Mund nahm einen störrischen Ausdruck an. Sie ignorierte den Vorwurf. Laurie löste die Spannung, indem sie allen eine Tasse Tee anbot. Roger blickte durstig auf die Tasse in ihrer Hand, doch alle Hoffnung schmolz, als er feststellte, daß es Leitungswasser war. Dolly lachte und lehnte das Angebot ab.

»Danke, Liebling, aber ich habe erst etwas mit deiner Mutter zu besprechen.«

»Ich behalte unterdessen die Kleinen im Auge«, bot Lucys Vater an. Er schob seine Baseballmütze zurecht und versank wieder in seinem Lehnstuhl.

Lucy führte Dolly und Roger zu ihrer Werkstatt. Roger ging hinter den beiden, das bot ihm die Chance, Lucys Hinterteil in knappen Shorts und Dollys in ihren Leinenhosen zu bewundern. Ein schöner Anblick, entschied er, der allein war die Fahrt hier heraus schon wert.

Lucy trat beiseite und ließ Dolly auf ihre Werkbank blikken. Dort stand ein kleiner Kleiderschrank. Eine seiner Türen war ein wenig offen und ließ innen einen glitzernden Spiegel erkennen.

»Sehr hübsch«, murmelte Dolly. Sie schob die Tür mit einem ihrer langen Fingernägel ein wenig weiter auf und nahm zwei winzige Kleider heraus.

»Perfekt.« Sie hängte sie zurück.

»Ich habe noch etwas anderes für dich, eine Überraschung.« Lucy holte, fast wie durch Zauberei, aus einer dunklen Ecke eine winzige Silberschale, die auf einem silbernen Tablett stand. Sie war mit Obst gefüllt.

Dolly stellte sie auf ihre Handfläche. Sie schob eine Lupe vor ihr rechtes Auge und blickte hindurch. Dann schnüffelte sie und blickte erstaunt auf.

»Lucy!« Sie nahm eine winzige Orange aus der Schale und roch neugierig daran. Roger schob sich näher heran, um zu sehen, was sie so aufregte. Sie hielt ihm die Orange hin, und er roch ebenfalls.

»Großartig!« rief Dolly. »Riecht wie eine echte Orange!«

»Und die Äpfel riechen wie Äpfel, die Bananen wie Bananen, die Trauben wie Trauben«, strahlte Lucy.

Roger grinste Dolly an. »Nicht schlecht«, grunzte er.

Sie blickte ihn an. Unausgesprochen stand der Gedanke zwischen ihnen: *aber das können wir viel besser*.

»Es ist ein Geschenk. Für dich.« Lucy errötete.

»Oh, vielen Dank, Liebling.« Dolly war ein bißchen aus dem Konzept. Lucy tat immer solche Sachen, das machte alles so schwierig. Sie schwieg verlegen.

»Wie haben Sie das hingekriegt?« sprang Roger hilfreich ein.

»Ich habe schon seit Wochen mit künstlichen Gerüchen rumprobiert. Für die Parklandschaft. Ich wollte die Rosen und die blühenden Büsche und vielleicht auch das Gras ganz naturgetreu hinkriegen. Das ist furchtbar kompliziert. Aber ich sehe jetzt ein paar Möglichkeiten, von denen ich vor drei Monaten noch nichts ahnte. Ich habe an chemische Fabriken und Parfümhersteller geschrieben und eine Menge dabei gelernt. Ich weiß jetzt, daß ich was Besseres hinkriegen kann als Gras aus Plastikmatten und Rosenbüsche aus Draht.«

Lucy hatte den Eindruck, daß Dolly nicht besonders interessiert war. Und ihr Freund schien auf seltsame Weise amüsiert. Verwirrt fuhr sie fort: »Das Schwierigste wird das Gras sein. Richtiges Gras hat so viele Eigenschaften, es bewegt sich im Wind, fühlt sich seidig an und riecht so gut. Das wird schwer hinzukriegen sein.«

Sie hielt inne und blickte Dolly an. Roger sah zur Seite. Er wollte gar nicht hören, was als nächstes kam. Lucy schien eine hart arbeitende Frau zu sein. Und hübsch dazu. Er studierte die Werkbank und die Werkzeuge auf dem Bord darüber.

»Lucy, Liebes«, sagte Dolly mit leiser Stimme, »ich möchte gar nicht, daß du die Parklandschaft für das Weiße Haus machst.«

In dem Schweigen, das wie ein Schatten auf sie fiel, spielte Roger mit einer kleinen Laubsäge. Doch Lucy bemerkte es nicht. Sie war so still, daß sie nicht einmal zu atmen schien. Ihr Gesicht war weiß und sehr weit entfernt.

»Hast du etwas anderes im Sinn, was ich vorher noch machen soll?« fragte sie verständnislos.

»Nein, eigentlich nicht.« Dolly wandte sich wieder dem kleinen Kleiderschrank zu. »Ich will mein Weißes Haus erst mal so lassen, wie es ist.«

Lucy wurde steif. »Willst du denn den Kleiderschrank?«

»Aber sicher. Er ist wunderschön.«

»Dann packe ich ihn dir ein.«

Lucy nahm ihn und begann ihn in braunes Papier zu wickeln. Sie schenkte weder Roger noch ihrer Schwiegermutter einen weiteren Blick. Die Art, wie sie sich bewegte, erinnerte Roger an die sparsamen, gewalttätigen Gesten eines Metzgers. Er begann heftig zu schwitzen.

Dolly ging zur Tür und starrte in den Garten hinaus. Roger studierte die Werkzeuge. Winzige Sägeblätter, eine Juweliersäge für Metallarbeiten, ein kleiner Elektrobohrer, eine Schmirgelmaschine. Schöne Werkzeuge. Jemanden, der mit ihnen so gut wie Lucy Douglas umzugehen verstand, konnte er nur bewundern.

Lucy packte den Schrank in einen kleinen Karton. Dann schob sie die Fruchtschale in eine Bonbontüte.

Dolly sah ihr nun zu und lächelte, als sei die Atmosphäre nicht mit Lucys unausgesprochenem Zorn erfüllt.

»Willst du auch die schriftlichen Unterlagen?« fragte Lucy ruhig, ohne jede Bewegung in der Stimme.

Dolly nickte.

Die jüngere Frau begann in einem kleinen Aktenschrank herumzusuchen, der in einer Ecke der Werkstatt stand.

Wie beiläufig hob Roger eine hübsche kleine Klinge auf und schob sie in seine Tasche. Der dazugehörige Griff folgte. Dolly war damit beschäftigt, in ihrer Handtasche nach Zigaretten zu suchen. Der Aktenordner wanderte, nachdem er gefunden worden war, von Lucy zu Dolly und dann zu Roger. Roger hielt ihn, wie er ein Baby halten würde, falls jemand töricht genug wäre, ihm eines anzuvertrauen.

»Der Briefwechsel mit Dud Merchant über die Tapeten ist auch drin. Ich wollte dich noch fragen, ob du die Muster gerne hättest, die er geschickt hat, aber ich nehme an, du kümmerst dich jetzt selbst drum.«

Dolly spielte mit ihrem Feuerzeug. Sie war gelangweilt. Roger erkannte die Signale.

»Und die Fotos von Linda Blochs Messinggeschirr sind auch dabei. Und natürlich alles, was ich bisher hinsichtlich der Landschaft getan habe. Ich werde dir noch eine Rechnung für den Kleiderschrank und für die Vorbereitungsarbeiten für die Landschaft schicken. Ich hoffe, du verstehst, daß ich meine Ergebnisse auch anderweitig nutzen werde.«

Dolly ergriff den Karton mit dem Kleiderschrank und die Tüte mit der Obstschale. »Auf Wiedersehen, Lucy«, sagte sie und gab sich keine Mühe, die Belustigung in ihrer Stimme zu verbergen. Sie verließ die Werkstatt. Roger trottete mit dem Aktenordner hinter ihr her.

Beim Hinausgehen winkte sie Lucys Vater und den Kindern zu wie eine Fürstin. Der alte Mann legte grüßend die Hand an seine Kappe. Laurie winkte zurück. Zach, der jetzt den Gartenschlauch mit Schlamm verstopfte, ignorierte das alles.

Als Lucy nach einer ganzen Weile noch immer nicht wieder aufgetaucht war, ging ihr Vater sie suchen. Die Werkstatt war leer. Er fand sie bei den Tomaten, die sie von Ungeziefer befreite. Ihre Wangen waren tränenüberströmt und ihre Nase rot. Sie blickte zu ihm auf und lächelte steif. In ihrer Hand hielt sie eine große nackte Schnecke.

»Das schleimige Ding heißt Dorothy Hardesty Douglas, Paps.« Sie ließ sie in die Büchse mit Salzwasser fallen, die vor ihr stand. »Adieu, du ekliges Ding.«

»Oh, Lu«, sagte ihr Vater und hockte sich neben sie.

»Es ist wirklich das beste so«, fuhr sie fort. »Sie benützt einen nur. Wenn sie dich nicht mehr braucht, spült sie dich in der nächstbesten Toilette hinunter. Ich bin froh, daß ich nicht mehr für sie arbeite. Ich wäre sie am liebsten ganz und gar los.«

Mr. Novick nickte. »Da hast du recht. Aber du wirst nicht gern gefeuert, nicht wahr?«

Lucy grinste. Sie untersuchte die Unterseite eines Blattes. Sie liebte den herben Geruch der Tomatenpflanzen. Der gab ihr immer ein gutes Gefühl.

»Nein. Weißt du was, Paps?«

»Was denn, Lu?«

»Ich hasse es, daran zu denken, daß dieses Ekel alle diese Sachen jetzt hat, für die ich so viele Stunden meines Lebens geopfert habe. Ich komme mir vor, als hätte ich mich irgendwo an einer Straßenecke verkauft.«

»Ach, Lu«, sagte er und legte den Arm um sie, »jetzt kannst du doch einige der Dinge machen, über die du immer geredet hast. Es ist besser so. Du hast recht.«

»Sicher, Paps. Das kommt als nächstes.« Sie stand auf und streckte sich. Ihre Tränen waren versiegt. »Als ich dir damals Harrison vorstellte, hast du da gedacht, es könnte so wichtig werden?«

Ihre Worte erweckten ein lebhaftes Bild in seiner Erinnerung: ein scheuer, gertenschlanker Junge in Uniform, der seine neunzehnjährige Tochter an der Hand hielt. Beide so jung und schön. Seine Tochter war erwachsen geworden, der Junge nicht, er war vorher gestorben. Aber es waren seine Kinder, die jetzt vor dem Haus spielten. Und es war seine Mutter gewesen, die diesen herrlichen Sommertag verdorben hatte. Er schüttelte den Kopf. Das Leben war eine komplizierte Angelegenheit, er brauchte sich keine Fernsehserien anzuschauen, um das zu verstehen. Zauberhaft und schmerzhaft, wie die Zeit sich im Kreise bewegte, und nichts schien jemals zu einem Ende zu kommen.

»Nein«, sagte er, unfähig, seine Gefühle in Worte zu fassen.

»Laß uns heute abend grillen. Ich mache die Limonade, wenn du dich um die Würstchen kümmerst.«

»Dann zünde ich besser gleich das Feuer an. Wo sind die Kinder? Die können mir dabei helfen.«

Lucy wischte ihre Hände an den Shorts ab und ging zur Küche. Er wünschte, sie hätte mit Nick Weiler nicht Schluß gemacht. Mit ihm war sie beinahe glücklich gewesen. Aber sie würde schon damit fertig werden. Das hatte sie immer geschafft. Ein zähes kleines Ding, so klein allerdings auch nicht mehr. Wer hätte geglaubt, daß Louisa und er ein Kind wie Lucy produzieren würden? Er nicht. Er mußte lächeln.

In der Küche ging Lucy zum Telefon.

»Ist Nick da, Roseann? Hier ist Lucy Douglas.«

»Sicher ist er da, Lucy.« Roseanns Stimme klang überrascht.

»Danke«, sagte Lucy.

»Nett, wieder von Ihnen zu hören«, sagte Roseann unerwarteterweise und stellte durch.

»Lucy?« Nicks Stimme klang eifrig.

»Nick«, begann sie und mußte erst überlegen, wie sie fortfahren sollte. »Nick, tut mir leid, dich zu stören. Aber es ist etwas Komisches passiert. Könntest du heute abend vorbeikommen?«

6

In ihrer Hotelsuite stopfte Dolly das kleine Paket mit dem Kleiderschrank in eine der Kisten mit den anderen Möbeln. Sie öffnete die Tüte mit der Obstschale, nahm eine der Früchte in die Hand und roch ekstatisch daran.

»Die liebe, liebe Lucy«, schnurrte sie, »sie ist so süß.«

Sie warf Roger einen prüfenden Blick zu.

»Findest du nicht auch?«

Roger band gerade seine Krawatte ab und bemühte sich, seine Hungerkrämpfe zu ignorieren. Er fühlte, daß er sich auf schlüpfrigem Grund befand.

»Sie ist... geschickt«, sagte er und versuchte, sich nicht festlegen zu lassen.

»Sie hat einen fetten Arsch«, verkündete Dolly. »Wie eine Bäuerin. Das ist typisch. Männer. Mein Sohn, heiratet eine Frau, die das genaue Gegenteil seiner Mutter ist.«

Er kannte Lucy Douglas nicht gut genug, um sicher zu sein, aber er dachte, daß ihr Hinterteil sicher nicht so verschieden von Dollys war. Und beide Frauen hatten mit Nick Weiler ein Verhältnis gehabt, das wies zumindest auf einen ähnlichen Geschmack hin. Der Gedanke an Weiler irritierte ihn. Dolly hatte ihn den ›Witwentröster‹ genannt, als sie ihm von dem Kerl erzählte. *Sei nicht eifersüchtig, Liebling, davon kriegst du nur ein rotes Gesicht. Außerdem war das ja praktisch vor deiner Geburt.*

Roger zog seine Jacke aus und hängte sie über einen Stuhl. Er summte beiläufig vor sich hin. Je weniger er sagte, um so besser.

»Die Erziehung überläßt sie dem Alten. Kein Wunder, daß die Kinder keine Manieren haben. Und sie amüsiert sich. Mit meinem Geld und mit Harrisons Witwenrente. Und jeder glaubt, sie ist eine Heilige.«

Dolly regte sich jetzt wirklich auf.

»Sie ist ganz schön sauer auf dich«, bemerkte Roger.

»Hast du keine Angst, daß sie die Kinder von dir fernhält?«

Dolly zündete eine Zigarette an und lachte.

»Nein, Dummkopf. Sie ist doch immer so fair. Sie sammelt Punkte für ihren Heiligenschein. Und sie fühlt sich schuldig, weil sie Harrison umgebracht hat.«

Roger, der gerade seine Füße auf die Couch legte, fiel fast hinunter. Das war eine ganz neue Version.

»Ich dachte, er starb, als sein Flugzeug abstürzte.«

Dolly ließ sich zu seinen Füßen auf die Couch sinken. Roger setzte sich auf und rückte gespannt näher.

»Sie waren so jung«, sagte sie schließlich, »als sie heirateten. Mir gefiel das natürlich nicht, aber sie waren volljährig. Und im Handumdrehen hatten sie ein Kind, und ein zweites war unterwegs. Ich meine, ich liebe natürlich meine Enkelkinder. Manchmal lebe ich nur ihretwegen weiter. Aber ich wußte, was die Verantwortung für Harrison bedeutete. Er ähnelte so sehr seinem Vater. Er fühlte sich in der Falle. Und er mußte sich beweisen, daß er ein Mann war. Deshalb meldete er sich freiwillig als Testpilot. Und sie redete es ihm nicht aus. Sagte nur, das müsse er selber entscheiden. Für sie hat das fein geklappt. Jetzt kriegt sie eine dicke Pension von der Regierung.«

Ihre linke Hand fuhr müde über ihre Augen. Sie zitterte. Roger konnte sehen, wie sie sich gehen ließ. Sie war aufgewühlt. Er wußte nicht, was man mit einer weinenden Frau tat, und hoffte, es würde genügen, wenn er sie nur stumm umarmte.

Auch wußte er nicht, wie er sich diesen peinlichen Familiengeschichten gegenüber verhalten sollte. Lucy war ihm ganz nett vorgekommen. Es mußte etwas mit der uralten Feindschaft zwischen Müttern und den Frauen ihrer Söhne zu tun haben. Vielleicht mußte man beiden Frauen sogar zugute halten, daß sie bis heute so höflich miteinander umgegangen waren.

Er suchte nach Worten. »Na ja, du hast dein Puppenhaus wieder, und mit Lucy bist du auch quitt. Du kannst jetzt tun, was du willst. Das solltest du ein bißchen feiern.«

Dolly richtete sich auf, putzte ihre Nase und seufzte beredt.

»Ein gutes Abendessen«, schlug er vor, »mit ein bißchen Champagner.«

»Ich glaube, das habe ich wirklich verdient«, gab sie zu.

Die Vision eines reichhaltigen Abendessens wirbelte durch Rogers Kopf. Er drückte sie an sich und küßte sie ungeschickt auf die Stirn. Vielleicht lernte er wirklich was von ihr. Er wurde nicht nur schlanker, sondern auch cleverer. War das Leben nicht großartig?

Nick Weiler fand sie auf der hinteren überdachten Veranda des Hauses, wo sie um den mit Wachstuch bedeckten Picknicktisch saßen. Lucys Vater stand auf, um ihm eifrig die Hand zu schütteln. Laurie war schon im Pyjama, sie sprang auf und küßte ihn. Zach saß auf Lucys Schoß und winkte ihm grinsend zu. Er hielt einen schmutzig aussehenden Teigballen in seiner Hand. Nick bückte sich, um ihn zu küssen, und wurde plötzlich von einem starken Geruch nach Obst überrascht. Lucy roch stets nur nach Holz und Firnis und Farbe, sie benutzte nie ein Parfüm. Aber dieser Geruch war auch viel zu stark, um von einem Parfüm zu stammen. Er runzelte seine Nase, und Lucy lachte ihn an.

»Das ist dieser Teig«, erklärte sie.

Er nahm den Klumpen, den Zach ihm noch immer hinhielt, und roch daran. Zitrone, ganz ohne Zweifel.

»Riech mal hier dran«, befahl Laurie und hielt ihm einen Teigwurm hin.

»Banane!« rief er.

»Und Kirschen, Kokosnuß und noch eine Menge anderes.« Laurie zeigte ihm einen Pappteller, auf dem ein halbes Dutzend Klumpen des gleichen grauen Teiges lagen. Es roch nach Obstsalat.

»Toll. Kann man das essen?«

Lucy schüttelte den Kopf. »Es ist zwar nicht giftig, aber auch nicht besonders nahrhaft. Ich glaube, es würde nichts Schlimmeres anrichten als einen schönen Durchfall.«

»Und damit willst du jetzt in das Geschäft mit Knetmasse für Kinder einsteigen und ein Vermögen machen?«

»Mein Gott, daran habe ich gar nicht gedacht. Ich wollte es nur für Miniaturobst benutzen. Ich möchte es lieber nicht den lieben Kleinen in die Hand geben, die würden es schließlich doch essen.«

»Ich hab' eine Grapefruit gemacht«, verkündete Zach, »willst du mal probieren?«

»Ham, ham«, sagte Lucy und nahm die kleine Kugel in die Hand. Sie ließ sie in ihrer Handfläche verschwinden. »Das hat toll geschmeckt.«

»Zeit, ins Bett zu gehen«, sagte ihr Vater.

Laurie stöhnte theatralisch. Zach sah ihr gespannt dabei zu und imitierte sie dann gekonnt.

»Es ist wirklich Zeit«, sagte Lucy und ignorierte ihren Widerspruch. »Rein mit euch, putzt eure Zähne. In fünf Minuten komme ich nach.«

Mr. Novick setzte Zach auf seine Schultern und verschwand mit den beiden.

Plötzlich waren Nick und Lucy allein auf der Veranda. Ein peinliches Schweigen schien sich ausbreiten zu wollen, dann wandte sich Lucy den Teigklumpen zu und verpackte sie sorgfältig in Plastikdosen. Nick blickte nervös auf seine Hände. Er beschloß, ihr keine Hilfe anzubieten beim Verpacken; es würde sie nur irritieren, wenn er ihr in die Quere kam.

»Ich zeige dir später die fertigen Früchte. In der Werkstatt sind ein paar.« Sie verschloß die letzte Dose. »Jetzt muß ich erst mal den Kindern gute Nacht sagen. Ich bin gleich wieder da.«

Nick war auf einmal deprimierter, als er seit Wochen gewesen war. Hierher zu kommen, war, als wäre er von einer Mauer gefallen. Er hatte in den letzten Tagen so bequem oben drauf gesessen. Und sie konnte anscheinend kaum seine Anwesenheit ertragen.

Er setzte sich in den alten Liegestuhl mit den stockig riechenden Kissen und starrte zum Himmel. Er war klar. Die Wärme des Tages hatte noch nicht sehr nachgelassen.

Sie kam mit einem Tablett zurück, auf dem ein altmodischer Glaskrug voll Limonade und hohe Gläser voll klirrender Eisstücke standen. Sie setzte sich nicht gleich, sondern stand erst eine Weile da, an die Verandatür gelehnt, und studierte ihn in der Dämmerung.

»Wie geht es dir, Nick?«

Er zuckte mit den Schultern. »Ich schlage mich so durch.«

Ihr höfliches Lachen klang etwas scharf. »Tun wir das nicht alle?«

Er räusperte sich. »Du siehst großartig aus.«

»Danke.« Ihre Stimme war sehr leise.

Er zögerte, dann wagte er die Frage: »Hast du viele Verabredungen?«

Sie reckte ihr Kinn vor. »Ja.«

Sein Magen drehte sich wie ein welkes Blatt im Herbst. »Sei bloß nicht eingebildet deswegen«, brachte er heraus.

»Oh, Nick.« Sie drehte ihm den Rücken zu und betrachtete den Nachthimmel.

»Ist ja auch egal«, sagte er schließlich. »Warum wolltest du mich sehen?«

Sie drehte sich wieder ihm zu, ihr Gesicht war auf einmal müde und abgespannt.

»Dolly war heute hier.«

»Sie hat ihr Haus gestern abgeholt. Dann ist sie also heute zu dir gekommen?«

»Hmm.« Lucy zögerte. »Na ja, sie hat mich rausgeschmissen.«

Nick fuhr hoch. »Was?«

»Sie nahm noch ein Möbelstück mit, das fertig war. Das letzte größere. Und dann stoppte sie alles, den Park, das ganze Zubehör, das noch nicht fertig war. Sie will es nicht mehr.«

»Puh. Ein ganz kaltes Ekel, nicht wahr?«

Lucy nickte. »Und ich hatte geglaubt, sie würde von dieser stinkigen Knete begeistert sein.«

»Stinkige Knete? Fällt dir kein besserer Ausdruck ein?« Nick mußte wider Willen lachen. »Es tut mir leid. Du hast mein Mitgefühl.«

»Zach nennt es jedenfalls so«, erklärte Lucy. Sie setzte sich nieder. »Es ist ein bißchen, wie ich mir eine Scheidung vorstelle. Erleichterung, aber auch Enttäuschung, weil man doch irgendwie gescheitert ist. Wir hatten nie ein enges Verhältnis, aber wir kamen miteinander aus. Von jetzt an wird es jedesmal sehr unangenehm sein, wenn sie kommt, um die Kinder zu besuchen.«

Nick lehnte sich zurück, um sie anzublicken.

»Ich bin wütend darüber, daß sie dich schlecht behandelt, Lucy, aber ohne sie bist du besser dran. Es ist eine verdammte Schande, daß du sie nicht ein für allemal loswerden kannst. Ich würde mich an deiner Stelle nicht besonders anstrengen, um ihr die Besuche bei Laurie und Zach zu ermöglichen. Sie wird doch nur Ärger bringen.«

»Das ist wahr. Alles, was du sagst. Sie ist sehr geradeheraus, was die Kinder betrifft. Sagt mir dauernd, wie falsch ich sie erziehe und daß ich mich nicht genug um sie kümmere, und das am liebsten in ihrem Beisein. Doch sie ist nicht die einzige schreckliche Schwiegermutter auf dieser Welt, da bin ich sicher.«

»Aber trotzdem kann man auch den guten Willen und die Geduld übertreiben. Sie wird dich ausnutzen. Sei wachsam.«

Lucy lächelte. »Ich glaube, ich werde schon mit ihr fertig.«

»Jetzt kannst du andere Sachen anfangen. Ich weiß ja, daß du das schon lange willst. Zum Beispiel diesen Laden im Museum einrichten, über den wir gesprochen haben.«

Lucy beugte sich vor. »Ich möchte dir was zeigen, woran ich ab und zu gearbeitet habe. In der Werkstatt. Ich glaube, Paps und ich könnten genug davon herstellen, um den Laden zu versorgen. Und natürlich zu einem angemessenen Preis.«

»Was ist es denn?«

»Weißt du, ich bin es leid, für reiche Frauen teures Spielzeug zu machen, Nick. Ich möchte gern Spielzeug für Kinder herstellen. Paps hat ein eigenes kleines Projekt. Er möchte ein einfaches, stabiles Puppenhaus bauen, das dann ausbaufähig ist ohne zu viele Kinkerlitzchen. Er steht praktisch schon in den Startlöchern, aber er will mir nicht in die Quere kommen. Und er glaubt, er muß mir die Sorge für Zach abnehmen.«

»Zach wird doch in diesem Herbst halbtags in den Kindergarten gehen, nicht wahr?« fragte Nick.

»Ja, fünf Tage in der Woche.«

»Und im Jahr darauf geht er dann ganztags, oder? Das klingt doch ganz ideal. Dein Vater könnte schrittweise die Produktion erweitern.«

»Vielleicht. Aber er hat ein bißchen Angst.«

»Angst davor, daß es nicht klappt?«

»Teilweise. Mehr, denke ich, vor einem möglichen Erfolg und vor den Veränderungen, die dieser mit sich bringen würde. Er hat sich ganz bequem in seinem jetzigen Trott eingerichtet. Es ist immer schwierig, etwas zu riskieren.«

Sie blickte zur Seite. Nick fühlte, daß sie jetzt auch von sich sprach.

»Was immer er tut, Zach wird eines Tages zur Schule gehen. Er wird weiter wachsen, und Laurie auch. Sie werden deinen Vater bald nicht mehr so brauchen wie heute.«

»Oder mich«, sagte Lucy wehmütig.

»Was meinst du, hat er je darüber nachgedacht, daß du wieder heiraten könntest?«

Diesmal sah sie ihm gerade in die Augen. »Ihm scheint das keinerlei Sorgen zu machen. Er ist immer froh, wenn ich mit jemandem ausgehe.«

»Vielleicht kennt er dich besser als ich. Weiß etwas, was ich nicht weiß.«

Lucy grinste. »Oder er ist einfach großherzig.«

Nick schaute zum oberen Stockwerk des Hauses empor. »Ist er auch schon zu Bett gegangen?«

»Nein, er sitzt vor dem Fernseher und bemüht sich, uns nicht im Weg zu sein. Er hat sich wirklich gefreut, als ich ihm sagte, daß du heute abend kommst. Er scheint dich irgendwie zu mögen.«

Nick lachte. »Hat dir schon einmal jemand gesagt, wie gut du sticheln kannst?«

Sie ignorierte die Bemerkung. »Ich wollte dich fragen, ob Dolly dir irgend etwas gesagt hat, das einen Hinweis auf ihren Meinungsumschwung geben könnte?«

»Jetzt wechselst du das Thema, aber wenn du schon fragst, nein. Sie hat dich überhaupt nicht erwähnt. Ich nahm aber an, daß sie dich besuchen würde, da sie nun einmal hier war.«

»Hmm.« Lucy biß auf ihre Lippe. »Was hältst du von dem Burschen, den sie da im Schlepptau hatte?«

»Seltsam. Dolly scheint ein bißchen komisch zu werden, vielleicht die Wechseljahre. Sammelt einen merkwürdigen Anhang.«

Lucy kicherte. »Seltsam war er wirklich. Sie erzählte, er

schreibe ein Buch über Miniaturhäuser, aber er schien sich nicht besonders dafür zu interessieren. Hat in meinen Werkzeugen rumgewühlt und wirkte ziemlich gelangweilt.«

»Sie haben zusammen eine Suite in Dollys Lieblingshotel. Ich glaube nicht, daß er irgendwas schreibt.«

»Aber«, Lucy schien ein bißchen irritiert, »ich hätte nicht geglaubt, daß er zu der Sorte Männer gehört, für die sie sich interessiert.«

Das war ein gefährliches Terrain, die Frage von Dollys Geschmack in bezug auf Männer. Nick überlegte sorgfältig, bevor er antwortete.

»Tut er auch nicht, soweit ich weiß. Aber was den sexuellen Geschmack betrifft, kann man nie sicher sein.«

Lucy schaute wehmütig zu Boden.

»Vielleicht ist er ihr auch bloß nützlich. Besorgt ihr Kokain oder sonstwas. Bei Dolly ist alles möglich.«

»Woher weißt du das eigentlich?«

»Von einem Freund beim FBI. In New York ist eine komische Sache passiert.«

»Was denn?«

»Du erinnerst dich an das Borough-Museum? Es hat auch eine Puppenhaussammlung.«

»Sicher.«

»Zur selben Zeit, als Dolly im Museum war, wurden da eine ganze Menge Gold- und Silbersachen gestohlen. Sie war von Leuten umgeben, sie konnte es nicht gewesen sein. Aber es ist rätselhaft, wie so etwas am hellichten Tag passieren konnte.«

»Eine Art unerklärliches Zusammentreffen?«

»Ja. Nur darfst du nicht vergessen, daß sie Mike Hardestys Tochter ist, und der hat vor nichts haltgemacht, wenn er etwas wollte. Und auch ihr liegt es im Blut.«

Lucy stützte sich auf ihre Hände und dachte nach. »Ich blicke da nicht durch, Nick. Auf einmal all diese verwirrende Aktivität von Dollys Seite. Dieser Bursche, wie heißt er noch?«

»Tinker.«

»Tinker. Und dann stoppt sie alle Projekte mit mir und dann der verrückte Diebstahl, gerade wenn sie in der Nähe ist.«

»Dolly ist schon immer unberechenbar gewesen. Wem könnte sie denn jetzt die Aufträge geben, die sie dir weggenommen hat?«

»Ich weiß es nicht.«

»Wirklich nicht?«

»Na ja, ich könnte Vermutungen anstellen, aber ich will eigentlich gar nicht wissen, wer es macht.«

Nick legte den Arm um sie und zog sie näher.

»Du hängst doch ein bißchen daran, nicht wahr?«

»Hmm.«

»Es tut mir leid.«

»Mir auch.«

Lucy schob ihn weg und stand auf. Sie nahm die kleinen Plastikdosen mit der Knetmasse und ging ins Haus, kam aber gleich wieder zurück.

»Ich habe Paps gesagt, daß ich in der Werkstatt bin. Willst du dir die Sachen jetzt ansehen?«

»Natürlich.«

Er folgte ihr um die Hausecke. Der Anblick, den sie von hinten bot, war verwirrend, aber zu aufregend, um wegzusehen. Er dachte daran, nicht zum erstenmal, daß Lucy in ihm wieder die Gefühle eines Siebzehnjährigen zurückbrachte. Er hatte so viele Jahre vorsichtigen, diskreten Sex hinter sich, daß dieser Ausbruch der Leidenschaft ihm so unbehaglich war wie damals, als sein Sextrieb fast schmerzhaft stark gewesen war.

Die Leuchtstoffröhren in der Werkstatt gingen flakkernd an. Insekten schienen spontan um die bläulichen Röhren zu entstehen. Lucy ließ die Glastür zum Garten offen, und der Geruch der Vegetation folgte ihnen in die Werkstatt und vermischte sich mit dem Holzgeruch.

Sie zeigte ihm eine kleine Obstkiste mit winzigen Bananen, eine Silberschale mit verschiedenen Früchten und einen winzigen Kirschkuchen. Er war entzückt. Die Perfektion, die sinnlichen Gerüche verstärkten ihre Lust, wieder zusammen zu sein.

Dann reichte sie ihm ein kleines Kästchen, so groß wie ein Pfund Butter etwa. Er öffnete es und fand darin ein eigenartiges Puzzle aus Holzteilen. Wenn man es auseinandernahm, entpuppte es sich als eine winzige Eßzimmereinrichtung. Aus einem anderen, identischen Kästchen nahm er ein Puzzle, das ein Schlafzimmer ergab: Betten, Frisierkommode, Nachttische und ein ganz kleiner Bettstuhl mit Deckel, der das Zentrum bildete.

»Wie schnell kannst du so was anfertigen, Lucy?« fragte er und untersuchte alles sorgfältig.

»Zusammen mit Paps? Zwei oder drei Dutzend pro Woche, wenn wir nichts anderes tun.«

»Das ist genau das, was ich für den Museumsladen haben will. Etwas, das man total mit dem Dalton identifiziert.«

»Wir können noch eine Einrichtung machen, die haben wir auch schon entworfen. Eine Küche. Und für das Badezimmer habe ich auch schon eine Idee. Nach und nach werden wir so ungefähr sechs verschiedene Einrichtungen anbieten können.«

»Wunderbar. Ich wußte, daß du so was kannst. Wie lange hast du daran gearbeitet?«

»Unregelmäßig, seit du mich das erstemal nach etwas gefragt hattest.«

Ihr Gesicht strahlte angesichts seiner Zustimmung. Er legte das Spielzeug hin und nahm sie glücklich bei den Schultern.

»Dafür verdienst du einen Kuß!«

Sie begann zu protestieren, aber so scherzhaft, daß er sie näher an sich zog. Gute Vorsätze verschwanden wie die Motten um die Lampen. Sie lehnte sich langsam an ihn mit einem schwachen Seufzer wie ein Ballon, der zusammenfällt.

»Ich habe dich vermißt«, gestand sie.

Er streichelte ihre Haare. Plötzlich befreite sie sich aus der Umarmung. Nick holte tief Atem und lehnte sich gegen den Arbeitstisch. Lucy stürzte sich auf den Stapel von Teppichresten, der ein paar Schritte entfernt in der Ecke lag. Sie warf sie auf den Steinfußboden vor der Gartentür. Einen Moment fragte sich Nick, warum sie so loswütete. Dann begriff er, was sie vorhatte, und half ihr dabei.

Es gab genug Teppichstücke, um ein akzeptables Bett zu bauen. Sie schlossen die Türen ein wenig, aber ließen sie weit genug offen, um den Duft der Tomaten, der Zwiebeln und der Kürbisblätter hereinzulassen. Ein Nachtvogel zirpte in der Nähe, und in der Nachbarschaft bellten die Hunde. Lucy löschte die Lampen, so daß nur der Mond ihnen sein sanftes Licht gab. Sie knieten beide nieder. Lucy streckte zögernd die Hand aus, um sein Gesicht zu berühren.

»Gut genug«, sagte sie, »gut genug.«

Nick langte nach ihr. Sie hatte alles gesagt, was nötig war.

In einem großen Doppelbett in Washington rangelte Captain Kirk (alias Roger Tinker) mit einer fremden Abenteurerin von Alpha Centauri, deren Name für menschliche Lippen unaussprechbar war, die aber in anderen Dimensionen von Zeit und Raum auf den Namen Dorothy Hardesty Douglas hörte. Seine Fantasie wurde leider in einem wichtigen Moment von dem lauten Klirren einiger fast leerer Flaschen Dom Perignon gestört, die vom Fuß des Bettes auf den Teppich fielen und dort schaumige Pfützen hinterließen.

Als der Tag anbrach, saß Roger in Unterhosen auf dem Balkon des Hotelzimmers. Unter ihm floß der Potomac, daneben verlief ein Gehsteig aus Beton, der durch Blumentröge vom Fluß getrennt war. Die Nacht hatte die Hitze des Vortags nicht vertrieben. Die Luft war abgestanden und ein bißchen feucht. Einige Jogger liefen vorbei, allein und in Gruppen, danach ein bellender Hund, gefolgt von einem weißhaarigen alten Mann. Dann eine einzelne Frau. Ihre offenen Haare wehten, während sie rannte. Roger richtete sich in seinem Sessel auf. Sie war groß, und irgendwie kam sie ihm bekannt vor.

Er sprang auf. Plötzlich hatte er den unwiderstehlichen Drang, ebenfalls zu laufen.

Sie war in ihren vertrauten Schritt gefallen und bewegte sich ohne Anstrengung und fast, ohne zu denken. Falls sie überhaupt an etwas dachte, dann war es nicht die Politik oder ihre Karriere oder der Ehemann, den sie einmal im Monat traf. Sie dachte, wenn man es Denken nennen konnte und nicht nur Empfindung, daß sie fast dahinflog.

Ihre Route war wohlüberlegt und änderte sich jeden Tag. Heute lief sie den Fluß entlang und bog dann durch die Stadt in die Promenade. Einmal die Promenade hinauf und einmal hinunter, nicht zwei- oder dreimal wie sonst, und dann zurück zu ihrem Apartment, das waren genau zehn Meilen.

Es war noch früh, aber die Sonne löste schon den Dunst auf. Ein paar Pendler waren bereits auf den Beinen und auch einige Touristen. Leyna beachtete den verschwitzt aussehenden Mann mit der Kamera um die Brust nicht weiter. Sie wurde fast immer fotografiert, wenn sie die Promenade entlangrannte. Das gehörte mit zu ihrem Beruf. Warum sollte sie den kleinen Mann beachten, der jetzt seine Kameratasche öffnete, als sie auf ihn zukam?

»Miß!« rief er, und sie dachte, daß das nicht die übliche Anrede war. Die anderen riefen meist ›Leyna!‹, als ob sie persönliche Bekannte wären. Aber dieser hier rief ein fröhliches ›Miß!‹, und sie sah zu ihm hinüber. Ein winziges Lächeln genügte, und sie würde einen weiteren lebenslänglichen Fan haben. Kleine Sandkörner nur, aber daraus entstanden große Strände.

Sie drehte elegant den Kopf und lächelte ihm mit ihren teuren, fast perfekten Zähnen zu. Ein rotes Licht blitzte auf. Ein Blitzlicht hier in der Sonne, dachte sie, das Bild würde überbelichtet sein. Und dann traf es sie, eine Schockwelle, die sie zurückwarf und ihren Schwung bremste. *Ich bin gegen etwas gerannt,* dachte sie, und sie war wütend auf sich, weil sie nicht aufgepaßt hatte, wohin sie lief, und wütend auf diesen Touristen, weil er sie abgelenkt hatte. Schmerz durchfuhr sie und eine schreckliche Kälte, und dann fühlte sie, *Gott sei Dank,* gar nichts mehr.

Roger war mit zwei raschen Sprüngen bei ihr und wickelte sie in sein Taschentuch. Dann lief er, so schnell ihn seine kurzen Beine trugen, über die Promenade. Er kam an ein paar Leuten vorbei, die ihn nicht weiter beachteten. Zwei Minuten später war er in einer Seitenstraße verschwunden.

Selbst die wenigen Leute waren Roger schon zuviel gewesen, aber die Promenade war breit und groß, da war das Risiko etwas geringer. Er hoffte nur, daß mit Leyna alles in Ordnung war. Sie war so schön gewesen mit den fliegenden Haaren. Wie schimmernde Flügel. Es war, als ob er einen seltenen und schönen Schmetterling im Flug gefangen hätte.

Als er die Hotelsuite betrat, nahm Dolly gerade ihre morgendliche Dusche. Er machte in einer von Dollys Seifendosen ein Bett aus Papiertaschentüchern und legte den kleinen Körper Leyna Shaws hinein. Zu seiner Erleichterung atmete sie noch, aber sie hatte etwas von ihrer Farbe verloren. Er überlegte, ob das wohl vom Schock kommen konnte. Und dann mußte er kichern, als er daran dachte, wie das Dolly wohl umwerfen würde.

Roger stach gerade mit einer Nadel Luftlöcher in die Seifenschachtel, als das Geräusch aus der Dusche verstummte. Dann erschien sie in einem losen Umhang, die Haut immer noch feucht vom Dampf. Sie warf ihm einen uninteressierten Blick zu und schaute aus dem Fenster.

»Sieht heiß aus da draußen. Dabei ist es noch nicht mal halb neun«, bemerkte sie.

»Ja, draußen ist es ziemlich scheußlich.«

Dolly zog eine Augenbraue hoch. »Du bist draußen gewesen.«

»Gut kombiniert.« Er hielt ihr die Schachtel hin, die auf seiner rechten Handfläche balancierte.

Dolly starrte die Schachtel an. Ihr Unbehagen verwandelte sich plötzlich in dunkle Furcht. Roger grinste sie an, als probe er die Rolle eines Dorfidioten.

»Das hier wird dir gefallen«, sagte er und kam näher.

Sie schrak zurück. »Du hast doch nichts Dummes angestellt, oder?«

Sie beantwortete ihre Frage selbst: »Nein, so früh ist ja noch gar nichts geöffnet. Du kannst also gar nicht.«

Sie entspannte sich sichtbar und griff nach der Schachtel. Wahrscheinlich waren es Blumen oder ein Stück Gebäck zum Frühstück.

Er gab sie ihr und trat einen Schritt zurück. Sie öffnete die Schachtel vorsichtig. Dann weiteten sich ihre Augen, die Farbe verschwand aus ihrem Gesicht, ihre Nasenflügel zitterten. Sie schloß rasch den Deckel und stellte die Schachtel vorsichtig auf den nächsten Tisch.

Roger sah, wie sie um Selbstkontrolle kämpfte. Er war

unsicher, ob sie nun wütend war, begeistert oder zu überrascht, um zu sprechen. Sie öffnete ein paarmal den Mund, als wolle sie etwas sagen oder als wolle sie rasch noch einmal Luft holen, bevor das Wasser über ihr zusammenschlug, und ihre Hände zitterten so sehr, daß sie sie rasch in die Taschen ihres silbergrauen Umhangs schob. Sie wandte sich von ihm ab, ging hinüber zum Fenster und murmelte etwas vor sich hin.

Unsicher kam Roger auf sie zu.

»Was?« sagte er.

Sie schaute ihn mit blitzenden Augen an. »Du verdammter Idiot«, zischte sie.

Roger blinzelte. Er wandte sich ab und sank aufs Sofa. Tröstend steckte er die Hände zwischen die Knie. Er konnte keinen Gedanken fassen und war wie gelähmt.

»Du verdammtes idiotisches Genie«, sagte sie.

Er blickte erleichtert auf. Sie hatte die Kontrolle zurückgewonnen. Ihr Gesicht war ernst, aber sie lächelte.

»Hast du mal 'ne Kippe?« fragte sie.

Roger wäre am liebsten aufgesprungen und herumgetanzt. Aber er war ja jetzt ein Mann von Welt, also holte er ihr Zigaretten und Streichhölzer und reichte sie ihr mit einem eleganten Lächeln.

»Wir müssen hier schleunigst abhauen«, sagte sie, »nach Hause.«

»Was immer du willst.«

Sie ergriff seine Hand. »Du bist verrückt, glaube ich. Und ich bin noch viel verrückter als du. Aber ich bin lieber verrückt als normal, du doch auch?«

»Sicher«, sagte er. Er fühlte sich wie ein Schmetterling, der einem Feind entkommen war. Er hatte noch immer seine Flügel, und die Sonne schien ebenfalls noch.

7

Lucy berichtete Nick Weiler von Leyna Shaws Verschwinden. Sie rief ihn im Dalton an, nachdem sie es in den Mittagsnachrichten gehört hatte. Sie sprachen nur kurz, dann mußte Lucy Mittagessen kochen. Nick war mit einem wichtigen Gönner des Museums und mit einem einflußreichen Senator zum Mittagessen verabredet.

Später am Nachmittag hörte Nick dann im Autoradio wieder davon, als er nach Hause fuhr. Seine Gedanken waren bei Lucy gewesen, bei seiner Arbeit im Dalton und bei der geplanten Englandreise, bei der er seine Mutter besuchen wollte. Leynas Verschwinden beunruhigte ihn, und er wollte nicht weiter darüber nachdenken.

Als er die kühle Stille seines Apartments betrat, begrüßten ihn die beiden dicken alten Kater, die nun schon seit vielen Jahren seine engsten Gefährten waren. Er fütterte sie, und wie immer verloren sie ihr Interesse an ihm, sobald sie satt waren. Er sah ihnen eine Weile beim Fressen zu. Ihm ging durch den Kopf, wie Dollys Augen in jener Nacht geblitzt hatten, als Leyna bei der Party im Museum den Spitznamen aus ihrer Kinderzeit benutzt hatte, um damit anzudeuten, daß Dollys Leidenschaft ihrer mittleren Jahre, ihre Miniaturhäuser, doch ziemlich kindisch sei. Und jetzt war Dolly wieder in Washington. Aber solche Vermutungen waren lächerlich.

Höchstwahrscheinlich war Leyna Shaw wegen Lösegeld oder aus politischen Gründen gekidnappt worden. Falls persönliche Feindschaft dabei eine Rolle spielte und es nicht nur ein Akt sinnlosen Terrorismus war, dann gab es Dutzende anderer Leute, die zwingendere Gründe hatten, Leyna zu hassen und ihr Böses zu wünschen, als gerade Dolly. Freilich, Dolly konnte ebenso gut hassen wie ihr Vater, sie hatte keine Sanftheit in sich, das wußte er. Er selbst fürchtete sie nicht, aber warum empfand er sie trotzdem als möglicherweise gefährlich? Vielleicht weil sie versucht hatte, ihn auf dem Umweg über Lucy zu verletzen?

Er wischte das klebrige Spinnennetz seiner Kombinationen zur Seite. Das war eine Sackgasse. Er wollte den Schweiß des Tages unter der Dusche abspülen, seinen Bart sorgfältig trimmen und dann Lucy zu einem ruhigen Restaurant entführen, wo sie einander bei den Händen halten würden. Es war natürlich nicht schön, daß der Schatten von Leynas Verschwinden über dem Abend hängen würde, aber er war egoistisch genug, das genießen zu wollen, was er fast verloren hätte.

Am nächsten Tag hörte er von Roscoe, seinem Kontaktmann beim FBI, daß Dolly mit ihrem Weißen Haus und ihrem seltsamen Freund wieder in Manhattan war. Das FBI hatte die Kisten mit den Möbeln und dem Haus untersucht, bevor Leyna Shaw verschwunden war. Man war sicher, daß Leyna nicht in einer Kiste von Puppenmöbeln aus der Stadt geschafft worden war. Es gab viele andere Spuren, denen man nachgehen mußte. Vielleicht hatte sie Selbstmord begangen, oder sie war einfach abgehauen, aus was für Gründen auch immer. Für das FBI sah es aus wie ein Fall, der lange nicht abgeschlossen werden würde.

Für Nick Weiler blieb längere Zeit ein nagender Zweifel zurück. Der Fall blieb für ihn eine offene Frage, die mit der Zeit aber unter interessanteren, dringenderen begraben wurde.

In der Woche darauf flog er nach England. Er bemühte sich, wenigstens alle drei Monate mindestens eine Woche lang seine Mutter zu besuchen. Manchmal führten ihn Museumsangelegenheiten hin, und er konnte sie mit einem Besuch verbinden. Dieses Mal hatte er nur drei Tage Zeit und fühlte sich ein bißchen schuldig deswegen.

Um zehn Uhr am Morgen war Lady Maggie auf dem Höhepunkt ihres Tageslaufs. Sie war ausgeruht, hatte gefrühstückt, gebadet, sich angezogen. So thronte sie in vollem Glanz in ihrem Ankleidezimmer.

Seine Mutter ließ ihm von der Zofe einen Tee eingießen. Sie saß ihm gegenüber in ihrem Lieblingssessel und wirkte ruhig und heiter, aber ihre Hände zitterten manchmal leicht und zeigten ihm, daß sie von seiner Gegenwart erfreut und erregt wurde. Ihre Freude bedrückte ihn. Seine Mutter mochte mit ihrer Halskette und ihren Ohrringen von Lalique zwar wie eine Königin wirken, aber sie war trotzdem eine einsame alte Frau, und *das* war seine Schuld.

Sie berichtete ihm den neuesten Klatsch aus ihrem immer kleiner werdenden Freundeskreis, Geschichten, die sie sich aufgespart hatte, um sie ihm persönlich zu erzählen. Dann saßen sie eine Weile schweigend da. Sie ließ ihn seinen Tee trinken und sich selbst von der Sonne erwärmen, die durch die hohen alten Fenster fiel.

»Und wie geht es dir, Lieber?« fragte sie schließlich.

Er lächelte geheimnisvoll. »Gut genug, Mutter.«

Sie schaute ihn kritisch an. »Du hast dich zwar angestrengt, es zu verbergen, aber dein letzter Brief klang sehr deprimiert. Du belügst mich doch jetzt nicht?«

»Ich habe mich wieder mit Lucy ausgesöhnt.«

Sie klatschte in die Hände. »Oh, gut.«

»Möchtest du nicht einmal nach Washington kommen? Ich würde mich sehr freuen. Du könntest sie dann kennenlernen. Falls du nicht kommen möchtest, werde ich sie überreden, hierher zu kommen.«

»Leider werde ich wohl kaum reisen können«, lachte sie. »Das wäre zuviel für mich. Ich habe mich zu beschränken, wie du weißt.«

Nick wußte es. Sie sah zerbrechlich aus, viel schmaler als beim letztenmal vor drei Monaten. Die schwere Halskette schien in ihre Haut einzuschneiden, es mußte schmerzhaft sein, sie zu tragen. Aber bei wichtigen Angelegenheiten tat sie es, hatte es seit Jahren getan. Die Kette glitzerte und blitzte im Licht, elegant, barbarisch und grausam zugleich.

»Nun, ich bin erleichtert«, sagte sie. »Ich hatte in diese Verbindung große Hoffnungen gesetzt. Ich war sehr enttäuscht, als es schien, daß du alles verdorben hattest.«

Nick lachte. »Ich glaube, die Dame war eher verschreckt als zornig.«

»Über dich?« Seine Mutter hob die Brauen. »Mein Nikkel, der Schrecken der Frauen?«

»Damit ist jetzt Schluß.«

»Das freut mich. Ich weiß nicht, woher du die Idee hattest, daß man aus Höflichkeit mit jeder schlafen muß, die einen darum bittet. Von deinem Vater sicher nicht, da bin ich ganz sicher, und auch nicht von mir.«

War es das gewesen, wunderte er sich: ein Übermaß an guten Manieren? Er konnte sich an keine der Frauen wirklich erinnern, nur an Teile von ihnen: die Schultern dieser Frau, die Brust jener, der Hals einer anderen, eine kleine gierige Hand, schwer von Ringen – einschließlich einem Ehering.

»Vielleicht hast du es von Weiler geerbt?« spekulierte seine Mutter.

Vielleicht. Blaise Weilers sanfte, unaggressive Art war wohl das wichtigste Erbe gewesen, nicht das Vermögen, das er dem unehelichen Sohn seiner Frau hinterlassen hatte. Nick hatte das Geld nur akzeptiert, weil er das Andenken des alten Mannes nicht beleidigen wollte. Er hatte es auf einem Treuhandkonto angelegt, um es einmal seinen Kindern zu vererben, falls er je welche haben sollte. Und mit dem Geld den Namen seines Stiefvaters, nicht den seines wirklichen Vaters. Vielleicht Lucys Kindern, dachte er, das würde mir gefallen.

»Aber sag mir, Lieber, was hast du nur angestellt, daß diese nette junge Frau so gekränkt war?«

Sie war wohl die einzige Person, der er es erzählen konnte, ohne daß sie darüber ein moralisches Urteil fällte. Nicht weil sie seine Mutter war, sondern weil sie eben Maggie war.

»Erinnerst du dich an die Journalistin, die ich dir vor etwa einem Jahr vorgestellt habe, als ich wegen der Wilkins-Sache hier war?«

Seine Mutter nickte. »Eine eindrucksvolle Frau, aber ein bißchen hart. Das ist ziemlich traurig, ihre Entführung oder was immer es ist.«

»Nun, ich... ich meine, Lucy war ihretwegen gekränkt.«

Die alte Dame war still und hörte ihm zu. Er versuchte Worte zu finden. Es war, als ob er irgendeinen Unsinn gestand, den er in der Schule angestellt hatte.

»Ich war im Unrecht. Beinahe habe ich Lucy dadurch verloren. Aber es hat mich zur Vernunft gebracht. Ich habe erkannt, was ich wirklich will.«

»Wie hat sie es denn herausgefunden?« Die Kritik lag unausgesprochen in der Frage. *Wenigstens Diskretion hätte ich von meinem Sohn erwartet.*

»Dolly.«

»Dorothy Hardesty?«

»Und Leyna selbst, glaube ich. Aber Dolly klatscht ja nur zu gerne.«

»Du hast dich wohl ein bißchen zuviel herumgetrieben«, schalt ihn seine Mutter freundlich, »ich nehme an, du warst nicht so vernünftig, wenigstens Dollys Klauen auszuweichen?«

»Nein, so vernünftig war ich leider nicht, ich bin ihren Klauen nicht ausgewichen, wie du so bildhaft sagst. Sie weiß stets alles, weil sie jedermann kennt, und ist ein unheimlich gemeines Biest. Ich war dumm genug, mit ihr anzubändeln, aber nicht für lange, glücklicherweise.«

»Du Dummer. Und deine Lucy hat das alles nicht verstanden, nicht wahr?«

»Nein. Sie ist sehr verletzlich. Versucht, sich selbst gegenüber streng zu sein, und verlangt das auch von anderen.«

»Genau, was du brauchst.«

»Jemand, der mich bei der Stange hält?«

Sie lachten beide.

»Nun, du hast es aber wieder ausgebügelt. Sie ist wieder zurückgekommen.«

»Ja.«

»Das ist gut. Weißt du, ich wäre sehr glücklich, wenn du heiraten würdest, bevor ich sterbe.« Sie hob die Hand, um seinen Protest zurückzuweisen. Nick protestierte aber gar nicht.

»Ich weiß, ich sollte das nicht sagen, aber jetzt habe ich es gesagt. Ich habe dich lieb, aber ich habe dich deine eigenen Fehler machen lassen, nicht wahr? Vielleicht war das falsch.«

Sie schwieg einen Moment.

»Du bist kein schlechter Junge. Zu hübsch, das hat dir nicht gutgetan, und zu sorglos aus Angst, man könnte dich feige finden. Mein Fehler und der deines Vaters. Ich wünschte, wir wären bessere Menschen gewesen.«

Plötzlich war sie müde. In ihren Augen glitzerten Tränen.

Er fühlte sich ebenfalls müde. Er klingelte nach der Zofe und half seiner Mutter ins Bett, damit sie sich ausruhen konnte. Dabei ermahnte er sie, alle Kraft für das große Gelage am Abend aufzusparen. Dann verzog er sich in das Zimmer, in dem er als Junge gewohnt hatte, und rollte sich auf dem schmalen Bett zusammen, das immer noch dort stand. Er fühlte sich körperlich und gefühlsmäßig erschöpft. Er liebte seine Mutter sehr, aber die Besuche bei ihr waren schwierig, eben weil er sie liebte. Es gab zwischen ihnen zu viel Trauriges, zu viele Selbstvorwürfe, Schuldgefühle und Wehmütigkeit. Er schlief ein, entschlossen, nicht die Vergangenheit, seine eigene und die seiner Eltern, über die Zukunft bestimmen zu lassen. Dabei wußte er, wie unmöglich genau das sein würde.

»... Nachdem auch nach einer Woche keine Lösegeldforderungen erhoben worden waren, wandte sich die polizeiliche Untersuchung stärker dem privaten Bereich der Journalistin zu. Der Architekt Jeff Fairbourne war offensichtlich durch das Verschwinden seiner von ihm getrennt lebenden Frau erschüttert, war aus Kreisen der Untersuchungsbehörde zu erfahren. Freunde des Paares ließen verlauten, daß Jeff und Leyna trotz der gescheiterten Ehe weiterhin auf gutem Fuß miteinander gestanden hätten. Leyna Shaw hatte einen großen Bekanntenkreis von Politikern, hohen Beamten und Medienleuten, aber augenscheinlich keine tiefere oder leidenschaftliche Beziehung zu irgend jemandem. Der Fall bleibt ein Rätsel ...«
9. 5. 80 VIP Magazin

»... Dorothy ›Dolly‹ Hardesty Douglas war letzte Woche in Washington, um ihr Weißes Haus aus dem Dalton-Institut abzuholen, wo es ausgestellt gewesen war. In ihrer Begleitung befand sich ein geheimnisvoller Unbekannter. Er war ohne Zweifel sehr viel jünger als sie, was nur unterstreicht, was Eingeweihte in bezug auf Dolly schon immer vermutet hatten: daß sie im Herzen jung geblieben ist ...‹
16. 5. 80 VIP Magazin

Weiche Dunkelheit umhüllte sie. Auch ohne Licht war es nicht schwer zu unterscheiden, was sie selbst und was ihre Umgebung war. Sie selbst nämlich, jeder Teil von ihr, fühlte sich zermalmt an. Jeder Atemzug ließ sie vor Schmerz die Zähne zusammenbeißen. Sie zwang ihren Körper zu unnatürlicher Ruhe.

Nach einiger Zeit ließ der Schmerz etwas nach, so daß sie – mit häufigen Unterbrechungen – nachdenken konnte. Es war schlimm. Was immer mit ihr geschehen war, es machte ihr Angst. Sie drängte den Gedanken zurück, daß es mehr sein könnte als schlimm. Daß sie vielleicht tot war.

Schwarze Dunkelheit überkam sie immer wieder und löschte den Schmerz und die Spekulation aus. Sie träumte von Vulkanen, von Erdbeben, Meteoren, Sternschnuppen. Sie war ein kleines Raumschiff. Oder eine verirrte Zusammenballung heißer Gase, die sich von einer fernen Sonne losgerissen hatten. Der Weltraum war groß, schwarz, kalt und seltsamerweise kratzig.

Sie wachte zu ihrer Erleichterung in einem Bett auf. Nackt, aber nicht kalt. Tatsächlich recht warm. Die Laken waren angenehm schwer und griffig. Sie lag im Schatten, das Bett war verhängt, um das Licht abzuschirmen. Ein Sauerstoffzelt, dachte sie und war froh, daß sie es hatte identifizieren können. Erleichtert ließ sie sich in die weiche Wiege des Dunkels zurücksinken. Sie war in Sicherheit.

Dorothy stellte das Weiße Haus wieder auf. Das würde zwei oder drei Tage dauern, sagte sie zu Roger. Sie gab ihm ein Bett für Leyna und schickte ihn aus dem Raum.

In einem Schrank fand er einen Platz, wo er das Bett installieren konnte. Er legte sie hinein. Er hatte für Dolly noch andere Aufträge zu erfüllen, aber er kam immer wieder wie von einem Zwang getrieben zurück, um nach Leyna zu sehen. Er konnte sich fast nicht von dem Wunder losreißen, das sie für ihn darstellte. Sie war noch immer in einem Schock; es bekümmerte ihn, aber er konnte nichts tun. Einmal trat Dolly hinter ihn, während er Leyna betrachtete.

»Ist sie in Ordnung?« fragte sie besorgt.

»Ja«, sagte Roger und beruhigte sich damit auch selbst, »es geht ihr gut.«

Sie starrten beide auf sie hinunter.

»Hast du jemals die Geschichte von der winzig kleinen Frau gelesen? Oder hat deine Mutter oder sonstwer sie dir erzählt, als du ein Kind warst?« fragte Roger schließlich.

Dolly schüttelte den Kopf. »Nein.«

»Wenn ich sie ansehe, muß ich immer daran denken. Die winzig kleine Frau.«

»Oh. Das ist sie ja wirklich. Aber worum geht die Geschichte?«

»Es ist eine Geschichte für Kinder. Sie geht ungefähr so: Es war einmal eine winzig kleine Frau, die lebte in einem winzig kleinen Haus. Dann kann man endlos alle die winzig kleinen Dinge beschreiben, die in dem Haus sind: ihre winzig kleine Katze und ihren winzig kleinen Kanarienvogel und so weiter. Na ja, jedenfalls wird die winzig kleine Frau schließlich ein winziges bißchen hungrig. Sie verläßt das Haus, und aus irgendeinem Grund geht sie auf den Friedhof. Da findet sie auf einem Grab einen winzig kleinen Knochen und nimmt ihn mit nach Hause. Sie ist so müde, als sie nach Hause kommt, daß sie den winzig kleinen Knochen erst einmal in ihren Schrank legt...«

»...in ihren winzig kleinen Schrank?« unterbrach ihn Dolly, die von der Geschichte fasziniert schien.

»Ja«, sagte Roger. »Also, sie schläft ein. In der Nacht wacht sie auf, von einem winzig kleinen Lärm. Sie versteckt sich unter der Bettdecke, und es wird ein winziges bißchen lauter, bis sie schließlich merkt, daß es der winzig kleine Knochen ist, der immer wieder sagt: ›Gib mir meinen Knochen.‹ Ich dachte immer, daß das ein bißchen dumm war, ein Knochen, der sich selbst verlangt, aber inzwischen glaube ich, man muß das so verstehen: es gibt da wohl einen Geist, dem der Knochen gehört, der ist genauso in dem winzig kleinen Knochen wie in seinen anderen Knochen, die er auch noch hat. Und der möchte nun nicht gerade in einem winzig kleinen Suppentopf landen oder in dem Schrank da bleiben. Er will zurück auf den Friedhof. Also, die winzig kleine Frau achtet nicht weiter auf das Geschrei des winzig kleinen Knochens, sie versucht wieder einzuschlafen, aber immer wieder wird sie von dem verdammten Ding gestört. Und jedesmal, wenn es schreit, wird es ein winziges bißchen lauter. Schließlich also schreit sie zurück, sie schreit: ›Behalt deinen alten Knochen.‹«

Dollys Gesicht strahlte vergnügt. Jetzt schien sie ein wenig verwirrt. »Hier klingt die Geschichte aber nicht sehr logisch.«

»Nein. Eine Menge Fragen bleiben einfach offen. War zum Beispiel die winzig kleine Frau eine Kannibalin, die aus Friedhofsknochen Suppe kocht? Warum lag der Knochen überhaupt da, oben auf dem Grab? Und warum reicht es am Ende, daß sie sagt: ›Behalt deinen alten Knochen‹? Aber ich mag die Geschichte.«

»Sie ist hübsch«, sagte Dolly. »Ich mag die Stelle mit dem winzig kleinen Haus.«

»Das hätte ich mir fast denken können«, neckte Roger sie. Sie fand, sie habe nun genug herumgetrödelt.

»Hast du nichts Nützliches mehr zu tun?« schalt sie ihn.

Seufzend schloß er die Tür des Schranks, in dem das kleine Bett aufgestellt war.

Da war dann noch das kleine Problem der Parklandschaft. Sie überließ es ihm so beiläufig, als ginge es darum, eine Tüte Pommes frites und ein paar Hamburger zu kaufen. Ganz legal freilich. Sie drückte ihm ein Bündel Geldscheine in die Hand und trug ihm auf, den Rasen zu kaufen.

Fast so schnell getan wie gesagt. Er fuhr in einem geliehenen Pickup nach Connecticut aufs Land und erwarb – mit beträchtlichem Rabatt – genügend echten Rasen bei einer großen Landschaftsbaufirma. Auf dem nächsten Parkplatz ging es dann zipp und zapp, und die großen, wie Teppiche eingerollten Rasenflächen paßten in zwei Schuhkartons. Bei einer anderen Firma in einer anderen Gegend kaufte er eine Ladung Büsche, die dann nach entsprechender Behandlung ebenfalls in einen Karton paßte. Noch ein paar weitere Stopps: Rosenbüsche, immergrüne Gewächse, alles, was in Dollys präziser, steifer Handschrift auf der Liste stand. Er brauchte zwei Tage, bis er alles außer den Bäumen zusammen hatte, und diese zwei Tage hatte er meist hinter dem Steuer oder in einem McDonalds verbracht. Harte Arbeit, all das Herumgefahre.

»Niemand verkauft ausgewachsene Bäume«, erklärte er Dolly bei seiner Rückkehr.

»Dann stiehl sie, Liebling«, wies sie ihn an und sah dabei kaum von den Bergen von Verpackungsmaterial auf, in denen sie fast zu ertrinken drohte.

Er tat sein Bestes, wie immer, und mußte nur vier Bäume auf ihrer Liste durch andere Arten ersetzen. Der Central Park erwies sich als erstaunlich reiche Quelle seltener Baumarten. Sie brauchten einen langen, endlosen Tag, um alles zusammenzubauen, wobei sie überlegten, ob sie vielleicht auch den Dünger für die Bäume verkleinern sollten.

Schließlich war es geschafft. Sie vergnügten sich noch eine Weile im Schwimmbecken des Fitness-Centers im Hause (um drei Uhr morgens hatten sie das Becken für sich allein) und dann noch eine kurze Weile in Dollys Bett. Roger war zu aufgeregt, um wie Dolly gleich einzuschlafen. Er stand auf und ging hinüber, um nach seiner winzig kleinen Frau zu sehen.

Sie lag wie ein Bündel im Schatten des Bettbaldachins, zusammengekrümmt wie ein ungeborenes Kind. Ihr Haar breitete sich über die Kissen, ihre dunklen Wimpern verschmolzen mit den dunklen Flecken unter ihren Augen. Roger fühlte fast eine Art Schuld. Er berührte sie vorsichtig, und sie zuckte im Schlaf zusammen. Wenigstens war sie noch am Leben.

Ein winziger Fuß ragte unter der Decke hervor. Er schob ihn zurück, mit Zeigefinger und Daumen. Seltsame, fremdartige Empfindungen stiegen in ihm auf. Die winzig kleine Frau in dem Puppenbett erregte in ihm Gefühle, wie er sie noch für niemanden empfunden hatte. Sie gehörte zu ihm. Selbst Dolly gehörte ja nicht richtig zu ihm, aber diese kleine Person hier, die hatte Roger Tinker geschaffen. Es gab ihm ein gottähnliches Gefühl. Er nahm sich vor, gut für sie zu sorgen. Sie glücklich zu machen. Mit diesem Vorsatz begab er sich wieder zu Bett.

Einen Moment lang dachte sie beim Aufwachen, daß sie wieder im Haus ihrer Eltern in ihrem alten Zimmer wäre. Es war herrlich, wieder in ihrem Bett mit den vier weißen Pfosten und dem rosa bestickten Baldachin zu sein. Ihre Mutter würde sie bald zum Frühstück rufen, so daß sie den Bus nicht verpaßte. Nein, es waren ja Sommerferien, also kein Bus, keine Schule. Sie konnte im Bett bleiben, solange sie wollte.

Nein, sie konnte nicht. Sie lag vollkommen still in ihren Kissen und hielt den Atem an. Der schattige Raum um sie verschwamm. Sie hatte noch immer am ganzen Körper Schmerzen. Und sie war fürchterlich hungrig und durstig. Sie konnte ja gar nicht in ihrem alten Zimmer sein, denn es war jetzt das Zimmer von jemand anderem, war es schon seit vielen Jahren, und das Haus gehörte ja auch jemand anderem, seit Mammi damals David geheiratet hatte und Pappi dann später Ruthann.

Sie hob vorsichtig den Kopf und unterdrückte dabei die Schmerzen. Nun konnte sie sehen, daß die Bettpfosten aus dunklem Holz waren, nicht weiß. Der Baldachin war rosa, aber ein durchgehend seidiges Rosa, nicht rosa und weiß, wie ihrer gewesen war. Sie ließ sich wieder zurücksinken. Kein Sauerstoffzelt.

Also war sie nicht wirklich schwer verletzt. Zwar hatte sie furchtbare Schmerzen, als habe sie Prellungen am ganzen Körper, aber es würde heilen. Keine Beatmungsmaschine, keine künstliche Niere. Nichts Heldenhaftes. Sie konnte ihre Glieder ein wenig bewegen, der Schmerz hatte sogar etwas Beruhigendes. Alles schien noch zu funktionieren.

Ohne Vorwarnung verspürte sie plötzlich den heftigen Drang, Wasser zu lassen. Sie setzte sich mühsam. Keine Klingel, mit der sie eine Schwester mit Nachttopf rufen konnte. Jedenfalls konnte sie keine entdecken. Mit noch mehr Mühe gelang es ihr, die Beine aus dem Bett zu schieben. Der Druck in ihrer Blase war so stark, daß sie fast in Panik geriet. Durch einen Spalt in den Bettvorhängen konnte sie den Rest des Raumes sehen, einiges davon jedenfalls. Ein Kleiderschrank, ein Kamin. Eine Tür. Vielleicht führte sie zu einem Badezimmer.

Sie stand auf und fiel wieder zurück. Beinah wäre sie ohnmächtig geworden. Auf der Bettkante sitzend, versuchte sie, ihre Kräfte zu sammeln. Sie konzentrierte sich darauf, den Schmerz zurückzudrängen. Dies hier war kein Hospitalzimmer. Die hatten keinen Baldachin über dem Bett und auch keinen Marmorkamin. Jedenfalls keines der Krankenhäuser, die sie kannte. Aber sie kannte andere Räume dieser Art, Räume mit solchen Betten, mit Kaminen und solcher Art von Tapeten. Sie kannte sie gut genug und wußte, wie sie eingerichtet waren. Sie fühlte hinter den Bettvorhang, und rechts von ihr, verborgen von der schweren Seide, war eine kleine Kommode. Sie ließ sich daneben zu Boden gleiten und öffnete die untere Tür.

Eine Träne der Erleichterung rollte über ihre linke Wange. Es war tatsächlich ein Nachttopf darinnen. Sie holte ihn heraus und schob den Deckel zur Seite, bis er klappernd zu Boden fiel. Dann zog sie den Topf mühsam zwischen ihre Beine. Es tat weh, sich auf seinen Rand zu setzen, aber es tat noch mehr weh, das nicht zu tun. Ihr Urin zischte in einem endlosen Strom in den Topf, sein Gestank stieg ihr heiß in die Nase. Ihr Magen krampfte sich vor Übelkeit zusammen, und noch eine Träne rollte über ihre Wange. Schließlich war es vorbei. Es gelang ihr, den Deckel wieder auf den Topf zu legen, aber sie fürchtete, sie könnte den Inhalt verschütten, wenn sie versuchte, den schweren Topf wieder in den Schrank zu schieben. Deshalb ließ sie ihn neben dem Bett stehen.

Nun kroch sie in die Zuflucht des Bettes zurück. Ihre Tränen flossen, ihre Nase lief, und sie war zu schwach, um sie abzuwischen. Hunger und Durst verloren ihre Dringlichkeit, sie fiel fast augenblicklich in einen unruhigen Schlaf, der eher ein Dahindämmern war.

»Geht es ihr gut?«

Roger blickte von dem Chaos auf dem Fußboden vor ihm auf. Er mußte die Basis, auf der das Weiße Haus stand, ändern, damit das grüne Zeug auch weiterwuchs.

Dolly schien tatsächlich besorgt. Um ihren Besitz kümmerte sie sich eben, dachte er. Keine plötzliche Liebe zu Leyna Shaw, die da Dollys kleinem knochigen Busen entsprungen wäre, nur weil Leyna auf einmal winzig und verletzbar war. Der Gedanke an Dollys Busen führte ihn natürlicherweise zu Leynas, zu jenem verführerischen Paar rosiger Halbmonde, die auf der Titelseite des Magazins aus ihrer Bluse gelugt hatten.

»Nun?« fragte Dolly.

»Sie erholt sich langsam. Aber sie wird es überstehen.«

Es hatte keinen Sinn hinzuzufügen: *so hoffe ich jedenfalls.* Roger konnte ihre Reaktion auf die Verkleinerung nur aus den wenigen Erfahrungen ableiten, die er bei Versuchen mit kleineren Säugetieren gemacht hatte. Es war eben eines jener Risiken, die man eingehen mußte, ähnlich wie damals, als die erste Atombombe zur Explosion gebracht wurde. Einige der Wissenschaftler des Manhattan-Projekts hatten befürchtet, daß die Gefahr bestand, mit dieser Explosion das ganze Universum in einer Kettenreaktion zu zerstören, hatten aber mit aller Macht gehofft, daß es nicht so kommen würde. Und es trat auch nicht ein. Das war es, worauf es ankam.

Roger schaute auf seine Armbanduhr. »Zeit für die Gymnastikstunde«, erklärte er fröhlich.

Danach war es Mittagessenszeit. Erstaunlich, wie fatalistisch er inzwischen die Aussicht auf ein Schälchen Joghurt ohne Zucker und eine Scheibe Melone hinnahm. Fürchterliches Zeug, diese Melone. Mit dem Joghurt und dem Obst im Magen und einem hübschen Sodbrennen (nicht vom Joghurt, an den hatte er sich inzwischen gewöhnt, sondern davon, daß er nicht genug gegessen hatte) würde er dann wohl nicht mehr so fröhlich sein. Am Nachmittag wollte er die Parklandschaft fertig einrichten, und dann würde er sicher wieder fröhlicher werden, wenn die Zeit des Abendessens sich näherte. Er nahm eben alles, wie es kam.

Dolly drückte ihre Zigarette aus. Sie schaute noch einmal auf Leyna, die sie inzwischen im Königlichen Schlafzimmer untergebracht hatten.

»Ich komme mit rauf und schwimme ein bißchen«, erklärte sie und ging hinaus.

Roger nickte, aber da war sie schon weg. Zigarettenrauch zog hinter ihr her wie Qualm hinter einer Dampfeisenbahn. Sie schien nervös zu sein; das Schwimmen würde ihr guttun. Er mußte aber einmal mit ihr über das Rauchen sprechen. Weder für die Pflanzen noch für die Häuser mit ihren delikaten kleinen Möbeln war es gut, und erst recht nicht für die winzige Leyna.

Hunger und Durst, diese ewigen apokalyptischen Zwillinge, weckten sie auf. Sie fühlte sich so schwach. Selbst der Schmerz in ihrem Körper war schwach. Sie konnte kaum die Augen öffnen.

Das Licht im Raum hatte sich verändert, aber sie konnte nicht sagen, welche Tageszeit herrschte, außer daß es nicht Nacht war. Eine kleine Lampe warf etwas Licht auf das Bett.

Sie hatte an Gewicht verloren, das brauchte sie gar nicht erst nachzuprüfen. Mindestens zwanzig Pfund, das spürte sie, wenn sie sich bewegte. So hatte sie sich auch nach einem schweren Grippeanfall vor drei Jahren gefühlt. Es hatte Wochen gedauert, bis sie wieder sie selbst war. Das einzig Gute daran war gewesen, daß sie eine Weile keine Diät halten mußte. Milchshakes und süßer Kuchen. Und echte Sahne im Kaffee.

Der Speichel lief ihr im Mund zusammen. Das linderte den Durst ein bißchen, dachte sie. Sie drehte sich um und setzte sich auf. Ihr Brustkasten protestierte sofort gegen die Anstrengung. Das Herz hämmerte wie eine alte Wasserpumpe. Sie schloß die Augen und wartete.

Das passierte einem also, wenn man in Form bleiben wollte. Flach auf den Hintern gefallen. Sie hätte zu gern gewußt, was eigentlich mit ihr passiert war. Und wo sie war.

Sie öffnete wieder die Augen und schaute ins Zimmer. Derselbe Raum, den sie vor einer Weile durch einen Schleier von Schmerz gesehen hatte. Altmodisch, mit antiken Möbeln. Große Fenster, von teuer aussehenden Vorhängen verdeckt. Ein Kamin, in dem Holzscheite aufgestapelt, aber nicht angezündet waren. Über dem Kamin ein Wandspiegel, der verwirrenderweise sehr vertraut aussah. Und die kleine Kommode neben dem Bett, Gott sei Dank.

Sie erinnerte sich nun wieder, glitt aus dem Bett und nahm den Deckel vom Nachttopf. Der Gestank des abgestandenen Urins stieg ihr in die Nase. Sie hielt den Atem an, während sie ihr Geschäft erledigte. Dieses Mal war sie erholt genug, um nach Toilettenpapier Ausschau zu halten, aber in der Kommode war leider keine diskrete Rolle versteckt.

Sie kroch wieder aufs Bett und ruhte sich von der Anstrengung aus. Sicher würde bald jemand kommen und ihr erklären, was passiert war und wo sie sich befand. Vielleicht war ja auch jemand dagewesen, während sie geschlafen hatte. Sie ignorierte dabei, daß dann der Nachttopf ganz sicherlich weggeschafft und ausgeleert worden wäre. Sie wollte nach einem Badezimmer suchen, beschloß sie, und ihn selbst ausleeren. In einem Badezimmer würde es auch Wasser geben, und das würde ein anderes ihrer Bedürfnisse befriedigen.

In diesem Schlafzimmer gab es zwei Türen, eine mußte logischerweise in ein Bad führen. Als sie wieder aufstand, wurde ihr plötzlich ihre Nacktheit bewußt. Sie fror. Ihre Brüste waren kalte Klumpen auf ihren Rippen. Es schien, als habe sie gar kein Fleisch mehr an sich, nur noch kalte, harte Knochen. Es war etwas peinlich, splitternackt mitten in einem fremden Zimmer zu stehen, aber, so schalt sie sich selbst, der Präsident der Vereinigten Staaten würde schon nicht auf einmal hereinspaziert kommen. Ein seltsamer Gedanke, der ihr da durch den Kopf ging. Aber sie war ja auch nicht ganz sie selbst. Trotzdem zog sie ein Laken vom Bett und hängte es sich um die Schultern. Danach fühlte sie sich ein bißchen wärmer.

Sie schleppte sich durchs Zimmer und hielt sich dabei

an allen erreichbaren Möbeln fest. Einmal blieb sie stehen und lehnte sich gegen den wunderschönen alten Kleiderschrank. Er roch nach Möbelpolitur, nach Lavendel, nach Holz, alles miteinander vermischt.

Schließlich erreichte sie die Tür. Sie führte in einen Vorraum, der mit einem alten Orientteppich und antiken Möbeln ausgestattet war. Das war es nicht, was sie im Augenblick brauchte. Sie schloß die Tür wieder.

Dann tastete sie sich an der Wand zu der anderen Tür hinüber. Dabei kam sie am Kamin vorbei. Im Spiegel darüber erblickte sie sich selbst wie ihren eigenen Geist, erschreckend weiß, knochig, gespenstisch. Ihre Augen lagen tief in den Höhlen, die Lider waren verschmiert. Sie konnte sich kaum ertragen.

Die zweite Tür öffnete sich schon auf leisen Druck. Sie stolperte hindurch. Noch ein altmodischer Raum, aber wenigstens ein Bad. Eine Toilette mit Wasserkasten und Kette, eine Badewanne auf Löwentatzen, ein Waschbekken von dem Typ, der sie immer an einen Reiher erinnerte, welcher auf einem Bein schlief. Ihre erste, zitternde Berührung des Beckens zeigte ihr, daß es kaltes, glattes Porzellan war, nicht Plastik oder Acryl. Ohne auf das kleine Glas in dem Wandhalter zu achten, langte sie nach dem Wasserhahn. Sie drehte daran. Kein Wasser kam. Sie drehte noch einmal und verfluchte ihre Schwäche. Immer noch kein Wasser. Sie drehte am Heißwasserhahn, aber auch da kam nichts heraus.

Sie stolperte zur Wanne und drehte an beiden Hähnen, ebenfalls ohne Ergebnis. Dann hob sie den Toilettendekkel. Die Toilettenschüssel war trocken. Als sie den Deckel wieder fallen ließ, fühlte sie sich geschlagen, besiegt.

Sie sank zu Boden und verbarg den Kopf in beiden Händen. Die Fantasievorstellungen von ausgiebigen Bädern, kalten Getränken und der Möglichkeit, anständig auf eine Toilette zu gehen, lösten sich auf wie das Bild einer Oase in einer Fata Morgana. Was war das nur für ein Bad, ganz ohne Wasser?

»Verdammt, verdammt, verdammt«, murmelte sie.

Ganz plötzlich schossen ihr Tränen in die Augen. Ihre Gefühle drängten zur Oberfläche. Warum war sie hier, wo war sie, und warum war sie ganz allein? Wer hatte das Wasser abgestellt und warum? Es gab so viele unbeantwortete Fragen, und sie konnte nicht nachdenken, nicht ohne Nahrung und Wasser. Zitternd zog sie das Laken enger um sich. Sie fror schrecklich.

Leyna schmiegte ihr Gesicht gegen die glatte Oberfläche der Toilettenschüssel und flüsterte: »Mami. Ich will Mami.«

Nach einer Weile hörte sie auf zu weinen. Die Kälte, der Durst und der Hunger waren wichtiger als ihr Kummer und ihre Furcht. Sie würde ins Bett zurückkriechen, wenigstens warm würde sie es da haben. Als sie sich aufrichtete, bemerkte sie eine Rolle Toilettenpapier neben dem Klo an der Wand. Sie nahm es vom Halter. Ein geringer Ertrag ihres so mühsamen und anstrengenden Ausflugs, aber wenigstens ein Ertrag. Später würde sie den Nachttopf in die Toilette ausschütten. Dann würde sie nicht mehr in ihrem eigenen Gestank leben müssen, auch wenn sie das Zeug nicht herunterspülen konnte.

Die Kissen und das weiche Daunenbett waren Gaben, für die sie dankbar sein mußte. Sie schloß die Augen und zog die Kissen an sich. Sie war ja so müde, so müde. Vielleicht würde bald jemand kommen (*Mami*) und sich um sie kümmern.

Roger lugte durch ein Fenster. Sie hatte sich bewegt. Erregung blubberte in seinem Magen und verstärkte sein Sodbrennen. Die Bettdecken sahen aus, als hätte auf ihnen ein Krieg stattgefunden. Und der kleine Nachttopf stand neben der Kommode. Jetzt schlief sie. Er wollte sie nicht wecken, deshalb hielt er den Atem an. Sie brauchte allen Schlaf, den sie kriegen konnte. Das gehörte zum Genesungsprozeß. Er wünschte nur, sie würde nicht gar so elend aussehen, so abgemagert, ganz wie sein Vater in den letzten sechs Monaten seines Lebens.

Er mußte ihr Nahrung und Wasser bereitstellen. Sie würde es brauchen, wenn sie wieder aufwachte. Vor allem jetzt, da sie lange genug wach gewesen war, um aufs Töpfchen zu gehen. Aber zuerst mußte er jemandem davon berichten. Er trabte los, um nach Dolly zu suchen und fand sie im Schlafzimmer, wo sie sich umzog.

»Rate mal, was passiert ist?«

Dolly schaute von ihren Schuhen hoch.

»Sie ist wach gewesen«, verkündete er, ehe sie etwas sagen konnte.

Dolly atmete auf. »Endlich.« Sie beugte sich wieder zu den Schuhen hinab. »Ich kann dir sagen, ich habe mir wirklich langsam Sorgen gemacht.«

»Ich werde etwas für sie kochen«, sagte Roger und umarmte Dolly flüchtig. »Ich bin gleich zurück.«

Roger war so erfüllt von seinen Plänen, daß er gar nicht sah, wie sie ihm mit Eifersucht in den Augen nachblickte. Sie nahm eine Tube Handcreme und rieb sich damit die Hände ein, um ihr plötzliches Zittern zu unterdrücken.

Als Roger zurückkam, sah er, wie sie durch eines der Puppenhausfenster schaute. Er trug eine Platte mit Rührei und einer Scheibe Toast, sorgfältig in Würfel geschnitten, und ein Glas Orangensaft.

»Sie wird das doch gar nicht alles essen können«, wandte Dolly ein, »es wird verderben.«

»Ich esse schon auf, was sie übrigläßt«, sprang er mutig in die Bresche.

Dolly starrte ihn an. Er ignorierte das, so glücklich war er, einen kleinen Ausweg aus seiner Diät gefunden zu haben. Hihi.

Dolly entfernte eine der Wände des Hauses. Es machte einen furchtbaren Lärm, und Roger schaute ängstlich zu Leyna hinüber. Sie bewegte sich nicht.

»Das große Tablett geht doch da gar nicht rein.« Dolly holte aus einem Schränkchen einige Geschirrteile. Sie gehörten zur Nachbildung eines der vielen Präsidentengeschirre. Sie reichte sie Roger, der das Rührei in kleinen Portionen darauflöffelte.

»Nun schieb diese Wand zurück und nimm die andere dort heraus.«

Er zögerte.

»Sie schläft doch«, widersprach er flüsternd.

»Na und, sie hat doch schon seit Tagen geschlafen. Warum hast du ihr denn Essen gemacht, wenn sie es nicht ißt, solange es heiß ist?«

Gegen diese Logik konnte er nichts einwenden. Er entfernte die andere Wand.

Sie hörte die Stimmen in der Ferne, wie man den Ton eines Films vom Vorraum des Kinos aus hört. Leyna öffnete die Augen und setzte sich auf. Jemand hatte etwas von Essen gesagt, da war sie sicher. Ein rumpelndes Geräusch, wie ein alter Aufzug, und dann wieder die Stimmen. Erneut das Rumpeln, wie ein kleines Erdbeben dieses Mal, und dann war die Wand mit den Fenstern einfach verschwunden. Sie starrte hin, wie sie sich aufwärts bewegte, das Licht strömte herein, und sie mußte heftig blinzeln. Sie glaubte, riesige Gestalten erkennen zu können, wie sie sie noch nie im Leben gesehen hatte.

Sie saß kerzengerade im Bett und öffnete ihren Mund. Ihre Kehle war gelähmt, sie brachte nur ein klägliches Geräusch hervor. Und dann langte *die Hand* hinein, eine Hand, größer als sie, größer als ihr Bett.

Der Schrei, den sie vorher vergeblich versucht hatte, riß sich von ihrer Kehle los. Sie zog die Decke über den Kopf.

Roger warf Dolly einen vorwurfsvollen Blick zu. Vergeblich, sie starrte nur gebannt auf die winzig kleine Frau, die sich in der entferntesten Ecke des Betts vor den Eindringlingen verkrochen hatte. Dolly langte wieder ins Haus. Sicher konnte sie doch sehen, wie erschrocken Leyna war. Er packte sie am Ellenbogen. Aber Dolly hielt schon selbst inne, als das dünne, verzweifelte Wimmern ihre Ohren erreichte. Die kleine Frau winselte, es hörte sich furchtbar an.

»Was ist denn nur falsch?« fragte Dolly mit leiser Stimme und ehrlicher Besorgnis.

»Sie ist zu Tode erschrocken.«

Roger stelle das kleine Silbertablettt mit dem Essen in die äußerste Ecke des Raumes. Er brachte die Wand wieder an, so sorgfältig, wie er sie entfernt hatte. Dolly trat zurück und sah ihm zu. Leyna sah auch zu, mit weit aufgerissenen Augen. Als die Wand sie vor ihren Blicken verbarg, nahm Roger Dollys Hand und zog sie weg.

»Ich will sie aber sehen«, zischte sie.

Er legte ihr beide Hände auf die Schultern und schob sie aus dem Raum.

»Sicher.«

Roger schloß die Tür zwischen Dollys Schlafzimmer und dem Raum mit den Modellhäusern und setzte sich auf die Bettkante.

»Hier, laß uns eine rauchen.« Er warf ihr die Zigarettenpackung zu.

Sie fing sie automatisch auf, starrte aber dann darauf, als habe sie vergessen, worum es sich handelte. Schließlich riß sie seufzend die Packung auf.

»Sie wird sich schon daran gewöhnen. Es wird nicht lange dauern. Menschen gewöhnen sich an alles.«

Roger warf sich aufs Bett. Seine Gedanken waren bei dem Rührei, das nun neben dem Weißen Haus langsam kalt wurde.

Die Wand rückte wieder an ihren Platz. Sie hielt den Atem an, bis der Raum wie vorher war. Ein paar Sekunden war sie wie gelähmt und wartete ab, ob er auch so blieb, dann kroch sie quer durchs Zimmer auf das Tablett zu, unfähig, den lockenden Düften zu widerstehen.

Der Geruch von Eiern und Orangensaft und warmem Toast hüllte sie ein, duftend wie die ersten Frühlingsgerüche, und ihr Magen knurrte erwartungsfroh. Eine Sekunde lang glaubte sie, sie müsse sich übergeben, aber dann war wieder alles in Ordnung. Das Tablett war schwer, aus Silber gefertigt und kunstvoll dekoriert, aber sie schaute gar nicht richtig hin. So etwas erwartete man einfach in diesem Zimmer. Ihr machte es schon genug Mühe, es zum Bett zu schaffen. Danach wurde ihr schwarz vor Augen, sie mußte sich einen Moment hinlegen, bis es vorüber war.

Schließlich konnte sie die Gabel zum Mund führen. Das beste Essen, dachte sie, das sie je genossen hatte. Fünf Sterne. Sie kicherte. Sie aß zu schnell.

Ihr Magen gurgelte, und der Orangensaft stieg sauer in ihrer Kehle hoch. Sie schob das Tablett auf eine Seite des Bettes und zog die Decken und Laken fest an sich. Für den Augenblick fühlte sie sich ganz in Ordnung. Warm. Nicht hungrig. Nicht durstig. Die Schmerzen in ihrem Körper hatten auch nachgelassen.

Die Wand und die Hand fielen ihr wieder ein. Sie schob den Gedanken daran beiseite. Das konnte einfach nicht passiert sein. Wahrscheinlich war sie in einem Hungerdelirium gewesen, dazu kam noch die Nachwirkung des Schocks. Sie wußte ja noch immer nicht, was eigentlich geschehen war. Sie hatte einen Unfall gehabt, das war offensichtlich. Und welche Nachwirkungen der hatte, wußte sie nicht, vielleicht Gehirnerschütterung, vielleicht Halluzinationen. Sie schloß die Augen.

Jemand hatte ihr aber schließlich Essen gebracht. Und

bald würde man ihr auch den Rest erklären. Sie war krank, das beschäftigte sie am meisten. Sie würde genug damit zu tun haben, wieder gesund zu werden. Sie fühlte sich schlecht, vor allem im Magen. Ihr wurde immer übler. Das zu schnell verschlungene Essen ballte sich zu einem häßlichen, fettigen Klumpen in ihrem Magen zusammen. Sie stöhnte.

Schließlich konnte sie nicht mehr dagegen ankämpfen. Sie beugte sich aus dem Bett, öffnete den Mund, und alles kam heraus, noch gut erkennbar, Eier, Toast, Orangensaft. Sie fühlte einen Abstand dazu, konnte es anschauen, als sei es die Schweinerei von jemand anderem.

»Ach, verdammte Scheiße«, dröhnte eine enorme Stimme, »sie hat die ganze Bettwäsche vollgekotzt.«

Sofort schloß sie die Augen. Es reichte ihr, das saure Erbrochene in ihrer Nase und ihrem Mund zu spüren, bis in die Kehle hinunter. Es reichte ihr, daß ihre Ohren Stimmen hörten, die lauter und voluminöser waren als menschliche. Sie konnte jetzt nicht auch noch ertragen, die Wand noch einmal verschwinden oder die Hand, Gottes Hand, oder wem sie auch gehörte, in den Raum langen und nach ihr greifen zu sehen.

Die Stimme schimpfte weiter und stritt sich jetzt mit jemand anderem. Dieser antwortete, ein tiefer, zögernder Protest. Dann stellte sich wieder die erste Stimme vor sie, verteidigte sie vor der anderen, die zornig auf sie war, weil ihr übel geworden war.

Es war, als ob sie wieder sieben wäre, am Abend nach ihrer Geburtstagsparty. Sie hatte den ganzen Tag geschlemmt, erst bei Omi und Tante Reenie und dann zu Hause bei der Party. Ihre Mutter hatte sie ermahnt, nicht so viel Süßes zu essen, damit ihr nicht schlecht werde, aber die anderen sagten nur: *Es ist doch ihr Geburtstag, Leona.* Daraufhin schwieg die Mutter. Später war Leyna zu Bett gegangen, und in der Nacht war ihr fürchterlich übel geworden. Ihre Mutter war durch die würgenden Geräusche alarmiert worden und geriet furchtbar in Zorn.

»Na, wie gefällt dir dein Geburtstag jetzt, du kleines Schwein?«

Und ihr Vater, der hinter der Mutter herkam, versuchte sie zu beruhigen. »Um Gottes willen, Leona.«

»Wo ist denn jetzt deine Mutter oder deine Schwester Reenie?« schrie sie ihn an. »Jetzt, wo das Bett und der Teppich vollgekotzt sind?«

»Lee, dem Kind ist übel.«

»Das sehe ich auch! Das sehe ich auch!«

Und sie schob Leyna aus dem Bett. Sie schimpfte vor sich hin und nannte sie ein Schwein. Dann warf sie die Bettwäsche und den Bettvorleger auf einen Haufen und zog das beschmutzte Nachthemd von Leynas zitterndem, fiebrigen Körper.

»Ich wasche sie«, bot ihr Vater an und wollte Leyna aus der Reichweite des mütterlichen Zorns bringen.

Aber das ließ sie nicht zu. »Sei nicht so blöd, geh wieder ins Bett. Du mußt morgen früh arbeiten. Ich mach' das schon!«

Das tat sie dann auch, so rauh wie möglich. Sie goß Eimer mit kaltem Wasser über Leynas Kopf und murmelte dabei: »Na, wie gefällt dir dein Geburtstag jetzt?«

»Was für eine Schweinerei«, sagte Dolly voll Ekel.

»Ich mach' das schon sauber«, bot Roger an.

»Natürlich, es ist ja auch deine Schuld.«

Dolly suchte nach einer Zigarette. Sie fand sie, steckte sie in den Mund und kramte nach einem Feuerzeug.

»Bist du sicher, daß sie in Ordnung ist?«

»Sicher.« Roger schob die Wand wieder vorsichtig an ihren Platz. »Sie hat nur auf leeren Magen zuviel gegessen. Oder zu schnell.«

Dolly inhalierte dankbar den Zigarettenrauch. Er verdeckte den leichten Geruch nach Erbrochenem. Sie haßte diesen Gestank.

»Warum besorgst du nicht etwas, in dem wir sie baden können?« schlug Roger vor.

Das gab ihr etwas zu tun und einen Anlaß, den Raum mit dem Gestank für eine kurze Weile zu verlassen. Sie kam aus dem Badezimmer mit einem kleinen Becken voll Wasser, einem Stück Seife und einem Handtuch zurück.

»Reicht das?«

»Aber sicher.«

Roger schaute kam auf. Er war mit der schwierigen Aufgabe beschäftigt, die winzig kleine Frau aus den verschmutzten Bettüchern zu schälen, ohne zuviel von dem Erbrochenen im Zimmer zu verschmieren.

»Ist sie wirklich in Ordnung?« fragte Dolly noch einmal.

Roger nickte. Der kleine Körper, in ein Laken gewickelt, lag jetzt in seiner Handfläche. Sie war zusammengerollt wie ein schlafendes Kind. Ihr Haar war verschmutzt und feucht und formte ein dunkles Kissen unter ihrem Kopf.

»Sie sieht aus wie ein Gespenst«, bemerkte Dolly.

Er lächelte. »Sie hat eine Menge durchgemacht. Der körperliche Schock und dann der psychologische, der fängt ja gerade erst an. Sie wird noch einige Zeit brauchen, um sich daran zu gewöhnen. Aber sie wird es schaffen.«

»Der menschliche Geist kann sich an alles gewöhnen«, zitierte Dolly. Sie rollte vorsichtig die Zigarette zwischen Daumen und Zeigefinger.

»Ja, genau.«

Roger wickelte das Laken auf. Sie war vollständig nackt. Die Prellungen erschienen als dunkle Flecken auf ihrer Haut, einige waren so dunkel wie ihr Schamhaar. Die Höfe ihrer Brustwarzen waren noch die hellsten Stellen. Er tauchte sie mit einer Hand in das Wasser und benutzte die andere, um vorsichtig etwas von der lauwarmen Flüssigkeit über sie zu gießen.

»Willst du ihr die Haare waschen?« fragte er Dolly.

Dolly legte ihre Zigarette zur Seite. Sie berührte behutsam den kleinen Schädel. Es war ein bißchen gruselig, so als ob man eine Maus oder ein Eichhörnchen anfaßte.

»Eine Sekunde«, sagte sie und ging hinaus. Sie kam mit einem Teelöffel zurück.

»So machen wir das«, sagte sie und drehte Leynas Körper so, daß Rogers Hand sie bis zum Nacken stützte. Der Kopf blieb frei, so daß das Haar hinunterhing.

Dolly benutzte den Teelöffel, um das Haar gründlich anzufeuchten, dann nahm sie die Seife und seifte es ein. Das war sicher nicht sehr gut für die Haare, aber im Moment mußte es genügen. Das Spülen erzeugte ein überraschend angenehmes Gefühl, als die seidigen Strähnen durch ihre Finger glitten.

»So, das wär's«, verkündete sie befriedigt. Sie blickte Roger an und lächelte stolz.

»Gute Arbeit«, murmelte er und legte den kleinen Körper sorgfältig aufs Handtuch.

»Ich verstehe nicht, wie sie dabei die ganze Zeit schlafen kann«, sagte Dolly. »Das Wasser sollte sie doch aufgeweckt haben.«

Roger grinste. »Sie schläft ja gar nicht, sie will uns nur nicht sehen. Ich werde sie in ein trockenes Handtuch wikkeln und erst mal auf dein Bett legen, okay?«

»Hmmm.«

»Vielleicht könntest du ein paar Kleidungsstücke für sie besorgen.«

»Darum werde ich mich schon kümmern, Liebling. Erst mal muß die Schweinerei hier weg.« Sie beugte sich in das Hausmodell. »Oh, puuh.«

Roger kam näher, um zu sehen, worüber sie so stöhnte. Sie hielt ihm den kleinen Nachttopf hin.

»Prima«, sagte Roger, »alles scheint normal zu sein.«

»Bitte sehr, wenn du es magst, es gehört dir.«

»Ich werde den Urin testen, dann wissen wir, ob alles in Ordnung ist.«

Dolly wandte sich wieder dem Haus zu. »Hör mal, du solltest schleunigst die Wasserleitungen anschließen. Ich habe keine Lust, andauernd Nachttöpfe auszuleeren und Bäder zu bereiten. Da komm' ich mir ja wie eine Mutter vor.«

»Werde ich gleich machen«, versprach Roger. »Aber laß mich erst mal den Urin testen. Ich besorge schnell alles, was notwendig ist.«

Das gab ihm die Chance, heimlich rasch einen Hamburger, eine heiße Wurst oder sogar eine Pizza und ein Bier zu sich zu nehmen, während er angeblich zum Drugstore ging, um das Testset für den Urin zu kaufen. Es würde ja nicht lange dauern. Aber er wollte außerdem tatsächlich den Urin testen, dann konnte er sicher sein, daß seiner winzig kleinen Frau tatsächlich nichts fehlte.

Sie erwachte und war erstaunt, daß sie nach Seife roch. Irgendwo hörte sie Wasser laufen. Sie schlüpfte aus dem frisch bezogenen Bett. Indem sie sich unterwegs an den Möbeln abstützte, erreichte sie das Badezimmer.

Das Wasser lief platschend in Wanne und Waschbekken. Sie hob den Toilettendeckel und sah ihr Spiegelbild in der kleinen Pfütze am Fuß der Schüssel. Sie schloß den Deckel wieder, setzte sich darauf und holte tief Atem. Dann trank sie ein Glas Wasser, um ihre trockene Kehle zu beruhigen (nicht zu schnell, warnte sie sich selbst), füllte es noch mal, um es neben ihr Bett zu stellen, und drehte die Hähne zu, die sie bei ihrem vorigen Versuch offengelassen hatte. Sie kroch zurück ins Bett, ein wenig kräftiger und mit einem herrlichen Gefühl der Wohligkeit.

Der Alptraum war vorüber. Sie hatte die Augen geschlossen und so getan, als ob sie schliefe. Dabei war sie tatsächlich eingeschlafen, und nun waren alle Schrecken vorüber. Sie schaute auf die soliden Wände und Möbel. Alles war in Ordnung, sauber, das Wasser lief.

Der Hunger machte ihr jetzt nicht mehr so viel aus. Das war wie eine Fastenkur, und gefastet hatte sie schon vorher. Ein Doktor hatte ihr einmal erklärt, daß gerade unter Streß der Hunger verschwände. Nach einer gewissen Zeit ohne Nahrung änderten sich die Körperfunktionen, und der Körper hörte auf, nach Nahrung zu verlangen. Er verzehrte erst seine Reserven, dann sich selbst. An diesem Punkt sollte man allerdings wieder etwas zu sich nehmen, wenn man größeren Schaden vermeiden wollte.

Aber ein häufiger Nebeneffekt des Fastens war Euphorie, waren mystische Visionen. Sie war beinahe in euphorischer Stimmung, so wohl fühlte sie sich. Auf mystische Visionen, sagte sie sich, konnte sie gut verzichten. Sie hatte ihre Alpträume, das reichte schon.

Und die Wand rumpelte und ächzte und begann sich wieder zu heben. Sie fuhr hoch im Bett und schrie wie in Todesangst. Sie schüttelte zu der sich hebenden Wand hin ihre Fäuste.

»Es ist doch gar nicht mein Geburtag!« schrie sie, »es ist doch gar nicht mein Geburtstag!«

Dieses Mal blieb die Hand nicht an der äußeren Mauer, sie kam herein, und Leyna verstummte, von Furcht gelähmt. Die Hand kam näher, und sie sah den Nachttopf zwischen Daumen und Zeigefinger. Die enormen Finger, groß wie Baumstämme, zerrten und zupften an der Kommode. Sie starrte sie an, die Knöchel waren ledrig und runzlig wie die Knie eines Elefanten. Als die Hand sich zurückzog, blitzten die Nägel rot, scharlachrot, und Leyna wußte, daß es eine Frauenhand war.

»So«, sagte die scharfe Stimme, sie klang wie ein Fingernagel, mit dem man über eine Schiefertafel fuhr, und sie war so nah und so laut, daß Leyna zusammenfuhr und die Hände auf die Ohren legte. Sie wagte nicht aufzuschauen und herauszufinden, ob die Stimme auch ein Gesicht hatte. Das hatte sie doch schon in der Sonntagsschule gelernt: Gottes Gesicht sah man erst am Jüngsten Tag. Selbst der üble Scherz, den man wohl mit der Menschheit trieb, indem Gott hier als Frau mit lackierten Nägeln auftrat, konnte die Gewißheit nicht in ihr auslöschen, daß wir am Jüngsten Tage alle tot sein würden.

Sie rollte sich fest unter der Bettdecke zusammen und bereitete sich auf den Tod vor.

»Roger«, sagte Dolly leise, »hast du gewußt, daß das ein Problem werden würde?« Ihr Ton ließ durchblicken, daß er es hätte wissen müssen.

»Ich hätte es wissen sollen«, gab er zu, um ihrem Angriff die Spitze zu nehmen. »Aber ich werde eine Sprechanlage installieren. Etwas, das ihre Stimme verstärkt und unsere dämpft.«

»Wie sieht der Urintest aus? Alles in Ordnung?«

»Grundsätzlich ja. Sie muß nur langsam wieder mit dem Essen anfangen. Ich habe mir da etwas ausgedacht.«

»Oh.«

»Ich werde das Essen für sie verkleinern, dann kann sie es bestimmt leichter verdauen.«

»Und das Wasser?«

»Das trinkt sie ja und behält es auch bei sich, und es kommt auch am anderen Ende wieder heraus.«

»Na ja, solange es funktioniert.«

»Eben. Aber wir sollten versuchen, sie zu beruhigen, damit sie nicht wieder in einen Schock gerät.«

»Überlaß das nur mir«, sagte Dolly.

Resigniert überließ Roger es ihr. Dolly war wirklich ungeschickt und tolpatschig, was ihren Umgang mit Leyna betraf. Aber es gab noch eine Menge anderer Arbeit, die getan werden mußte, und er überließ ihr diesen Teil der Arbeit, wenigstens zur Zeit.

Die Wand blieb offen. Die Minuten vergingen, und Stille herrschte. Leynas Herzschlag verlangsamte sich wieder. Ihr Kopf begann fürchterlich zu schmerzen. Sie erinnerte sich an das alte Hausmittel ihrer Mutter für Kopfschmerzen bei Kindern – Wasser. Das hatte sie ja. Erschöpft blickte sie auf die Stelle, wo die Wand gewesen war, und trank Wasser aus dem Glas, das sie mit zum Bett genommen hatte.

Dann erschien die Hand erneut. Leyna begann zu zittern. Sie wollte unter die Bettdecke kriechen, da erblickte sie das Stück Papier. Die Hand hatte ein Stück Papier neben den Kleiderschrank gelegt, geheimnisvoll wie eine alte Schatzkarte.

Sie kroch hin, die Decke um sich gewickelt. Sie wollte nicht nackt vor Gott oder wem auch immer erscheinen. Sie schnappte das Papier und eilte zurück in die Sicherheit ihres Bettes. Dann breitete sie das Papier aus, so, als ob sie an einem Sonntagmorgen in ihrem Bett die *Times* las. Es war so groß wie eine Armspanne. Die Druckschrift darauf war groß, mehrere Zoll waren die Buchstaben hoch, aber sehr gut zu lesen. Leyna kicherte. Bisher hatte sie von Gott noch nie eine schriftliche Mitteilung erhalten.

Fürchte dich nicht. Wir tun dir nichts.

Das klang wie ein Klischee. Kidnapper schrieben so etwas oder Bankräuber.

Scheiße.

Sie starrte vor sich hin. Eines stand fest, sie war in einem Raum, einem bestimmten Platz, der schmackvoll eingerichtet war, mit schönen Tapeten und Teppichen. Hinter der Tür war ein Korridor, von dem Türen zu andern Zimmern führten. Was sie bisher gesehen hatte, war ihr vertraut, obwohl sie hier gewiß noch nicht gewesen war. Wie viele Zimmer dieser Art in wie vielen alten Häusern mochte es wohl in diesem Land geben? Wahrscheinlich war ihr das alles nur vertraut, weil es typisch, weil es ein Klischee war.

Aber dann gab es da den verrückten Teil. Wände, die sich bewegten und verschwanden. Und wenn die Wände weg waren, dann gab es da kein Draußen, keine Straße, keine anderen Gebäude, keinen Garten, keine Bäume, nur diese riesigen amorphen Wesen, Alptraumwesen. Die ihr Zettel schrieben.

Die beste, aber wohl zynischste Erklärung war, daß sie sich in einem privaten Irrenhaus befand. Die Ungewöhnlichkeiten des Raums, vielleicht der ganze Raum, existierten nur in ihrem Kopf, waren eine Folge ihres Unfalls, an den sie sich noch immer nicht zu erinnern vermochte. Der konnte ihre Psyche angeknackst haben. Vor diesem Unfall war sie weder neurotisch noch sonstwie unstabil gewesen. Sie hatte gewußt, wer sie war und was sie in ihrem Leben wollte. Kein Alkohol, keine Drogen, sie war geistig vollkommen in Ordnung gewesen. Was sie erlebte, mußte die Folge eines organischen Schadens sein, keines psychischen Defekts.

Diese Überlegung gab ihr eine gewisse Sicherheit. Ihre Furcht verringerte sich. Als die Hand erschien, schrie sie nicht.

Die Hand kam direkt auf sie zu. Instinktiv zuckte sie zurück. Die Hand wartete einen Moment, dann näherte sie sich und berührte sie. Sie war sehr warm. Die Haut war steif, ledrig und fest, etwa wie ein alter stabiler Lederkoffer. Die Hand hob sie vorsichtig mitsamt der Bettdecke auf, die sie um sich geschlungen hatte.

Sie schloß die Augen. Die Bettdecke wurde ihr zu warm, denn die Hand strahlte viel Hitze aus. Leyna war rasch schweißüberströmt, Übelkeit und Ohnmacht bedrohten sie. Aber nach kurzer Zeit ließ die Hand sie wieder hinunter. Sie fand sich auf etwas Weichem wieder, das ihr vorkam wie eine Wolke, vom Flugzeug aus gesehen. Unter ihren Füßen war kein fester Boden, sondern etwas Gewebtes, ähnlich der Rückseite eines Orientteppichs.

Vor ihr bewegte sich etwas, eine enorme Form. Sie hielt den Atem an. Plötzlich kam die Form vor ihr zum Stillstand. Es war ein Gesicht, ohne Zweifel ein Gesicht, sehr nahe und sehr groß, größer als sie selbst. Ein Mondgesicht, eine Maske, unwirklich in seiner Enormität.

Plötzlich mußte sie kichern. Sie erkannte das Gesicht. Ihr Kichern erstarb, und stöhnend verbarg sie ihr Gesicht in den Händen.

»Hab keine Angst.«

Das Gesicht hatte eine Stimme, dieselbe, die sie zuvor in ihrem geheimnisvollen Schlafzimmer gehört hatte. Die Stimme Gottes, aber jetzt erkannte sie sie als Dolly Hardestys Stimme. Der Ton war beruhigend, die Lautstärke groß, als ob sie aus einem Lautsprecher käme.

»Du bist hier sicher. Niemand kann dir etwas tun.«

Sie öffnete die Augen und nahm alle Kraft zusammen, um laut und deutlich zu sprechen.

»Dorothy?«

Ein leises Lachen rollte auf sie zu.

»Dorothy?« rief sie noch einmal, diesmal angsterfüllt.

»Du kannst mich so nennen, wenn du willst. Und ich werde dich Püppchen nennen.«

Leyna zog die Decke fest an sich. Eine schreckliche Ruhe stieg in ihr auf. Sie atmete tief und gleichmäßig.

»Dorothy?« fragte sie ein drittes Mal, obwohl ihre Kehle fast zugeschnürt war.

»Ja?«

»Bin ich verrückt?«

»O ja.«

Das war es. Es gab nichts mehr sonst zu sagen. Leyna sank in sich zusammen und schloß die Augen. Sie wartete. Vielleicht würde sie die Augen wieder öffnen, wenn sie zurück in der Wirklichkeit war. Oder wieder gesund. Vielleicht würde sie sie auch gar nicht wieder öffnen.

Roger, der hinter Dolly getreten war, hörte den letzten Teil des Gesprächs. Er nahm sie beim Arm und zog sie in die entfernteste Ecke des Raumes.

»Was machst du denn da, um Himmels willen?« fragte er zischend.

Dolly blickte ihn kalt an und zog ihren Arm weg. Dann drehte sie sich um und ging hinaus. Er folgte ihr in die Küche, wo sie den Kühlschrank öffnete.

»Was hast du da gemacht?« wollte er noch einmal wissen.

Sie schaute ihn an und lächelte.

»Wirklich, Liebling, ich glaube, du hast über die Sache noch nicht genug nachgedacht.«

Das gleiche hatte er zu ihr sagen wollen.

»Na, dann erklär mir bitte wieso.«

Sie nahm zwei Flaschen importiertes Bier aus dem Kühlschrank und hielt ihm eine hin. Dann holte sie einen Öffner aus der Schublade. Er lächelte. Das war eine großzügige Geste von Dolly. Sie erlaubte ihm nicht nur ein Bier, sie trank selbst eines. Er bedauerte, daß er sie vorhin etwas fest am Arm gepackt hatte.

»Es macht die Sache doch viel einfacher, wenn sie glaubt, daß sie nicht ganz richtig im Kopf ist«, erklärte Dolly.

Roger dachte darüber nach. Es war verrückt, aber es ergab schon einen Sinn. Sie würde leichter zu behandeln sein. Andererseits waren sie ihr ohnehin überlegen. Er fühlte sich unwohl. Der menschliche Geist war so unberechenbar, wer weiß, was aus ihrem Trauma nun wirklich herauskam.

Er sagte nichts mehr zu dem Thema, es gab andere Dinge zu besprechen.

»Sie braucht bald wieder etwas zu essen. Mach ihr doch ein bißchen zurecht, ich werde es verkleinern. Sie ist noch sehr schwach. Sie braucht Kleidung, eine Erkältung wäre ein großes Risiko.«

»Natürlich. Aber wenn sie sich nicht selbst anziehen will?«

Roger überlegte einen Moment. »Ich würde sie nicht anfassen, wenn sie hysterisch reagiert. Wenn sie es dir aber erlaubt, dann sei bitte sehr, sehr vorsichtig.«

»Prost«, sagte Dolly und hob die Flasche.

Die Arbeit wartete. Roger trank sein Bier schnell aus.

Leyna war ohnmächtig geworden, als die Hand zurückkam und sie wieder ins Bett zurücklegte. Sie lag leblos da. Nach einer Weile wurde sie aber von Essensgeruch aufgeweckt. Sie öffnete ihre Augen und fand auf der Kommode neben dem Bett ein Silbertablett mit Fleischbrühe und gebuttertem Toast. Die Brühe war herrlich, sie konnte ein Schmatzen nicht ganz unterdrücken, als sie sie schlürfte.

Danach lehnte sie sich zurück und fühlte sich wieder besser. Erstaunlich, wie Essen einen wieder auf die Beine bringt, dachte sie. Ob das auch mit ihrer geistigen Gesundheit zusammenhing? Sicher, Hunger konnte einen verrückt machen. Aber das war es nicht, was Dorothys Stimme gemeint hatte, da war sie sicher.

Auf einmal hörte sie die Stimme wieder.

»Schau in den Schrank, da sind Kleider für dich.«

Sie wartete, ob noch etwas kam. Drei, vier, fünf Minuten. Nichts. Warum sollte sie nicht nachsehen?

Als sie aufstand, hatte sie das Gefühl, beobachtet zu werden. Sie konnte aber keine Kameras an der Decke sehen. Vielleicht sollte sie nach verborgenen Ausschau halten.

Der Kleiderschrank war solide und gut gearbeitet, wie alle Möbel in dem Raum. Se öffnete die rechte Tür und schaute hinein. Sie zögerte, dann öffnete sie auch die linke. Rotes und Weißes glitzerte ihr entgegen. Sie streckte instinktiv die Hand aus, um den Stoff zu streicheln. Blutrote Seide und ein Satin, der so blendend weiß war wie ein Schneefeld in der Mittagssonne.

Sie wählte das rote Kleid. Es war elegant und von vollendeter Einfachheit. Sie zog es über den Kopf und betrachtete sich in dem Spiegel an der Innenseite der Schranktür.

Sie hatte es geahnt. Zu kurz. Es war als knöchellanges Kleid geschnitten, offensichtlich im Stil der zwanziger Jahre. Bei ihr hörte es zwanzig Zentimenter zu früh auf, ein absurder Anblick. Das Kleid ging einfach nicht, sie mußte es mit dem anderen versuchen.

Sie schlüpfte aus dem roten Seidenkleid und holte das weiße aus dem Schrank. Bei Licht besehen, war nur zu klar, daß dieses ihr erst recht nicht passen würde. Es war ein Kleid für eine sehr kleine Frau, in einem sehr altmodischen Stil mit Rüschen und Schleifen. Neunzehntes Jahrhundert, dachte sie, viktorianisch. Es mußte sehr unbequem zu tragen sein. Ein Glück, daß es nicht paßte.

Sie raffte ihre Bettdecke vom Boden und kroch ins Bett zurück, plötzlich sehr müde und überzeugt, daß Nacktheit wohl ihr Schicksal war. Es sei denn, die Schubladen der Ankleidekommode enthielten noch etwas Nützliches. Aber das mußte warten. Sie brauchte ein kleines Nickerchen. Wenn sie wieder aufwachte, würde sie weitersehen. Es war sehr tröstlich zu wissen, daß sie wieder aufwachen würde.

»Sie schläft jetzt«, sagte Dolly zu Roger.

»Gut«, grunzte er.

Roger saß auf dem Fußboden und sah zu, wie das Karussell sich drehte. Er hatte die kleine Gretel aus dem Knusperhäuschen in einen der Wagen gesetzt und lauschte der Musik, die aus den winzigen Lautsprechern ertönte, kontrapunktiert von den mahlenden und reibenden Geräuschen des Laufwerks.Ein hübsches Stück, das kleine Karussell.

»Die Kleider haben nicht gepaßt«, sagte Dolly und brachte ihn damit wieder in die Realität zurück.

»Und ihre eigenen Sachen, ihr Jogging-Anzug?«

»Den habe ich gewaschen und weggelegt.«

»Leg ihn ihr hin. Er ist besser als gar nichts.«

»Ich wußte, daß sie schwierig sein würde«, klagte Dolly.

»Hat sie die Brühe bei sich behalten?«

»Ja. Und wie geht es jetzt weiter?«

»Was?«

»Mit ihr. Wie geht es jetzt weiter mit ihr?« fragte Dolly.

»Wir müssen sie etwas herausfüttern Sie aufpäppeln, das heißt, sie auch warmhalten. Und sie muß etwas zu tun bekommen.«

»Was denn?«

»Sie ist an ein aktives Leben gewöhnt und hat auch viel Sport getrieben. Das sollte sie so bald wie möglich wieder tun. Vielleicht sollte sie auch ihr eigenes Essen kochen, Bücher lesen, Musik hören, im Garten spazierengehen. Stricken, ich weiß nicht, was sonst. Alles, was sie anregt, damit sie nicht abstumpft und verrückt wird.«

»Körbe flechten?«

»Was auch immer. Sie ist ein Mensch, kein Haustier.«

»Das ist ja viel komplizierter, als ich geglaubt habe, Roger«, beklagte sich Dolly.

»Dadurch wird es doch erst interessant«, grinste er, obwohl er es gar nicht so empfand. »He, vielleicht kann sie auch ihre eigenen Kleider nähen!«

»Das wird sie auch müssen. Ich kann schlecht hingehen

und Kleider für jemanden kaufen, der einen Kopf größer ist als ich, damit du sie verkleinern kannst. Jedenfalls nicht, solange das FBI und die halbe Welt nach ihr Ausschau halten. Vielleicht später, aber nicht in der nächsten Zukunft.«

Der Gedanke, daß die ganze Welt Leyna suchte, gab Roger ein seltsames Gefühl. Er und Dolly, sie waren jetzt Gesetzlose.

»Wir müssen die ganze Sache etwas abkühlen lassen«, sagte er.

8

Das Zimmer war finster, als sie erwachte. Sie tat weiter so, als ob sie schliefe und horchte aufmerksam, ob die Riesen in der Nähe waren. Die tiefe Stille überzeugte sie schließlich, daß sie wirklich allein war.

Sie ignorierte ihren Heißhunger und nahm erst einmal ein langes Bad. Sie blieb in der Wanne, bis das Wasser lauwarm wurde.

Dann betrachtete sie sich im Spiegel. Ihre blauen Flekken schienen langsam besser zu werden, obwohl sie immer noch zu sehen waren. Ihre Hüftknochen standen hervor, und auch ihre Rippen zeigten sich unter der Haut. Sie zog ein Laken aus dem Bett und wickelte es um sich. Das bedeckte wenigstens diese scheußlichen Knochen.

»Und ich habe mal auf der Liste der bestangezogenen Frauen gestanden«, murmelte sie.

Sie öffnete die Tür zum Korridor und verließ zum ersten Mal das Schlafzimmer. Vorsichtig ging sie den Korridor entlang und knipste dabei die Wandlampen an. Am anderen Ende blieb sie stehen und schaute zurück. Der Gang war schmaler und kürzer, als sie gedacht hatte. An Möbeln waren da nur ein Tisch mit Marmorplatte und zwei zierliche Armsessel mit weißen Brokatsitzen.

Sie hatte jetzt die Wahl zwischen zwei Türen. Eine, am äußersten Ende des Korridors, schien zu einem anderen Gang oder einer Treppe zu führen. Die Tür links von ihr mußte zu einem Zimmer gehören. Sie öffnete sie und schaute hinein. Dunkelheit. Sie tastete an der Wand nach einem Schalter und fand ihn auch.

Als das Licht anging, fand sie sich in einem anderen ebenfalls sehr geschmackvoll eingerichteten Schlafzimmer, das zu ihrer Belustigung eine ziemlich gute, wenn auch nicht ganz exakte Kopie des Lincoln-Schlafzimmers im Weißen Haus war. Es mußte eine ganze Menge gekostet haben, die richtigen Möbel zu finden. Sie setzte sich aufs Bett, um sich auszuruhen. Viel lieber als dieses zweite Schlafzimmer wäre ihr eine Küche mit Essen gewesen.

Wo war sie nun eigentlich? Sie dachte über die Räume nach, die sie gesehen und in denen sie in den letzten Tagen gelebt hatte. Häuser wie dieses hier kannte sie, Herrenhäuser aus dem achtzehnten Jahrhundert in Virginia oder Neuengland. Sie hatte sich dort schon aufgehalten, wenn sie Bekannte besuchte, Leute mit Geld. Washington allein war übersät mit solchen Räumen voller gepflegter alter Möbel.

Aber warum war sie jetzt in einem dieser Häuser, und was tat sie hier? Welches mochte es sein? Es kam ihr vertraut vor, doch sie konnte sich täuschen.

Hoffentlich fand sie bald was zu essen. Sie ließ das Licht im Zimmer an, als sie hinausging. Hinter der nächsten Tür war ein breiter Korridor mit einem Aufzug in einem Messingkäfig, der Typ, der nachträglich in Treppenhäuser eingebaut wird. Sie schaltete auch hier alle Lichter an und drückte dann auf den Aufzugknopf. Er funktionierte, der Aufzug kam.

Plötzlich wurde ihr Mund trocken, und Schweiß lief ihre Achselhöhlen hinunter. Sie nahm sich zusammen und trat in die Kabine.

Die Knöpfe für die Stockwerke waren von 1 bis 4 numeriert. Sie fuhr hinunter ins zweite. Eine kurze Fahrt, wahrscheinlich war sie im dritten gewesen.

In der Dunkelheit fiel es ihr schwer, sich zu orientieren. Sie fand nicht gleich einen Lichtschalter und tastete an der Wand herum. Schließlich war da ein großes Rechteck mit runden Knöpfen. Sie drückte sie alle auf einmal.

Die Lichter flammten auf und blendeten sie. Ihr Herz schlug hämmernd, als sie den großen Raum wahrnahm: eine Art Foyer mit weißen Marmorsäulen, Leuchtern an der Decke und Stehlampen, groß wie junge Bäume. Ein roter Teppich lief durch die Länge des Raumes, sonst war er weiß und kühl wie ein Mausoleum. Sie zitterte, barfuß und in ein Bettuch gehüllt, wie sie war.

Als sie die Halle erblickte, wußte sie, warum ihr schon vorher manches so vertraut vorgekommen war, warum das andere Schlafzimmer eine Kopie des Lincoln-Zimmers war und ihr eigenes, wie sie jetzt erkannte, eine des Schlafzimmers der Königin. Dies war eine Kopie des Weißen Hauses. Sie war oft genug dort gewesen. Die Furcht verließ sie und machte Verwunderung Platz. Ihr wurde ein wenig schwummrig im Kopf, als sie darüber nachdachte. Aber vielleicht kam das nur vom Hunger. Sie konnte jetzt über die verrückte Verdoppelung nicht weiter nachdenken, das Essen war wichtiger.

Als sie durch die Räume ging, versuchte sie sich zu erinnern, wo hier wohl eine Küche sein könnte. Es fiel ihr nicht ein. Aber hinter einer der Türen war ein Speisezimmer, und auf dem Tisch stand eine Schale mit Obst.

Die warmen Farben der Früchte waren fast die einzigen Farben in dem Raum, sonst war er nur in Gold, Silber und dunklem Holz gehalten. Und der Duft der Äpfel, Bananen, Pfirsiche und Trauben ließ ihr das Wasser im Mund zusammenlaufen und überdeckte jeden anderen Geruch im Zimmer.

Sie nahm einen roten Apfel aus der Schale. Die Berührung sollte sie eigentlich gewarnt haben, denn das Gewicht, die Festigkeit, die Oberfläche stimmten einfach nicht, aber sie war sehr hungrig. Vielleicht täuschten sie ihre Sinne, und es war doch etwas zu essen. Sie biß gierig hinein und stellte sich vor, wie ihr gleich der Saft übers Kinn laufen würde.

Im nächsten Moment spuckte sie den Bissen auf das schimmernde Holz der Tischplatte und schleuderte den falschen Apfel gegen die Wand. Er zerplatzte, die Stücke fielen auf den Teppich, und an der Wand blieb nur ein roter Schmierfleck wie von einem Lippenstift. Sie spuckte kleine Stücke der Masse auf den Teppich, und dann das kleine bißchen Spucke, das sich in ihrem Mund sammelte. Das Zeug klebte wie Schaum an ihren Zähnen, sie konnte es einfach nicht loswerden.

Tränen liefen über ihre Wangen und tropften salzig in ihren Mund. Ein tiefer Seufzer stieg in ihr auf, der sich zu einem Geheul steigerte. Sie nahm eine Orange und eine Banane mit beiden Händen und warf sie gegen die Portraits an der Wand. Die Trauben, weitere Äpfel, Orangen und Pfirsiche folgten, bis die Schüssel leer war und der Raum von verschmiertem Teig übersät war.

Sie sank in einen der hochlehnigen Polsterstühle, legte die Hände auf den Tisch und ihren Kopf auf die Hände. Ein lausiges Kissen, nur Knochen und Gelenke und so dünn, daß man fast das Holz darunter sehen konnte. Ihre Tränen flossen weiter. Sie versank in absoluten Jammer.

Roger kam gerade von der Toilette zurück und beschloß, kurz nach ihr zu schauen. Er stolperte in den Raum mit den Modellhäusern und blieb erstaunt stehen. Im Weißen Haus waren Lichter an, nicht nur in Leynas Schlafzimmer, auch in anderen Stockwerken.

»So ein Mist«, murmelte er.

Er beschloß, Dolly nicht zu wecken. Das mußte er selbst in Ordnung bringen, er konnte ihr am Morgen davon erzählen.

Er lugte in Leynas Schlafzimmer. Wie er erwartet hatte, war sie nicht da. Das Bett sah aus, als hätte eine ganze Armee von Huren darin ihre Manöver abgehalten. Er folgte der Spur der Lichter, die sie angelassen hatte, und fand sie schließlich.

Aber er war darüber keineswegs erleichtert. Sie saß zusammengekauert in einem Stuhl des großen Speisezimmers, und ihr Schluchzen war unüberhörbar. Es war ein großer Fehler gewesen, die Kameras und die Lautsprecher noch nicht angebracht zu haben, dachte er. Jetzt würde er sie sicher furchtbar erschrecken, wenn er zu ihr sprach.

»Bitte«, flüsterte er.

Sie richtete sich auf und starrte um sich wie ein kleines Tier, das bereit ist zur Flucht.

»Bitte«, sagte er noch einmal. Er bemühte sich, leise und freundlich zu klingen. »Was ist denn falsch?«

Keine Antwort. Sie saß nur da und starrte auf sein Auge, das sie durch eines der Fenster anschaute. Er wartete. Geduld, nur Geduld, sagte er zu sich selbst. Mit Geduld fing die Katze die Maus.

Er betrachtete das Zimmer, soweit er es sehen konnte. Die zerstreuten Stücke des Ersatzobstes verwirrten ihn. Dann begriff er.

»Du bist hungrig!« rief er aus und vergaß dabei ganz, daß er sie nicht erschrecken wollte.

Sie stieß einen jammernden Laut aus und wich zurück.

Das Auge blinzelte und verschwand. Sie wollte weglaufen und sich verstecken, bevor es wiederkam. Aber es würde sie finden, dessen war sie sicher, und sie war so müde und hungrig. Vielleicht würde es ihr etwas zu essen geben. Der Gedanke erregte in ihr ein bitteres Lachen. Sie war sicher, daß es der Hunger war, der die Halluzinationen von Riesen und ihren ungeheuren Körperteilen erzeugte. Und dieser halluzinierte Riese sollte sie dann füttern? Sie verstand sich selbst nicht. Sie mußte tatsächlich irre sein.

Roger brauchte eine Viertelstunde, um ins Schlafzimmer zu schleichen, den Verkleinerer zu holen und dann in der Küche etwas zu essen zu finden, das er verkleinern konnte. Sie war inzwischen eingedöst, immer noch über den Tisch gebeugt, und stöhnte leise in ihrem Schlaf.

Er mußte eine der Wände entfernen und tat das vorsichtig, ohne sie aufzuwecken. Dann stellte er das Essen vor sie auf den Tisch: Obst und Gemüse, ein Stück Käse, einen Brotlaib und eine Sechserpackung Heineken-Bier. Er konnte ihre Körperwärme neben seiner Hand spüren und hatte ein starkes Verlangen, sie zu berühren, zu trösten. Er widerstand dem, es würde sie nur noch mehr erschrekken. Ein anderes Mal.

Er weckte sie, indem er ein wenig mit der Wand ratterte, als er sie zurück an ihren Platz schob. Sie zuckte zusammen und erwachte. Wie gelähmt starrte sie auf das Essen vor sich auf dem Tisch. Mit einem tiefen Seufzer ergriff sie eine Banane. Roger unterdrückte ein Kichern, als sie sorgfältig daran roch. Er wünschte er wäre dabeigewesen, als sie das falsche Obst probiert hatte. Sie mußte sehr hungrig gewesen sein.

Aber auch jetzt hatte sie einen guten Appetit. Sie stopfte die Banane sehr undamenhaft in den Mund, starrte zu ihm hinüber und schob den letzten Rest der Frucht mit der Faust in den Mund. Wie die Affen im Zoo. Dann warf sie die Schale auf den Tisch und sah wieder von ihm weg auf das, was vor ihr stand.

Ihre kleine Hand griff direkt nach dem Bier. Roger grinste. Das war jetzt das Beste für sie, voller Kalorien und anderer guter Sachen. Er sah ihr zu, wie sie die grüne Flasche öffnete und einen guten Schluck nahm. Es machte ihn ein bißchen durstig. Nicht zu schnell, wollte er ihr sagen, genieße es. Sie schien ihn zu hören, ohne daß er sprach, und hielt inne.

Dann sah sie auf den Flaschenverschluß in ihrer Hand, als hätte sie nie zuvor einen gesehen und warf ihn auf den Tisch. Noch ein guter Schluck, dann wischte sie sich den Mund mit dem Handrücken ab und stellte die Flasche hin, um zum Käse zu greifen.

Das Auge beobachtete sie, und sie behielt es aus den Augenwinkeln auch in ihrem Blickfeld. Es war nicht Dolly Hardestys Auge; das hier war braun und schien recht freundlich. Es hatte ihr zu essen gebracht.

Ihre Schwäche verschwand langsam. Sie begann das Essen in sich zu fühlen. Es füllte nicht nur das Loch in ihrem Magen, sondern auch das Zittern ihrer Muskeln verschwand und ihre Kopfschmerzen wurden besser. Es schmeckte herrlich. Sie genoß das Essen und verlangsamte es bewußt.

Sie trank die erste Flasche Bier mit einem großen befriedigten Seufzer aus. Er brachte die vermischten Aromen von Heineken, Bananen, Brot und sahnigem dänischen Käse wieder nach oben. Diesen Geschmack hatte sie schon immer gemocht, und auch jetzt war er wundervoll.

Sie blickte die Überreste ihres Festmahles an. Eine Platte aus der Tischdekoration nahm sie als Tablett, mit dem sie alles sicher in ihr Schlafzimmer schaffen konnte. Ein Salatkopf wollte ihr entwischen und rollte hinunter. Sie tat ihn wieder an seinen Platz zurück und verließ mit dem improvisierten Tablett das Zimmer. Langsam und vorsichtig erreichte sie ihren Raum. Es war ungeheuer gemütlich, wieder ins Bett zu klettern und dort ein Picknick mit noch mehr Bier, Brot und Havarti-Käse zu veranstalten. Als sie die zweite Flasche geleert hatte, fand sie die ganze Situation sehr amüsant. Sie rülpste laut und kicherte.

Das Auge, das sie beobachtete, folgte ihrem Weg. Es schaute durchs Schlafzimmerfenster, während sie den plötzlichen, unglaublichen Luxus eines vollen Magens genoß. Sie ignorierte es. Es war viel angenehmer, in einen leicht beschwipsten Schlaf zu fallen. Und falls sie von einer flüssigen braunen Sonne in einem Land aus Brot und Käse und von seltsamen teigigen Bananen träumte, würde sie es am nächsten Morgen vergessen haben.

Roger schaute ihr zu, bis sie eingeschlafen war. Das Modellhaus war noch immer erleuchtet wie für einen Staatsempfang. Er schaltete die Hauptsicherung ab. Plötzlich wurde ihm klar, wie müde er selbst war. Über dem Betrachten der winzig kleinen Frau hatte er ganz vergessen, daß es schon sehr spät in der Nacht war. Dolly würde ihm nicht erlauben, tagsüber zu schlafen. Sie hatte einen geschäftigen Tag für ihn geplant. Mit leichtem Groll im Herzen kroch er ins Bett.

Der nächste Tag begann miserabel. Ruta, das Dienstmädchen, beklagte sich bei Dolly, daß sie nicht kochen könnte, wenn ihr die Lebensmittel nachts gestohlen werden. Dolly stürzte sich auf Roger, bevor er noch einen Schluck Kaffee getrunken hatte, und beschuldigte ihn, seine Diät nicht eingehalten zu haben. Müde zeigte er ihr das Eßzimmer mit den beschmierten Wänden und dann Leynas Schlafzimmer, den Beweis, daß sie das Essen verschlungen hatte und nicht Roger.

»Bier!« rief Dolly. »Du hast ihr Bier gegeben?«

Sie mußte etwas finden, was sie ihm anhängen konnte, nachdem ihre erste Anschuldigung ins Leere gegangen war.

»Es ist voller Kohlehydrate und gutem Zeug«, verteidigte sich Roger.

»Sie sieht aber stockbetrunken aus!«

Roger schaute durchs Fenster. Leyna lag quer über dem Bett und schnarchte leise. Es roch eindeutig nach schalem Bier.

»Du mußt dich besser um sie kümmern«, murmelte er.

»Ich? Ich habe ihr kein Bier gegeben!«

»Nein. Ich meine, sie ist doch wirklich zu dünn. Sie muß wieder rausgefüttert werden und mehr Gewicht bekommen. Und Kleider. Sie braucht immer noch Kleider.«

»Ich werde ihr den Jogging-Anzug geben. Etwas anderes habe ich im Moment nicht.«

»Warum nicht Puppenkleider?«

Dolly dachte nach. »Gut, ich werde das prüfen.«

Roger starrte in seine Kaffeetasse. Schwarz und bitter und so füllend wie ein Windstoß.

»Okay«, seufzte er, »ich gehe jetzt in den Trainingsraum.«

Vielleicht konnte er sich davonstehlen und irgendwo einen Krapfen kaufen. Aber das Training machte ihm nichts aus. Während sein Körper beschäftigt war, konnte er viel besser denken. Das war ein seltsames Phänomen. Er sollte einmal in der wissenschaftlichen Literatur nachschauen und herausfinden, was da mit ihm passierte. Es hatte wahrscheinlich mit den guten alten Alphawellen zu tun, dachte er, aber das war nur die offensichtliche Entwicklung an der Oberfläche. Irgend etwas mußte diese Gehirnwellen ja erst einmal auslösen.

An diesem Morgen dachte er während des Trainings an Leyna. Er war mehr und mehr überzeugt, daß man sie ganz in Ruhe lassen sollte, damit sie sich an ihr neues Leben gewöhnen konnte. Sie sollte möglichst viel selber machen, die Wände sollten an ihrem Platz bleiben, und Dollys und seine Hände sollten sich aus dem Haus heraushalten. Es störte Leyna, wenn sie beobachtet wurde, daher sollte das Beobachten ganz unauffällig geschehen.

Die offensichtliche Lösung: Fernsehkameras verkleinern und sie installieren. Dolly würde angesichts der Kosten kreischen, denn es mußten gute Farbkameras sein, nicht die billigen Schwarzweißdinger, wie man sie zur Überwachung gegen Ladendiebe einsetzte. Eigentlich hätten sie es von Anfang an einplanen sollen.

Vielleicht wurde er langsam zu behäbig, aber zum Stehlen hatte er nicht mehr viel Lust. Er hatte Dolly, jedenfalls teilweise und manchmal. Und er hatte seine winzig kleine

Frau und seinen Verkleinerer. Das sollte für jeden vernünftigen Mann genug sein.

Roger befingerte die Puppenkleider, die Dolly gekauft hatte. Dolly nahm sie ihm weg und legte sie wieder in den Karton.

»Ich habe einen Brief von meiner Mutter bekommen«, verkündete er.

»Wie nett.«

Dolly interessierte sich nicht besonders für seine Mutter. Ein Blick auf das Foto, das er in seiner Brieftasche trug, hatte ihr klargemacht, daß es sich kaum lohnte.

Roger zog einen mehrmals gefalteten Brief aus seiner Jackentasche und glättete ihn nervös auf seinen Knien. »Ich glaube, ich sollte heimfahren und sie besuchen«, sagte er ernst.

»Oh, wundervoll.« Dolly setzte sich und drückte ihre Zigarette aus. »Ist sie denn krank oder so was?«

»Na ja, nein. Aber ich sollte schnell mal hinfahren und sie beruhigen. Sie macht sich Sorgen um mich.«

Dolly zog skeptisch die Augenbrauen hoch.

»Ich auch«, murmelte sie.

Roger seufzte und gab ihr das Blatt Papier. Widerstrebend ergriff sie es, verzog das Gesicht, als sie den Veilchenduft roch, und schüttelte es wie, um ein lästiges Insekt zu vertreiben.

Es war in einer feinen spinnenartigen Handschrift beschrieben; sie las:

Lieber Roger,
wie geht es meinem Baby in der großen bösen Stadt? Ich konnte nichts dagegen tun: nachdem Du letzte Nacht angerufen hattest, mußte ich einfach weinen. Man sollte doch denken, daß ich inzwischen daran gewöhnt bin, eine einsame alte Frau zu sein. Aber als Du aufs College gingst, da bist Du jedes Wochenende nach Hause gekommen. Ich

hatte nie das Gefühl, daß Du wirklich weg warst. Aber kümmere Dich nicht um mich. Ich bin eben nur eine einsame alte Frau ohne Ehemann und ohne Küken, die ich bemuttern könnte.

Mir geht es gut, ich habe nur ein bißchen Verstopfung. Ich habe Dr. Silverstein deswegen gefragt, und er meinte, in meinem Alter gäbe es schon einige Veränderungen, an die man sich gewöhnen muß. Ich habe ein neues Mädchen im Büro, das ich ausbilden soll, sie ist so dumm, aber was soll man anderes erwarten. Sie interessiert sich nur für ihre Frisur und ihren Freund.

Ich denke, ich kann mich schon noch erinnern, was das früher für mich bedeutete, obwohl ich so ein altes Fossil bin. Vielleicht war ich töricht, daß ich die Chancen ausgeschlagen habe, mich wieder zu verheiraten, nachdem Dein Vater uns genommen wurde, aber ich dachte eben, mein Junge braucht mich, und ich habe Dich immer an die erste Stelle gesetzt.

Vielen Dank für den Schal mit dem Apfel darauf. Er paßt sehr gut zu meinem rosa Hosenanzug, und ich komme mir wie eine richtige Weltreisende vor, wenn ich ihn trage. Die Mädchen im Büro fragen mich immer, ob ich ihn aus New York mitgebracht habe, aber ich sage nur: »Nein, ich bin noch nicht da gewesen, aber ich erwarte, daß Roger mich bald einlädt, sobald er sich erst mal dort eingerichtet hat.«

Nun, ich will Dir nicht noch mehr von Deiner wertvollen Zeit stehlen, Liebling. Ich mag die Postkarten sehr, die Du mir schickst, aber noch lieber wäre mir ein schöner langer Brief oder ein Anruf, oder noch besser, Du stehst eines Tages in der Tür, wenn ich von der Arbeit heimkomme. Das Abendessen ist sehr langweilig, wenn mein Junge nicht da ist und seine Witze macht.

Anschließend sitze ich vor dem Fernseher, bis es Zeit zum Schlafen ist, und keiner ist da, der mir Gesellschaft leistet. Und Du bist vielleicht mit einem hübschen Mädchen unterwegs, ihr eßt in einem feinen Restaurant und geht ins Theater oder so. Ich hoffe, Du lebst nicht über Deine Verhältnisse. Unsolides Leben rächt sich immer, Liebling. Vielleicht hältst Du mich für eine alte Spielverderberin, aber viele Mädchen sind nicht besonders nett, vor allem nicht in einer Stadt wie New York mit all den Homosexuellen und anderen bösen Menschen.

Nun, heute nacht will ich einmal versuchen, etwas zu schlafen. (Eine Frau, die nur drei Jahre älter ist als ich, ist drüben in ihrem Haus am Ocean View Drive ermordet worden, während sie schlief. Ein Einbrecher oder ein Sittenstrolch wahrscheinlich, das war letzten Donnerstag. Sie war eine pensionierte Lehrerin und ledig und lebte ganz allein.)

Vielleicht bringe ich auch die Energie auf und erledige morgen, was nötig ist. Die Fliegendrahttür ist ganz wackelig in den Scharnieren. Wenn ich sie nicht flicken kann, muß ich jemanden dafür bezahlen, und ich fürchte, das wird schrecklich teuer werden. Mit meinem Einkommen kann ich mir leider immer noch keinen mexikanischen Gärtner leisten.

Denk manchmal auch an Deine Mama, Baby. Sie denkt die ganze Zeit an Dich.

Alles Liebe

Mama

Dolly las den Brief mit roten Flecken auf den Wangen zu Ende. Sie faltete ihn und gab ihn Roger zurück.

»Schreibt sie immer in dieser Art?«

»Das ist der längste, den sie bisher geschrieben hat.«

Er schob den Brief sorgfältig wieder in die Brusttasche. »Sie ist einfach nicht daran gewöhnt, daß ich weg bin, jedenfalls nicht für so lange. Sie ist so abhängig von mir.«

»Findest du es klug, dieser offensichtlichen emotionalen Erpressung nachzugeben?«

Roger blickte störrisch. »Ich glaube, ich sollte heimfahren und sie ein bißchen beruhigen.«

»Wirklich?« Dolly stand auf und ging zum Fenster, von wo sie wütend auf das nächtliche Manhattan starrte. »Nun, ich möchte natürlich auch nicht, daß deine Mutter sich aufregt und das Zittern bekommt.«

Roger war enttäuscht. Er hatte gehofft, bei Dolly ein kleines bißchen Verständnis zu finden. Sein Entschluß zu seiner Mutter zu fahren, war ihm nicht leicht gefallen; er war hin- und hergerissen zwischen seiner Besorgnis um Leyna, seinem Verlangen nach Dolly und seinen Schuldgefühlen der Mutter gegenüber.

Er suchte nach Ausreden. »Ich muß meine Werkstatt ausräumen. Es gibt dort Sachen, die ich hier brauchen könnte, und es wäre nicht klug, sie dort zu lassen.«

Das beruhigte Dolly ein wenig.

»Du wirst dann in Zukunft hier arbeiten?«

»Wenn du eine Ecke für mich freiräumen kannst, das wäre fantastisch.«

»Das werde ich. Du wirst nicht lange wegbleiben, nicht wahr?«

Sie mußte ihn nur anschauen, und Roger gab nach.

»Höchstens eine Woche«, versprach er.

Sie lächelte und lehnte sich gegen ihn. »Wenn du nur nicht weggehst und mich vergißt wie einen alten Regenschirm.«

»Das ist nicht sehr wahrscheinlich, das weißt du auch.«

Roger legte die Arme um sie. Er war jetzt ein Agent, der seiner Frau Lebewohl sagt, um sich in ein verrücktes, aber Mut erforderndes Abenteuer zu stürzen. Er küßte sie sanft. So sollte sie sich an ihn erinnern, wie er mit dünnem Lächeln auf den Lippen so tat, als gäbe es eine Chance zum Überleben und zur Rückkehr.

Als sich die Tür hinter ihm schloß, zerschmetterte Dolly eine chinesische Vase auf den Kacheln des Kamins, die schon alt gewesen war, als Christus gekreuzigt wurde. Sie hätte ihn lieber angeschrien und auf seinem Kopf herumgetrampelt. Er nahm ihr den Verkleinerer fort! Wenn nun sein verdammtes Flugzeug abstürzte und er zerstört wurde? Was könnte sie dann tun? Er hatte kein Recht, ihn ihr wegzunehmen. Es war einfach nicht fair.

Später in der Ballettstunde arbeitete sie sich so ab, daß sie etwas ruhiger wurde. Das Mittagessen allein war tödlich langweilig. Sie hatte sich an Rogers törichtes Gesicht gewöhnt, das sie über die Avocados und die Krabben hinweg anstarrte. Die Wohnung schien so ruhig und leer, und sie wußte, daß sie sich einsam fühlte.

Sie hatte geglaubt, eheliche Gewohnheiten ein für allemal aufgegeben zu haben. Jetzt würde sie sich seltsam vorkommen, wie sie so ganz allein im Bett lag. Mit wem sollte sie reden, wem sollte sie die unwichtigen Dinge erzählen, die Tag für Tag passierten? Sie kannte dieses Gefühl von Verlust und Einsamkeit, sie hatte es schon früher durchgemacht. Es war nur eine Angewohnheit, tröstete sie sich, man konnte sie leichter loswerden als das Rauchen, mit dem sie jeden Tag ihren Mund und ihre Lungen verschmutzte.

Natürlich würde sie ihn im Bett vermissen. Er war sexuell so wunderbar anpassungsfähig. Als er zu ihr kam, war er ein unbeschriebenes Blatt. Sie hatte die Regieanweisungen darauf geschrieben, bis er plötzlich selbst jeden Trick raus hatte. Es war sehr amüsant gewesen; aber andererseits, wann war so etwas schon von Dauer? Soll er sich doch zu seiner Mutter verpissen und ihr Händchen halten!

Sie schlenderte zu dem Raum mit den Häusern und stand dort lange in der Tür. Es war gar nicht mehr ihr Raum. Roger hatte davon Besitz ergriffen. Er hatte am Weißen Haus einige wichtige Änderungen vorgenommen und es damit teilweise zu seinem gemacht. Und jetzt wollte er ihr auch noch Vorschriften machen, wie sie ihren Hausgast zu behandeln hätte.

»Laß sie in Ruhe«, hatte er gesagt, »sie muß erst lernen, in dieser neuen Welt zu leben.«

Dolly lief unruhig im Zimmer umher und versuchte, nicht auf das große Modellhaus zu blicken. Schließlich schaute sie doch durch das Fenster des Schlafzimmers. Der Raum war leer. Sie ging von Fenster zu Fenster. Wenn Roger doch nur schon die Kameras eingebaut hätte, von denen er dauernd sprach.

Schließlich fand sie Leyna im China-Saal, wo sie Portraits anschaute. Lucy hatte einen phänomenalen Teenager in Texas aufgetan, der die Gemälde des Weißen Hauses kopiert hatte. Das Portrait von Grace Coolidge, das Leyna gerade betrachtete, war ihm fast perfekt gelungen. Als Dolly durch das Fenster sah, spürte Leyna ihre Gegenwart und drehte sich zu ihr um. Keine der beiden Frauen schien überrascht zu sein.

»Das rote Kleid«, sagte Leyna mit ihrer hohen dünnen Stimme, »es ist das gleiche wie das hier.« Sie zeigte auf das Bild.

»Ja«, stimmte Dolly zu. »Schade, daß es nicht gepaßt hat.«

Leyna schauderte.

»Ich hol' dir deine Sachen«, bot Dolly an. Sie ging hinaus.

Als sie zurückkam, hatte sich Leyna wieder ins Schlafzimmer verzogen. Dolly öffnete ein Fenster und schob die sauber gefalteten Sachen ins Zimmer. Dann wartete sie ungeduldig darauf, daß die kleine Frau sich endlich ankleidete.

Nachdem die riesigen Finger verschwunden waren, hob Leyna das Kleiderbündel vom Boden auf. Sie erkannte es gleich: ihre Shorts, ein Hemd und ein Büstenhalter, die Sachen, die sie immer beim Joggen trug. Sie preßte sie an sich. Der erste konkrete Beweis, daß sie einmal in einer anderen Welt existiert hatte.

Das Auge erschien wieder am Fenster. Von irrationalen Schuldgefühlen gepackt, versteckte Leyna das Bündel hinter sich. Sie starrte das Auge an und war erschrocken über diese riesige gelatineartige Masse, die da durchs Fensterglas auf sie schaute. Schließlich hielt sie es nicht mehr aus. Sie sprang auf, lief ins Badezimmer und schlug die Tür hinter sich zu. Das war ein Fehler, sie war noch immer zu schwach. Die plötzliche Anstrengung ließ rote und schwarze Flecken vor ihren Augen tanzen, sie stolperte und sank auf dem Toilettensitz nieder. Ihr Magen rebellierte. Gerade rechtzeitig drehte sie sich noch um, schlug den Klodeckel hoch und erbrach ihr Frühstück.

Dann kniete sie neben der Kloschüssel und wünschte nichts sehnlicher, als zurück ins Bett zu schlüpfen und zu schlafen. Mit ohrenbetäubendem Lärm öffnete sich plötzlich eine der Wände. Sie schrie, eher aus Wut freilich als aus Angst. In dem kleinen Badezimmer gab es keinen Platz, wo sie sich verstecken konnte; sie saß in der Falle.

Das Auge war nun Teil eines Gesichts, das so groß war wie die Wand, deren Platz es jetzt einnahm. Die Nase war so groß wie ein Mensch, so groß wie sie selbst. Ein großer klaffender rotgeränderter Mund stieß übelriechenden Atem aus.

»Du sollst dich nicht vor mir verstecken!« brüllte Dolly sie an.

Leyna legte die Hände auf die Ohren. Tränen strömten über ihre Wangen.

Etwas freundlicher wurde ihr befohlen: »Zieh dich an, dann setze ich auch die Wand wieder ein.«

Leyna stöhnte. Spucke lief ihr übers Kinn. Sie zog sich an der Badewanne hoch. Die Knoten, mit denen sie das

Bettlaken um sich drapiert hatte, waren hart und steif. Als sie versuchte, sie zu lösen, brach sie einige Fingernägel ab und schürfte ihre Fingerknöchel auf. Nach ein paar Minuten lag endlich das Laken zu ihren Füßen. Sie zitterte und hielt unbewußt die Hände vor ihre Blöße.

»Na, wir sind doch beide Mädchen«, sagte Dolly. »Zieh dich an.«

Leyna versuchte sich zu erinnern, was sie früher mit ihrer Kleidung gemacht hatte. Der Büstenhalter war dabei am schwierigsten, es war ein Sportmodell ohne Verschluß, das im ganzen über den Kopf gezogen wurde. Dann folgten die Shorts und das Hemd, und sie war fertig.

»Kleines Biest«, schalt Dolly, »trägt keine Unterhöschen wie ein anständiges Mädchen, was? Allzeit bereit, oder?«

Leyna schüttelte heftig den Kopf. Sie war kein unanständiges Mädchen, aber sie hatte nicht mehr genug Speichel im Mund, um ihre Empfindlichkeit bezüglich ihrer Sportkleidung zu erklären.

»Hier ist noch etwas.«

Leyna schaute auf. Ihre Jogging-Schuhe und die Socken, säuberlich hineingestopft, lagen auf der Spitze von Dollys riesigem Zeigefinger.

Dolly summte vor sich hin, als sie die Wand wieder einsetzte. Leyna kroch zurück ins Bettt und zog die Decke über sich.

Dolly hielt den Atem an und betrachtete sie. Sie lächelte und spielte mit einem Päckchen Zigaretten, zündete aber keine an. Sie hatte kein Bedürfnis zu rauchen. Endlich hatte sie etwas, das ihr wirklich Spaß machte.

9

Die Fliegentür hing schief in den Angeln. Roger nahm sich vor, sie vor seiner Abreise zu richten. Seine Abwesenheit zeigte sich auch an anderen Stellen in ähnlicher Weise, meist in kleinen Dingen.

Er ließ seinen Kleidersack auf der Veranda und ging hinein. Nur den Verkleinerer gab er nicht aus der Hand. Das Haus war leer und still, wie er es geplant hatte; es gab ihm ein bißchen Zeit, in Ruhe alles durchzusehen, bevor seine Mutter von der Arbeit heimkam.

Er öffnete den Kühlschrank. Sie hatte ihn für den verlorenen Sohn vollgestopft. Er zögerte einen Moment und konnte sich nicht zwischen einer dünnen Pfeffersalami und einem Glas Soleier entscheiden. Dann nahm er doch die Salami, öffnete eine Dose Bier und trottete die Stufen zu seiner ›Festung der Einsamkeit‹ hinunter.

Seine Abwesenheit zeigte sich in der Werkstatt an der Staubschicht, die überall lag. Er schaute rasch alles durch und merkte sich, was er mitnehmen wollte, was weggeworfen werden konnte und was er vernichten mußte. Am nächsten Morgen wollte er in einem Supermarkt ein paar Kartons besorgen.

Oben hörte er die Tür sich quietschend öffnen, und dann ertönte das Klippklapp der halbhohen Absätze seiner Mutter. Er lief die Treppe hinauf und rief fröhlich: »Mami, bist du das?«

An jenem Abend gingen sie in ein schickes Restaurant in einem großen neuen Einkaufszentrum. Sie schwatzte; er fiel ohne Mühe in die alte Gewohnheit zurück, ihr zuzuhören, ohne sie zu hören. Er beugte sich über sein Steak und kaute genußvoll. Zwischendurch trank er von dem teuren, säuerlich schmeckenden Wein.

Plötzlich merkte er, daß sie schon einige Zeit zu sprechen aufgehört hatte. Er blickte auf und sah, daß sie ihn mit Tränen in den Augen anschaute.

Er wischte sich den Mund ab und kam sich vor wie ein Todkranker, dem man seinen Zustand verschweigt.

»Ist was, Mutter?« fragte er, es fiel ihm nichts anderes ein.

Langsam und sorgenvoll schüttelte sie den Kopf. Dann langte sie über den Tisch, ergriff seine Hand und preßte sie. Roger rutschte unruhig auf dem Stuhl hin und her und hoffte, daß niemand im Restaurant ihnen zusah.

»Ich bin ja so froh, daß du wieder daheim bist«, schniefte sie. Dann verbarg sie ihr Gesicht in ihrem Taschentuch und dämpfte so ihr Schluchzen.

Roger konnte nichts dazu sagen. Es schien wohl kaum der richtige Augenblick, um ihr zu sagen, daß er zurück an die Ostküste ging, sobald er seine Sachen hier geregelt hatte.

Sein letzter Tag zu Hause war für seine Mutter ein Arbeitstag, aber sie nahm sich frei, um ihn verabschieden zu können. Das war das wenigste, was sie für ihn tun konnte, dachte sie, wo er doch so hart gearbeitet hatte, um das Haus wieder in Ordnung zu bringen.

Innerhalb einer Woche hatte er all die kleinen Reparaturen im und am Haus erledigt, die nötig waren. Er brachte ihren Wagen zur Inspektion und gab seinen einem Händler, um ihn zu verkaufen; er hatte während seiner Abwesenheit in der Garage gestanden. Nachdem er seinen Raum im Keller ausgeräumt hatte, schickte er einige unverdächtig aussehende Kartons an Dollys Adresse in Manhattan und fuhr einige Wagenladungen von diesem und jenem zu Abfallcontainern bei verschiedenen Einkaufszentren. Er achtete darauf, daß das alles während der Arbeitszeit seiner Mutter geschah, und hoffte, daß sie nichts merkte. Was sie fühlen würde, wenn sie erst sah, daß sein Klubhaus im Keller leer war, daran mochte er gar nicht denken.

Er stellte seinen Kleidersack auf die Veranda. Sonst hatte er nichts zu tragen, nur noch den Verkleinerer in seiner Lederhülle, der um seinen Hals hing wie ein exotisches Amulett. Auf der Straße stand schon der Mietwagen.

Seine Mutter wartete im Wohnzimmer, das mit heruntergezogenen Sonnenrollos mitten am Tag düster erschien. Er stand neben der Tür und hatte das Gefühl, er müsse loslaufen, um ihr zu entkommen.

Schließlich durchbrach sie die stumme Spannung zwischen ihnen wie einen Nähfaden, den sie mit scharfen Zähnen durchbiß.

»Du kommst nicht wieder zurück, nicht wahr, Roger?«

Und er hatte sich immer eingeredet, daß Mütter keine Gedanken lesen könnten.

»Sei nicht komisch, Mami, natürlich komme ich wieder«, log er.

»Du hast alle deine Kleider mitgenommen«, sagte sie anklagend.

Er zuckte die Schultern. »Sie waren mir viel zu weit. Ich habe sie zur Heilsarmee gebracht.«

»Und dein Auto hast du auch verkauft.«

»Das habe ich dir doch erklärt. Es lohnt sich nicht, es hier stehen zu haben. Es ist billiger, wenn ich mir jedesmal, wenn ich hier bin, eines miete.«

»Deine Bücher hast du auch weggegeben.«

»Nur die Kinderbücher. Die anderen, soweit ich sie noch brauchen konnte, habe ich nach New York geschickt. Wo ich arbeite.«

»Und wo du auch leben wirst. Du wirst dort bleiben und nie wieder zurückkommen.« Ihr Kinn zitterte.

»Ich bleibe, solange ich den Job dort habe. Meine Güte,

Mutter, ein Job ist ein Job. Ich habe Monate gebraucht, ihn zu finden, und er ist gut.«

»Sprich nicht so zu mir, Roger. Ich bin noch immer deine Mutter und kann etwas Respekt erwarten.«

»Entschuldige, Mami«, murmelte er.

»Warum kann ich nicht zu dir ziehen?«

Das war's, die Katze war aus dem Sack. Diese Frage hatte er am wenigsten hören wollen.

»Im Moment geht es nicht«, sagte er, »vielleicht später, wenn ich eine anständige Wohnung habe und eingerichtet bin. Und wenn wir einen guten Preis für das Haus hier bekommen. Und falls ich dann genug verdiene, damit du nicht mehr arbeiten mußt.« Ihm fielen keine weiteren Bedingungen mehr ein, obwohl er danach suchte.

Sie schaute ihn mißtrauisch an. Panik stieg in ihm auf. Aber schließlich war er doch erwachsen; es war sein Leben, verdammt. Spät genug begann es ohnehin.

»Es ist eine Frau, nicht wahr?« sagte sie plötzlich. Ihre Augen blickten ihn durchdringend an, als ob sie die Wahrheit aus ihm herauslesen wollten. »Deshalb bist du so dürr und hast all diese schicken neuen Sachen.«

Roger errötete. »Mama«, protestierte er.

Das sagte ihr genug. Sie wendete den Kopf ab in stummem Eingeständnis, daß sie den unerklärten Krieg um ihren Sohn verloren hatte.

Er näherte sich ihr vorsichtig und küßte sie auf die Wange, die sie ihm hinhielt. Sie war kalt und schlaff, aber trocken. Er war erleichtert darüber. Sie ließ ihn am Ende doch ohne Schwierigkeiten gehen.

Während er zum Fughafen fuhr, gingen ihm widerstreitende Gedanken durch den Kopf. Welchen Platz konnte sie denn in seinem neuen Leben einnehmen? Er hätte ebensogut auf einem anderen Planeten leben können. Was würde Dolly denn mit ihr anfangen? Nein, er konnte nicht zu ihr heimkehren, nicht für immer. Er schrak vor zukünftigen Besuchen zurück, es würde bedeuten, in der Vergangenheit zu versinken wie in einem Teerfaß von Schuld. Seine Wahl war getroffen. Ein Mann mußte sein eigenes Leben führen.

Der Gedanke an Leyna lenkte ihn schließlich ab. Bevor er weggeflogen war, hatte er Nahrung für eine Woche verkleinert. Nicht mehr. Das sollte ein Zeichen für Dolly sein, daß er wie versprochen zurückkehren wollte.

Leyna zu ernähren, war ein größeres Problem geworden, als sie erwartet hatten. Ruta beschwerte sich über die Invasionen in ihre Küche. Er hatte einen kleinen Kühlschrank und einen Mikrowellenherd in dem Raum mit den Modellhäusern installiert, so daß er das Essen für ihren winzigen Gast ungestört zubereiten konnte. Wenn Leyna stark genug war, für sich selbst zu sorgen, wollte er Kühlschrank und Herd verkleinern und im Weißen Haus aufstellen.

Roger fühlte auf einmal, wie sehr er sich auf die Rückkehr freute. Auf die Rückkehr zu Leyna.

Als sie erwachte, stand Essen auf einem Tablett: Steak, Kartoffeln, Grünzeug, ein Stück Kuchen. Alles schon ein wenig kalt und abgestanden, als habe jemand es schon Stunden vorher zubereitet und dann nur rasch aufgewärmt.

Sie aß es trotzdem. Selbst wenn sie gekonnt hätte, sie hätte es nicht zurückgehen lassen. Hunger ist ein guter Verwerter.

Es schien, als ob die schreckliche Hungersnot nun endlich aufgehört hätte. Zum Zwischendurchessen gab es eine Schüssel mit Obst, eine Dose Plätzchen und gesalzene Nüsse.

Sie fühlte sich viel besser, nachdem sie anständig gegessen, etwas geruht und ihre eigenen Kleider angezogen hatte. Ein Bedürfnis nach Bewegung überkam sie. Sie verließ das Schlafzimmer und wanderte durch das Haus. Es war ihr weiterhin unheimlich; dauernd stieß sie auf etwas, das sie wiedererkannte, aber noch unheimlicher war es, etwas nicht da zu finden, wo man es erwartet hatte, eine Tür zum Beispiel, einen Tisch, eine Vase oder einen Teppich.

Schließlich fand sie die Küche. Sie war im untersten Geschoß des Hauses direkt neben der Wäscherei, die darauf eingerichtet schien, große Mengen Wäsche zu waschen. Alles war im Vorkriegsstil gehalten. Die Wäscherei erinnerte sie an die im Haus ihrer Großmutter in Chicago, die ebenfalls vor dem Zweiten Weltkrieg ausgestattet worden war; es fehlte jedoch der Geruch nach Waschmitteln und Bleiche. Die riesige altmodische Küche war ohne alle Nahrungsmittel. Wenn sie sie vorher schon gefunden hätte, dann hätte sie trotzdem glatt verhungern können. Wie die Wäscherei deutete nichts darauf hin, daß sie schon einmal benutzt worden wäre. Verwundert ging sie wieder nach oben.

Sie fühlte sich eingesperrt. Durch einige der Fenster hatte sie grünes Gras und Büsche gesehen. Sie ging zu einer der Terrassentüren auf der Südseite.

Als sie ins Freie trat, wehte ihr frische duftende Luft entgegen. Erst jetzt bemerkte sie, wie sehr sie diese vermißt hatte. Auf dem Rasen vor dem Haus stand ein Karussell.

Sie ging nach links den Parkweg hinunter, drehte sich um und blickte zurück auf das Haus. Eine Baumgruppe stand dort, wo beim echten Weißen Haus ein Seitenflügel war. Und die anderen Gebäude, die man vom Park des Weißen Hauses aus sah, waren auch nicht da. Sie war verwirrt. Das Äußere des Bauwerks ähnelte tatsächlich exakt dem Weißen Haus, nur war es kleiner, kompakter, dem ursprünglichen Gebäude aus dem 19. Jahrhundert näher als das heutige, das sie gut kannte. Das hier mußte eine Kopie sein, und sicherlich stand sie nicht in Washington.

Sie blickte zurück auf das Karussell, und plötzlich erinnerte sie sich an das merkwürdige Verschwinden des Karussells im Central Park. Das war ein paar Tage vor ihrem Unfall gewesen. Der Gedanke an den Unfall brachte sie zu einem plötzlichen Halt. Ihr Magen zog sich zusammen, und ihre Beinmuskeln verkrampften sich.

Sie zwang sich weiterzugehen und näherte sich dem schmiedeeisernen Zaun. Sie wollte sehen, was dahinter lag. Leichte Panik überkam sie, als sie hinter dem Zaun nichts erkennen konnte. Als sie ihn erreichte, berührte sie ihn. Kalt, nicht ganz glatt, auf jeden Fall Eisen. Vorsichtig steckte sie eine Hand durch die Ornamente. Ihre Fingerspitzen stießen auf eine harte, glatte, kalte Oberfläche. So weit sie sehen konnte, gab es diese Art Mauer. Sie drückte dagegen, spürte aber kein Nachgeben. Als sie versuchte zu erkennen, woraus diese Mauer bestand, erblickte sie nur ihr eigenes, sehr schwach gespiegeltes Abbild. Zornig und ängstlich schlug sie mit der Handfläche dagegen. Nichts bewegte sich, nur ihre Hand tat weh.

Sie ging über den Rasen zurück zum Haus und versuchte, die Tränen zurückzudrängen. Auf den Eingangsstufen setzte sie sich nieder. Es mußte doch eine Erklärung geben. Wenn ihre Angst doch nur endlich nachließe und sie wieder klar denken könnte!

»Ist was nicht in Ordnung?« dröhnte Dollys Stimme.

Leyna zuckte zusammen. Sie hatte noch immer Tränen in den Augen und wischte sie rasch ab, um wieder klarer sehen zu können; doch das Wesen, das da zu ihr sprach, wollte sie eigentlich gar nicht sehen.

»Du solltest dich schämen!«

Heißer Atem wehte zu Leyna hinüber, als Dolly sich über sie beugte. Leyna hob abwehrend die Hände.

»Eine Menge Leute haben kein so schönes Zuhause wie du. Eine Menge Leute bekommen auch nicht so gutes Essen wie du.«

Das dumpfe, knirschende Geräusch ertönte, das immer die Entfernung einer Wand begleitete.

»Schau dir das an!« rief Dolly voll Ekel. »Was für eine Schweinerei. Dieses Zimmer ist eine Schande. Als ob hier eine Herde Säue gehaust hätte!«

Eine Hand, eine riesige Hand tauchte auf und ergriff Leyna mit zwei Fingern um die Taille.

Ihr Schrei endete abrupt, als sie brutal auf das Bett geworfen wurde.

»Ich bin nicht dein Dienstmädchen«, fuhr die Stimme fort, »du wirst dieses Zimmer jetzt saubermachen, und zwar sofort. Ich habe mir so viel Mühe gegeben, es zu etwas Besonderem zu machen. Und das nicht, damit du es ruinierst. Du bist nichts Besonderes, hörst du?«

Leyna kniete auf dem Bett und sah den Raum an, als sähe sie ihn zum erstenmal. Er war tatsächlich schmutzig und unordentlich, viel schmutziger und unordentlicher, als sie ihn verlassen hatte. Das Tablett war umgestürzt, das schmutzige Geschirr und die Essensreste waren auf dem Teppich verstreut. Die Laken waren vom Bett gerissen worden, und die Handtücher, die sie im Bad auf den Halter gehängt hatte, lagen als schmutziger, feuchter Haufen neben der Badezimmertür.

»Raus aus dem Bett, du faule Fotze.« Ein riesiger Finger stieß ungeduldig nach ihr und traf sie am Kopf. Sie fiel um.

Wie ein in die Enge getriebenes Tier kroch sie in den entferntesten Winkel des Bettes. Das Haar hing ihr wild ins Gesicht, und sie schrie mit hoher, dünner Stimme: »Heute ist nicht mein Geburtstag!«

Dolly gluckste. Es klang wie eine Brandungswelle, die über Felsbrocken rumpelt.

Eine Stunde später war der Raum tadellos sauber. Die Decke war glatt und fest über das Bett gezogen, die Handtücher hingen ordentlich im Bad. Das Tablett war gewaschen, sauberes Geschirr stand darauf. Leyna hatte sich auf den Teppich gekniet, die Krumen mit den Fingern aufgelesen, die Kaffee- und Essensflecken mit einem Waschlappen entfernt. Jetzt saß sie neben dem Kamin in einem Lehnstuhl, hatte die Hände im Schoß gefaltet und blickte leer vor sich hin. Die Wand wurde wieder entfernt. Dolly tauchte an ihrer Stelle auf, eine neue Wand, die sich, Vorhängen gleich, bewegte und die atmete.

»Ich habe ganz vergessen«, sagte sie ruhig, »dir saubere Wäsche zu geben.«

Eine Hand erschien und ließ einen Stapel Bettwäsche und Handtücher auf den Boden fallen. Mit einem Finger zog sie die Decke vom Bett und riß die Kissen und Laken auseinander. Die Handtücher wurden von ihren Stangen gezogen und wie von einem Wirbelwind im Zimmer verstreut. Leyna duckte sich, war aber nicht schnell genug; ein nasses Handtuch traf sie voll ins Gesicht. Diesmal lachte Dolly tief aus ihrem Bauch heraus. Es klang wie ein Zug, der durch einen Tunnel rumpelte.

Der große Krieg hatte begonnen.

Am Spätnachmittag erwachte sie. Sie hatte auf der zerwühlten Bettdecke geschlafen, aber Dolly war nicht zurückgekehrt, um das Schlafzimmer noch einmal zu inspizieren. Ihre Blase war voll, und sie war hungrig.

Sie ging zur Toilette. Als sie fertig war, zog sie mit der einen Hand die Hose hoch, mit der anderen betätigte sie die Kette der Wasserspülung. Zu ihrer Beruhigung rauschte das Wasser aus dem Kasten über ihr.

Sie wusch sich die Hände, spritzte etwas Wasser über ihr Gesicht und begann ein Glas zu füllen. Ihr Mund war vom Schlaf ausgetrocknet. Plötzlich blieb das Wasser weg, als das Glas gerade halb voll war. Sie drehte den zweiten Hahn auf. Nichts.

Verwirrt schaute sie in die Toilettenschüssel. Es war Wasser darin, aber der Pegel war sehr niedrig. Sie kaute nachdenklich auf der Unterlippe. Bei wem sollte sie sich beschweren?

»Mist«, murmelte sie.

Sie warf sich aufs Bett. Eine Orange konnte für den Moment ihren Durst stillen und ihr zugleich etwas neue Energie geben. Sie suchte sich eine aus und begann, das Fleisch auszusaugen.

Leyna entschloß sich, dem Wasserproblem auf den Grund zu gehen. Soweit sie sich erinnern konnte, war das Weiße Haus nicht an die normale Wasserleitung angeschlossen. Es besaß eigene Reservoirs, die mit Tankwagen versorgt wurden. Aber das half ihr wohl kaum weiter. Sie war ja nicht im richtigen Weißen Haus, sondern in einer unheimlichen Kopie.

Trotzdem, sie mußte etwas tun. Sie ging hinunter zur Küche, um nach Werkzeug zu suchen. In einem Schrank fand sie einen Schraubenschlüssel, in einem anderen ein Federmesser. Sie wickelte beides in eine Stoffserviette und suchte nach einem Zugang zu den Kellerräumen, wo sich die Hauptwasserleitung befinden mußte.

Doch das Haus hatte offenbar keinen Keller. Nirgendwo war ein Zugang zu entdecken. Enttäuscht kehrte sie zur Küche zurück. Diese war natürlich sauber, fleckenlos, leer. Woher ihr tägliches Brot eigentlich kam, konnte sie nur vermuten. Bestimmt nicht von hier.

Sie verscheuchte die Gedanken rasch. Sicher, es sah so aus, als werde ihr Essen von Riesen gebracht, aber das war nur das Produkt ihrer verwirrten Einbildungskraft, die Folge von Unfallschock und Krankheit. Sie mußte einfach davon ausgehen, daß ganz normale Leute ihr das Essen auf Silbertabletts brachten. Nur ihr eigenes, verwirrtes Hirn machte sie zu riesigen Monstern.

Sie trug den Schraubenschlüssel und das Federmesser

zurück zu ihrem Schlafzimmer und verbarg das Messer unter ihrer Matratze. Dann leerte sie die Obstschale auf dem Bett aus und nahm sie mit ins Badezimmer, um sie zum Unterstellen unter die Wasserleitung zu benutzen.

Fast eine Stunde mühte sie sich mit dem Rohr am Waschbecken ab, aber trotz des Schraubenschlüssels gelang es ihr nicht, es zu lösen. Schließlich warf sie enttäuscht das Werkzeug hin und schleuderte die silberne Obstschüssel quer durchs Zimmer gegen die Wand. Sie fiel scheppernd und mit einer tiefen Delle zu Boden.

Vielleicht hatte sie mehr Glück mit dem Kasten der Toilettenspülung. Falls sie daraus etwas Wasser bekam, konnte sie das im Notfall trinken.

Hier ging es leichter. Das Rohr ließ sich vom Porzellantank lösen; sie hielt die Schüssel darunter, und fast ein Liter rostig aussehendes Wasser kam heraus, das meiste davon nicht aus dem Kasten, sondern aus seinen Zulaufröhren, die sich gurgelnd entleerten. Sie schob die Schüssel mit dem Wasser in den Kleiderschrank.

Langsam wurde es dunkel. Wenn es keinen Keller mit einem Wassertank gab, dann blieb eigentlich nur noch das Dach. Aber das mußte bis zum nächsten Morgen warten, wenn es wieder hell war.

Sie schaltete das Licht an, machte ihr Bett und kroch hinein. Die Hände taten ihr von der ungewohnten Arbeit weh, ihre Nägel waren abgebrochen. Sie war schmutzig und roch nach saurem Schweiß.

Am nächsten Morgen aß sie zum Frühstück wieder etwas Obst. Sie konnte fühlen, wie sich in ihrem Mund wunde Stellen von der Fruchtsäure bildeten. Ihr Leib fühlte sich aufgebläht an. Sie mußte auf die Toilette. Dann stieg sie zum Dach hinauf.

Außer Atem, schmutzig und schmierig von Schweiß erreichte sie nach langer Suche das Dach. Ein weißer Tank stand da. Er war aus einem halb durchsichtigen Material.

Sie konnte das Wasser darin sehen, er war zu drei Vierteln voll. Der Tank war rechteckig und lag auf einer seiner langen Seiten. Ein Ende war eckiger als das andere, dieses andere war flachgedrückt und hatte ein Paar symmetrisch angebrachter Nippel. Das eckige Ende besaß eine Vorrichtung, durch die der Wasserablauf kontrolliert wurde. Eine Art riesiger Hahn. Leyna scheuerte sich die Handflächen auf, als sie versuchte, ihn zu drehen. Schließlich gelang es ihr. Mit beruhigendem Gurgeln schoß Wasser in die nach unten führende Leitung.

Sie schaute sich den Tank von allen Seiten an. Auf einer Seite schien eine Art Aufschrift zu sein, sie mußte ein paar Schritte zurücktreten, um sie zu lesen. *O-A-K-H-U-R-S-T* stand da und dann vertikal: *M-O-L-K-E-R-E-I.* In kleineren Lettern horizontal darunter: FETTARME MILCH. Sie wunderte sich. Es war natürlich möglich, dachte sie, daß jemand einen ausgedienten Milchtank als Wassertank in sein Haus einbaut. Aber sie hatte noch nie einen halb durchsichtigen Milchtank gesehen, der so offensichtlich dazu noch aus Plastik war. Für sie sah das aus wie ein ins Riesige vergrößerter Milchbehälter von der Art, wie man sie im Laden kauft.

»Scheiße«, seufzte sie laut. Scheiße hörte niemals auf, nicht wahr?

Leyna lag gerade in der Badewanne, als die Wand wieder entfernt wurde. Sie fuhr zusammen, versuchte aber, ihre Panik zu kontrollieren. Die Riesin Dorothy starrte sie an.

»Hier stinkt es.«

»Das Wasser war abgestellt!« rief sie.

Sie setzte sich gerade in der Wanne auf und schüttelte ihre seifige Faust in gedankenlosem Ärger. Die Beschuldigung stimmte ja. Sie hatte die Toilette schließlich spülen können, aber der Gestank war geblieben und durchzog noch immer den Raum.

Dolly hörte nicht auf ihren Einwand. »Das stinkt wie ein ganzer Käfig voller Mäuse.«

Ihre Hand kam herunter und suchte herum.

»Wo ist meine Obstschale?« fragte Dolly.

Ohne auf eine Antwort zu warten, suchte sie unter dem Bett, in der Kommode und im Schrank. Hier fand sie sie.

»Was?« zischte sie. »Die ist ja eingedellt!«

Leyna zitterte, als sie den Zorn in der Stimme spürte.

»Dafür bekommst du noch deine Strafe«, murmelte Dolly.

Für Leyna klang es wie Donnergrollen. Das Badewasser war plötzlich kalt und klamm.

»Räum diesen Schweinestall hier auf, du faules Stück, dann bekommst du Frühstück.«

Leyna stieg aus dem Bad und trocknete sich rasch mit zitternden Fingern ab. Ihre Hose und ihr Hemd waren schmutzig. Sie hatte sie in der Badewanne waschen wollen, bevor sie von Dolly gestört wurde.

Sie hatte keine Zeit, ein Handtuch umzulegen, daher lief sie nackt hinüber ins Schlafzimmer und machte ihr Bett.

Der Schatten der Riesin fiel erneut über sie, als Dorothy inmitten eines herrlichen Geruchs von Tomaten, Knoblauch und Olivenöl zurückkam. Ihre Hand schob ein Tablett mit einem Warmhaltedeckel neben das Bett. Der Duft nach Pasta und Tomatensauce machte Leyna fast schwindlig.

Sie hob den Deckel. Der herrliche Duft hatte nicht getrogen, selbst die ölglänzenden Blätter des Salates hatten ihr eigenes delikates Aroma. Ein kleiner Extrabonus war dabei. Eine Flasche Chianti mit einem Zettel daneben. Trotz ihres Hungers war Leyna neugierig. Post, dachte sie und grinste. Sie faltete den Zettel auseinander und las fünf maschinengeschriebene Worte: *Bon appétit, Dein Freund Roger.*

»Du wirst dich verbrennen, wenn du das Zeug hier im Evaskostüm ißt«, verkündete die Riesin fröhlich.

Haß auf dieses Wesen schnürte Leyna die Kehle zu.

»Du kannst dich bei Roger für das Festmahl bedanken. Er findet dich niedlich.«

Leyna versuchte sie zu ignorieren, ergriff die Gabel und begann, Nudeln einzuschaufeln. Ein Finger langte nach ihr und berührte ihre linke nackte Brust, bevor sie zurückweichen konnte. Sie sprang weg, aber der Finger folgte ihr gnadenlos.

»Niedlich kleine Titten. Das findet Roger jedenfalls«, murmelte die Stimme der Riesin in einem seltsam flachen Ton.

Der Finger glitt an Leynas Bauch herab und kraulte ihre Schamhaare.

Ganz plötzlich und mit aller Kraft, die sie aufbringen konnte, stieß Leyna die Gabel, die sie immer noch in der Hand hielt, in den Finger.

Die Riesin schrie auf und zog den Finger hastig weg. Laute Flüche folgten.

Wie betäubt von ihrer eigenen Tat starrte Leyna auf die Gabel in ihrer Hand. Sie verpaßte die Gelegenheit, sich zu verstecken. Die Hand kam rasch zurück und stieß sie brutal auf das Bett. Leyna sah die kleinen roten Blutstropfen auf dem Zeigefinger, rot wie die lackierten Nägel.

»Böses Mädchen.« Die Hand entwand ihr die Gabel.

Leyna schloß resigniert die Augen. Wenn sie bis zehn zählte, würde die Riesin vielleicht verschwunden sein.

Aber die Hand kam zurück. Leynas nackte Beine wurden auseinandergeschoben, der Finger trennte sie mühelos voneinander. Leyna schrie und schrie, aber der Finger ließ sich nicht stören bei seinen Erkundungen. Die Riesin Dorothy summte ein Riesinnenlied dabei.

Nach einiger Zeit wurde Leyna wieder sich selbst überlassen. Sie rollte sich auf dem Bett zusammen und schob den Daumen in den Mund. Der Geruch der kalt gewordenen Spaghetti hing in der Luft.

»Aber Püppchen«, sagte die Stimme von Dorothy in gespielter Überraschung, »warum bist du denn so empört? Du magst wohl nicht so klein sein? Ich hätte gedacht, das müßte dir ganz natürlich vorkommen. Auf dem Fernsehschirm bist du doch auch nicht größer, oder?«

Tränen strömten aus Leynas geschlossenen Augen. Sie verlor das Bewußtsein.

Sie wachte in völliger Dunkelheit wieder auf. Ihr Bewußtsein war wieder klar. Sie fürchtete sich nicht. Um sich herum konnte sie die Leere spüren, die Leere von Dolly Hardesty Douglas' Modell des Weißen Hauses. Sie wußte jetzt, daß sie darin gefangen war.

10

Irgend etwas Furchtbares war Leyna zugestoßen. Irgendwie hatte Dorothy Hardesty Douglas sie verrückt gemacht. Oder kleiner. Sie schob diese Möglichkeit beiseite. Sie war verrückt, ganz einfach verrückt, und diese spezielle Verrücktheit versetzte sie in Dollys verdammtes Modellhaus.

Sie erinnerte sich an den Zwischenfall auf der Museumsgala. Eine nebensächliche Sache, aber Dorothy war in die Luft gegangen, nur weil Leyna gewagt hatte, ihren kindischen Kosenamen zu benutzen. Damals war es ihr so unwichtig vorgekommen. Eine kleine Gemeinheit eben, ein Krallenzeigen.

Und jetzt? Eine kleine Sache paßte nicht ganz. Dolly, die Riesin Dorothy, hatte sich über sie lustig gemacht. Würde ihr eigenes Bewußtsein das denn tun, wie verrückt es auch immer war? Aber andererseits hatte wohl nicht einmal Dorothy die Macht, erwachsene Menschen auf die Größe einer Puppe, eines Spielzeugs zu reduzieren. Das war unmöglich.

Leyna wandte sich dem Tablett auf dem Fußboden wieder zu. Die Gabel war nicht mehr da, also nahm sie die Hände und achtete nicht auf die Schweinerei. Der Wein war lauwarm und säuerlich, aber sie trank ihn direkt aus der Flasche und ignorierte das Glas, das daneben stand.

Irgendwie hing alles mit ihr selbst zusammen, entschied sie, als sie das weiche Zeug in sich hineinstopfte. Sie hatte ihr eigenes verrücktes Gefängnis errichtet und dabei Teile und Bruchstücke einer feindseligen Beziehung benützt, die im Hinblick auf ihr Leben eigentlich nichts weiter bedeutete. Die Riesin Dorothy war nur eine irrsinnige Metapher, ihre gegenwärtige Existenz ein selbstgedichtetes verrücktes Stück Poesie. Anfangs hatte sie geglaubt, daß ihr Geist sich von dieser Halluzination selbst wieder würde heilen können. Jetzt war sie da nicht mehr so sicher.

In den nächsten Tagen schien der Krieg beendet. Vielleicht war es auch nur ein Waffenstillstand. Sie war sich nicht sicher, auf jeden Fall fühlte sie sich weiterhin krank. Ihre Mahlzeiten kamen regelmäßig, und die Riesin Dorothy erschien immer nur kurz und ohne Drohungen. Manchmal hörte sie, wie die Riesin vor sich hin summte, dann stieg Furcht in ihr auf. Aber nichts passierte. Dorothy sprach nicht zu ihr. Die Tage erhielten einen neuen, normaleren Rhythmus.

Leyna aß oft, immer nur kleine Portionen, und schlief lang und traumlos. Als sie sich ein wenig stärker fühlte, spazierte sie durch die angrenzenden Räume, ging aber nie bis zum Aufzug. Sie lauschte oft auf sein Geräusch, aber er bewegte sich nie. In anderen Zimmern des dritten Stocks fand sie ein paar Bücher und nahm sie mit, um sich die Zeit zu vertreiben. Das Fieber und der Schüttelfrost hörten langsam auf. Ihr Haar fiel auch nicht mehr aus, wie es das in der letzten Zeit getan hatte.

Nach ein paar Tagen bekam sie auch Kleider, die ihr paßten. Sie waren häßlich und schlecht verarbeitet, aber sie hielten sie warm. Sie amüsierte sich darüber, daß das genau die Sorte Kleider war, die sie als Kind ihren Barbie-Puppen angezogen hatte, von einem billigen Chic, der eher zu Plastikfiguren paßte als zu ihrer jetzigen knochigen Figur.

Da sie sich nun besser fühlte, kehrte auch die Langeweile bei ihr ein. Zwar hatte sie die paar Bücher, aber sie blätterte nur noch in ihnen herum und schob sie meist rasch wieder zur Seite. Sie hatte sonst nichts, um sich abzulenken, und mußte immer wieder über ihre Situation nachdenken. Keine angenehmen Gedanken, sie erzeugten nur Kopfschmerzen.

Sie fühlte sich, als ob sie seit dem Tag, als sie auf der Promenade den Touristen mit seiner Kamera erblickt hatte, einer ständigen Folter unterworfen gewesen war wie eine Fliege, die von einem sadistischen kleinen Jungen gefangen worden war. Ein Riesenpaar war ihr in verrückten Visionen erschienen, außer ihnen hatte sie keine anderen menschlichen Wesen gesehen. Sie fühlte sich einsam.

Ihr Verstand beharrte darauf, daß alles, was ihr in diesem seltsamen Doppelgänger des Weißen Hauses zugestoßen war, nur das Produkt ihres eigenen kranken Geistes gewesen sei. Und diese Spaltung ihres Denkens war auch nicht unlogisch: Anscheinend war ja vielen Geisteskranken bewußt, daß sie krank sind. Aber trotzdem waren ihre Visionen ganz wundervoll stimmig. Wenn es wirklich nur Halluzinationen waren, dann war es ihr gelungen, eine winzige Welt zu erschaffen, in der sie von Riesen gefangengehalten wurde. Die Details waren so genau beschrieben wie in einem guten realistischen Roman. Vielleicht hatte sie ihren Beruf verfehlt und gehörte gar nicht vor die Fernsehkamera, sondern hinter eine Schreibmaschine, wo sie sich Welten erträumen konnte.

Ihre Finger fuhren über die Bettdecke. Sie konnte die Steppnähte fühlen. Mit geschlossenen Augen benutzte sie ihre anderen Sinne, um die Welt um sich zu erforschen. Der schwache Duft des Frühstücks, der immer noch über dem Tablett hing, der Geruch nach Seife aus dem Bad, die Mischung aus Rosenduft und anderen Spezereien, die den Kleiderschrank und die Kommodenschubladen erfüllte. Der Geruch des Sonnenscheins selbst, ein wenig staubig; er erinnerte an ein heißes Bügeleisen. Sie fühlte seine Wärme auf der Haut. Unter sich spürte sie das Bettuch, an ihren Füßen das glatte Holz des Bettpfostens. Alles, was sie berührte, bestätigte ihre eigene Existenz: Ihre Zehen waren warm und ein wenig ledrig, ein Luftstrom bewegte die daunengleichen Härchen auf ihnen. Der glatte Stoff der Steppdecke streichelte ihre weiche Haut, und durch dieses Streicheln wurde sie sich der Muskeln bewußt, die gespannt und blutwarm unter der Haut lagen. Ihre Sporthöschen waren eng über dem Hinterteil und im Schritt etwas weiter, so daß die warme Luft dort eindringen konnte und ihre schimmernden Schamhaare umfächelte. Sie spannte die Bauchmuskeln an: Es hatte einmal eine Zeit gegeben, bevor sie in diesem Haus gelandet war, da hatte sie einen Ehemann gehabt – und Liebhaber. Sie berührte ihre Brüste, wog das Hemd mit den weichen Rundungen in ihren Händen, und plötzlich fühlte sie ein schmerzendes Verlangen in ihnen, sie konnte aber nicht sagen, wonach. Vielleicht nach den Liebkosungen eines Liebhabers, nach dem Mund eines Kindes, nach dem Einströmen von Milch, nach einem Messer. Tränen tropften über ihre Wangen und zogen Linien durch ihr Gesicht. Sie kostete den salzigen Geschmack auf ihren Lippen, es fühlte sich gut auf der Zunge an. Ihre Schultern schmerzten und ihr Genick, als trüge sie eine zu schwere Last, und doch erinnerte der Schmerz sie an ihre Muskeln, an das gute und treue Fleisch ihres Körpers. In eine Haut gekleidet, die wundervoller in ihrer Textur und in ihren Eigenschaften war als jeder Stoff, die atmete und schwitzte und alles fühlte, was es zu fühlen gab. Sie sog zitternd Luft in ihre Lungen und hörte das Hämmern ihres Herzens, das das heiße Blut durch ihren Körper pumpte.

»O Gott«, wimmerte sie und schlang die Arme um sich. Sie rollte sich langsam auf dem Bett zusammen. »O Gott.«

Die Agonie ging vorüber. Erschöpft (wie ein Säugling nach langem Schreien) lag sie in der Windstille, die dem Sturm ihrer Emotionen folgte. Das Mittagessen kam, aber sie bemerkte es nicht, bis die Düfte zu ihr drangen. Sie zog sich in eine sitzende Position hoch und aß langsam und mit Genuß den Spinat mit Käse, Toast und Leberpastete.

Dazu gab es einen kalifornischen Wein, einen Riesling, der seidig die Kehle hinabfloß. Sie nahm sich zusammen und trank nur zwei Gläser, nachdem sie die Wirkung des ersten bis hinab in ihre Schenkel und Knie fühlte. Sie verkorkte die Flasche fest und versteckte sie in der Kommode. Dort versteckte sie auch den Korkenzieher, der scharf genug war, um damit in ihre Fingerspitze zu stechen – wie sie durch einen Versuch herausbekam.

Sie rollte sich unter der Bettdecke zusammen und tat, als ob sie schliefe. Nach etwa einer Stunde hörte sie, wie die Riesin Dorothy zurückkam. Sie schien über irgendwas erfreut zu sein und summte vor sich hin. Leyna hielt den Atem an, als Zigarettenrauch über sie hinwegzog. Nachdem das Tablett weggenommen worden war und im Raum wieder Stille herrschte, blieb sie trotzdem noch eine Weile ruhig liegen. Sie wollte sicher sein, daß ihre Feindin nicht gleich wieder zurückkehrte.

Schließlich kroch sie unter ihrer Decke hervor und holte das Federmesser und den Korkenzieher aus der Kommode. Sie zog den Stecker der Nachttischlampe heraus und schabte mit dem Messer den schwarzen Plastiküberzug von der Schnur. Nachdem sie das blanke Metall ein ganzes Stück freigelegt hatte, wickelte sie das Kabel um die Lampe und versteckte beides unter dem Bett. Mit etwas Glück würde Dorothy ihr Fehlen gar nicht bemerken.

Sie räumte auf, verbarg ihre Werkzeuge und nahm ein langes, ausgiebiges Bad. Im Kleiderschrank, der jetzt voller Barbie-Kleider war, fand sie nichts, was sie hätte anziehen mögen. Sie streifte deshalb wieder ihre Shorts und das Hemd über.

Das Abendessen kam. Die Riesin Dorothy roch sehr stark nach Parfüm, als sie es brachte. Leyna kam es so vor, als sei ihr Gesicht besonders sorgfältig geschminkt. Vielleicht wollte sie an diesem Abend ausgehen. Das war bequem für Leyna, vielleicht zu bequem.

Das Essen war diesmal ein Festmahl: Truthahnbrust, wilder Reis, Kürbispüree, junge grüne Erbsen, die wie kleine Jadeperlen aussahen, Essiggemüse, Roggenbrötchen mit Butter und zum Nachtisch Bananen mit kandierten Nüssen und Vanilleeis. Dazu gab es Roséwein und eine große Kanne Kaffee. Leyna schob den Wein beiseite und genoß den Kaffee aus einer zierlichen Porzellantasse.

Später putzte sie ihre Zähne und wartete geduldig auf Dorothys Rückkehr. Das Licht wurde schwächer, der Raum wurde dunkler, aber die Riesin kam nicht, um das Tablett zu holen. Das war nicht ungewöhnlich; sie hatte das Abendessentablett schon früher über Nacht in Leynas Zimmer gelassen. Anscheinend war sie wirklich ausgegangen, dachte Leyna fröhlich.

Mit dem Federmesser und dem Korkenzieher in den Händen, begann sie die zweite Phase ihres Krieges. Sie fing mit den Kissen an, sie zerfetzte sie, bis die Federn durch den Raum schwebten. Weiter ging es mit der gestickten Polsterung der beiden Stühle und den Fenstervorhängen. Es war anstrengend, machte aber riesigen Spaß, die schweren Stoffbahnen herabzureißen und sie in langen Streifen zu zerlegen. Schließlich zog sie das Bettzeug vom Bett und stapelte es in der Mitte des Zimmers auf.

Sie warf das Tablett mit dem Geschirr auf den Teppich, trampelte darauf herum und zerschmetterte das Porzellan an der Wand. Es gab ein schönes, befriedigendes Geräusch.

Der Raum wurde immer dunkler. Es war Zeit, sich um die wirkliche Arbeit zu kümmern. Sie holte die Lampe unter dem Bett hervor und schloß sie an. Dann zerriß sie eine Nylonbluse, häufte die Fetzen auf das blanke Metallkabel und knipste die Lampe an.

Leyna schob das Messer und den Schraubenzieher in

den Gürtel, holte die Flasche mit dem Riesling aus dem Schrank und auch noch den Roséwein. Dann zog sie los. Sie zerschnitt Tapeten im Haus, zerfetzte Polster und schnitzte obszöne Wörter in Möbel. Als sie die Weinflasche ausgetrunken hatte, zerschmetterte sie damit einen Spiegel. Sie kicherte manchmal dabei vor sich hin, aber zum größten Teil vollzog sich ihr Zerstörungswerk in einem stummen, keuchenden Zorn.

Als auch der Roséwein ausgetrunken war, legte sich ihre Hysterie. Ihr Bauch verkrampfte sich. Sie zog ihre Shorts hinunter, ging in die Hocke und urinierte mitten auf den Teppich. Dann setzte sie sich in einen der eleganten zierlichen Lehnstühle. Das Federmesser war von seinem Gebrauch ein wenig stumpf geworden, und ihre Hände zitterten, aber sie fand die Schlagader an ihrem linken Handgelenk ohne viel Mühe. Sie schloß die Augen und lehnte sich zurück. Von irgendwo vermeinte sie einen Rauchgeruch zu spüren.

»Auch eine Geburtstagsfeier...«, flüsterte sie. »Alles Gute, liebe Leyna, alles Gute für mich...«

Sie öffnete die Augen und starrte auf den Kronleuchter, der wie eine riesige Geburtstagstorte über ihr hing. Sie glaubte, er schwinge hin und her und flackere, aber dann wurde ihr klar, daß es nur ihre eigenen verlöschenden Augen waren, die diesen Eindruck erzeugten. Irgendwo in ihrem Kopf verdunkelten schwarze Explosionen ihren Blick. Sie hörte etwas, das ein tropfender Wasserhahn hätte sein können, aber ihre Nase belehrte sie, daß das, was da tropfte, warm, salzig und kupferartig war. Sie fühlte, wie es auf ihre nackten Füße lief. Mit großer Erleichterung fiel ihr ein, daß sie ja gar nicht Geburtstag hatte.

In dem Schlafzimmer im dritten Stock begannen die Stoffetzen um das nackte Stromkabel herum zu glimmen. Es gab eine schwache Explosion, als die Hitze stark genug war, um die Nylonfasern in Flammen ausbrechen zu lassen. Das Haus war gut möbliert, es gab eine Menge brennbares Material. Das Feuer breitete sich aus und verschlang Kleidungsstücke, Holz, Leim und Farbe. Es brannte zwanzig Minuten, bevor die Rauchsensoren, die in der Decke der Wohnung angebracht waren, Alarm schlugen, und dreißig, bevor das automatische Sprinklersystem den Raum unter Wasser setzte.

Es war ein gut funktionierendes Löschsystem. Das Feuer war bald aus, und die Sensoren, die keinen Rauch und keine Hitze mehr spürten, stellten das Wasser wieder ab. Zwar war der ganze Raum ein Chaos und stank nach nassem, verbranntem Holz, Dollys Weißes Haus war eine triefende Ruine, der Rest ihrer wertvollen Sammlung war ebenfalls beschädigt, aber das Apartment und das ganze Hochhaus waren sicher. Kein Mensch würde durch dieses Feuer sterben. Leyna starb, wie sie es geplant hatte, durch Blutverlust.

Niemand hatte den Feueralarm gehört. Zofe und Herrin waren beide abwesend. Der Geräuschschutz zwischen den einzelnen Apartments war mehr als ausreichend. Erst der Morgen würde die Geschehnisse der Nacht enthüllen.

Dolly kam erst gegen zehn. Die Wohnung war unnatürlich ruhig. Sie zitterte unwillkürlich, aber, so entschied sie, das war wohl nur die Nachwirkung des Kokains. Es sah Ruta eigentlich nicht ähnlich, einfach nicht zur Arbeit zu kommen, aber sie hatte davon gesprochen, einen Freund zu besuchen, und war wohl hängengeblieben.

Dolly, die sich ohne Roger gelangweilt hatte, war zu einer Abendeinladung gegangen und hatte dort einen alten Freund getroffen, einen französischen Schallplattenproduzenten. Armand hatte einen hübschen Jungen bei sich gehabt, und der Rest hatte sich dann einfach ergeben. Sie fühlte sich prächtig. Wie hatte sie sich nur einbilden können, daß sie alt sei? Sie fing ja gerade erst an.

Sie blickte in den Spiegel und fand, sie sehe ein wenig übernächtigt aus. Roger würde am Abend zurück sein, aber es gab sonst wenig zu tun. Sie konnte schlafen und abends wieder frisch und unschuldig aussehen. Aber zuerst mußte sie den kleinen Liebling füttern. Roger würde bemerken, wenn sie Leyna vernachlässigte. Er würde sie vielleicht damit bestrafen, daß er sich weigerte, weiterhin den Verkleinerer für sie zu benutzen und ihr noch mehr hübsche kleine Dinge zu verschaffen.

Es traf sie ohne Vorwarnung. Der hermetisch verschlossene Modellraum hatte sein Geheimnis gut bewahrt, bis sie ihn aufschloß und die Türe öffnete. Sie sah direkt auf das Weiße Haus. Einen Moment lang nahm sie nichts wahr. Dann stieg ihr der Gestank verbrannten, nassen Holzes in die Nase.

Wie eine Schlafwandlerin ging sie auf das Haus zu, glitt in einer Wasserpfütze aus und rutschte gegen das Hausmodell. Ungläubig streckte sie die Hand aus. Ihre Finger faßten in schwarze, teerige Asche. Sie wischte sie angeekelt an ihrem Abendkleid ab.

Dolly beugte sich vor und blickte in die Eingangshalle. Dort saß Leyna zusammengekauert in einem Stuhl. Dunkle Flecken waren auf dem Boden darunter zu sehen, dunkel und rot. Auch der Stuhl war mit derselben Substanz bespritzt. Es gab so viel davon, dachte Dolly, für so ein winziges Ding.

»Gute Reise«, flüsterte sie. »Ich bin froh, daß ich dich kaputtgekriegt habe.«

Tränen stiegen in ihre Augen, nicht vor Schmerz, sondern vor Wut.

»Was ist passiert?« fragte er, als sie ihm den kleinen Körper in einer Schachtel zeigte. Seine Stimme war genauso tot wie die winzig kleine Frau.

Dollys Hand zitterte, als sie die Schachtel in seine

Hände legte. Sie tastete blind nach der Zigarette, die sie ein paar Sekunden zuvor niedergelegt hatte.

»Ich weiß es nicht. Sie machte den Eindruck, in Ordnung zu sein. Jedenfalls hat sie regelmäßig gegessen.«

Er schien sie nicht zu hören. Seine Augen irrten wie im Fieber über das Weiße Haus. Er befingerte die zerfetzten Vorhänge, die zerkratzten Möbel, die Rußflecken wie ein Pathologe, der eine Autopsie vornimmt. Als er Dolly endlich anblickte, lag Anklage in seinen Augen.

Sie sagte nichts zu ihrer Verteidigung, sie glaubte, ihre beste Waffe sei, selber schockiert und unschuldig zu erscheinen.

Seine Hand traf ihr Gesicht. Sie war erstaunt, daß es weh tat, und fiel rückwärts gegen das Sofa. Seine Stimme traf sie mit fast der gleichen Wucht.

»Was ist passiert, verdammt noch mal?«

»Ich weiß es wirklich nicht. Sie hat durchgedreht, nehme ich an.«

Er wandte sich von ihr ab, um auf den kleinen Körper zu starren.

»Ich habe sie nicht abhalten können. Wenn jemand sterben will, kann ihn keiner davon abhalten.«

Roger setzte sich plötzlich in den nächstbesten Sessel und bedeckte die Augen mit den Händen.

»Es ist alles dein Fehler«, brach es aus Dolly heraus. »Du hast ihr das angetan. Du hast was Falsches gemacht!«

Er sank in sich zusammen, erfüllt vom Bewußtsein der eigenen Schuld. Nun konnte Dolly wieder nett zu ihm sein. Sie rückte näher und streichelte seinen Nacken mit den Fingerspitzen.

»Wir werden ihr ein schönes Begräbnis geben«, murmelte sie.

Er seufzte.

»Hör zu, Liebling«, fuhr Dorothy fort, »wir haben eine

Menge daraus gelernt. Das nächste Mal wird es besser klappen.«

Es würde kein nächstes Mal geben, versprach Roger sich selbst, während er auf die winzig kleine Frau in der Schachtel starrte.

Dolly fühlte, wie er sich von ihr zurückzog. Es machte ihr angst. Sie brauchte neue Mieter für ihr Modellhaus, wenn es erst einmal repariert war. Roger mußte sie ihr besorgen, darum würde sie sich schon kümmern. Aber jetzt mußte sie die Situation erst einmal entschärfen, mußte Rogers offensichtlichen Schmerz besänftigen. Wie bei einem Kind, dem der Goldhamster krepiert ist, sagte sie beruhigend zu sich selbst, das vergißt auch ganz schnell. Und sie wußte, wie sie ihn seinen eigenen Namen vergessen lassen konnte, ganz zu schweigen von dieser winzig kleinen Frau. Sie wußte, wie.

11

Roger begrub sie an der Westseite des Weißen Hauses; er legte neben einer Gruppe von Trauerweiden einen Grabhügel an. Dolly erlaubte ihm, in der Nähe einen kleinen Brunnen zu errichten. Danach verlor er alles Interesse an dem Haus. Er könne es ohnehin nicht reparieren, behauptete er, dazu sei er nicht geschickt genug.

Dolly war wütend, aber sie konnte nichts dagegen tun. Wenn sie ihn zur Reparatur zwingen würde, könnte es passieren, daß er das Haus noch mehr ruinierte. Sie mußte sich damit zufrieden geben, den Wasserschaden in dem Knusperhäuschen zu beseitigen. Das hatte nicht direkt unter einem der Sprinkler gestanden und war nur ein bißchen naß geworden. Das Glashaus war am einfachsten zu säubern: Ein Fensterputzmittel und eine Rolle Küchenpapier reichten aus, und natürlich genügend Geduld. Bald glitzerte es wieder im Licht.

Roger warf sich ganz auf das Fitness-Programm, das von Dollys Club angeboten wurde. Er hörte sogar auf, heimlich Bier und Pizzas in sich hineinzustopfen, und aß Rutas kalorienarme Kost, als schmecke sie ihm wirklich. Seine Bücher und Geräte trafen aus Kalifornien ein. Er richtete sich in dem kleinen zweiten Schlafzimmer des Apartments eine Werkstatt ein und verbrachte dort viele Stunden damit, geheimnisvolle Änderungen an seinem Verkleinerer vorzunehmen. Niemand durfte den Raum betreten, auch Dolly nicht. Er hatte ein neues Schloß an der Tür angebracht und trug den Schlüssel stets bei sich.

Dolly versuchte ihn durch ihre Verführungskünste von seinem Schmerz abzulenken. Der dramatische Instinkt, der Sex mit Roger so pikant machte, durchbrach schließlich auch die Grenzen, die die Kostüme und Filmrollen ihm gesetzt hatten. Zuerst erwies er sich als brillanter Improvisator, dann, ganz plötzlich, steuerte er sie in eine Runde von plötzlichen, stummen, manchmal gewaltsamen Intimitäten, in deren Verlauf Roger seine Dominanz etablierte. Immer öfter wurde Sex zu einer gegenseitigen rituellen Vergewaltigung.

Die Modellhäuser standen verlassen hinter verschlossenen Türen. Das Weiße Haus begann nach Schimmel zu riechen. Dolly konnte es kaum ertragen, den Raum zu betreten. Der Ruin ihres Stolzes und ihrer Freude deprimierte sie. In solchen Augenblicken brauchte sie Roger und den Trost, den sie mit ihm im Bett fand.

Der Sommer hielt sie in ihrem Apartment gefangen, in der Hitze ging sie kaum aus. Sie suchte nach Abwechslung und kam auf die Idee zu verreisen, als ob die Welt woanders schöner und grüner sei. Für eine Weile wenigstens wollte sie wegfahren. Wenn sie aus einem angenehmeren Traum erwachte, war vielleicht ein Wunder geschehen und ihr Haus war wieder ganz.

In der Zwischenzeit, so beauftragte sie Ruta, sollte das Apartment gründlich gereinigt und renoviert werden. Das Schlafzimmer sollte ganz neu eingerichtet werden.

»In Purpurrot«, sagte sie träumerisch zu ihr.

Erst auf dem Weg zum Flughafen fragte Roger, den Verkleinerer im Schoß, wohin sie denn eigentlich fliegen würden.

»England«, sagte sie zerstreut und wühlte in ihrer Handtasche nach Zigaretten. »Ich habe dich doch gebeten, deinen Reisepaß mitzubringen, nicht wahr?«

Sie flogen mit einem gewöhnlichen Jet, die Concorde war lange im voraus ausgebucht gewesen. Roger konnte nicht schlafen, er aß geduldig, was die Stewardeß anbot, und schaute den Film an. Eine Komödie, aber er brachte es zu nicht mehr als einigem halbherzigen Kichern. Seine gewöhnliche Melancholie setzte wieder ein, sie war dick und schwer wie die Wolken, die er durch das kleine Flugzeugfenster sah.

Er schaute seitwärts auf Dolly. Der Schlaf war nicht gerade galant zu ihr. Die dünnen Falten waren plötzlich gröber, die dunklen Flecken unter ihren Augen auf einmal nicht nur die romantische Andeutung langer Erfahrung. Nein, sie sah wie eine Fünfundvierzigjährige aus, verwöhnt, verdorben und verfickt. Man konnte schon die nächsten zehn, fünfzehn Jahre in ihrem Gesicht erkennen, konnte die alte Frau schon ausmachen, zu der sie langsam wurde. Ein alter, schlechtgelaunter Affe, dachte Roger, sie sah tatsächlich ihrem Vater immer ähnlicher.

Er starrte auf die Filmleinwand, ohne hinzusehen. Schließlich schloß er die Augen und stellte den Sitz zurück. Er war noch nie in England gewesen. Außer einigen Trips nach Mexiko als Teenager hatte er noch keine Erfahrungen im Ausland, und damals hatte er regelmäßig Dünnschiß bekommen. Seine Mutter hatte weise genickt und ihm geraten, daraus ein für allemal seine Lehren zu ziehen.

Aber England war etwas anderes. Seine Mutter würde nichts dagegen haben, wenn er in dem alten Mutterland etwas Kultur auftankte. Der Gedanke an seine Mutter verdrängte das Bild von Dorothy. Roger gab sich das stumme Versprechen, sie von London aus anzurufen. Mit der Zeit würde sie sich schon an ihr neues Leben gewöhnen.

Die Zeitverschiebung traf sie beide hart. Die ersten drei Tage waren beherrscht von Schlaflosigkeit, Kreuzworträtseln und ungeschicktem Sex, der zu keinem guten Ende führte. London war grau und kühl, wie es seinem Ruf entsprach; der Wechsel von New Yorks feuchter Hitze war drastisch genug, um Roger eine richtige Sommererkältung zu verpassen. Dolly rauchte ununterbrochen, was Rogers Augen und seine Nase noch mehr laufen ließ, bis er schließlich in das zweite Schlafzimmer der Hotelsuite umzog. Zu dem Schnupfen gesellte sich noch ein Husten. Dolly war nicht unglücklich darüber, das Bett für sich allein zu haben.

Nach einiger Zeit fühlte sie sich etwas besser und ging aus. Der hustende Roger langweilte sie. Als sie zurückkam, folgte ihr ein Hotelboy, der ihre Einkäufe schleppte. Wie alle anderen Hotelangestellten, die Roger bisher erblickt hatte, war er ein Inder; die gesamte Hotelbelegschaft schien aus Asiaten zu bestehen. In den vier Tagen, die er nun in England war, hatte Roger praktisch keinen Angelsachsen zu Gesicht bekommen. Es war ein Schock.

Der Einkaufstrip hatte Dolly aufgeheitert. Sie bestellte Essen aufs Zimmer, Seezunge und Reis, dazu Tee mit Honig und Zitrone für Rogers Erkältung. Roger bewunderte die Kleider, die sie gekauft hatte.

»Laß uns ein bißchen aus London rausfahren«, schlug Dolly vor. »Du solltest mehr von dem echten England sehen.«

»Hm«, sagte Roger unverbindlich. Bislang hatte er von London nicht mehr gesehen als das, was man auf der Taxifahrt vom Flughafen ins Hotel zu Gesicht bekam, und die Themse von ihrem Zimmerfenster aus. Es sah schon ganz echt aus, und wenn sie versicherte, das sei England, wollte er ihr schon glauben.

Am nächsten Tag fuhren sie mit dem Zug von der Waterloo Station nach Salisbury. Dort schleppte sie ihn zu einem Bus, der nach Stonehenge fuhr, und erklärte, sie wolle die prähistorischen Ruinen besichtigen. Der Bus schützte sie zwar vor dem Regen, der nicht aufhören wollte, aber er war mit Touristen überfüllt, die den Regentag ausnutzen wollten, um etwas für ihre Bildung zu tun. Die Atmosphäre im Bus wurde bald zu einer unerträglichen Mischung von feuchtem Zigarettenrauch und schlechter Luft. Roger fühlte sich wie in einem lecken Unterseeboot, dessen Besatzung seit Wochen nichts als Bohnen gegessen hatte.

In Stonehenge standen sie im Regen herum, zitternd und mit tropfenden Nasen, und schauten sich etwas an, das Roger wie ein riesiger japanischer Steingarten vorkam. Dolly schien das nichts auszumachen, sie gedieh in der Feuchtigkeit wie manche Pilze. Sie schleppte ihn zum Bus zurück, um etwas zu besichtigen, das Longleat genannt wurde.

Das stellte sich als ein großes, zugiges altes Bauwerk heraus, das der Reiseführer ›ein stattliches Anwesen‹ nannte. Sie wanderten mit einer Gruppe Touristen umher, die ständig Bilder knipsten, welche am Ende doch unterbelichtet und unscharf sein würden. Roger fand es vernünftiger, ein paar Postkarten und ein Buch über den Platz zu kaufen, die er seiner Mutter schicken wollte. Allein die Briefmarken würden sie schon beeindrucken.

Als es Zeit war, wieder in den Bus zu steigen, zog Dolly ihn beiseite. Sie grub ihre Fingernägel in sein Handgelenk.

»Los, verkleinere das Ding«, zischte sie und zeigte auf die massiven Steinquader von Longleat. Roger griff instinktiv nach dem Verkleinerer und umklammerte ihn. Der Spaß war weit genug gegangen, entschied er.

»Bist du irre geworden?« zischte er zurück. Er befreite seinen Arm aus ihrem Griff, stieß sie zur Seite und bestieg den Bus. Dort warf er sich in einen Fenstersitz. Sie setzte sich steif neben ihn. Auf dem Weg zurück würde sie wohl nicht mit ihm sprechen. Vielleicht war das mal eine angenehme Abwechslung.

»Du mußt einfach ein paar Leute kennenlernen«, beschloß Dolly. Roger grunzte und erinnerte sich an ihren letzten Vorschlag, den Ausflug, der ihn noch kränker gemacht hatte. Er zog die Bettdecke zum Kinn. Seit zwei Tagen war er nur zum Pinkeln aus dem Bett gewesen. Die plötzliche Aussicht auf geselliges Beisammensein begeisterte ihn nicht.

Dolly führte ein langes Telefongespräch mit jemandem und benutzte dabei einen fürchterlich affektierten Akzent.

»Wir sind zum Tee eingeladen«, verkündete sie dann. »Du wirst sie mögen. Sie ist eine ganz alte Freundin von mir und ein richtiger Schatz, wenn sie nicht gerade ein gemeiner Besen ist.«

Die alte Freundin, so stellte sich heraus, war wirklich alt. Roger kam es vor, als sei die Zeit zurückgedreht. Sie nahmen den Tee in einem Salon mit hoher Decke. Am Kamin brannte ein Feuer, obwohl die Temperatur draußen inzwischen ganz angenehm war, wenn auch noch diesig. Die Steinwände des zerfallenden alten Gebäudes waren sicher meterdick, spekulierte Roger, daher war es wohl auch so kühl und klamm in den Räumen.

Aber vielleicht bewahrte diese Kühle auch nur die alte Dame vor dem Verfall. Sie war bestimmt schon fünfundachtzig, und eine Krankenschwester mit Pferdegesicht und weißem Flügelhäubchen bediente sie. Die Pflegerin goß den Tee ein, da die alte Dame offenbar zu schwach war, selbst eine riesige silberne Kanne zu heben, und Dolly plapperte daher.

»Lady Maggie«, hatte Dolly sie vorgestellt. »Weiler.« Bedeutungsvolle Pause. »Nicks Mutter.«

Das ließ Roger aufhorchen. Sie mußte Weiler im letztmöglichen biologischen Augenblick zur Welt gebracht haben. Jetzt war sie ganz zusammengeschrumpft, wie alte Damen das oft sind, und war nicht einmal so groß wie die zierliche Dolly. Aber ihre Augen waren lebendig und glänzten, und sie brauchte keine Brille. Sie trug ihre Haare wie eine Kappe um den Schädel, kurz und flach mit spitzen Löckchen, die ihre rotgeschminkten Wangen betonten. Das Rot war zu hell. Auch bei seiner Mutter war das oft so; Roger überlegte, ob vielleicht die Hauttönung bei Frauen mit dem Alter wechselte und sie das einfach nicht merkten. Aber vielleicht sahen sie auch einfach nicht mehr gut genug, um ihr Make-up richtig hinzukriegen.

Ihr Kleid war recht tief ausgeschnitten, aber das wirkte trotz ihres Alters nicht grotesk. Ihre Haut bildete vielmehr den pergamentenen Hintergrund für die Kette, die sie um den Hals trug, ein massives Arrangement aus Perlen, Diamanten, die sicherlich ein kleines Vermögen wert waren, Glasperlen von einer seltsamen silberblauen Färbung und Gold mit Emailornamenten. Eine verkürzte Fassung des gleichen verwirrenden Schmucks hing an ihren Ohrläppchen. Roger dachte, der Schmuck müsse unbequem und schwer sein, aber Lady Maggie saß kerzengerade, ihr Kopf war ruhig. Nur ihre Hände zitterten manchmal ein bißchen, und dabei blitzten und glitzerten die dicken, juwelenübersäten Ringe an ihren Fingern. Ihre Handgelenke waren erstaunlich schmal und jugendlich; an ihnen trug sie keinen Schmuck.

Lady Maggie und Dolly redeten über Leute, über Orte und über Sachen, von denen Roger nichts wußte. Die alte Frau versuchte ihn ins Gespräch zu ziehen, und auch Dolly richtete manchmal eine geistvolle Bemerkung an ihn, aber seine Aufmerksamkeit wurde von den Süßigkeiten auf dem Teetisch angezogen. Er konnte zur Unterhaltung ja doch nicht viel mehr beitragen als höfliches Brummen, und das konnte er auch mit vollem Mund.

Die Pflegerin kam und ging, sie schien sehr um die alte Dame besorgt. Offenbar war Lady Maggie doch schon recht gebrechlich. Dolly hatte ihm erzählt, daß sie nur noch selten Gäste empfing. Nach einer Weile schickte sie die Pflegerin davon; ihre Besorgnis schien sie nervös zu machen.

Ein wenig später stieß Dolly ihn in die Seite. Roger fiel fast aus seinem Sessel, als er sie sagen hörte: »Roger, mein Lieber, könntest du nicht ein Foto von Lady Maggie machen?«

Die alte Frau lachte. »Vielleicht das letzte, was, Dorothy? Aber ich bin nicht eitel, soll doch die Nachwelt ruhig sehen, was für eine Ruine ich geworden bin. Setz dich neben mich, dann kommen wir zusammen drauf.«

Roger umkrampfte den Verkleinerer in der Fototasche. Plötzlich brach ihm der Schweiß aus. Er hätte den Riemen der Tasche am liebsten um Dollys dünnen Hals geschlungen. Was fiel ihr nur ein, verdammt noch mal?

»Na, so was«, stieß er hervor, »ich habe gar keinen Film bei mir.« Er errötete.

Dolly blitzte ihn an. Die alte Dame blickte enttäuscht, anscheinend war sie doch eitler, als sie behauptet hatte.

Roger fühlte sich elend. Sie war eine so nette alte Dame, und sie war so freundlich zu ihm gewesen. Aber Dolly würde ihm dafür die Haut abziehen.

Bald darauf verabschiedeten sie sich. Dolly versprach, Lady Maggie noch einmal zu besuchen, bevor sie aus London abreiste. Die offensichtliche Einsamkeit der alten Frau hatte etwas sehr Rührendes.

Im Hotel schlug Dolly ihm die Schlafzimmertür vor der Nase zu, nachdem sie sich schon auf dem Rückweg geweigert hatte, mit ihm zu sprechen. Verärgert bestellte er sich ein reichhaltiges Mahl aufs Zimmer und aß es bis zum letzten Bissen, obwohl es nach nichts schmeckte und viel zu lange gekocht worden war. Dann ließ er sich Bier bringen, aber das war auch nicht besonders.

Am nächsten Tag klingelte das Telefon. Dolly war schon sehr früh zu einem Schönheitsclub gegangen, um sich aufpolieren zu lassen. Sie sprach noch immer nicht mit ihm.

Lady Maggie war am Telefon. Sie lud ihn ein, sie aufzusuchen, auch wenn Dolly nicht mitkommen konnte.

»Bringen Sie diesmal einen Film mit«, sagte sie in ihrer gepflegten englischen Stimme und lachte. Es war ein wundervolles Lachen. Sie mußte früher einmal eine umwerfende Frau gewesen sein, dachte Roger.

Zu seinem eigenen Erstaunen hörte er sich sagen: »Ja, gerne. Furchtbar gerne.«

»Vielleicht können wir zusammen ausgehen«, schlug sie vor.

Er war erleichtert. Er würde eine echte Kamera kaufen und sie tatsächlich auch fotografieren. In der Öffentlichkeit konnte ohnehin nichts weiter passieren. Sie war auch nur eine einsame alte Frau, die ausgehen und die Welt noch einmal sehen wollte. Wie seine Mutter.

Sie kam mit einem Taxi zum Hotel, und sie gingen in ein angenehmes, ein wenig teures Restaurant in der Nähe, wo der Oberkellner sie sogleich erkannte und mit ausgesuchter Höflichkeit behandelte. Die Aufmerksamkeit ließ sie geradezu aufblühen. Sie verkündete, ein Glas Portwein pro Tag habe der Arzt ihr erlaubt. Roger nahm ein Gin Tonic. Das englische Bier schmeckte ihm nicht.

Er lauschte Lady Maggies Erinnerungen. Sie waren amüsant und unterhaltend. Er hatte nicht viel zur Unterhaltung beizutragen, sie schien das auch nicht zu erwarten. Das Essen war um einige Grade besser als das im Hotel. Er schob alle Schuldgefühle beiseite und genoß jeden Bissen. Seit sie New York verlassen hatten, hatte er schon fünf Pfund zugenommen. Langsam fühlte er sich wieder wie er selbst.

Roger fotografierte sie am Themseufer. Es würde ein gutes Bild werden, sie war einfach perfekt. Leute blieben stehen, um zuzuschauen, als sie auf einer der Bänke posierte. Leuchtend bunte Blumen wuchsen in einem Kübel daneben. Die Passanten lächelten. Die alte Frau lächelte königlich zurück, augenscheinlich glücklich und zufrieden.

Er half ihr in ein Taxi und ging los, um sich endlich London anzuschauen. Das Wetter war zur Abwechslung einmal gut, und er genoß den ungewohnten Sonnenschein. Er wärmte seine Knochen.

Als er ins Hotel zurückkam, lächelte Dolly ihn an wie eine Katze, die eine Maus gefangen hat. Viel zu aufgeregt, um ihn zu necken oder ihre Klauen gegen ihn zu spreizen, sprudelte sie gleich die Neuigkeit heraus: »Du Schatz! Lady Maggie gibt für uns morgen abend ein Essen! Deinetwegen. Sie sagte, du seist so ein netter Junge.«

Roger lächelte schwach und sah zu, wie Dolly durch den Raum tanzte. Seine Hoffnung schwand, daß die Affäre mit der alten Dame rasch und ohne Probleme enden würde. Verdammte alte Hexen, die beiden, Dolly und Lady Maggie. Zwei verwöhnte Frauen, die sich nicht zufriedengeben konnten. Mußten immer noch mehr haben.

»Dieses Halsband«, sagte Dolly. »Diese herrliche Halskette. Lalique, Roger. Absolut unbezahlbar. Ich würde sie so gern haben, Liebling.«

Roger hatte während des Essens von Lady Maggie alles über das Kollier erfahren. Er hatte vorher noch nie etwas über Lalique gehört, und jetzt war es zu einem Stein um seinen Hals geworden. Scheiße.

»Wieviel andere Leute werden denn bei diesem Essen sein? Du weißt doch, es ist nicht sicher, den Apparat zu benutzen, wenn es eine Verbindung gibt zwischen uns und dem, was wir verkleinern«, protestierte er.

»Zwanzig Leute. Ein paar kenne ich, es sind alles alte Freunde von ihr.«

Roger runzelte die Brauen. »Dann vergiß die Idee. Zu viele Leute. Es wird nicht gehen.«

Er setzte sich und schnürte seine Schuhe auf. Seine Füße schmerzten von dem langen Spaziergang.

Dolly starrte ihn an. »Ich will es aber!«

Er zuckte mit den Schultern. »Lady Maggie zieht es nie zwischen Frühstück und Schlafengehen aus, hat sie mir erzählt. Wenn wir es haben wollen, dann geht die alte Frau mit drauf. Willst du es wirklich so sehr?«

Vielleicht brachte sie das zur Besinnung. Die alte Dame. Sie erinnerte ihn an seine Mutter.

Dolly hatte ihm den Rücken zugewandt und starrte aus dem Fenster.

»Ja«, sagte sie, »ich will es. Wenn sie es überlebt, habe ich eine neue Bewohnerin für mein Haus. Wenn nicht... das ist mir auch egal. Denk dir was aus, kümmere dich darum, Roger.«

Roger ließ den Schuh aus der Hand fallen. Der Teppich dämpfte das Geräusch. Er kratzte sich das Kinn, an dem er seit ein paar Tagen einen Bart sprießen ließ.

»Mist«, murmelte er.

Es war eine bizarre Party, jedenfalls nach Rogers Maßstäben. Er war der jüngste der Anwesenden. Dolly war wahrscheinlich die zweitjüngste, dann folgte die Krankenschwester, deren graues Haar und deren Krampfadern sie irgendwo Mitte Fünfzig plazierten. Alle anderen Anwesenden waren im Rentenalter. Manche waren nicht mehr ganz fest auf ihren Beinen; ein Paar erschien im Rollstuhl. Er war erleichtert, daß keiner auf einer Bahre hereingetragen wurde. Hoffentlich mußte auch keiner darauf hinausgetragen werden, bevor die Party vorbei war.

Viele der Namen klangen irgendwie vertraut. Dolly schien sie jedenfalls alle zu kennen. Diese zwei Dutzend ruinierten Gesichter gehörten nach dem, was Dolly ihm zuflüsterte, zum innersten Kreis der Kunstgrößen dieses Jahrhunderts oder hatten jedenfalls vor einem halben Jahrhundert dazugehört.

Da er zu niemandem etwas zu sagen hatte, fotografierte Roger. Zwischendurch verschlang er alles, was an Essen angeboten wurde. Dolly warf begehrliche Blicke auf das Halsband der alten Dame; diese schien es zu sehen oder zu spüren. Ihre dünnen braungefleckten Hände griffen instinktiv nach dem Kollier, und ihre Augen glitzerten vor Ärger. Als Roger sie fröhlich anlächelte, wandte sie sich ab. Ihr Rücken war so gerade wie der Dollys. Sie war wirklich eine Persönlichkeit, dachte Roger, die Jahre hatten sie nicht gebeugt.

Dolly und Roger waren unter den ersten, die sich verabschiedeten. Lady Maggies Abschied war eisig, aber es gelang Dolly doch noch, die verwelkte Wange zu küssen. Roger machte eine steife Verbeugung.

Im Hotel warf Dolly sich aufs Bett.

»Ich kann nicht länger warten«, verkündete sie.

»Worauf?«

Als Antwort warf sie mit Kissen nach ihm. Er duckte sich und entkam ins Badezimmer, wo er sich einschloß und den Verkleinerer überprüfte.

Einige Zeit später schlich er sich aus der Suite. Er trug einen farblosen Mantel und einen Hut, der sein Gesicht überschattete. Er verließ das Hotel durch einen Seitenausgang, nahm ein Taxi und ließ sich bei einem Pub absetzen, der eine halbe Meile vom Haus der alten Dame entfernt war.

Während er durch die verlassenen engen Straßen ging, zögerte er immer noch, es zu tun. Er glaubte nicht, daß die alte Dame es überleben würde; das hieße wenigstens, daß er seinen Schwur nicht brechen würde, Dolly niemals mehr neue Insassen für ihr Haus zu verschaffen. Aber er wußte, wenn sie erst einmal das Halsband hatte, dann würde sie auch jemanden haben wollen, der es tragen konnte. Es stand in seiner Macht, sie zu verlassen. Er hatte genug Geld in der Tasche, um nach Hause zu fliegen.

Nach Hause zu seiner Mutter. Nur wollte er dort gar nicht hin.

An der Straßenecke gegenüber Lady Maggies Haus blieb er stehen. Er sah zurück auf die Straße, die er gekommen war, und vorwärts in eine andere, unbekannte, dann schließlich ging er dorthin, wohin er geschickt worden war, aber nicht gehen wollte: zu Lady Maggies Haus.

Es war still und verlassen. Die Party war schon lange vorbei. Er klingelte und wartete.

Die Krankenschwester kam an die Tür, wie er erwartet hatte. Sie trug einen Bademantel und ein Haarnetz und war eher verschlafen als irritiert. Er erklärte ihr, daß er seine Armbanduhr auf der Gästetoilette vergessen haben müsse. Sie ließ ihn herein.

»Sie ist total übermüdet«, erklärte die Schwester. »Sie hat sich über den Besuch gefreut, aber Sie wissen ja, sie ist nicht mehr die Jüngste. Sie ermüdet sehr schnell.«

Er lächelte ihr verschwörerisch zu. »Oh, sie ist zäher, als sie aussieht, schließlich hat sie es bis jetzt auch geschafft.«

Die Schwester lächelte, als sie die Bewunderung in seiner Stimme hörte.

»Lassen Sie mich ein Foto machen«, sagte er plötzlich und öffnete die Kameratasche, die um seinen Hals hing.

Ihre Hände fuhren zu ihrem Haarnetz empor und zurück zu dem alten Bademantel.

»O nein«, flüsterte sie, »ich sehe doch furchtbar aus im Moment.«

»Es gibt Männer«, flüsterte Roger zurück, »die mögen Damen, wenn sie gerade aufgewacht sind.«

»Oooh«, entfuhr es ihr. Sie war sich nicht sicher, aber es schien, als mache ihr der Freund von Miss Dorothy Hardesty da gerade einen unzüchtigen Antrag. Sie errötete vom Haaransatz bis in den Nacken und zog den Bademantel enger um sich.

»Heilige Maria«, sagte sie schließlich. Sie schlug die

Hände vor ihrem gewaltigen Busen zusammen, wich zurück gegen die Wand und erwartete ihr Schicksal wie die heilige Maria Goretti, die Märtyrerin der Keuschheit, zu der sie ein rasches Stoßgebet sandte, auch wenn sie für ihren Geschmack viel zu jung und zu hübsch gewesen war.

Ihr Schicksal ereilte sie schnell und nicht ohne Schmerzen. Sie öffnete die Augen weit, als sie in das Tal der Schatten sank.

Sie war häßlicher als die Sünde, dachte Roger, als er auf sie niederblickte. Er fühlte sich seltsam erleichtert. Die Entscheidung war gefallen. Er steckte sie in eine der Schachteln, die er bei sich trug, und machte sich auf die Suche nach dem Schlafzimmer der alten Dame.

Er hatte einige Türen zu öffnen und einige Lampen anzuknipsen, bis er sie fand. Sie mußte ihn gehört und instinktiv gewußt haben, daß es nicht die Pflegerin war, die im Haus herumsuchte.

Sie saß aufrecht im Bett, eine kleine Nachttischlampe war an, und sie hielt den Telefonhörer in der Hand. Als sie ihn sah, ließ sie den Hörer fallen, und Roger hörte mit Erleichterung des Wählzeichen. Sie glitt aus dem Bett und ergriff eine große Lederkassette, die auf dem Nachttisch stand. Ihre Schnelligkeit verwirrte ihn einen Moment.

»Sie werden es nicht bekommen«, rief sie mit hoher, zitternder Stimme und preßte die Kassette, die fast so groß wie ein Schuhkarton war, gegen ihre flache Brust. »Ich habe genau gesehen, wie dieses Biest Dorothy darauf gestarrt hat. Sie hat Sie geschickt, nicht wahr? Sie hat Sie geschickt, um mich zu ermorden und mein Halsband zu stehlen.«

»Bitte«, sagte Roger leise, »bitte.«

Sie wich zurück. Ihre dünnen knochigen Hände öffneten den Kasten. Die Juwelen fielen heraus auf den Teppich. Sie hob sie auf und ließ die Kassette fallen. Sie warf den Kopf zurück und legte das Kollier um ihren Hals.

»Bitte«, sagte er noch einmal und hob den Verkleinerer vor sein Auge. Durch den Sucher erblickte er sie, sie hatte ein triumphierendes Lächeln auf den Lippen. Ihre Hände sanken herab. Das Collier lag fest um ihren Hals.

»Sie werden mich umbringen müssen, um es zu bekommen«, rief sie. »Umbringen! Es ist meins! Es ist alles, was ich habe! Meins!«

Er drückte auf den Auslöser.

Viel war nicht übrig von der alten Dame. Sie hatte zuletzt achtzig Pfund gewogen, fünfzehn weniger als in ihren Blütejahren. Sie bestand fast nur noch aus dem Schädel und dem Gehirn darin, alles andere war eingeschrumpelt, vertrocknet wie durch eine Mumifizierung noch vor dem Tode. Der Schock blies sie in den Tod wie ein Löwenzahnsamen, der im Wind dahintreibt.

Sie war sehr still, und Roger wußte, noch bevor er sie aufhob, daß sie tot war. Er hatte ein scheußliches Gefühl im Magen und wollte so schnell wie möglich fort aus diesem Haus. Zurück nach Los Angeles am besten.

Aber pflichtbewußt verkleinerte er auch noch die anderen Juwelen, die auf dem Boden herumlagen, und hob sie auf.

Er ging hinaus, wobei er aufpaßte, nichts zu berühren. Die Eingangstür ließ er weit offen. Draußen war es trokken, und die Luft war frisch. Er ging zu einer Telefonzelle und bestellte ein Taxi, das ihn zum Piccadilly Circus brachte, wo er ein anderes nahm. Er wechselte noch zweimal das Taxi, bis er in der Nähe des Hotels angelangt war.

Dolly lieh ihm eine Pinzette und ihren fachmännischen Rat, als er die Kette vom Hals des winzigen alten Körpers löste. Es fiel ihm schwer, sich dabei zu konzentrieren.

Im Morgengrauen verließ er das Hotel und ging zum Themseufer. Die Themse war der richtige Platz, um ein Paar winzige Leichen loszuwerden. Wie in dem alten

Hitchcock-Film *Frenzy*. Und in all den anderen Krimis. Seine Erkältung machte sich wieder bemerkbar, seine Nase tropfte, und er fühlte sich, als ob er Fieber habe. Nicht genug zu essen, sagte er sich, zu viel blöde Diät. Er lehnte sich über das Brückengeländer und ließ die kleinen Körper in die Themse fallen. Sein Magen revoltierte, und der Rest seines Abendessens folgte ihnen.

Es waren nicht die ersten Leichen, die da den Fluß hinabtrieben, nur die kleinsten. Eine winzige Frau, deren Haare von einem Netz immer noch in Form gehalten wurden, trieb mit der Strömung auf ein flaches Uferstück. Eine noch kleinere folgte ihr, die dünnen Hände wurden vom Wasser hin und her bewegt, als winke sie jemandem zu oder als suche sie etwas. Ein paar Flußratten schleppten beide weg.

12

DAS VERSCHWINDEN EINER DAME

»Das Rätsel hätte von Agatha Christie oder Sir Alfred Hitchcock erdacht sein können, das das Verschwinden der achtzigjährigen Lady Maggie Weiler und ihrer langjährigen Pflegerin Constance Mullins umgibt. Die beiden verschwanden aus Lady Weilers Haus in Hampstead im Anschluß an ein Abendessen, das die betagte Dame zu Ehren von Dorothy Hardesty Douglas, der Tochter des früheren Präsidenten, und einem ihrer Freunde gegeben hatte.

Ein Nachbar bemerkte im Morgengrauen die offene Haustür und rief die Polizei. Diese fand im Schlafzimmer der Dame eine leere Juwelenkassette auf dem Boden. Der Telefonhörer hing neben der Gabel, sonst gab es keine Zeichen eines Kampfes. Die Polizei vermutet, daß die beiden Frauen während eines Raubes entführt oder getötet worden sind. Die Untersuchung ergab jedoch keine weiteren Hinweise und endete in einer Sackgasse, nachdem keine Lösegeldforderungen eingingen.

Die Gäste des Essens, dem ersten, das Lady Maggie seit vielen Monaten gegeben hatte, konnten von nichts Außergewöhnlichem berichten. Ihre Gastgeberin hatte wie üblich das sagenhafte Lalique-Kollier getragen, ein Hochzeitsgeschenk ihres verstorbenen Gatten. Es wird seit dem Raub vermißt.

In Gesellschaftskreisen war es ein offenes Geheimnis, daß Lady Maggie über viele Jahre hinweg ein Verhältnis zu dem berühmten Maler Leighton Sartoris unterhielt, dem auch ihr einziger Sohn entstammt, Nicholas Weiler, der Direktor des Dalton Institute in Washington. Sartoris, der selbst schon in fortgeschrittenem Alter ist und ein Einsiedlerleben führt, wollte von seiner Insel in Maine sofort nach London aufbrechen, aber sein Sohn Nicholas Weiler versicherte ihm telefonisch, daß es nichts geben würde, was er dort tun könnte. Weiler, der nun die andere Hälfte seines stiefväterlichen Vermögens erbt (er erhielt die erste Hälfte schon nach Lord Weilers Tod), flog selbst sogleich nach London, wo er die Polizei in Ratlosigkeit vorfand. Er berichtete, daß er seine Mutter bei einem Besuch vor einigen Wochen in bester Gesundheit vorgefunden habe.

Die Tochter des früheren Präsidenten und ihr Begleiter, die sich den Fragen der Ermittler bereitwillig stellten, hatten wenig zur Aufklärung beizutragen. Sie reisten drei Tage nach dem Verbrechen zurück in die Vereinigten Staaten. ›Dolly‹ Douglas sprach auf dem Kennedy-Flughafen in New York kurz zu Reportern und erklärte, die ganze Sache sei für sie ›ein furchtbarer Schock‹ gewesen.«

11. 7. 1980 VIP Magazin

»Schade, daß ich niemanden habe, der es tragen kann«, sagte Dolly und betrachtete den Haufen glitzernder Steine in ihrer Hand. »Noch nicht.«

Rogers Lippen zogen sich zusammen. Dolly sah es nicht. Roger war seine Erkältung endlich einigermaßen losgeworden. Als sie zurückkamen, ignorierte Dolly die Renovierung ihres Apartments, die sie angeordnet hatte, und ging direkt zu dem Zimmer mit den Modellhäusern. Der erste Blick auf das Weiße Haus ließ sie zusammenfahren und stöhnen. Verzweifelt wandte sie sich Roger zu, der sie ausdruckslos anblickte. Von ihm war keine Sympathie zu erwarten.

»Roger! Schau dir mein Haus an. Ist es nicht furchtbar?«

Was hatte sie denn erwartet? Hatte sie etwa geglaubt, dieser stinkende Kasten würde sich wundersamerweise von selbst heilen, während sie weg waren?

»Starr mich nicht so an. Tu was!« verlangte sie.

Die nächsten Tage hatte sie eine fürchterliche Laune.

Roger floh vor ihr meist ins Fitness-Center. Nach ein paar Tagen verkündete Dolly, nur Lucy Douglas könne ihr Haus reparieren. Roger hatte seine Zweifel, daß Lucy so gnädig sein würde. Und welche Geschichte wollten sie ihr erzählen? Dolly machte sich über seine Vorsicht aber nur lustig. Wer nichts wage, der gewinne auch nichts.

Lucy war erstaunt, als sie von ihrem Arbeitstisch aufblickte und nicht ihren Vater oder eines der Kinder sah, sondern ihre frühere Schwiegermutter. Dolly stürmte einfach herein und umarmte sie.

Lucy ließ es steif und schweigend geschehen. Sie sah über Dollys Schulter und erblickte Roger, der unbehaglich mit den Händen in den Taschen in der Tür stand wie ein kleiner Junge, den man zu einem Treffen von Erwachsenen mitgenommen hatte. Plötzlich war sich Lucy sicher, daß er damals das vermißte Federmesser von ihrer Werkbank genommen hatte, dessentwegen sie die ganze Werkstatt durchsucht hatte aus Furcht, eines der Kinder könne es genommen haben und sich damit verletzen. Ein irrationaler Einfall; sie schüttelte über sich selbst den Kopf.

Die Kinder, die der Anblick von Dollys Mercedes in der Einfahrt alarmiert hatte, folgten ihr auf den Fersen. Ein kleines Chaos brach aus. Großmutter, so schien es, hatte ein paar Sachen für ihre Lieblinge im Auto. Zu großzügige Geschenke hatte Lucy schon zu verhindern versucht, als die Kinder noch klein gewesen waren; über diesen Punkt hatten sich die beiden Frauen schon oft gestritten. Und nun tat Dolly es doch wieder. Sie wußte genau, daß Lucy vor den Kindern mit ihr nicht darüber streiten würde und so zwischen zwei Prinzipien gefangen war.

Lucy verlegte den Lärm und die Aufregung auf die hintere Veranda, wo sie allen Eistee servierte und Zachs neues Flugzeug und Lauries neue Puppe bewunderte. Dazu kamen noch passende T-shirts mit der Aufschrift

›Großmamas kleiner Engel‹ und ein neuer Plattenspieler mit einer ganzen Sammlung Kinderschallplatten. Lucy biß die Zähne zusammen und befahl den beiden, sich bei ihrer Großmutter zu bedanken. Lieber hätte sie dieser ihr Glas mit dem Eistee über die perfekt frisierten platingrauen Haare gegossen, aber ihre Selbstbeherrschung siegte am Ende.

Dolly ließ sich schließlich von den Kindern davonführen, um ihre Gartenbeete zu bewundern. Es war Roger, der dann zur Sache kam.

»Sie ist fürchterlich verlegen und weiß nicht, wie sie es anstellen soll, sich zu entschuldigen.«

Lucy trank von ihrem Tee und blickte zu ihrem Vater hinüber, der ihr aus seinem alten geflochtenen Schaukelstuhl zuzwinkerte. Sie sagte nichts.

»Diese Reise nach England sollte ihr wieder ein bißchen auf die Beine helfen, sie wieder zu sich selbst bringen. Sie trinkt in letzter Zeit ziemlich viel. Es geht ihr nicht gut. Sie sorgt sich um so viele Dinge, und sie hat Angst vor dem Älterwerden. Ich glaube, darum hat sie sich auf mich geworfen.« Roger lächelte bescheiden. »Und auf die Modellhäuser. Sie hat das Bedürfnis, ihr Leben auszufüllen. Ich glaube nicht, daß sie andere Menschen verletzen will. Sie kommt nur nicht mit ihren Gefühlen zu Rande und bringt sich immer wieder selbst in Schwierigkeiten.«

»Blödsinn«, sagte Lucy, »Dolly weiß genau, was sie will. Ich bin sicher, daß es ihr im Moment nicht gut geht. Aber wenn sie immer noch nicht gelernt hat, sich selbst zu entschuldigen, dann ist es höchste Zeit, daß sie es tut.«

Roger fand plötzlich seinen Eistee sehr interessant. Seine Achselhöhlen begannen zu schwitzen, nasse Flekken erschienen auf seinem Hemd. Dolly hatte ihn instruiert, an Lucys Mitleid mit Unterlegenen zu appellieren, an ihre Fairness. Fair war sie ja tatsächlich, und ihm gefiel es überhaupt nicht, sie so anzulügen.

»Wie dem auch sei«, stammelte er, »auf jeden Fall, weswegen wir hier sind, ist folgendes: Sie möchte, daß Sie wieder an dem Weißen Haus arbeiten. Es hat da einen Unfall gegeben, ein Feuer, und der Schaden ist so, daß nur Sie ihn reparieren können.«

Das ließ Lucy aufmerken. Nach einem kurzen inneren Kampf siegte ihre Neugier.

»Was ist passiert?«

»Sie war betrunken und hat geraucht. Normalerweise passe ich auf so etwas auf, besonders im Modellraum. Aber ich war weg, ich habe damals meine Mutter besucht.« Roger blickte Lucy hoffnungsvoll an. Wenigstens Mutterliebe würde sie ihm doch zugestehen; aber ihr Gesicht blieb unbeweglich. Er fuhr fort:

»Sie ließ eine Kippe in das Haus fallen, ohne es zu merken. Ich habe später den Filter gefunden. Der Feueralarm ging los, aber da war sie schon bewußtlos vom Trinken, also ging auch die Sprinkleranlage los und löschte das Feuer. Aber der Brandschaden war schon ziemlich groß, und das Wasser machte es noch schlimmer.« Roger holte tief Atem. Das war eine lange Lügengeschichte gewesen.

»Das klingt gar nicht nach ihr«, bemerkte Lucy, »sie ist doch sonst nicht so unvorsichtig mit Sachen, die so viel für sie bedeuten.«

»Das meine ich ja gerade, sie hat etwas Selbstzerstörerisches.«

Lucy lauschte der Stimme von Dolly im Garten, die vorgab, an den Blumen der Kinder interessiert zu sein. Dolly konnte Menschen sehr wohl und mit voller Absicht verletzen, sogar mit Lust. Dieser seltsame Mann, der sie an ein zu groß geratenes Kind erinnerte, wollte erreichen, daß sie mit Dolly Mitleid bekam, mit einer Frau, der es Spaß machte, sie wie eine Sklavin oder Leibeigene zu behandeln.

Sie traf ihre Entscheidung. »Ich glaube nicht, daß daraus was wird.« Ihre Stimme klang leise und weit entfernt. Sie blickte in Rogers Augen, die ausschauten wie die eines getretenen kleinen Hundes.

»Das tut mir wirklich leid«, sagte er, »das ist wirklich traurig.« Dann lächelte er wieder, und sie fragte sich, ob er meinte, was er sagte.

Dolly kam mit den Kindern zurück. Lucy blickte ihr herausfordernd ins Gesicht, und der Ausdruck von Eifer in Dollys Augen verwandelte sich in Zorn. Sturmwolken ballten sich zusammen.

Roger begann Kekse zu kauen. Ihn schien die feindselige Stille zwischen den beiden Frauen nicht zu stören.

Lucys Vater brach schließlich das Schweigen. Er räusperte sich und sagte zu Dolly: »Die Sache mit Nick Weilers Mutter war doch sicher ein Schock, nicht wahr?«

Dies ließ etwas Dampf aus Dolly entweichen. Sie lächelte Mr. Novick traurig an. »Ja, es war sehr schmerzlich. Die Ärmste.«

Die Kekse und der Eistee waren alle. Roger starrte auf das leere Geschirr mit der gleichen feierlichen Trauer, mit der Dolly über die Tragödie der Lady Maggie Weiler gesprochen hatte.

Er stand plötzlich auf. »Ich glaube, wir müssen gehen.«

Dolly war erleichtert. Sie machte noch eine Schau daraus, die Kinder abzuküssen, und ließ sich dann davonführen.

Lucy war leicht angeekelt. Ihr Vater streichelte ihre Schulter.

»Du hast ganz richtig entschieden«, beruhigte er sie.

»Hoffentlich.«

Am selben Abend klingelte das Telefon. Lucy erwartete, daß es Nick sei, und war überrascht, Dollys Stimme zu hören.

»Lucy?«

Sie zuckte zusammen. »Ja?«

»Hör zu, ich habe mich wie ein Esel benommen, nicht wahr?«

Lucy schwieg.

»Ich möchte mich entschuldigen, Lucy.«

»Angenommen.« Lucy meinte es wirklich so, wenn auch nicht aus ganz vollem Herzen. Aber sie war erleichtert, all den Ärger einmal wegzuschieben.

Nach einer gehörigen Pause sagte Dolly: »Wirst du auch wieder für mich arbeiten? Du bist wirklich die einzige, die das kann.«

Lucy mußte lachen: »Das möchte ich bezweifeln, Dorothy.«

Sie schwieg. Wie konnte man zu Dorothy auf dezente Weise nein sagen, ohne sie zu verärgern und den neu geschlossenen Waffenstillstand gleich wieder zu gefährden?

»Ich habe im Moment eine Menge Aufträge«, sagte sie schließlich.

Dolly ließ nicht locker: »Du wirst es dir aber durch den Kopf gehen lassen?«

Das mochte ein Ausweg sein, dachte Lucy. Nein konnte sie später immer noch sagen.

»Ja, ich werde darüber nachdenken. Vielleicht kann ich auch jemand anderen finden, der dir hilft.«

»Gut.« Dolly klang zufrieden, als genüge ihr schon diese Andeutung. »Bist du im Moment sehr beschäftigt?«

»Eigentlich ja.«

»Dann schicke ich dir ein paar Bilder, damit du einen Eindruck bekommst.«

»Okay.« Bilder anzuschauen verpflichtete noch zu nichts. Und sie war neugierig, was Dolly da eigentlich angerichtet hatte.

»Wann läßt du mich deine Entscheidung wissen?«

»Bald. In zwei Wochen, vielleicht in drei.«

»Oh, vielen Dank, Liebling.« Dolly zögerte. »Hast du von Nick gehört?«

»Wenn du mich so fragst, als das Telefon vorhin klingelte, habe ich gedacht, er wäre es.«

Dolly kicherte. »Tut mir leid, Liebling. Ich muß eine Enttäuschung für dich gewesen sein.« Sie wurde wieder ernst. »Aber richte ihm von mir aus, wie sehr mich das mit seiner Mutter berührt hat. Er muß ja untröstlich sein.«

»Das werde ich gern tun.«

»Nun, ich will dein Telefon nicht länger blockieren. Noch einmal vielen Dank, mein Schatz. Wir hören voneinander.« Und Dolly legte auf.

Lucy legte ihren Hörer gedankenvoll auf. Sie fühlte sich stets so erleichtert, wenn ihre frühere Schwiegermutter ging oder ein Telefongespräch beendete. Dolly war wie Treibsand, wie eine Teergrube, dachte Lucy, sie versuchte immer, einen zu verschlingen.

»Sie sagte *danke schön*? Und *Entschuldigung*?« Nick konnte es kaum glauben.

»Wirklich.«

»Und du hast ihr gesagt, daß sie dich mal kann, oder?«

»Eigentlich nicht.«

Nick stöhnte. »Laß dich nicht mit ihr ein. Brich dir lieber ein Bein oder werde schwanger. Aber laß dich nicht mit ihr ein.«

Lucy rollte sich auf die Seite und glitt aus Nicks Bett. Ihr blaues Nachthemd, das bis über die Brüste hochgerutscht war, glitt wieder hinunter. Nick streckte die Hand nach ihr aus, aber sie tänzelte weg.

»Ich werde nichts dergleichen tun«, sagte sie leichthin.

»Und was wirst du tun?«

»Ich werde mir ein bißchen kaltes Wasser holen. Willst du auch welches?«

»Wohin sind nur Romantik und Champagner entschwunden?« scherzte er. »Kaltes Wasser, das klingt herrlich.«

Lucy ging hinaus. Er hörte sie in der Küche summend herumwirtschaften, hörte das Klirren der Eiswürfel aus dem Kühlschrank. Seine beiden Kater mußten es auch mitbekommen haben, denn sie spazierten herein, sprangen aufs Bett und rollten sich neben ihm zusammen, um ihren angestammten Platz zurückzuerobern. Es war schön, so dazuliegen, seine alten Kater zu streicheln und sich daran zu erinnern, wie das blaue Nachthemd über die Brüste gerutscht war.

Sie setzte sich neben ihn. Er nahm das Glas mit Eiswasser in die eine Hand, die andere legte er um ihre Hüfte.

»Flieg mit mir weg«, flüsterte er, »laß uns alle unsere Pflichten vergessen und eine Dummheit anstellen.«

Sie lachte. »Ich sollte dich so schockieren, daß du impotent wirst, einfach indem ich ja sage. Dann müßtest du deine einzige und wahre Liebe verlassen, das Dalton.«

»Grausame Spötterin«, protestierte er. »Ich liebe dich doch mehr. Ein bißchen jedenfalls.«

In diesem Augenblick ließ sie etwas von dem kalten Wasser sein Rückgrat hinunterlaufen. Er schrie auf, verschüttete sein eigenes Glas über das Bett und stieß gegen ihre Hand, so daß sich der Rest aus ihrem Glas über seine Schultern und in seinen Schoß ergoß. Sie sprang von ihm weg und rollte sich kichernd am Fußende des Bettes zusammen.

»Mein Gott, Lucy«, stöhnte er, »mein Bett ist völlig durchnäßt, und ich glaube, ich werde wirklich für den Rest meines Lebens impotent sein.«

Er ergriff eine Decke und schlang sie um seine Schultern. »Wenn ich jetzt an Lungenentzündung sterbe, ist es deine Schuld. Aber kannst du dich nicht wirklich mal von deiner blöden Werkstatt losreißen und mit mir verreisen?«

»Was?«

»Jetzt hör mal zu. Ich muß meinen Vater sehen. Das ist aber nur in Maine, nicht am Ende der Welt.«

»Deinen Vater?« Lucy wurde plötzlich ruhig und setzte sich auf.

»Ja.«

Lucy hatte auf einmal einen Schluckauf.

»Wenn ich es recht bedenke, fahre ich doch lieber allein. Ich bin mir nicht sicher, ob man dich in zivilisierte Gesellschaft mitnehmen kann.«

»O nein, das tust du nicht. Ich werde nicht die Chance auslassen, den größten lebenden Maler der Welt kennenzulernen. Selbst wenn er dein Vater ist.«

»Deshalb interessierst du dich also für mich!«

»Himmel, nein. Ich habe gar nicht gewußt, daß ihr verwandt seid, bis Dolly es mir erzählte, und da waren wir schon, hm, sehr enge Freunde.«

Nick war beruhigt. Er schaute sie an und zog eine Augenbraue hoch. »Und was wirst du tun, um dir die Ehre zu verdienen?«

»Schwein«, sagte Lucy. »Und wann fahren wir?«

»Bist du sicher, daß die Reise nicht doch ans Ende der Welt geht?« fragte Lucy, als sie neben dem Gepäckberg vor dem Flugschalter standen. Laurie zog an ihrer Hand. »Einen Augenblick, Liebling.«

Nick, der Zach auf dem Arm trug, blinzelte ihr zu. »Nur Mut. Sieh es als eine Abenteuerreise an.«

Zach klatschte vergnügt in die Hände. Laurie quengelte: »Ich muß aber mal.«

»O nein«, rief Lucy, als sie die Schlange vor der Damentoilette erblickte.

Schließlich gelangten sie doch noch ins Flugzeug. Der Flug ging vom Washington National Airport nach Portland. Lucy kannte es nicht, aber ihr Vater hatte einmal da gelebt. Dann ging es weiter nach Bangor. Dort stiegen sie in ein kleineres Flugzeug um, das in niedriger Höhe über immer unbevölkerteres Land dahinflog. Die Bäume hörten zwar nicht auf, wurden aber seltener, als das Land flacher wurde und von blauen Wasserflächen durchsetzt war. Die langen Finger des Meeres erstreckten sich ins Inland, und die Luft roch nach Salz.

Nach einer anstrengenden, langen Reise landeten sie schließlich auf einem winzigen Flugplatz mitten im Busch. Die Kinder waren müde und unruhig, nur die Aussicht auf einen Hubschrauberflug hielt ihre Tränen zurück. Der Hubschrauber landete auch unmittelbar nach ihnen, und sie stiegen ein.

Während des Flugs war es unmöglich, miteinander zu reden, das Motorengeräusch war zu laut. Sie blickten hinaus und sahen das Land verschwinden. Nach wenigen Minuten flogen sie über endloses blaues Wasser, das nur hier und da von Booten geprenkelt war. Dann und wann tauchte eine kleine felsige Insel auf, die der kalten blauen See trotzte.

Die Insel, zu der sie flogen, gehörte zu einer kleinen Inselkette. Die meisten waren zu klein, um mehr zu beherbergen als Schildkröten und Kolonien von Vögeln, aber Sartoris' Insel war eine Bergspitze, die aus der See ragte. Von oben sah sie fast wie ein Angelhaken aus mit einem langen, spitzen Ausläufer, etwa einhundertzehn Quadratmeilen von verkrüppelten Bäumen, Sand und Felsen. In den Falten des steinigen Gipfels gab es einige Flecke mit sorgfältig gepflegtem Humus, auf denen sich der Garten von Sartoris und die Wiesen befanden, wo seine Ziegen und Kühe grasten. Sartoris' Haus und sein Atelier, die einzigen Gebäude außer den primitiven Unterständen für die Tiere, waren in einer dieser Bergfalten gelegen, genau im Scheitelpunkt der Inselkurve, da, wo die See ihrem Herzen am nächsten kam.

Der Hubschrauber flog niedrig über das Haus hinweg, so daß sie seine Form gut erkennen konnten. Es war ein großes ausgehöhltes Viereck. Das Atelier war zwei Stockwerke hoch, nach Norden zu ganz verglast und nach Süden mit Sonnenkollektoren bedeckt. Lucy wurde vor Neugier ganz unruhig. Nick, der es in ihrem bewundernden Gesicht lesen konnte, lachte zufrieden.

Der Hubschrauber landete auf einem flachen Landstreifen etwa eine halbe Meile vom Haus entfernt. Eine kräftige Frau von unbestimmbarem Alter erwartete sie mit einem Pony und einem kleinen Wagen. Sie lächelte Lucy und den Kindern zu und wartete, bis Nick zusammen mit dem Piloten das Gepäck aus dem Hubschrauber geholt hatte. Dann schloß sie ihn wie einen lange verlorenen Sohn in die Arme.

»Nicholas«, begrüßte sie ihn und schlug ihn mit ihren großen rauhen Fäusten auf den Rücken.

Er packte sie und schwang sie durch die Luft.

»Ma«, rief er fröhlich und setzte sie wieder auf die Füße. »Ma, das hier ist Lucy Douglas. Laurie, Zach, sagt guten Tag zu Ma Blood.«

Ma Bloods wettergebräuntes Gesicht war rot vor Freude und Erregung. Sie schüttelte allen feierlich die Hand und lud dann die Koffer auf den Wagen, bevor Nick noch protestierend zulangen konnte.

»Der große Meister«, sagte sie über die Schulter, »ist unterwegs, um die Ziegen zu melken. Er wird zum Tee zurück sein, ziemlich bald.«

Sie hob die Kinder auf den Wagen, wo sie sich zwischen dem Gepäck kichernd hinsetzten.

»Also los dann«, kommandierte sie schließlich.

Nick versicherte Lucy, daß sie noch Zeit zu einem kurzen Bad im Meer hätten, nachdem sie ihr Gepäck auf die Zimmer gebracht hatten. Es war nicht weit von den Glastüren ihrer Schlafzimmer, durch niedrige Dünen erreichte man gleich die See. Das Wasser war kalt, aber den Kindern schien das nichts auszumachen. Lucy sprang auch ein bißchen in den kalten Wogen umher und kroch dann am Strand unter ein dickes Handtuch, um Nick und den Kindern zuzuschauen, die weiter im Wasser herumtollten.

Der Alte sprach sie von hinten an.

»Mrs. Douglas«, stellte er lakonisch fest.

Sie fuhr zusammen und drehte sich um, um ihn anzuschauen. Die Sonne stand hinter ihm, und sein Gesicht wurde von einem breiten, schlappen Panamahut beschattet. Aber der große, in einen Kaftan gehüllte Körper strahlte eine unerwartete Kraft aus, seine Stimme war fest und volltönend und ähnelte auf beunruhigende Weise der von Nick.

Er streckte die Hand aus, um ihr beim Aufstehen zu helfen. Es war eine große Hand, die Finger waren dick wie Zigarren, und die Handgelenke und Unterarme, die aus den Kaftanärmeln herausschauten, waren mit Muskeln bepackt.

»Ich bin so froh, Sie kennenzulernen«, stammelte sie.

Er schüttelte ihre Hand nicht, sondern drückte sie nur leicht. Seine Haut war wie altes Pergament, trocken, aber nicht kalt, und seine Finger waren voller Schwielen.

Der junge Sartoris war vor langer Zeit einmal ein Sportler gewesen, ein Ringer und Reiter. Man sah es ihm immer noch an, dachte Lucy.

Er schaute an ihr vorbei zu Nick und den Kindern, die in der Brandung tobten.

»Hier sind seit Jahrzehnten keine Kinder mehr gewesen«, sagte Sartoris langsam. »Ich hatte ganz vergessen, wie seltsam und wundervoll sie sind. Ich hätte nicht geglaubt, daß es auf dieser Erde noch jemanden gibt, der den Mut hat, neue Menschen in die Welt zu setzen.«

Lucy lachte. »Mut hat nicht dazugehört, aber trotzdem vielen Dank für das Kompliment. Ich war damals auch jünger. Ich glaube, der richtige Ausdruck ist Tollkühnheit.«

Sie konnte sein Lächeln unter dem Hutschatten nicht erkennen, aber ein kehliges Lachen ertönte. Er zeigte auf Nick. »Und mein Sohn, war das auch Tollkühnheit, die Sie zu ihm geführt hat?«

Der leise Unterton von Mißachtung in Sartoris' Stimme mißfiel ihr. Sie antwortete sehr bestimmt: »Es tut mir leid, aber das geht Sie nichts an.«

Sartoris lachte laut, anscheinend angenehm überrascht. »Ich wünsche Ihnen auf jeden Fall Glück, Mrs. Douglas.«

Nick kam durchs flache Wasser auf sie zu. Er trug Zach auf den Schultern. Laurie tanzte um die beiden herum.

Nachdem die Kinder vorgestellt worden waren, deutete der Alte auf die Sonne, die schon nahe dem Horizont stand. Auf einmal fühlten alle die Kühle, Lucy eilte mit den Kindern den Pfad zum Haus hinauf. Hinter ihnen begannen Vater und Sohn ein Gespräch. Als Lucy sich nach ihnen umdrehte, bevor sie das Haus betrat, standen sie in den Dünen und unterhielten sich mit ernsten, feierlichen Gesichtern wie Trauergäste auf einem Begräbnis. Lucy konnte nicht verstehen, worum es ging, vielleicht um etwas, das mit Lady Maggie zusammenhing.

Etwas später brachte Lucy die Kinder zum Tee auf die Terrasse hinaus. Sartoris saß mit dem Rücken zur Sonne in einem großen Korbstuhl. Nick war noch unter der Dusche, um den Sand und das Salz abzuwaschen.

»Kommt, setzt euch zu mir«, sagte Sartoris zu den Kindern und klopfte auf die Kissen der Stühle neben sich.

Lucy setzte sich ihnen gegenüber.

»Ist eure Mutter sehr streng?« fragte Sartoris.

Zach nickte. Natürlich war sie das, aber seine Aufmerksamkeit war jetzt auf den Tisch gerichtet, auf den Teller mit Plätzchen und anderen Leckereien, die neben einer großen Teekanne aufgebaut waren.

»Jawohl, Sir«, stimmte Laurie zu. »Das sagen auch alle anderen Kinder.«

Lucy lachte etwas unbehaglich, als sie auf diese Weise erfuhr, welchen Ruf sie in der Nachbarschaft hatte.

»Könnten Sie bitte den Tee eingießen, Mrs. Douglas«, bat Sartoris, und als Lucy nickte und die Kanne ergriff, lehnte er sich in seinem Stuhl zurück. »Meine Mutter war sehr streng«, erzählte er Laurie und Zach, »ja, wirklich.«

Er reichte den Kindern ihre Tassen und fuhr fort: »Sie hat mir zum Beispiel nie erlaubt, zum Tee so viele Plätzchen zu essen, wie ich wollte. ›Nur zwei, Leighton‹, hat sie immer gesagt, ›damit die Köchin nicht beleidigt ist‹, und wenn ich mehr genommen habe, hat sie mich ohne Abendessen ins Bett gesteckt.«

Laurie hatte ganz runde Augen vor Mitgefühl. Zach schaute nervös auf das Gebäck. Vielleicht würde ihm nun auch verboten, mehr als zwei zu nehmen.

»Jetzt habe ich keine Mutter mehr, die mir solche Sachen verbieten kann, dafür aber einen Doktor, der dasselbe tut. Er will mir weismachen, daß eine Handvoll Schokoladengebäck mit Walnüssen und Kirschen darauf mich geradewegs ins Grab bringt.«

Zach sperrte vor Schreck den Mund auf.

»Ein kleiner Bissen aber wird mich vielleicht nur todkrank machen. Unter Umständen macht er mich sogar immun, so wie eine kleine Dosis Gift einen ja gegen größere Mengen unempfindlich machen soll. Würden Sie mir ein ganz kleines Stück reichen, Mrs. Douglas? Und für Miß Laurie und Master Zach natürlich größere Portionen.«

»Aber gern«, sagte Lucy fröhlich.

»Und erlauben Sie mir, etwas für Sie auszusuchen. Diese Madeleines hier vielleicht. Mrs. Blood hat sie selbst gebacken. An mir verschwendet sie nur ihre Talente, aber sie gerät sicher ganz aus dem Häuschen, wenn sie nun Gäste hat, die sie zu schätzen wissen.«

»Ja, aber nur eine«, sagte Lucy.

Er legte den Kopf schief: »Erzählen Sie mir nicht, Ihre Mutter hätte Ihnen nicht mehr erlaubt! Halten Sie eine Diät? Da sind wir nun das reichste Land der Welt, und alle Frauen trainieren für eine Hungersnot. Lauter Haut und Knochen. Ich kann mir vorstellen, daß das bei der Liebe ganz schön schmerzhaft ist. Und laut, klappernd wie Kastagnetten.«

Lucy schaute in ihre Teetasse. »Nein, im Moment bin ich nicht auf Diät«, schwindelte sie, »ich will den Kindern nur ein gutes Beispiel geben.«

Der Alte brach in ungläubiges Lachen aus.

»Was hast du da gesagt?« fragte Nick, der aus dem Haus auf die Terrasse trat. »Ich hoffe, du willst den Kindern nicht ein zu gutes Beispiel geben. Falls es um Essen geht, fühle ich mich sonst wie ein Schweinchen. Falls es sich um Liebe handelt, nun, dann würde ich mich doch zu einsam fühlen.« Er beugte sich herunter, um sie auf die Stirn zu küssen. »Ich nehme jeweils drei Stück von allem, was da ist.«

Lucy biß rasch in ihre Madeleine.

»Weißt du«, sagte Nick, »mein Vater liebt es, seine Gäste so in die Enge zu treiben, daß sie sich zum Essen genötigt fühlen und dann aus Trotz lieber gar nichts nehmen. Auf diese Weise bekommt er nämlich alles. Und kümmere dich nicht um sein Gerede über dürre Frauen. Meine Mutter hat nie mehr als hundert Pfund gewogen, außer als sie mit mir schwanger ging. Ich habe niemals irgendwelche Klagen über klappernde Knochen gehört.«

Sartoris schnaubte: »In der Liebe kann man eben vieles nicht erklären.«

Nick lenkte das Gespräch geschickt auf andere Themen. Er veranlaßte Sartoris, den Kindern von der Insel zu erzählen, davon, wie er dazu kam, hier zu leben, fast selbstgenügsam, er und Mrs. Blood. Diese erschien wie durch

Zauberei und brachte neuen Tee und frisches Gebäck. Als der alte Maler müde wurde, erzählte Nick lustige Geschichten aus dem Dalton. Die Kinder begannen schließlich untereinander zu kichern; der alte Mann bemerkte es als erster und stellte fest, daß sie müde und gelangweilt waren.

»Ich bin ziemlich müde«, verkündete er daraufhin. »Mrs. Blood und ich essen sehr spät zu Abend. Entschuldigt mich bitte, wenn ich mich in der Zwischenzeit ein wenig zur Ruhe lege. Ethelyn macht den Kindern sicher gern etwas in der Küche zurecht und paßt später auf sie auf, wenn Sie, Mrs. Douglas, und Nicholas mit mir speisen.«

»Vielen Dank«, sagte Lucy und mußte trotz ihrer Müdigkeit lächeln.

Der Alte erhob sich mit einiger Anstrengung und drückte leicht ihre Hand, bevor er ging.

»Ihr seid sehr brav gewesen«, flüsterte Nick den Kindern zu, und die beiden Erwachsenen trugen die Kleinen hinein. Hinter ihnen verdunkelte sich der letzte Streifen der Abendröte und verschwand.

Lucy war sich der anerkennenden Blicke von Nick bewußt, als sie sich zum Abendessen niedersetzte. Sie hatte ihr Haar hochgesteckt und trug ein einfaches Strandkleid, das ihre Schultern frei ließ. Sie schaute häufig zu Nick hinüber und hatte ein gutes Gefühl dabei. Er schien endlich wieder entspannt und glücklich. Das Gespräch am Strand mit seinem Vater hatte auch den Kummer über den Tod der Mutter besänftigt.

Sie war stolz auf ihn. Sie hatte ihn noch nie so intelligent und witzig erlebt. Er erzählte vom Dalton und ließ seine Liebe zu diesem Institut deutlich spüren. Lucy hatte das Gefühl, daß er versuchte, seinen Vater vom Wert seines Lebenswerkes und damit auch von seinem eigenen Wert zu überzeugen.

Sartoris saß am entfernteren Ende des Tisches. Er sprach kaum. Der Kaftan mit Kapuze, in den er gehüllt war, ließ ihn wie ein Mönch aussehen.

»Es tut mir leid«, sagte er schließlich, »daß ich so ein miserabler Gesellschafter bin. Aber in meinem Alter wird man von den Geistern der Vergangenheit heimgesucht, und das beständigste Gefühl, das noch bleibt, ist Bedauern. Oder im Fall eines reuigen Sünders, wie ich einer bin, Schuld.«

Nick war still und schaute auf das Tischtuch. Lucy langte impulsiv nach der Hand des alten Mannes.

»Ich hatte geglaubt, ich könnte sie in all den Jahren, die ich fern von ihr gelebt habe, vergessen. Ich wollte einfach hier leben und malen. Aber als ich erfuhr, daß sie nicht mehr da war, da ... da wußte ich, daß ich doch nur weggelaufen war. Ein verbitterter alter Eremit mit einem Herzen wie eine verschrumpelte Rosine.«

Nick rückte näher zu seinem Vater. Ihm fiel aber nichts ein, was er hätte sagen können; so hörte er weiter zu.

»Sie war ganz allein in diesem zerfallenen alten Haus, ganz allein während so vieler Jahre. Und vielleicht hat sie nun irgendein Verbrecher weggeschleppt und getötet ... ich bin sicher, daß sie tot ist. Ich fühle es.«

Er lachte. »Sie war wunderschön, als sie dreißig war. Wir haben ziemlich viel angestellt miteinander, wir beide. Und als sie dann eines Tages kam und mir sagte, sie würde einen reichen Mann heiraten, der nett und großzügig und treu war, da glaubte ich, das sei das Ende unserer Beziehung. Ich kam hierher und blieb, aber dann fühlte ich mich wie durch einen unsichtbaren Faden, der unsere Herzen verband, zu ihr zurückgezogen. Es war sie, die dann Schluß machte«, er schien jetzt nur zu Nick zu sprechen, »gleich nach deiner Geburt. Wir blieben trotzdem Freunde. Wir stritten uns nie und haßten uns nicht. Wir wurden einfach alt, und manche Sachen schienen die Anstrengung nicht mehr wert zu sein, die Liebe zum Beispiel. Seit Jahren geistern wir nur noch als Gerücht durch das Tagebuch des anderen. Aber ich muß wohl langsam senil werden, daß ich so feuchte Augen bekomme wegen einer Frau, die ich seit dem Begräbnis deines Stiefvaters nicht mehr gesehen habe.« Er schneuzte sich laut in seine Serviette. »Ethelyn wird das gar nicht mögen.«

»Ich finde es nicht senil, wenn Sie entdecken, daß Sie immer noch Gefühle für eine alte Liebe aufbringen«, sagte Lucy leise und schaute Nick dabei an.

Dieser spielte mit seinem Kaffeelöffel. Sein Gesichtsausdruck schwankte zwischen einem zittrigen Lächeln und Verbissenheit.

»Hoffentlich ist das so«, sagte Sartoris ein wenig zu laut und zu deutlich. »Aber genug jetzt von dieser Gefühlsduselei.« Er hob sein unberührtes Cognacglas. »Auf Maggie.«

Schweigend hoben auch Nick und Lucy ihre Gläser.

»Und wißt ihr«, fuhr der alte Mann fort und stellte sein Glas wieder ab, »es ist nur passend, daß dieses elende Weib Dolly Hardesty auch da war, als es passierte. Ich habe immer nur erlebt, daß dieser Mensch Ärger bringt; der umgibt sie wie eine Wolke.«

»In diesen Tagen«, kommentierte Nick, »hat sie auch noch immer so einen Gnom dabei.«

Lucy lächelte. Sartoris verstand die Anspielung nicht und runzelte die Stirn.

»Armes Kind, sie ist Ihre Schwiegermutter, nicht wahr? Sie müssen sich allein dadurch ja schon einen Heiligenschein verdient haben. Und dann haben Sie auch noch für sie gearbeitet. Dieses dumme Puppenhaus. Nicht, daß es wirklich dumm ist, meine ich, Ihre Arbeit ist sicher genauso wertvoll wie meine.«

»Hoho«, lachte Lucy.

»Ich verstehe nicht ganz...«, sagte Nick und langte nach dem Cognac.

»So? Das ist eben das Problem, wenn man ein Museumskurator ist.« Der Alte kräuselte angeekelt die Nase. »Du kannst es dir nicht leisten, jemanden zu beleidigen. Könnte ja ein potentieller Spender sein. Oder ein wichtiger Kritiker. Das ist kein Job für einen ehrlichen Mann. Oder eine ehrliche Frau.«

Nick zuckte mit den Schultern. Das war augenscheinlich ein alter Streitpunkt zwischen den beiden Männern.

»Als ich noch jung und grün war, da waren Miniaturen kleine Portraits und solche Sachen«, sagte Sartoris. »Heute ist das eine andere Welt. Alles und jedes, eins zu zehn verkleinert oder noch kleiner. Demnächst werden sie noch richtige Menschen verkleinern.«

»Leider reicht dafür unsere Kunst noch nicht«, lachte Lucy. »Aber es bringt mir meinen Lebensunterhalt, und auf ehrliche Weise.«

»O ja«, stimmte der Alte zu, »ich will euch was sagen, mir wäre es manchmal auch fast lieber, wenn meine eigenen Bilderchen als Spielzeug angesehen würden. Diese wissenschaftlichen Analysen von Pinselstrichen und Farbauftrag, wenn ich die lese, bekomme ich Kopfschmerzen.« Er seufzte. Seine großen Hände kamen auf der Tischplatte zur Ruhe. In ihrer vollkommenen Bewegungslosigkeit erkannte Lucy die Erschöpfung des alten Mannes.

Nick schien das gleiche zu spüren. »Ich weiß nicht, wie es mit dir ist, *mon père,* aber die mir anvertraute Dame und ich haben einen langen Tag hinter uns und werden morgen früh wieder mit unseren unermüdbaren Gefährten konfrontiert werden, sehr früh sogar, denke ich.«

»Ja, es ist wohl Zeit«, entließ Sartoris sie, »ich muß noch Ethelyn sehen, bevor ich schlafen gehe. Gute Nachtruhe für euch beide.«

13

Als Lucy erwachte, war es heller Tag. Draußen war das laute Geräusch eines Hubschraubers zu hören. Sie drehte sich zu Nick um, aber seine Seite des Bettes war leer. Er kam ohne Hemd und Socken aus dem Bad.

»Oh, Mist«, sagte sie und schlüpfte aus dem Bett.

»Ist das eine Art, den Geliebten zu begrüßen?« beklagte er sich.

Sie eilte in den Nebenraum, wo die Kinder schliefen. Ihre Betten waren leer und ungemacht, die Schlafanzüge lagen zerkrumpelt auf den Kissen.

Nick war ihr gefolgt und knöpfte jetzt mit schläfrigen Fingern sein Hemd zu. Sie lief an ihm vorbei in die Küche.

Dort saßen die beiden, den Mund voller frisch gebackener Hörnchen. Ethelyn Blood schaute von dem Teig auf, den sie gerade auf ein Backblech verteilte, und lächelte. Laurie und Zach waren schon angezogen, ihr Haar glänzte von dem nassen Kamm, mit dem es frisiert worden war. Lucy lächelte verlegen und rief ein lautes »Guten Morgen!« durch den Hubschrauberlärm.

Ethelyn grinste und hielt in gespielter Verzweiflung die Hände vor die Ohren. Nick, der dicht hinter Lucy stand, rief über den Lärm hinweg: »Wer kommt denn da heute morgen?«

Die Haushälterin zuckte mit den Schultern.

»Wo ist Sartoris?« brüllte Nick.

»Er ist schon auf!« rief Ethelyn Blood fröhlich.

Nick schaute Lucy an. Der gleiche Gedanke stieg in beiden auf: Wenn wirklich jemand Lady Maggie entführt hatte und sie dabei umgekommen war, dann war Sartoris ja noch ein viel wahrscheinlicheres Opfer in seiner totalen Isolation mit einer älteren Haushälterin als einzigem Schutz und Begleitung.

Nick stürzte aus der Küche, Lucy folgte ihm. Die Kinder lachten fröhlich. Nicht nur, daß sie zum Frühstück herrliche frische Hörnchen bekamen, es passierte auch noch viel Spannendes um sie herum.

Der Hubschrauber landete näher am Haus als mit ihnen am Tag zuvor. Nick und Lucy mußten nur durch den Garten und dann an den Apfelbäumen vorbei, die sich im Luftzug des Hubschraubers bogen wie in einem Orkan. Der Hubschrauber startete gerade wieder, er hatte sich schon in die Luft erhoben. In sicherer Entfernung von ihm ergriffen zwei Leute ihre Reisetaschen und kamen auf das Haus zu.

Lucy wurde von kalter Wut erfaßt, als sie ihre frühere Schwiegermutter hier in diesem Inselparadies erblickte. Sie wandte sich zu Nick, der schützend, vielleicht auch besitzergreifend den Arm um sie legte.

Dolly rief und winkte ihnen zu. »Na, ihr Lieben, ist das nicht eine tolle Überraschung?«

Neben ihr stand Roger Tinker, der wie ein Japaner mit Kameras behängt war. Er starrte mit offenem Mund auf Lucy, die immer noch ihr durchscheinendes Nachthemd trug.

Lucy blickte nur kalt und verächtlich auf die beiden, sagte zu Nick »Entschuldige mich bitte!« und ging durch den Garten zum Haus zurück. Nick grinste ihr nach. Dolly legte die Hand auf seinen Arm und flüsterte ihm ins Ohr: »Nick, du bist wirklich ganz der Sohn deines Vaters.«

Nick ignorierte ihre Vertraulichkeit. »Was sucht ihr hier?«

Sie wedelte mit einer Hand in Richtung auf das Haus: »Ich besuche nur einen guten alten Freund, deinen Papa.« Sie tätschelte seinen Arm und flüsterte: »Ich bin ganz untröstlich über deine Mutter. London wurde auf einmal unerträglich für mich, ich mußte einfach abreisen. Es tut mir leid, daß ich nicht mehr da war, als du kamst.«

Nick schob die Hände in die Hosentaschen.

»Ich glaube nicht, daß es ein geeigneter Augenblick für deinen Besuch ist. Sartoris ist von Mutters Verschwinden sehr getroffen worden.«

»Aber du hast doch auch Lucy und meine kleinen Schätzchen mitgebracht«, schmollte Dolly.

»Sie gehören zur Familie«, sagte er.

Dolly schwieg. »Oh, so ist das«, sagte sie dann. Sie zog ihren Arm zurück, als habe sie in nasse Ölfarbe gefaßt. »Nun, Liebling, das ist deine Sache. Und ich will dich in deiner... deiner Trauer nicht belästigen. Aber ich muß Lucy sprechen. Geschäftlich.«

»Sie wird nicht wieder für dich arbeiten«, sagte Nick und ging ohne ein weiteres Wort zum Haus hinüber.

Dolly blickte Roger an und zog die Augenbrauen hoch. »Er hätte uns wenigstens beim Gepäck helfen können. Na ja, du schaffst es schon, es sind ja nur zwei Taschen... falls du laufen kannst mit dem steifen Ding in deiner Hose.«

Roger grinste. Falls das Wetter weiterhin so schön blieb, würde er noch viele Gelegenheiten haben, der leichtbekleideten Lucy nachzustarren. Der Ausflug hierher war also nicht ohne Reiz. Seiner ganz persönlichen Meinung nach bedrängte Dolly Lucy zu sehr, und Lucy war keine Frau, die sich bedrängen ließ. Vielleicht konnte er eine direkte Konfrontation vermeiden helfen, sozusagen als Puffer dienen. Es müßte toll sein, bei der knackigen Lucy Puffer zu sein.

Nick ging zur Terrasse und dann zum Strand, um seinen Vater zu suchen. Er fand den Alten nicht weit von seinem Schlafzimmer auf einem kleinen, fast privaten Strandstück. Er saß auf einem Klappstuhl vor der Staffelei. Mit der einen Hand hielt er den Pinsel, die andere unterstützte diese. Nick schaute nicht auf die Leinwand, er wußte, daß sein Vater es haßte, wenn jemand seine unfertigen Bilder ansah.

Der Sohn schaute dem Vater schweigend beim Malen zu. Nach einer Viertelstunde hielt der Alte inne, hob den Kopf mit dem Panamahut und starrte Nick an.

»Es sind Dorothy Hardesty und ihr Freund.«

Der alte Mann knurrte: »Was, zum Teufel, will das Biest denn hier?«

Nick zuckte mit den Schultern. »Sie sagt, sie will mit Lucy sprechen. Lucy hat mir erzählt, sie soll dieses Puppenhaus wieder in Ordnung bringen. Sie will es aber nicht. Anscheinend hat es da ein Feuer gegeben, als Dolly eine Zigarette hineinschmiß, total betrunken wahrscheinlich. Soll ich sie von dir fernhalten, während du arbeitest?«

Sartoris schwieg. Plötzlich zog er einen Lappen aus seinem Hosenbund und wischte seinen Pinsel ab. »Ach, ich kann mich jetzt sowieso nicht mehr konzentrieren. Ich habe noch das Gedröhn von der Kiste im Ohr, und dann der Gedanke, daß Dolly und dieser Spitzbube, mit dem sie jetzt rumzieht, wie du sagst, durch mein Haus und durch meine Insel streifen...«

Nick hatte eine solche Reaktion befürchtet. Der alte Mann schien auf einmal sehr müde.

»Laß mich dir beim Zusammenpacken helfen«, bot er an. Es war beunruhigend, daß Sartoris, der sonst nicht erlaubte, daß andere sein Malerwerkzeug berührten, es dieses Mal mit müdem Achselzucken zuließ.

Als sie über den Strand auf die Terrasse zugingen, fanden sie Dolly dort. Sie saß vor einer Kanne Kaffee und einer Platte frischgebackener Hörnchen. Mrs. Blood stand wachsam neben ihr und blickte besorgt Sartoris entgegen. Roger saß mit dem Gepäck in einer Ecke.

»Wo ist Lucy?« fragte Nick.

»Sie zieht sich an. Die Kleinen wollen an den Strand«,

sagte Ethelyn Blood. Sie hatte die Arme vor der Brust gekreuzt und schaute drein, als wäre sie jederzeit bereit, die ungebetenen Gäste hinauszuwerfen.

Dolly erhob sich, um Sartoris zu begrüßen. Sie streckte ihm die Arme entgegen und rief: »Sartoris, was soll ich nur sagen!« Ihre Stimme hatte den richtigen Trauerton, und ihre Wimpern flatterten, als müsse sie ihre Tränen zurückhalten.

Roger fand den Strand plötzlich sehr interessant. Niemand schaute auf ihn und sah den Ausdruck von Ekel, der plötzlich gegen seinen Willen auf seinem Gesicht erschien.

»Dorothy.« Sartoris schob ihre Hände beiseite und wich zurück, als sie noch näher rückte, um ihn zu umarmen. »Was führt dich her?« fragte er und ging an ihr vorüber zum Frühstückstisch.

Dorothy schwieg einen Moment, dann eilte sie hinter ihm her. »Maggie«, flüsterte sie, und eine Träne lief über ihre Wange. Sie schien sich aber rasch wieder in der Hand zu haben. »Seit es passiert ist, habe ich immer wieder an dich denken müssen, daran, wie du dich jetzt wohl fühlst.«

Sartoris setzte sich nieder und griff nach einem Hörnchen. »Das erstaunt mich aber. Du hast an *mich* gedacht?«

»Natürlich. Maggie hat von dir gesprochen an jenem Abend…«, sagte sie mit leiser werdender Stimme.

Der Alte schnaubte. »Wie rührend.« Er brach das Hörnchen in der Mitte durch und begann an der einen Hälfte zu knabbern.

Dollys Gesicht verzog sich, als röche sie etwas Unangenehmes, sei aber zu höflich, es zu sagen. Sie setzte sich, blickte Nick an und blinzelte. Er war schockiert. Hielt sie Sartoris für so senil, daß sie glaubte, sich vor seinen Augen über ihn lustig zu machen?

»Wenn du nicht darüber sprechen willst, werden wir es

auch nicht tun«, sagte sie besänftigend und tätschelte Sartoris beruhigend die Hand.

Er zog seine Hand aus ihrer Reichweite, zeigte auf Roger und fragte: »Wer ist das?«

Roger sprang auf und streckte die Hand aus.

»Das ist mein Freund Roger Tinker«, stellte Dolly hastig vor.

Der Alte schaute Roger an und benutzte dann seine freie Hand, um nach einer Tasse zu greifen. Ethelyn Blood füllte sie eilig.

Dolly blickte Roger eisig an. Er schob seine Hände verlegen in die Taschen und sank in seine Ecke zurück. Sein Nacken und seine Wangen waren rot angelaufen.

»Ihr könnt nicht hierbleiben«, erklärte Sartoris kurz angebunden. Er schob die Reste seines Hörnchens beiseite. »Das war sehr gut«, sagte er zur Haushälterin. Sie strahlte.

»Der Hubschrauber kommt aber erst morgen wieder«, protestierte Dolly. »Und warum nicht? Dieses Haus hat achtzehn Zimmer.«

»Aber keines für dich. Ich habe dich nicht eingeladen. Ich will deine Krokodilstränen nicht. Ruf an und sag, der Hubschrauber soll sofort zurückkommen. Er ist wahrscheinlich bis jetzt noch nicht einmal auf halben Weg zurückgeflogen.«

»Es ist ganz unmöglich, wie unhöflich du bist, Sartoris«, tadelte Dolly. Sie warf Nick einen hilfesuchenden Blick zu. »Nick, kannst du nicht mit ihm reden? Du kannst doch am besten mit ihm umgehen, wenn er so ist wie jetzt.«

Der Alte zischte. Er erhob sich mühsam. Mrs. Blood eilte an seine Seite, ihr Gesicht war hart und zornig.

»Mein Vater weiß selbst, was er will«, sagte Nick milde.

Dolly gab sofort nach. »Nun gut. Dürfte ich denn noch ein paar Worte mit meiner Schwiegertochter und mit meinen Enkelkindern sprechen?«

»Was Mrs. Douglas tut, ist natürlich ihre Angelegenheit«, knurrte Sartoris.

»Nun?« Dolly blickte Nick an.

Dieser kreuzte die Arme vor der Brust. Er würde sich nicht in Lucys Angelegenheiten mischen. Dolly wußte das.

»Da fragst du sie besser selbst«, sagte er. »Aber ich warne dich, sie weiß ebenfalls selber sehr genau, was sie will.«

Dolly setzte sich wieder. Wenigstens an einer Front hatte sie einen kleinen Sieg errungen. »Ich werde hier auf sie warten.«

»Ich bring' dir das Telefon, während du wartest«, bot Nick an. »Vielleicht erreichst du den Hubschrauber noch.«

Er ging hinein ins Schlafzimmer. Lucy machte gerade die Betten.

»Ein dringendes Telefongespräch?« fragte sie, als er nach dem Telefonapparat griff.

»Es entfernt hoffentlich Dolly aus unserer Mitte. Sartoris hat ihr die Tür gewiesen, aber sie muß den Hubschrauber zurückrufen. Und laß dich warnen, sie will mit dir reden.«

»Bah«, sagte sie.

»Ich mache mir Sorgen um Sartoris. Er scheint müde zu sein.«

Lucy nickte. »Vielleicht sollten wir ebenfalls heimfahren. Ich kann auch die Kinder nehmen und allein fahren, wenn du noch ein bißchen bleiben willst.«

»Nein, laß uns alle zusammen noch etwas bleiben. Ich glaube, es wird ihm wieder besser gehen, wenn Dolly erst mal weg ist. Er scheint sich über dich und die Kinder ehrlich zu freuen.«

Hand in Hand gingen sie den Korridor entlang.

»Und wo sind meine kleinen Kumpel?« fragte Nick.

»In Mrs. Bloods Küche. Sie hat ihnen erlaubt, sich Eimer und Löffel für den Strand zusammenzusuchen.«

Als sie wieder auf die Terrasse kamen, hatten Sartoris und Mrs. Blood sich zurückgezogen.

Eine lange Unterredung mit dem Flughafen von Bar Harbor folgte, immer wieder unterbrochen von Störgeräuschen. Der Hubschrauber war inzwischen zu einem anderen Inselchen unterwegs. Er konnte erst am Abend um acht oder halb neun zurückkommen, falls das Wetter nicht umschlug.

Dolly legte befriedigt auf. Sartoris würde sie zum Mittagessen einladen müssen, und sie hatte den ganzen Tag für sich. Roger war in seiner Ecke halb eingeschlafen, nur manchmal bewegte er sich, wenn er rülpste und noch eine Magentablette in den Mund stopfte. Er hatte die Hörnchen in sich hineingeschlungen, sobald sie allein waren, und die Kanne Kaffee hinterhergeschüttet, während sie ihn dabei anstarrte.

Lucy war während des Telefongesprächs schon wieder verschwunden und mit den Kindern zum Strand gegangen. Nick entschuldigte sich jetzt auch und ging ins Haus. Um Daddy Bericht zu erstatten, dachte Dolly.

Sie schlüpfte aus den Schuhen und zog unter dem Rock die Strumpfhose aus. Roger applaudierte. »Weitermachen«, rief er.

Sie ignorierte ihn. Er war richtig ungezogen, ganz wie ein verwöhntes Kind, nur weil sie darauf bestanden hatte, Lucy hierher zu folgen, und er dazu keine Lust hatte. Aber von ihm würde sie sich den Spaß nicht verderben lassen.

»Ich gehe zu Lucy hinunter an den Strand. Wenn du auch mitkommen willst, ziehst du besser die Schuhe und Socken aus und rollst deine Hosen hoch. Und bleib im Hintergrund. Das ist eine Privatsache zwischen Lucy und mir.«

»Oh.« Viel konnte Roger dazu nicht sagen. Er zog die

Schuhe aus, stopfte die Socken hinein und trottete hinter Dolly her.

»Lucy!« rief sie. Der Sand klebte an ihren Füßen, er war noch naß von der Flut. »Zachary John! Laurie!«

Lucy drehte sich um und winkte. Laurie und Zach ließen ihre Eimer und Löffel fallen und liefen mit lautem Hallo auf ihre Großmutter zu.

Lucy und Roger sahen von verschiedenen Seiten zu, wie Dolly die Kinder abwechselnd hochhob und an sich drückte. Ihre Augen trafen sich kurz, lang genug, um jeweils im Blick des anderen das ungläubige Staunen zu bemerken angesichts von Dollys Zurschaustellung großmütterlicher Liebe. Roger wurde rot und starrte aufs Meer. Lucy konnte ihn nur weiterhin betäubt anschauen.

Dolly brachte die Kinder zurück zu Lucy und ließ sie laufen; sie eilten zu ihren Eimern und Löffeln und wanderten den Strand entlang. Ab und zu hoben sie etwas aus dem Sand auf und unterhielten sich begeistert über ihre Funde.

Lucy und Dolly gingen langsamer hinter ihnen her.

»Ich hoffe, du hast nichts dagegen. Ich möchte gern die Kinder im Auge behalten.«

»Nein, natürlich nicht. In diesem Kleid kann ich mich sowieso nicht hinsetzen.«

Sie trug einen weißen Faltenrock, nicht gerade passend für den Strand. Der Fehler passierte ihr selten, daß sie irgendwo in der falschen Kleidung auftauchte. Rogers Schuld, er hatte sie mit seinen Allüren abgelenkt. Sie schaute sich nach ihm um; er bummelte weit hinter ihnen her.

»Sollen wir auf ihn warten?« fragte Lucy höflich.

Dolly lachte: »Um Himmels willen, nein. Roger soll sich mit sich selbst amüsieren.«

Die beiden Frauen gingen weiter. Laurie kam zurück,

um ihre Funde vorzuzeigen. Zach marschierte wie üblich voraus und ließ sich nicht weiter ablenken.

Als Laurie wieder außer Hörweite war, sagte Lucy: »Ich muß gestehen, daß ich überrascht war, als ich dich heute morgen hier sah.«

»Ja, das habe ich auch gemerkt«, sagte Dolly. »Dein Vater hat mir verraten, wo ihr seid. Nun, ich mußte Sartoris ohnehin einen Beileidsbesuch machen.«

»Du hast Nicks Mutter in jener Nacht gesehen, nicht wahr?« Lucy war neugierig. Andererseits mußte man wohl den Polizeiberichten glauben. Wenn diese sagten, daß Dolly nichts mit dem Verschwinden von Lady Maggie und ihrer Pflegerin zu tun habe, dann hatten sie wohl auch sichere Beweise, eine solche Beteiligung auszuschließen.

Dolly setzte wieder ihr Begräbnisgesicht auf. »Es war ein traumatisches Erlebnis. Sie war ja eine ganz alte Freundin, weißt du. In dem Sommer, nachdem mein Vater seine Präsidentschaft verloren hatte, nahm sie Mutter und mich auf. Sicher, mit den Jahren war sie etwas komisch geworden, aber sie war immer noch sehr freundlich und liebenswürdig. Ich kenne die Familie wirklich sehr lange, mein Schatz. Darum bin ich auch so froh, daß du dich mit Nick so gut verstehst. Und nun erbt er auch noch all das Geld von seiner Mutter. Nicht daß er es gebrauchen könnte. Nur schade um dieses Collier. Es war wirklich so umwerfend, wie man sagt. ... und dann hat Sartoris ja auch mein Portrait gemalt. Ich war knapp fünfzehn damals, noch ein Kind.«

Es lag eine Spur von Stolz in Dollys Stimme.

»Ich war ja so geschmeichelt.«

Sie lächelte Lucy an, als gestehe sie eine kleine amüsante Schwäche.

»Aber als es fertig war, da war ein gemeines, rohes, lüsternes Bild draus geworden. Ein grausamer Scherz. Typisch für den alten Bastard. Du wirst es nicht gerne hören, aber Nick hat etwas von dem Alten in sich, er auch.«

Lucy kochte innerlich, nur die Anwesenheit der Kinder hielt sie zurück. Sie trat in den Sand, daß er aufspritzte.

»Sartoris war stets ein perfekter Widerling«, fuhr Dolly fort. »Er ist der lebendige Beweis, daß Alter nicht weiser und nachsichtiger macht, jedenfalls nicht, wenn man von Anfang an ein Bastard ist. Na, jedenfalls ist es mit ihm bergab gegangen, seit ich ihn das letzte Mal gesehen habe. Richtig senil ist er geworden.«

»Mir kommt er ganz in Ordnung vor. Vielleicht ein bißchen mitgenommen zur Zeit«, wandte Lucy ein.

»Du hättest ihn sehen sollen da draußen auf der Terrasse, während du dich anzogst. Einen richtigen Wutanfall hat er gehabt mit Zittern und Schaum vor dem Mund. Aber weißt du, bei alten Leuten sind solche Stimmungsschwankungen nichts Ungewöhnliches, vor allem, wenn sie kindisch geworden sind. Du kennst ihn eben nur in guter Stimmung.«

»Nun, du kennst ihn länger als ich. Aber es ist schließlich Nick, den ich heirate, und nicht sein Vater.«

Dolly lächelte: »Alles Gute, mein Schatz. Ich muß gestehen, ich war ein wenig überrascht, als ich bei dir zu Hause anrief. Ich hatte erwartet, ich müsse dich aus deiner Werkstatt wegziehen, und da sagte mir dein Vater, du seist mit Nick unterwegs. Aber Liebe hat immer Vorrang, nicht wahr? Ich habe mich nur gewundert, daß du die Kinder mitgebracht hast. Die stören doch nur.«

Lucy errötete. Sie zog die Sonnenbrille heraus und setzte sie auf.

»Du mußt schon entschuldigen«, sagte sie, »aber mein Privatleben hat eine gewisse Priorität. Ich habe dir versprochen, mir den Schaden anzusehen; das werde ich auch tun. Ich werde jemanden finden, der die Reparatur ausführen kann, falls ich es selbst nicht kann. Ich glaube, du kennst mich inzwischen gut genug, um zu wissen, daß ich zu meinem Wort stehe. Und ich mag es gar nicht, wenn man mich drängt.«

Die Drohung war für Dolly deutlich genug. Sie war beim Umgang mit Lucy schon oft auf diese Art Mauer gestoßen.

»Oh, Liebes«, sagte sie seufzend, »habe ich schon wieder etwas Falsches gesagt?«

Lucy blieb plötzlich stehen und bückte sich. Sie hob ein Stück Glas auf, das von der See und vom Sand blank poliert war, und hielt es hoch, so daß das Licht sich darin fing. Auf Dolly und ihre Worte schien sie gar nicht zu achten.

»Ich weiß, du glaubst, ich sei wegen Nick und dir eifersüchtig. Das bin ich wirklich nicht, Lucy. Ein bißchen besorgt vielleicht. Ich möchte dich nicht verletzt sehen, weißt du. Nick ist sehr charmant, das kann ich selbst bezeugen, aber ehrlich gesagt, er ist wohl ein paar Nummern zu groß für dich. Trotzdem, du mußt tun, was du zu tun hast, ich weiß. Laß mich dir beweisen, daß ich mich wirklich nicht einmischen will. Laß mich die Kinder mit nach New York nehmen, dann könnten Nick und du hier ungestört Ferien machen. Und wenn du sie dann wieder abholst, kannst du gleich einen Blick auf das Haus werfen.«

Lucy blickte Dolly an, als sei sie ein Stück Strandgut, das die Wellen angespült hatten.

»Sie stören hier überhaupt nicht. Sartoris mag es, daß sie hier sind. Er hat es mir selbst gesagt. Aber trotzdem vielen Dank für das Angebot.«

Dolly beschattete die Augen mit der Hand und schaute den Strand entlang nach Roger.

»Das Angebot bleibt bestehen, meine Liebe.« Sie schwieg einen Augenblick, dann klagte sie leise: »Oh, wenn du es nur sehen würdest. Dir würde übel werden.

Mir wird schon ganz schlecht, wenn ich an das ruinierte Haus nur denke.«

Lucy trat unruhig von einem Fuß auf den anderen. Wenn auch jedes zweite Wort, das Dolly gesprochen hatte, eine Lüge gewesen war, das hier jedenfalls schien wahr zu sein. Ihre Schwiegermutter schien tatsächlich unter dem Zustand ihres Weißen Hauses zu leiden. Lucy war eher neugierig, eigentlich mehr als neugierig; schließlich war es zu einem großen Teil ihre eigene Arbeit, die da zerstört worden war. Es machte sie traurig, an all die Zeit und die Anstrengung zu denken, die sie in das Werk gesteckt hatte, in die Schönheit seiner Vollendung, die nun verloren waren. Sie fürchtete fast, ihr könne von dem Anblick ebenfalls schlecht werden.

Sie sagte sich, man müsse Dolly eigentlich zugute halten, daß sie sich überhaupt um irgendwas so sehr sorgte. Selbst die Kinder hatten nie mehr als sporadisches Interesse in ihr erzeugt. Doch eine innere Stimme wandte ein, daß Dolly sich nur um das Haus sorgte, weil es ihr Eigentum war. Sie gab das zu. Aber, sagte sie zu ihrer inneren Stimme, sie hatte auch Nick falsch beurteilt. Sie hatte versucht, ihn auch noch rückwirkend ihren eigenen hohen Standards zu unterwerfen. Die Trennung von ihm hatte ihr nicht etwa gezeigt, daß sie nicht ohne ihn leben konnte; sie konnte es, das wußte sie. Was sie dabei gelernt hatte, war, daß er ihrem Leben etwas hinzufügte, Freundschaft und Gemeinsamkeit, die mehr war als nur Leidenschaft.

Sicherlich war Lucy Novick Douglas alt genug, erfahren genug, so wies sie die innere Stimme zurecht, um jedem Menschen zu gestatten, in seiner eigenen Welt zu leben mit ihren eigenen besonderen Gesetzen. Ihre Debatte mit sich selbst endete schließlich damit, daß sie sich bereit fand, wieder einmal etwas zu tun, was sie eigentlich nicht wollte.

»Ja«, sagte sie zu Dolly, »ich werde kommen und mir das Haus anschauen. Bald.«

»Gut.« Dolly ergriff ihre beiden Hände und drückte sie. »Du weißt gar nicht, was das für mich bedeutet. Und laß es dir bitte noch einmal durch den Kopf gehen, ob ich nicht doch Zach und Laurie mitnehmen sollte.«

Lucy zog ihre Hände zurück und steckte sie in die Tasche. Sie konnte das kleine Glasstück darin fühlen, das sie hineingesteckt hatte. Es war glatt, kühl und hart, ein hilfloses, hoffnungsloses fühlendes Wesen, benutzt von der See.

Die beiden Frauen waren hinter den Kindern zurückgeblieben. Lucy ging etwas schneller, um wieder aufzuholen.

»Es wird nicht lange dauern, den Schaden genau einzuschätzen«, sagte Dolly, die hinter ihr hereilte.

Lucy nickte.

»Ach, Liebes, ich muß in den Schatten, die Sonne wird mir zuviel. Wir reden später weiter«, sagte Dolly.

Lucy sah ihrer Schwiegermutter nach, die sich umdrehte und zum Haus zurückging. Bald war sie um eine Strandbiegung verschwunden. Vorher hatte sie noch Roger aufgelesen und ihn mit sich fortgezogen.

Inzwischen war es am Strand heiß geworden. Lucys Oberlippe, ihr Haaransatz und ihre Achselhöhlen waren feucht von Schweiß. Die Kinder trugen Shorts und T-Shirts zum Schutz gegen die Sonne; aber jetzt war es wohl Zeit, ihnen die Badeanzüge anzuziehen und sie sich im Wasser abkühlen zu lassen.

Sie rief sie zu sich, und als sie ihr prompt folgten und zu ihr zurückliefen, dachte sie belustigt, daß die zwei doch sehr wohlerzogen waren.

Ein beißender kleiner Sorgenknoten brannte unter Nick Weilers Brustbein. Er mochte es überhaupt nicht, daß Dorothy sich hier herumtrieb, vor allem nicht in Lucys Nähe. Und es regte seinen Vater auf. Aber er konnte nicht mehr tun, als er getan hatte, um die Insel von Dolly zu befreien oder um die beiden Frauen daran zu hindern, sich zu treffen. Er beschloß, bei Sartoris hineinzuschauen, und ging hinüber zum Studio. Dieses war wie das ganze Haus mit Sartoris' Werken vollgestopft. Für den Sicherheitsbeauftragten eines Museums mußte es ein Alptraum sein, dachte Nick, wie die Bilder da herumlagen, als seien sie bestickte Kissenbezüge. Er mußte grinsen.

Der Alte saß in seinem Studio vor einem niedrigen einfachen Holztisch, der mit Klecksen seiner beliebten Gelb- und Rottöne übersät war. Er war in einem Stuhl mit hoher Lehne zusammengesunken, sein Kopf ruhte auf seiner massiven Brust, und sein Gesicht wurde von dem zerschlissenen alten Panamahut bedeckt. Das gleichmäßige Atmen zeigte, daß er schlief: den Schlaf des Alters, plötzlich, leicht und zerbrechlich. Nick setzte sich auf ein Sofa und wartete.

Eine halbe Stunde verging in fast völliger Stille. Das Hintergrundgeräusch des Meeres wurde nur ab und zu von einem Schnarchen oder Schnauben unterbrochen. Nick schloß selbst die Augen, um die Gerüche des Studios besser aufnehmen zu können: den Duft von Farbe und Terpentin, von Fixativ, Holzkohle, von einem Dutzend trivialer Substanzen, die aber die Elemente der Magie waren, mit der sein Vater Leinwand, Papier, Holz oder Gips verwandelte. Der salzige Geruch des Meeres kam hinzu, er erinnerte an Freisetzung, Vergebung, letzte Riten, dachte er. Es erinnerte ihn an einen anderen Tag vor nicht allzu langer Zeit, der von einem anderen Duft durchtränkt gewesen war, dem Duft von Rosen.

»Umph.« Der Alte erwachte. Sein Kopf hob sich, und seine stählernen Augen glitzerten unter der Hutkrempe hervor. »Was willst du?«

»Von dir gar nichts«, sagte Nick leichthin.

»Du willst wohl nicht mal meine Kleckserei en, was?«

»Nun, ich würde sie nicht zurückweisen. Aber ich kann darauf warten.«

Sartoris kicherte: »Du wirst sie sowieso kriegen, was? Ist ja wahr. Es gibt ja sonst niemanden, dem ich sie vererben kann.«

»Du könntest ja ein Museum suchen, das sie verdient. Und dann gibt es ja noch immer dein geliebtes Mutterland.«

»Umph.« Der Maler zeigte auf eine alte Kommode, die zur Aufbewahrung von Lappen, Öldosen und anderem Abfall diente. »In der unteren Schublade, Nicholas.«

Zwischen staubigen Briefbündeln, die Nicks antiquarischen Puls schneller schlagen ließen, fand er eine frische Flasche ›Wild Turkey‹-Whisky. Für einen Biographen muß das eine Schatztruhe sein, dachte er, und die wird jetzt vielleicht von Mäusen zernagt. Und natürlich, von seiner Mutter mußte wohl auch etwas dabei sein. Er zog die Flasche heraus und schloß die Schublade langsam wieder.

»Da es heute mein Schicksal zu sein scheint, nicht arbeiten zu können, werde ich wohl einen Schluck des Trostes zu mir nehmen.« Sartoris öffnete die Flasche. »Ein Glas habe ich hier nicht. Wir werden uns gegenseitig mit unseren Bazillen anstecken müssen.« Er zögerte mit der Flasche an den Lippen. »Ich hoffe doch sehr, du hast keinen Tripper?«

Nick hielt seine Handflächen hoch, um zu zeigen, daß sie sauber waren.

Sartoris kicherte. »Na ja, es ist auch eine frische Flasche. Sie muß jemandem zugeeignet werden. Ich weihe also die Flasche Mrs. Lucy Douglas.«

Nach einem kräftigen Schluck gab er die Flasche an Nick weiter, der sie feierlich erhob und sagte: »Ich schließe mich dem an. Auf Mrs. Lucy Douglas.«

»Aber wirklich«, schnaubte der Maler, »es ist schwer zu glauben, daß eine vernünftige Frau wie diese jemals töricht genug sein konnte, um Dolly Hardestys Sprößling zu heiraten. Gut für euch beide, daß der junge Idiot sich aus dem Leben davongemacht hat.«

»Na ja, immerhin ist sie auch töricht genug, deinen Sprößling zu heiraten.« Nick gab die Flasche zurück.

»Hoho, so ist das? Also, dann auf euch beide. Alter geht vor Schönheit«, und die Flasche gluckste wieder.

Nick nahm seinen Teil.

Der Alte hatte einen guten Rat: »Laß sie nur nichts mehr mit Dolly zu tun haben. Das geht nicht gut.«

»Leider sind die beiden Kinder auch Dollys Enkel«, bemerkte Nick.

»Ach, scheiß drauf. Vielleicht solltest du es dir dann noch einmal überlegen.«

»Wenn sie mit Dolly fertig werden kann, dann kann ich das schon lange.«

Sartoris lachte zweifelnd: »Gib mir die Flasche wieder, wenn du sie doch bloß von einer Hand in die andere schiebst. Aber halt sie von dieser Hexe fern. Sie ist ein gutes Mädchen und wird einen ehrlichen Mann aus dir machen, wenn sie auch deine Lebensgeschichte nicht wird ändern können.«

Nick sah zu, wie der Alte die Flasche hob. »Du hast nie eine Frau gebraucht, die dich zur Ehrlichkeit gebracht hätte.«

»Nein. Ich war auch nie ehrlich, jedenfalls nicht Frauen gegenüber.«

»Nicht einmal gegenüber meiner Mutter?« Plötzlich wurde Nick wieder nüchtern: »Es tut mir leid. Das war eine gemeine Bemerkung.«

Der Alte zuckte mit den Schultern und reichte ihm die Flasche.

»Wenn das jemandem leid tun sollte, dann mir. Verdammt, aber Gewissensbisse sind doch nur Energieverschwendung.«

Nick nahm kurz einen Schluck, dann gab er zu: »Ich war auf ihren Tod eigentlich vorbereitet. Aber ich mag gar nicht daran denken, was ihr nun passiert ist – Schmerzen, Furcht.«

»Ja, ich weiß. Ich fühle ihren Tod in meinen Knochen, wie man das ja von alten Leuten behauptet. Eine beschissene Welt, mein Junge. Alte Fossilien wie Maggie sind für Raubtiere eine so leichte Beute.«

Nick schüttelte den Kopf. »Ich muß dabei immer an Leyna Shaw denken. Sie verschwand auch einfach ganz plötzlich.«

»Leyna Shaw?«

»Eine Journalistin.«

»Ach, ich habe ganz den Kontakt mit der Welt draußen verloren. Ich treffe nur noch dich ab und zu.« Die Whiskyflasche, jetzt wieder in den Händen von Sartoris, zitterte leicht. »Aber deine Frau. Die Kleinen. Das ist etwas.«

»Das passiert leicht. Daß man Kontakt verliert, meine ich.«

»Wenn ich in die Zeitung schaue, frage ich mich, ob ich wirklich auf demselben Planeten lebe mit all den Narren und Verrückten. Aber laß dir das sagen, Nick, das ist der einzige sichere Vorteil eines langen Lebens.«

Nick mußte erst den Zug aus der Flasche beenden, bevor er fragen konnte: »Was hast du gesagt?« Der Tag wurde richtig heiß, und er mußte langsam mit diesem blöden Trinken aufhören, bevor es in seinem Kopf noch schlimmer wurde.

»Nach einer Weile sieht alles gleich aus, das meine ich«, sagte Sartoris.

Das tat es wohl wirklich. Die Augen des Alten wurden immer glasiger. Nick schaute umher, bewunderte das höhlenartige, aber trotzdem lichterfüllte Atelier.

»Lucy würde es hier gefallen«, sagte er und wedelte mit der Flasche.

»Dann bring sie doch mal her«, erwiderte Sartoris und kramte in seiner Tasche. Er warf Nick einen kleinen goldfarbenen Schlüssel zu. »Der Schlüssel zum Leben«, sagte er und lachte.

Nick steckte ihn ein. »Du hast die aphrodisische Wirkung eines Malerateliers also noch nicht vergessen?«

»Na ja«, spottete Sartoris über sich selbst, »ein bißchen schon.«

Sie lachten beide.

»Ich möchte gern, daß du meine Bilder ordnest. Ich habe das Gefühl, daß ich an einem dieser schönen Sommertage sterben werde.«

»Gut. Ich werde mir einige Zeit vom Dalton Urlaub nehmen. Darf ich jemanden zum Helfen mitbringen?«

Der Alte grinste. »Und den Schlüssel behalten? Solange die Arbeit nicht darunter leidet... Ich würde gern einmal sehen, was Lucy macht, diese Mikrokosmen. Der Gedanke, daß Kunst auch Spielzeug sein kann, fasziniert mich. Wenn Kunst eine Idee im Hintergrund haben muß, dann ist das vielleicht die bestmögliche.«

»Spricht jetzt derselbe Mann, der mir damals fast den Hintern versohlt hätte, als ich das Malen aufgab? Nur weil ich nicht glauben wollte, daß die Kunst ohne mich zugrunde gehen würde?«

»Du hast damals deine Feigheit als Bescheidenheit ausgegeben. Ich werde dir auch niemals verzeihen, wie du dein Talent verschleudert hast. Und ich ändere mein Testament, damit du es nur weißt! Ich werde meine Bilder Lucy und den Kindern hinterlassen unter der Bedingung, daß sie niemals in deinem verdammten Museum gezeigt werden dürfen.« Die Whiskyflasche glitzerte im Licht, als der Maler jetzt seine Stimme erhob. »Und mich kannst du nicht im Bett rumkriegen!«

»Das stimmt«, stichelte Nick. »Das war ja wohl auch immer eher deine Methode, oder?«

»Paß bloß auf, was du sagst, sonst nehme ich dir auch den Atelierschlüssel wieder ab. Dann gibt es keine lustige Witwe inmitten all dieser...«, er umfing das Atelier in einer großen Geste, »...Kunst.«

»Blödsinn. Du willst doch nur, daß jemand hier ein bißchen heiliges Sperma verspritzt, ein bißchen Sexualparfüm, hier in deinem verdammten Tempel. Weil du das nämlich selbst nicht mehr kannst, nicht wahr?«

»Ich glaube«, sagte der Alte bedächtig und schaute in die Tiefen der Flasche, »ich werde dir in meinem Testament verbieten, jemals meine Biographie zu schreiben.«

Darauf mußten sie beide wieder lachen.

Als Nick Sartoris verließ, war die Flasche nur noch zu einem Drittel gefüllt. Der Maler brachte es aber noch fertig, den Kopf vom Sofa zu heben und Nick an das Katalogisieren seiner Bilder zu erinnern. Nick versprach, nach dem Essen, wenn sein Kopf etwas klarer war, erst einmal zu versuchen, einen ungefähren Überblick zu gewinnen. Sartoris schlief ein.

Das Haus war voller Bilder und Zeichnungen. Wenn auch im Alter seine Produktivität nachgelassen hatte. Sartoris hatte so viele Jahre gemalt und hatte schon so lange nichts Wichtiges mehr verkauft. So war nun sein Lebenswerk im Haus und im Atelier verstreut. Die Wände der langen Korridore waren vollgehängt, jedes Schlafzimmer, jedes Wohnzimmer, überall, wo noch ein Stück Wand frei gewesen war. In einigen Zimmern waren Gemälde in großen Magazingestellen aufgehängt, die Nick über das Dalton besorgt hatte.

Als Sartoris zum Mittagessen nicht auf der Terrasse erschien, ergriff Dolly das Wort, als sei sie die Gastgeberin. Sie wollte von jedem wissen, was er am Nachmittag vorhatte, als sei sie die Gruppenführerin in einem Zeltlager.

Die Kinder sollten erst einmal ihren Mittagsschlaf halten. Es war offensichtlich, daß sie ihn nötig hatten; sie waren während des Essens ungewöhnlich laut und quengelig gewesen. Lucy erklärte, sie plane einen Spaziergang und wolle die Insel erforschen. Sie schaute erwartungsvoll auf Nick, aber der schüttelte den Kopf.

»Ich will ein bißchen arbeiten«, sagte er.

Dolly schaute interessiert auf. Sie konnte sich nur eine Art von Arbeit für Nick hier vorstellen. Sicher wollte er das begutachten, was er von dem Alten erben würde. Nachdem Lucy die Kinder ins Schlafzimmer gebracht hatte, rückte sie näher zu ihm.

»Was hinterläßt er dir alles?« fragte sie vertraulich.

Nick rollte mit den Augen. »Ich habe keine Ahnung«, log er.

»Blödsinn. Wen hat er denn sonst? Und jetzt, wo du bald eine Familie haben wirst. Dein Vater ist auch nur ein Mensch. Warum sollte er immun sein gegen das normale Bedürfnis, seinen Sohn verheiratet zu sehen und ein paar Enkelkinder zu haben, die seinen Namen weitertragen?«

»Wirklich, Dorothy, ich weiß es nicht. Ich habe dir schon früher gesagt, mein Vater weiß selbst, was er tut.«

»Na gut. Sei ruhig geheimnisvoll«, schmollte sie.

Roger, der sich mit Gurkensandwichs vollstopfte, wählte diesen Moment, um zu rülpsen. Er murmelte eine Entschuldigung und wandte sich den Schokoladenplätzchen zu. Er hatte Nick Weiler nichts zu sagen, und umgekehrt war es ebenso.

»Und du, was machst du heute?« fragte Dolly Roger, dessen Anwesenheit sie erst jetzt zu bemerken schien.

»Einen Spaziergang«, sagte er, den Mund voll Plätzchen.

»Den kannst du auch vertragen«, stichelte sie und

schaute auf seinen Teller. »Ich werde ein Schläfchen machen.«

»Das brauchst du auch«, erwiderte Roger rüde, stand auf und kümmerte sich nicht um die erstaunte Dolly, die hinter ihm her starrte.

Es war ein kleiner und sehr flüchtiger Sieg für Roger. Sein Spaziergang mit dem Bauch voller Gurken, Limonade und Schokoladenplätzchen erwies sich bald als keine sehr weise Idee. Ihm wurde übel, und er bekam einen Krampf in der linken Seite. Er hielt im Schatten der Obstbäume an. Von hier konnte er alle Eingänge des Hauses im Auge behalten und sehen, was sich tat.

Als er geduldig wartete, wurde ihm das Gewicht der Kamera und des Verkleinerers bewußt, die er um seinen Hals trug. Die Lederetuis, die vor seiner Brust hingen, schienen den Schweiß anzuziehen wie ein Magnet Eisenspäne. Seine Nylonsocken waren unerträglich feucht und heiß. Er nahm die Gelegenheit wahr, sie auszuziehen und in die Tasche zu stecken. Ein paar Minuten genoß er die verhältnismäßige Kühle des Bodens unter den nackten Füßen. Er zog gerade seine Schuhe ohne Socken wieder an, als er Lucy sah; sie war aus der Schlafzimmertür herausgekommen und schon auf dem Weg zu den Hügeln.

Er sprang auf und bewegte sich im Schutz der Bäume vorwärts. Er war ihr ein bißchen voraus und ging parallel zu ihr; indem er etwas höher am Abhang blieb als sie, hoffte er, sie in Sicht zu behalten. Sie ging sehr schnell und gleichmäßig; bald war er schweißdurchnäßt und fühlte bei jedem Schritt die Blasen, die sich zu bilden begannen. Als sie einfach nicht langsamer wurde, packte ihn eine leichte Verzweiflung. Er beschloß, ihr so bald wie möglich den Weg abzuschneiden.

Ihre Pfade trafen etwa eine Stunde vom Haus entfernt

aufeinander, auf einem Abhang, von dem aus man die Insel gut übersehen konnte. Roger, der wütend durch dornige Büsche und dichtes Unterholz stapfte, hatte keine Zeit, den Blick zu genießen. Aber als er Lucy erreichte, war sie von der Aussicht so gefesselt gewesen, daß sie ihn nicht bemerkt hatte und bei seinem plötzlichen Auftauchen aus dem Gebüsch zusammenfuhr.

Sie starrte ihn an und war einen Moment reglos vor Schrecken.

Roger taten die Füße weh, er fühlte Übelkeit in seinem Magen, der Schweiß tropfte durch seinen jungen Bart. Er war besorgt, als er sah, daß er sie erschreckt hatte, und streckte instinktiv die Hand aus, um sie zu beruhigen. Zu seinem Entsetzen sprang sie weg.

»He«, protestierte er.

»Tut mir leid«, sagte sie, »Sie haben mich erschreckt.«

Roger grinste. »Die Aussicht muß Sie ja ganz hingerissen haben. Ich war doch so laut wie eine Herde Elefanten, die durch den Busch stapft.«

»Der Blick ist ja auch besonders schön«, sagte sie und wandte sich wieder zu ihm um.

Roger hatte sich auf dem Weg nicht umgeblickt, er war zu sehr damit beschäftigt gewesen, Lucy nicht zu verlieren. Jetzt schaute er über die Insel, die unter ihnen ausgestreckt lag. Er konnte die gekurvte Küste sehen und die Häuser, die Sartoris' Wohnräume und sein Atelier beherbergten. Aber dieses Mal war das alles nicht wie vom Flugzeug aus ein blaues und grünes Relief, schemenhafte Formen, weit entfernt. Nein, die See rollte schäumend und stampfend auf den Sand und die Felsen zu. Roger bekam wieder ein unbehagliches Gefühl im Magen, und diesmal kam es nicht vom Essen. Es bedrückte ihn, wie klein die Insel war und wie groß das Meer ringsum. Er wünschte sich, die Erdkrümmung lieber noch einmal von einem großen Jet aus zu sehen. Und die hohen Türme Manhattans.

Und dann fiel ihm ein, daß Manhattan auch nur eine Insel am Rand desselben großen Ozeans war. Er wollte darüber nachdenken, aber Lucy trat jetzt zurück, setzte sich auf einen Felsen und lächelte ihn an.

»Warum haben Sie mein Federmesser gestohlen?« fragte sie leichthin.

»Huh?«

»Mein Federmesser. Sie haben es in meiner Werkstatt geklaut. Warum?« Sie war lieb und geduldig, so als würde sie Zach fragen, warum er Billy Cassidy aufs Auge geschlagen hatte.

Roger steckte die Hände in die Taschen. Er starrte auf seine Schuhe, und sein Schuldbewußtsein trieb ihm die Röte in die Wangen. Er wußte, was er ihr zu sagen hatte. Er mußte nur die richtigen Worte finden.

»Ach so«, sagte er, »*das* Federmesser.«

Lucy nickte ermutigend.

Roger ging auf schmerzenden Füßen zu ihr hin, ließ sich auf einem Stein neben ihr nieder und knüpfte seine Schnürsenkel auf.

»Das ist eine lange Geschichte«, sagte er und versuchte so beiläufig wie möglich zu klingen, um sie nicht zu früh zu verschrecken, »und ich fürchte, daß Sie mir nicht glauben werden.«

Lucy sah zu, wie er die Schuhe auszog und seine Blasen betrachtete. Sie rückte ein wenig von ihm ab, blinzelte und sagte: »Versuchen Sie's doch.«

Roger holte tief Atem, streckte seine Zehen in die Luft und faßte sich ein Herz.

»Es ist nicht einfach zu erklären. Darum bin ich Ihnen auch gefolgt.«

»Sie sind mir gefolgt?« Ihre Augen weiteten sich leicht vor Erstaunen.

Er nickte: »Ich muß Sie warnen.«

Sie rückte noch weiter von ihm ab. »Was?« Ihre Stimme

zitterte leicht wie die Blätter an dem Busch über ihnen, durch die der Seewind blies.

Roger klopfte auf eine der Kameras, die vor seiner Brust hingen.

»Sehen Sie, das hier ist eine Kamera. Eine ganz gewöhnliche Sofortbildkamera, damit kann man Bilder von Kindergeburtstagen und vom Washington-Denkmal machen.«

Lucy nickte zustimmend.

»Aber das hier«, er klopfte leicht auf die andere, »ist keine.«

»Oh«, sagte sie.

»Das ist eine Erfindung von mir. Ich nenne sie einen Verkleinerer.«

Sie starrte darauf. Es schaute aus wie ein Kameraetui, genau wie das andere auch.

»Man kann damit Sachen verkleinern.«

»Ein Verkleinerer?«

»Ich habe fast mein ganzes Leben für die Regierung gearbeitet. In einem Forschungsprojekt. Vor über einem Jahr haben sie mich hinausgeworfen. Das Projekt wurde eingestellt, aus Ersparnisgründen, Sie kennen das. Aber da war ich schon ganz nahe dran an der Sache, nach der wir in dem Projekt suchten. Deshalb habe ich meine Ersparnisse mitgenommen und praktisch verwendet, und so habe ich diesen Apparat erfunden. Den Verkleinerer.«

»So?« sagte Lucy auffordernd.

»Na ja, sehen Sie«, er sah sie schüchtern an, »es ist sicher schwierig zu glauben.« Er schluckte. »Damit kann man Dinge kleiner machen.«

Lucy nickte höflich und voll Unverständnis: »Aha.«

»Wirklich«, beharrte er. »Erinnern Sie sich an Leyna Shaw? Und an Lady Maggie Weiler und ihre Pflegerin? Haben Sie es niemals seltsam gefunden, daß Dolly und ich in der Nähe waren, als sie verschwanden?«

Lucy saß starr auf ihrem Felsen und sah an Roger vorbei auf die Insel unter sich.

»Und das Karussell im Central Park? Und die Sachen aus dem Borough-Museum? Ich habe es getan. Ich meine, wir beide waren es.«

Lucy starrte ihn nun an, ohne ihn wahrzunehmen.

»Die Menschen sind gestorben. Leyna hat sich selbst umgebracht. Ich glaube, sie mochte es nicht, so klein zu sein. Sie hat den ganzen Schaden im Weißen Haus angerichtet. Ich wollte nicht, daß Dolly der alten Dame weh tun konnte, deshalb habe ich sie und die Pflegerin getötet. Ich habe den Apparat ein bißchen zu hoch eingestellt.«

Roger plapperte weiter. Es war, als ob sie Zach zuhörte, wie dieser gestand, eine Katze gefoltert oder seine Schwester vergewaltigt zu haben.

»Halt«, sagte sie leise und hob die Hand.

Er schwieg und blickte sie mit seinen blanken Vogelaugen an.

»Sie sind verrückt«, sagte sie.

Er seufzte und blickte auf die Kameras vor seiner Brust. Ein schmerzhaftes Schweigen folgte.

»Wie können Sie denn Leute verkleinern?« rief sie zornig. »Wie soll das denn gehen?«

Dolly hatte ihn das auch gefragt, nicht zornig, sondern neugierig, und er hatte ihr erzählt, daß sie es nicht verstehen könne. Aber irgendwie mußte er es dieses Mal schaffen, daß diese Frau ihn verstand. *Verstand.*

Er schloß die Augen. »Mit Spiegeln«, sagte er, »in andere Dimensionen hinein und wieder zurück. Besser kann ich es nicht erklären.« Er schlug frustriert mit der Faust gegen seine Hüfte. Es gab noch so viel mehr, all die Modifikationen, mit denen er ein Lebewesen auch dabei am Leben erhalten und auf genau die Größe reduzieren konnte, die er wollte.

Sie sah von ihm weg und strich sich über die Augen, als sei sie müde oder habe Kopfschmerzen.

»Blödsinn«, sagte sie.

»Ich wußte, Sie würden mir nicht glauben«, beklagte sich Roger.

»Es ist verrückt«, murmelte sie.

»Sie sollten mir aber lieber glauben«, sagte er leise.

Ihr Kopf fuhr hoch: »Wieso?«

»Halten Sie nur Ihre Kinder von Dolly fern. Sie will etwas Lebendiges für ihr Haus. Und *sie* ist wirklich verrückt.«

Sofort war Lucy aufgesprungen. Sie brach durch die Büsche und lief zum Haus zurück. Endlich, dachte Roger befriedigt, war es ihm gelungen, ihren Panikknopf zu finden. Vielleicht glaubte sie ihm genug, um die Kinder zu retten.

Er glitt von seinem Stein und hob die Schuhe auf. Langsam und voller Schmerzen ging er hinter ihr her. Er mußte auf dem Weg hinunter über eine Menge nachdenken. Ob sie es wohl Weiler oder einem anderen sagen würde? Er zog eine Grimasse, als er daran dachte, was Dolly tun würde, wenn sie herausfände, daß er Lucy Douglas alles verraten hatte, einfach so.

Aber zuerst einmal würde er sich hinlegen und ein bißchen schlafen. Vielleicht würde der Schlaf eine Lösung bringen.

Später am Nachmittag weckte Dolly ihn mit einem klatschenden Schlag auf sein nacktes Hinterteil. Er öffnete ein Auge und grunzte. Er hörte, wie sie einen Reißverschluß aufzog, das Rascheln von zu Boden sinkenden Kleidungsstücken, vielversprechende Geräusche, die ihn vollends wach machten.

»Deine Füße sehen aus, wie wenn die Ratten daran gewesen wären«, bemerkte sie.

»Huh?« Roger rollte sich herum. »Ach so. Ja. Ich bin in den falschen Socken herumgelaufen.«

»Armer Kerl.« Sie klang nicht sehr mitfühlend.

Er stützte sich auf. »Und was hast du getan?«

Dolly trug jetzt nur noch Büstenhalter und Höschen. Zwei Bikiniteile baumelten in ihrer Hand. Sie warf sie zu seinen Füßen aufs Bett und griff hinter sich, um den Büstenhalter aufzuhaken.

»Ich bin Nick Weiler ein bißchen auf den Fersen geblieben. Bin ihm lästig gefallen.« Sie kicherte. »Er wollte seine Erbschaft zählen.«

Roger schaute zu, wie ihre Brüste aus den Schalen des Halters fielen wie Münzen aus einem Spielautomaten. Vor ein paar Wochen hätte ihn das noch zum Sabbern gebracht. Nun erregte es nur noch eine leichte Schwellung, nicht mehr, als ein Playboyfoto auch zustande bringen würde.

Sie griff nach dem Bikinioberteil. »Laß uns ein bißchen schwimmen. Bevor sie uns hier aus dem Inselparadies hinauswerfen.«

Roger legte sich zurück und schloß die Augen. Er fühlte sich träge. Seine Mutter hatte immer behauptet, der Schlaf am Nachmittag sei das Schädlichste für einen Menschen. Man ruhte sich ja doch nicht richtig aus, und wenn man aufwachte, sah und fühlte man alles in Zeitlupe. Seine Füße schmerzten.

»Nein«, sagte er, »ich habe keine Lust.«

Dolly hielt mit der Suche nach dem Sonnenöl inne und starrte ihn an. »Sei kein Spielverderber.«

»Ach, meine Füße sind voll Blasen. Da draußen, das ist doch Salzwasser. Das wird wie Feuer brennen.«

»Sei nicht so ein Baby. Salzwasser ist genau das richtige dafür.«

Sie stopfte alles Nötige in ihren Strandbeutel, setzte einen breitkrempigen Leinenhut auf und ergriff eine Jacke.

»Kommst du jetzt?« fragte sie.

Roger, ausgestreckt auf dem weißen Bettlaken, öffnete seine Augen gerade lange genug, um sie anzuschauen. »Nein«, sagte er ruhig, »auf mich mußt du verzichten.«

Ihre grauen Augen wurden eisig. Auf dem Weg nach draußen schlug sie die Tür hinter sich zu.

Roger lächelte. Es war allmählich Zeit, daß ihr klar wurde, wessen Finger beim Verkleinerer am Auslöser waren.

Der lange Sommernachmittag ging vorüber. Die Kinder hatten im Sand und im Wasser gespielt, eine stille, in sich gekehrte Lucy hatte sie dabei bewacht. Dolly war aufgetaucht, sie glänzte von Sonnenöl. Nachdem sie vergeblich versucht hatte, Lucy in ein Gespräch zu verwickeln, hatte sie sich damit vergnüngt, ihren spielenden Enkelkindern zuzuschauen. Schließlich war Wind aufgekommen, der die Abendkühle ankündigte, und die Sonnenanbeter und Burgenbauer und Schwimmer hatten sich in Erwartung einer heißen Dusche und eines guten Essens ins Haus zurückgezogen.

Nick Weiler tauchte allein aus dem Atelier seines Vaters auf. Der Alte war zu seinem Schlafzimmer geschlurft, nachdem Dolly ihn mit ihrem Herumgestöbere und Gefrage aufgeweckt hatte, während Nick zu arbeiten versuchte. Sie war anscheinend damit zufrieden gewesen, daß sie Sartoris aufgescheucht hatte, und war gegangen, so daß er endlich tun konnte, was nötig war, bevor der Nachmittag endete.

Mit müdem Kopf und schmerzendem Rücken und Schultern ging er zum Strand hinunter. Der Tag ging zur Neige, der Strand war verlassen. Die Flut war noch nicht hoch genug gestiegen, um die Sandburgen der Kinder zu zerstören, aber sie schmolzen schon langsam zusammen und verloren ihre Identität. Fußspuren waren noch zu sehen, Spuren von Lucys Sandalen. Er fand eine Stelle, wo sie eine Weile gesessen hatte; ihr Hinterteil hatte einen kleinen abstrakten Abdruck hinterlassen, fast wie die Flügel eines Schnee-Engels. Nein, dachte er, wie eine Schneemotte; gab es so etwas?

Sein Kopf war zu durcheinander, um darüber nachzudenken. Er wußte nur, daß er von diesem Beweis ihrer Gegenwart verwirrt war.

Er setzte sich und legte den Kopf gegen die Knie. Es hatte eine Zeit gegeben, da war er nur darauf aus gewesen, sie ins Bett zu bekommen. Er hatte geglaubt, wenn er erst einmal mit ihr geschlafen habe, würde sie wie die anderen Frauen in seinem Leben sein, und der fürchterliche Drang würde aufhören.

»Du großer Narr«, murmelte er zu sich selbst.

Er konnte sie betrachten und die Unvollkommenheit ihres Gesichts und ihres Körpers wahrnehmen. Er kannte ihre persönlichen Fehler, ihre Launen, ihren Perfektionismus. Und sie kannte ihn; das war der wirkliche Test. Er liebte sie, obwohl er wußte, daß sie alle seine Schwächen kannte. Er liebte sie, er war verrückt nach ihr.

Sie würden bald die Insel verlassen und nach Washington zurückgehen. Die Tage würden so bleiben, wie sie immer gewesen waren; er würde im Dalton arbeiten, der Sommer würde enden, ein anderes Jahr würde beginnen. Falls Lucy ihn heiratete, würde das nichts ändern. Alles würde so bleiben wie immer, er würde sich um die Eifersüchteleien unter den Museumsangestellten zu kümmern haben, um die Finanzierung, Neuanschaffungen, um Publizität und Sicherheitsmaßnahmen. Er würde älter werden. Und mit Glück und Ausdauer könnte er sogar ein sehr einflußreicher Mann werden. Eines Tages würde sein Vater sterben.

Er würde abends zu Lucy nach Hause gehen, sie würden die Kinder gemeinsam aufziehen, und eines Tages würden sie sich in einem Apartment in der City wiederfinden, alt und allein und mit einem Paar Katzen. Die Vorstellung war tröstlich und ängstigend zugleich; er fürchtete, zu sehr daran zu hängen, und hatte Angst, sie zu verlieren. Zum erstenmal in seinem Leben dachte er über sein Ende nach. Er hatte Angst vor dem Tod. Das war es, was Lucy ihm gegeben hatte. Die Angst, etwas zu verlieren.

Außer seinem Vater saßen schon alle am Tisch, als er zum Abendessen erschien. Ethelyn Blood tätschelte seine Schulter, als sie servierte. Sie vergab ihm seine Verspätung, wie sie seinem Vater die Trunkenheit vergeben hatte.

»Er tut das nur ein- oder zweimal im Jahr. Es tut ihm gut, auch mal über die Stränge zu schlagen. Es fällt schwer, immer nur stark zu sein, so ganz allein, und dabei älter zu werden. Und diesmal«, sie blickte zu Dolly, »ist er auch weiß Gott dazu provoziert worden.«

Die Kinder waren von dem langen Nachmittag am Strand hungrig und langten tüchtig zu bei Mrs. Bloods Hummereintopf, den Krabbenküchlein und dem Salat. Dolly genoß ihr Essen und ihr Gespräch mit sich selbst, daß sie faszinierend finden mußte, denn sie schien gar nicht zu bemerken, daß niemand sonst am Tisch etwas sagte.

Roger sah bleich aus. Er stocherte nur im Essen herum und warf Lucy ängstliche Blicke zu. Lucy vermied es, ihn anzusehen, studierte das Tischtuch und aß mechanisch vor sich hin. Nick war wütend auf Dolly. Er war sicher, daß es ihr Spaß gemacht hatte, in die private Trauer seines Vaters einzudringen, und war zugleich verstört von seinen eigenen starken Emotionen. So lauschte er ihrem fröhlichen Geschwätz in eisiger Entrüstung.

Dolly errang noch einen Triumph. Als Mrs. Blood den

Nachtisch servierte, klingelte das Telefon. Der Hubschrauber, so wurde sie informiert, könne wegen eines mechanischen Defekts an diesem Abend nicht mehr kommen, sondern erst morgen in der Frühe. Ob er es nun wollte oder nicht, Sartoris mußte Dolly und Roger über Nacht beherbergen.

Als die Kinder ihre Schokoladencreme aufgegessen hatten, stand Lucy auf, entschuldigte sich und führte die Kinder zum Schlafzimmer.

»Ich sehe dich später noch«, sagte sie leise zu Nick.

Und dann ging sie in einem weiten, unnötigen Bogen um Rogers Stuhl herum, als habe er eine ansteckende Krankheit. Sie blickte ihn ängstlich an und eilte hinaus. Nick wunderte sich. Roger wandte sich plötzlich intensiv seiner Schokoladencreme zu, und Dolly blickte ihn mit dem Interesse einer Katze an, die vor dem Mauseloch wartet.

»Ich glaube es einfach nicht«, sagte Nick. Er konnte ihr Gesicht nicht gut erkennen. Die Terrasse war nur von ein paar Windlichtern erhellt; das war zwar romantisch, aber doch recht dunkel.

Sie schwieg eine Weile. Das einzige Geräusch kam von den Eiswürfeln in dem Glas, mit dem sie herumspielte.

»Ich glaube es auch nicht. Er ist einfach total verrückt. Aber ich werde den Job nicht übernehmen. Ich habe dir das ja schon gesagt. Und ihr auch. Ich werde mir das Haus ansehen und ihr sagen, wen sie dafür anheuern soll. Und was getan werden muß. Ich werde ihr die Kinder auch nicht mehr besuchsweise überlassen. Nicht, solange dieser Verrückte in der Nähe ist. Er hatte schon recht mit seiner Warnung, er wußte nur nicht, vor wem oder was er mich warnte.«

»Warum willst du es dir überhaupt anschauen? Sag ihr doch, sie kann dich mal. Was hat sie denn für dich getan, daß du ihr einen Gefallen schuldest? Bleib lieber weg von ihr und ihrem seltsamen Freund.«

»Ich habe es ihr versprochen.« Ihre Stimme klang eigensinnig, sie warnte ihn, sie nicht zu drängen.

Er seufzte. »Ich sähe nur gern, wenn du nicht mehr in ihre Nähe kämst. Das ist alles.«

Das war es auch. Sie hatte ihre Entscheidung getroffen. Der Widerstand, den sie Dolly gegenüber hatte zeigen wollen, hatte sich nun gegen Nick gewendet. Sie fühlte sich töricht und unbeholfen und unerklärlicherweise ängstlich, wie sie da in der Dunkelheit saß. Tränen bildeten sich in ihren Augen. Er mußte ihre Traurigkeit gespürt haben, rückte näher und küßte sie aufs Haar.

»Ich liebe dich«, sagte er.

Sie klammerte sich an ihn.

»Laß uns hinüber zum Atelier gehen«, flüsterte Nick.

14

»Lucy hat richtig einen Bogen um dich gemacht«, sagte Dolly.

»Das habe ich nicht bemerkt.«

»Spiel nicht den Unschuldigen. Was hast du getan, hast du sie in den Hintern gekniffen oder nach ihrem Busen gegrabscht?«

Roger errötete pflichtgemäß.

»Du bist unmöglich«, schalt sie, »ich werde dich dafür bestrafen müssen.«

Roger wollte nicht bestraft werden. Sein Kopf schmerzte, sein Magen bedauerte es, daß er nicht richtig gegessen hatte, und seine Füße stachen und brannten gnadenlos. Genug Strafe, dachte er, und dazu noch selbstgeschaffen.

»Laß mich dich fesseln«, bat sie.

»Oh«, stöhnte er, »ich weiß nicht recht.«

Sie schmollte und schlug ihn mit den Fäusten auf den Rücken. »O verflucht, du bist heute den ganzen Tag schon so miesepetrig.«

»Au«, protestierte er.

»Du willst mich nicht mehr«, klagte sie, und Tränen benetzten ihre silbrigen Wimpern. »Du willst Lucy.«

Roger fühlte sich fürchterlich. Er hatte sie noch nie weinen sehen. »Nein, nein«, sagte er, wenn es auch ein bißchen gelogen war. Manchmal war eine kleine Lüge besser als ein Taschentuch. Natürlich wollte er Lucy, er müßte ja verrückt sein, wenn es nicht so wäre, aber leider wollte sie ihn nicht.

»Du bist wie Nick«, fuhr Dolly weinend fort, »rennst auch nur hinter jungen Mädchen her.«

Das war nun nicht der Moment, sie daran zu erinnern, daß er ganz und gar nicht wie Nick Weiler war, er war ja erst sechsunddreißig, und daß Lucy auch kein

Backfisch mehr war. Würde es denn ihren verwundeten Stolz besänftigen, wenn sie ihren aussichtslosen Kampf gegen eine Frau führte, die gerade dreißig geworden war?

Er umarmte sie, denn er wußte nicht, was er sonst tun sollte. Sie lehnte sich gegen ihn und begann, ihn zu bearbeiten. Fast bevor er wußte, was geschah, hatte sie ihn schon erregt. Leg dich hin und genieße es, schien ihm nun das einzige Motto.

Sie dürften keinen Lärm machen, erklärte sie, und knebelte ihn mit einem Paar ihrer Höschen, nachdem sie ihn mit Schals und Strumpfhosen an das altmodische Eisenbett gefesselt hatte.

Dann befaßte sie sich mit ihm. Sie nahm sich viel Zeit. Die Fesseln schienen unnötig straff zu sein, und sein Versuch, sich in den Konvulsionen ihrer Begegnung aus ihnen zu befreien, machte sie nur noch straffer. Am Ende verlor er die Besinnung.

Durch dicke, warme Luft schwamm er ins Bewußtsein zurück, gefangen in einem lichtlosen Spinnennetz von Panik. Strampelnd machte er die Fesseln um Hand- und Fußgelenke noch fester, bis der Schmerz seinen Zorn übermannte. Er konnte nichts tun, als so ruhig wie möglich dazuliegen. Er war klebrig von Schweiß und nackt, er fröstelte, und das unwillkürliche Zittern ließ die Fesseln erneut schmerzen.

Nach einer Weile gewöhnten sich seine Augen an die Dunkelheit. Er konnte Dolly erkennen, die in eine Decke gehüllt in einem Sessel am Fenster schlief. Der Knebel in seinem Mund hielt ihn ruhig. Er saugte seinen Speichel auf und drohte ständig, ihn zu ersticken.

Den Rest der Nacht hindurch fiel er immer wieder in Schlaf und wachte dann regelmäßig davon auf, daß die Fesseln sich spannten, wenn sein Körper sich entspannte, und der Schmerz erneut einsetzte. Es dauerte lange, bis die Dämmerung kam.

Er kam durch das Geräusch der Dusche zu sich. Es war einfacher, die Teile des Körpers zu zählen, die nicht schmerzten, als alle Schäden aufzulisten. Sein Penis aber, der in der Nacht zuvor so mißbraucht worden war, daß er fürchtete, er werde nie wieder funktionieren, zeigte seine Erholungsfähigkeit dadurch, daß er stolz in die Höhe stand. Und das war das Unangenehmste von allem, denn er wollte sich nicht vergnügen, sondern zehn Minuten lang pinkeln.

Dolly kam aus der Dusche. Sie summte vor sich hin und lachte, als sie sein geschwollenes Glied sah, das ihr mit seinem einen blinden Auge zublinzelte. Im Vorbeigehen schlug sie spielerisch mit dem nassen Handtuch danach. Sie ignorierte Rogers Stöhnen und sinnloses Umherwinden und puderte und cremte ihren Körper sorgfältig ein. Dann schlüpfte sie in Büstenhalter und Höschen, in eine weiße Seidenbluse, graue Leinenhosen und einen malvenfarbigen Hut.

Sie setzte sich vor den Spiegel und schminkte ihre Augen in Lila- und Grüntönen, ihre Lippen weinrot. Ihre Platinlocken wurden mit ein paar Bürstenstrichen in Form gebracht. Sie besprühte sich generös mit Parfüm und schlüpfte in eine Jacke, die zur Hose paßte.

Dann warf sie ihre Sachen in die Reisetasche und lächelte Roger süß an.

»Du fühlst dich wohl ein bißchen schmutzig, Liebling?« fragte sie. »Maul- und Klauenseuche, denke ich. Aber wenn du mir die Wahrheit sagst, binde ich dich los. Hast du Lucy alles erzählt?«

Rogers Kopf nickte heftig. Ja!

Dolly senkte die Stimme. »Schlimmer Junge. Dafür verdienst du noch mehr Strafe. Das war sehr, sehr dumm. Ich fürchte, ich muß dir dein Spielzeug wegnehmen. Du hast nicht sehr verantwortungsvoll gehandelt, nicht wahr?«

Rogers ganzer Körper bäumte sich gegen die Fesseln auf. Das Metallbett hob sich und landete wieder mit einem schweren Schlag auf dem Boden.

Dolly ließ den Verkleinerer in der Ledertasche vor seinen Augen herumbaumeln und lachte erneut. »Ts, ts, was für ein Temperament.«

Sie schlüpfte in ihre Schuhe. »Da du dich anscheinend nicht wohl fühlst, denke ich, du solltest noch ein bißchen hierbleiben, bis du wieder auf die Füße kommst. Keine Angst, der alte Bastard ist nicht so herzlos, daß er einen armen, bettlägerigen Invaliden wie dich ins Meer schmeißen würde.«

Das entfernte Dröhnen des Hubschraubers begleitete ihren Abschied. Sie warf Roger eine Kußhand zu und schlüpfte mit ihrer Reisetasche und dem Verkleinerer aus der Tür. Roger bäumte sich noch einmal auf, das Bett landete wieder krachend auf dem Boden. Aber das Geräusch wurde jetzt vom Hubschrauber übertönt.

Dolly klopfte an die Tür des Zimmers, in dem Lucy und die Kinder schliefen. Sie öffnete die Tür und fand nur die Kinder darin vor, die vom Lärm des Hubschraubers gerade erwachten. Lucys Bett war unberührt.

»Ungezogenes Mädchen, die kleine Lucy«, flüsterte sie und beugte sich hinab, um die Kinder zu umarmen.

»Großmutter muß jetzt gehen. Da hört ihr schon den Hubschrauber«, sagte sie.

Verschlafen rieben sie sich die Augen und lehnten sich gegen sie.

»Ich möchte ein Foto von euch machen, okay?«

Kein Problem. Lucys kleiner Junge und ihr kleines Mädchen setzten sich zusammen auf Lauries Bett und warteten geduldig darauf, fotografiert zu werden. Das hatten sie ja schon oft genug getan. Großmutter hatte Schwierigkeiten mit der komischen Kamera, aber vielleicht war sie bloß neu.

»Verdammt«, sagte sie auf einmal, und Laurie und Zach mußten kichern, als sie Großmutter fluchen hörten.

»Na also, aufgepaßt«, sagte sie schließlich, und ein blendendes rotes Blitzlicht traf ihre Augen.

Das Hubschraubergeräusch weckte Lucy aus einem traumlosen Schlaf. Sie setzte sich auf und wußte sofort, was es war. Nick schlief noch im Bett neben ihr. Sie stand auf, ergriff einen Morgenmantel und ging hinaus.

Dolly stand im Korridor. Sie nahm gerade ihre Reisetasche, die vor der Tür stand, hinter der die Kinder schliefen.

Ein Lächeln erschien auf ihrem gespannten Gesicht.

»Lucy, Liebes«, sagte sie und ergriff Lucys Hand, um sie zu drücken. »Ich habe gerade den Kleinen noch einen Kuß gegeben. Sie schlafen noch. Ich hoffe, der Lärm von der Maschine weckt sie nicht auf.«

Lucy hielt im Korridor nach Roger Ausschau.

Dolly beantwortete ihre unausgesprochene Frage. »Er ist schon draußen beim Hubschrauber. Also, ich muß mich beeilen. Paß auf dich auf, und viele Grüße an Nick.«

Lucy sah ihr einen Moment nach. Es war ein wenig kühl, selbst im Morgenmantel. Sie zitterte, schlang die Arme um ihren Körper und ging zurück zu Nicks Zimmer. Sie wunderte sich darüber, wie unberechenbar die Mutter ihres verstorbenen Mannes war. Schon gleich nach der Hochzeit hatte sie entdeckt, daß sie nicht nur einen feschen jungen Flieger geheiratet hatte: wie durch böse Zauberei hatte sie seine Mutter gleich mitbekommen. Und hier war sie nun im Haus von Nicks Vater und wollte es noch einmal versuchen. Wenigstens war der Alte dafür bekannt, daß er sich nicht in die Angelegenheiten seines Sohnes mischte. Sie konnte also hoffen, daß diese Heirat nicht von Anfang an ein Dreiecksverhältnis sein würde. Außer für Nick, der mit ihr auch die Kinder heiratete.

Nick war inzwischen wach genug, daß sie sich an ihn schmiegen und ihm all diese interessanten Gedanken ins Ohr flüstern konnte. Sie konnte sich selbst vor lauter Motorenlärm nicht kichern hören. Es dauerte ein paar Minuten, bevor der Hubschrauber sich in die Luft erhoben hatte und weit genug entfernt war, so daß sie ein seltsames dumpfes Klopfen im Haus vernahmen.

Beim dritten Klopfen hörte Nick auf, sie zu küssen, und horchte angestrengt.

»Um Himmels willen, was ist denn das?«

Noch einmal das gleiche Geräusch. Vom hinteren Ende des Korridors. Aus Dollys Zimmer.

Nick eilte hin und riß die Tür auf. Da lag Roger Tinker auf dem Bett, ausgebreitet wie ein Huhn, das entbeint werden soll. Nick stand mit offenem Mund da und war zu erstaunt, um etwas zu sagen. Lucy war ihm nachgeeilt, schaute ihm über die Schulter und wich mit rotem Gesicht zurück.

Das geheimnisvolle Klopfen brachte nun auch Ethelyn Blood herbei. Sie war schon angekleidet, trug aber noch Schlafzimmerpantoffel und Lockenwickler.

»Es ist Mr. Tinker«, stieß Lucy hervor. »Er ist gefesselt.«

Die Haushälterin tätschelte beruhigend Lucys Arm, ging an ihr vorbei und steckte den Kopf ins Zimmer, wo sich Nick mit den Knoten von Rogers Fesseln abmühte.

Sie schnappte nach Luft, drehte sich auf dem Absatz um und eilte an Lucy vorbei in die Küche. »Heiliger Herr Jesus«, murmelte sie, verschwand durch die Küchentür und kam mit einem gefährlich aussehenden großen Messer wieder zurück. Gerade in diesem Augenblick öffnete Sartoris im Nachthemd seine Schlafzimmertür und starrte mit blinzelnden blutunterlaufenen Augen auf seine anscheinend Amok laufende Haushälterin.

Das Messer zerschnitt die seidenen Schals und Strümpfe mit einem hohlen, raschelnden Geräusch, und dann hörte Lucy Roger vor Schmerz aufschreien. Sie drückte sich gegen die Wand und bedeckte die Augen, so daß sie den Alten nur herankommen hörte, aber nicht sah. Seine große Hand fiel auf ihre Schulter, und sie blickte auf. Das erste Mal schaute er ihr gerade in die Augen. Und er war keineswegs häßlich, wie sie befürchtet hatte, sondern von einer engelsgleichen Schönheit, unbezweifelbar Nicks Vater mit Nicks Gesicht, wie es einmal werden würde.

Wie von einem Wunder berührt, streckte sie die Hand aus, um ihn anzufassen, um die Wirklichkeit der samtenen alten Haut zu fühlen. Schluchzende Töne brachten sie zurück zu dem Elend im Schlafzimmer. Ethelyn Blood, das verläßliche Messer in der Hand, kam heraus und schloß die Tür.

»Halten Sie die Kinder fern«, sagte sie zu Lucy. Und dann zum Alten: »Verdorbene Spiele, aber wenigstens ist die Hexe von der Insel. Ich habe selbst von meinem Schlafzimmerfenster aus gesehen, wie sie in den Hubschrauber gestiegen ist.«

Lucy, plötzlich an die Kinder erinnert, steckte den Kopf in deren Zimmer. Wenn sie vom Hubschrauber nicht aufgeweckt worden waren, dann hatte sie der Tumult im Haus vielleicht auch nicht geweckt, hoffte sie. Die Vorhänge waren zugezogen, der Raum war nur eine Masse dunkler Schatten, aber zu still, das wußte sie, bevor sie eintrat. Die kleinen Betten waren leer, immer noch vom Schlaf in Unordnung, aber nicht mehr warm, als sie die Hand auf die Laken legte. Es gab keine hastig ausgezogenen Pyjamas; die frischen Kleider, die sie am Abend schon herausgelegt hatte, lagen immer noch sauber gefaltet auf der Kommode. Und neben der Tür standen die Sandalen.

Wo waren sie? Mechanisch ging sie zurück auf den Flur. Die Haushälterin hatte Sartoris am Arm ergriffen und führte ihn zu seinem Zimmer. Sie blickte fragend über die Schulter. Ihr Gesicht verdunkelte sich, als sie die Hilflosigkeit in Lucys Augen sah.

»Sie sind nicht da«, sagte Lucy, aber ihre Stimme war so leise und gepreßt, daß Ethelyn Blood den alten Mann losließ und zu Lucy eilte.

Der Alte drehte sich um und starrte die beiden an.

»Was?« fragte die Haushälterin und wartete nicht auf eine Antwort, sondern schob Lucy zur Seite und schaute in das Zimmer.

»Sie müssen in der Küche sein oder irgendwo spielen«, sagte sie verwirrt, »haben Sie sie nirgendwo gehört?«

Lucy schüttelte den Kopf.

Die beiden Frauen stürzten los. Sie teilten das Haus untereinander auf und durchsuchten jeden Schrank, jedes Zimmer, jedes Versteck im Haus innerhalb von zehn Minuten. Dann liefen sie zusammen zum Atelier und riefen ängstlich die Namen der Kinder. Sie liefen außer Atem den Strand vor dem Haus entlang, entdeckten aber zu ihrer Beruhigung keine kleinen Fußstapfen, die ins Wasser führten.

Zurück im Haus, trafen sie Nick Weiler, dem es in all dem Durcheinander gelungen war, doch noch ein Paar Hosen anzuziehen.

»Habt ihr die Kinder gefunden?« rief er besorgt.

Die Frauen mußten gar nicht antworten, sie brauchten ihn nur anzusehen.

Er packte Ethelyn Blood an der Schulter. »Mein Vater sagt, Sie sahen, wie Dolly abflog. War sie allein?«

Mrs. Blood nickte: »Ja.«

Nick schaute widerstrebend in Lucys furchterfüllte Augen. »Tinker sagt, sie hat seinen Apparat genommen.«

Lucy stöhnte auf. Die Haushälterin legte ihren Arm um sie und drückte sie tröstend an sich.

»Was heißt das?« fragte sie.

»Tinker«, sagte Nick, »hat Lucy gestern erzählt, er habe einen Apparat, den er und Dolly benutzt haben, um Dinge zu verkleinern. Und Menschen. Er warnte sie, sie solle die Kinder von Dolly fernhalten.«

Mrs. Bloods Augen weiteten sich. »Ich habe noch nie von so einem Ding gehört.«

»Er hat mich gewarnt«, sagte Lucy mit leiser Stimme.

»Was ist los?« fragte Sartoris hinter ihnen. »Noch mehr Teuflischkeiten? Wo sind die Kleinen? Warum habt ihr sie nicht gefunden?«

Nick sagte es ihm.

Der Alte, der jetzt seinen Panama aufhatte, saß auf der Steinmauer der Terrasse und hörte geduldig zu. Dann sagte er: »Klingt verrückt. Ich möchte mit diesem Tinker reden. Inzwischen ruft ihr die Küstenwache an oder den Flugplatz oder sonst jemanden, der herausfinden kann, ob diese Frau die Kinder bei sich hat.«

»Das mache ich«, sagte Lucy und lief zum Telefon.

»Ist sie in Ordnung?« fragte Sartoris.

»Laßt sie etwas tun«, erwiderte Ethelyn Blood, »es wird ihr helfen. Sie wird sich bald besser fühlen. Inzwischen mache ich was zum Frühstück. Sieht so aus, als könnten wir es brauchen.«

Sartoris und Nick fanden Roger Tinker in einem Sessel in dem Schlafzimmer, das er und Dolly benutzt hatten. Er hatte eine Hose und ein Hemd angezogen, aber das Hemd war links herum und falsch geknöpft. Bei jeder Bewegung stöhnend, zog er Socken über seine geschwollenen, wunden Füße. Er sah zu ihnen mit einem Blick auf, der nicht viel Interesse zeigte, und wandte sich dann wieder den Socken zu.

»Beweisen Sie's«, sagte der Alte ruhig.

Roger sah wieder auf. »Haben Sie die Kinder gefunden?« fragte er mit zitternder Stimme.

Sartoris sah Nick an.

»Nein. Noch nicht.«

»Sie hat sie. Und wenn sie es nachprüfen, dann reist sie allein.«

Nick explodierte. »Du Schweinehund!«

»Jaja«, sagte Roger, »Sie haben eine tolle Brust, Weiler, aber Sie sollten sich besser ein Hemd überziehen. Wir müssen diese verrückte Hexe erwischen, bevor sie ganz New York verkleinert oder sonstwas.«

Sartoris protestierte, aber zu spät; sein immer so beherrschter und rationaler Sohn hatte Roger Tinker an der Kehle gepackt und versuchte, ihn zu erwürgen. Es war Lucy, die Roger rettete und Schuld an der Demolierung von Nicks Nase war. Sie öffnete die Schlafzimmertür und kündigte an: »Ich habe...« Nick sah gerade lange genug in ihre Richtung, damit Roger ausholen und seine Faust auf Nicks Nase setzen konnte. Das Geräusch seiner Faust, wie sie auf die Nase traf, stoppte Lucys Satz. Nick ließ Roger los, der zurück in seinen Sessel sank und nach Luft rang. Sprachlos wich Nick zurück und faßte an seine Nase. Lucy holte tief Atem. Nick wandte sich ihr zu und öffnete den Mund. Blut schoß aus seiner Nase durch seine Hände. Sie schrie auf. Hinter sich hörte sie Sartoris ein Kichern unterdrücken.

»Ethelyn!« rief der Alte.

Die Haushälterin kam gelaufen, übersah die Situation mit einem Blick und war wieder verschwunden. Diesmal kam sie nicht mit einem Messer zurück, sondern mit einem Eisbeutel.

Lucy schob Nick aufs Bett und legte ihm ein Kissen unter den Nacken, so daß sein Kopf hinunterhing. Er zuckte zusammen, als sie den Eisbeutel auflegte, gab aber dann Ruhe und widmete sich ganz seinen Schmerzen.

»Na ja, Schluß mit den Dummheiten«, sagte Sartoris. »Was hast du herausgefunden, Lucy?«

»Ich habe den Flugplatz in Bar Harbor angerufen«, berichtete Lucy. Sie schaute den Alten an. »Der Hubschrauber war noch in der Luft, aber schon nahe bei ihnen. Sie haben mit dem Piloten über Funk gesprochen. Es war nur ein erwachsener Passagier an Bord, keine Kinder.«

»So«, sagte der Alte.

»Ich habe also die Wahrheit gesagt«, stieß Roger hervor. Er zog die Schuhe über die Füße. »Sie rufen besser gleich einen Hubschrauber hierher.«

»Das übernehme ich«, sagte Ethelyn Blood.

»Sollten wir nicht die Insel durchsuchen?« sagte Lucy zu Sartoris.

Roger schnaubte verächtlich.

Lucy hatte plötzlich selbst das Verlangen, Dollys früheren Freund zu erwürgen.

»Zeitverschwendung«, sagte Sartoris. »Wir lassen Mrs. Blood hier und fliegen hinter Dolly her. Falls die Kinder hier in den Büschen doch nur Verstecken spielen sollten, werden sie schon auftauchen, wenn sie müde sind, und Mrs. Blodd ist dann da. Aber ich glaube, Lucy, du mußt dir klarmachen, daß der Bursche hier nicht lügt. Er mag verrückt sein, aber lügen tut er nicht.«

Roger versuchte tugendhaft dreinzublicken, aber es mißlang ihm. Lucy konnte seinen Anblick nicht ertragen. Ganz plötzlich brach sie in Tränen aus, und Nick versuchte sie zu halten, zusammen mit seiner Nase und dem Eisbeutel.

Bald waren sie in einem Netz logistischer Planung verstrickt.

»Gibt es keine Möglichkeit, hier mit einem kleinen Flugzeug zu landen?« fragte Roger.

Sartoris schüttelte den Kopf. »Anfangs sind wir immer mit dem Boot gekommen, nach dem Krieg dann per Hubschrauber.«

»Das schnellste Boot an der Küste wird bei dem Seegang heute eine Stunde bis zum Festland brauchen«, sagte Mrs. Blood, »und dann ist es noch mal eine Viertelstunde bis zum Flugplatz und eine halbe Stunde von da zum großen Flughafen in Bangor.«

»Dort könnte sie immer noch sein«, sagte Lucy. »Ich kann mir nicht denken, daß sie den Flug um sieben Uhr fünfzehn erwischt hat.«

»Braucht sie auch nicht«, sagte Roger, »sie kann ein privates Flugzeug chartern oder einen Wagen mieten, in Bar Harbor oder in Bangor.«

»Oder Portland, sie könnte von Bar Harbor per Charterflugzeug oder Hubschrauber nach Portland fliegen. Der Flug um sieben Uhr fünfzehn von Bangor macht in Portland eine Zwischenlandung, nicht wahr? Dort könnte sie ihn erreichen.«

»Sie könnte auch ein Privatflugzeug benutzen oder einen Bus, ein Auto, was weiß ich. Und wenn sie erst mal raus ist aus Maine, auch einen Zug«, wandte Sartoris ein. »Warum müssen wir denn versuchen, sie unterwegs abzufangen?«

Roger stimmte zu: »Besser, wir gehen gleich zu ihr nach Hause. Wir wissen doch, wo sie hin will, oder?«

»Also alles, was wir zu tun haben«, beendete Lucy den Gedankengang, »ist, selber nach New York zu fliegen.«

»Mrs. Blood«, sagte Sartoris, »schauen Sie, ob Sie uns noch einen Flug für die Maschine buchen können, die Bangor um zwölf Uhr dreiundfünfzig verläßt. Das können wir schaffen, mit dem Boot, wenn es nötig ist, oder mit dem Hubschrauber, wenn wir einen bekommen. Fragen Sie nach, ob in Bangor ein Hubschrauber frei ist, der uns abholen kann.«

Der Hubschrauber kam, und als er mit ihnen aufstieg, blickte Lucy hinunter und sah das Eiland kleiner werden und verschwinden. Zwei Stimmen stritten sich in ihrem

Kopf. Die eine, leisere bestand darauf, daß das alles nicht wahr sein konnte, daß es unmöglich sei, aber sie wurde immer schwächer und übertönt von der anderen, die voll Schmerz und Verwirrung war und gegen die sie schließlich nicht mehr ankämpfen konnte.

Alle vier – Sartoris, Nick Weiler, Roger Tinker, Lucy Douglas – saßen schweigend zusammen im Hubschrauber, in den Sesseln des Warteraums von Bangor, im Flugzeug schließlich, und sprachen nur das Nötigste miteinander. Sie trugen ihr Geheimnis mit sich, wie Kinder ein Stück poliertes Glas oder einen schönen Stein in der Tasche verbergen, und sahen wie alle anderen Reisenden aus. Das Flugzeug stieg auf, zeigte ihnen, daß es auch noch eine Welt außerhalb der Insel gab, und setzte sie am frühen Nachmittag auf dem New Yorker La Guardia-Flughafen wieder auf der Erde ab.

Alles war wie früher, soweit Lucy sehen konnte, so, wie es immer gewesen war. Außer daß sie nicht wußte, wo ihre Kinder waren und in welchem Zustand. Sie jagte hinter ihnen her auf das Wort eines Verrückten hin. Und falls er nicht verrückt war, jagte sie hinter etwas her, was sie gar nicht wissen wollte.

Der Alte und sein Sohn, die beide ihre Gesichter unter breitkrempigen Hüten verbargen, schienen das gleiche zu empfinden; ganz instinktiv blieben sie schützend an Lucys Seite und ergriffen im Taxi ihre jeweilige Hand. Roger nahm den Klappsitz in dem großen Checker-Cab, so daß er ihnen gegenübersaß, aber er schien sie gar nicht wahrzunehmen.

Er brach schließlich das Schweigen, indem er zu sich selbst sagte: »Ich hätte es nicht so einfach machen dürfen.«

»Nein«, sagte Sartoris, »das hätten Sie nicht. Warum taten Sie es?«

Rogers Gesicht verfinsterte sich. »Es mußte einfach

sein. Und schnell. Narrensicher. Es gab niemals Zeit für lange Vorbereitungen.«

»Wie eine Sofortbildkamera, die jeder benutzen kann?« fragte der Maler.

Roger rang nervös die Hände: »Ja. Jeder kann es benutzen.«

»Aha«, seufzte der Alte.

Roger war dem Wachdienst am Eingang bekannt, sie wurden ohne Schwierigkeiten in das Hochhaus eingelassen. Dolly hatte vergessen, ihm den Wohnungsschlüssel abzunehmen, und er schloß auf.

Das Dienstmädchen Ruta hörte sie eintreten und sperrte erstaunt den Mund auf.

»Es ist schon in Ordnung, Ruta«, sagte Roger. Er nahm an, daß Dolly ihr gesagt hatte, Mr. Tinker komme nicht zurück. Sein plötzliches Erscheinen konnte im Kopf des Mädchens den Gedanken an ein Verbrechen aus Leidenschaft erwecken. »Ich bin nur gekommen, um meine Sachen zu holen. Das ist ein freundlicher Besuch; ich habe ein paar alte Freunde von Dolly mitgebracht. Sie kennen doch Mrs. Douglas und Mr. Weiler, und das hier ist Leighton Sartoris, der Maler.«

Ruta nickte. Miß Dorothys Schwiegertochter, einer ihrer alten Boyfriends und ein berühmter Maler, der auch schon im VIP-Magazin gestanden hatte. Vielleicht würde wirklich nichts Schreckliches passieren. Wahrscheinlich versuchten die alten Freunde nur, die beiden wieder zu versöhnen. Nicht, daß sie es besonders bedauert hätte, wenn Miß Dorothy den Kerl rausschmeißen würde.

»Ist sie bei den Häusern?« fragte Roger.

Das Dienstmädchen nickte.

»Kümmere dich nicht weiter um uns. Wir wollen sie nur für ein paar Minuten sprechen.«

Leise näherten sie sich der Tür des Raums mit den Modellhäusern. Dolly summte hinter der Tür vor sich hin.

Roger probierte den Türknopf, aber die Tür war abgeschlossen. Er zog einen Schlüssel heraus, steckte ihn ins Schloß und drehte ihn herum. Alle hielten den Atem an.

Er öffnete die Tür.

Dolly, die sich gerade über das Knusperhäuschen beugte, blickte auf und lächelte.

»Hallo«, rief sie fröhlich, »ich habe euch erwartet.«

Sie eilte auf sie zu und streckte die Arme aus, als wolle sie Lucy ans Herz drücken. Lucy sprang zurück und wurde von Nick aufgefangen, der schützend seine Arme um sie schloß. Dolly stoppte mitten in ihrer Bewegung und schlug resigniert die Hände zusammen. Sie legte den Kopf schräg und schaute auf ihre Besucher.

»Es ist lieb von euch, zu kommen. Und da Lucy nun endlich hier ist, kann sie sich auch gleich mein Weißes Haus ansehen.«

Sie trat beiseite, kniff Roger in die Wange und kicherte.

»Da habe ich dir aber einen Streich gespielt, was, du Kürbis?«

Roger hatte den Raum schon mit Blicken abgesucht und wußte, wo der Verkleinerer war. Aber zuerst mußte er ihn in die Hände bekommen. Er hoffte, sie ablenken zu können. vielleicht klappte es, wenn Lucy sich das ruinierte Haus ansah.

Lucys Mund war trocken, sie schwitzte und hätte am liebsten laut geschrien. *Wo sind meine Kinder?* Aber Nicks Arme hielten sie zurück, selbst seine Atemzüge schienen ihr zu sagen: bleib ruhig, wenn du von Dolly etwas herausbekommen willst. Nichts war ihr in diesem Moment gleichgültiger als Dollys Haus, aber es schien, als müsse sie das Spiel mitspielen. Dolly hatte die Trümpfe.

Nick ließ sie los. Mit unbeweglichem Gesicht ging sie zu dem Hausmodell hinüber. Plötzlich hatte sie Angst, ihre Kinder in dem riesigen ruinierten Gebäude zu finden. Sie ging langsam um es herum. Es hatte eine neue Basis bekommen, die groß genug war für eine maßstabsgerechte Gartenanlage. Neugierig berührte sie den Rasen. Ein elektrischer Schock durchfuhr sie, als ihr klar wurde, daß er echt war. Ein Karussell stand im Garten: ihre Finger glitten über seine zierlichen Dekorationen und hielten inne. Jetzt konnte sie auch den Schaden sehen und riechen, den Feuer und Wasser angerichtet hatten.

Er war offensichtlich, aber nicht besonders gravierend, meist nur Brand- und Rußflecke. Sie fuhr mit dem Finger über einen der Flecke. Das Feuer hatte in einem der Räume begonnen und hatte wie ein richtiges großes Feuer durch die Fenster den Sauerstoff eingesogen. Wie ein richtiges Feuer. Sie entfernte die Wand und schaute in das Schlafzimmer, in dem der Brand entstanden war. Hier roch es wirklich scheußlich. Sie betastete die Vorhänge und bemerkte in dem Stoff winzige Schnitte. An den Vorhangstangen war der Stoff eingerissen, und die Stangen selbst waren hinuntergebogen, als habe jemand mit aller Kraft daran gezogen.

Sie entfernte eine andere Wand und schaute in den Raum. Ein Fleck wie eine große Rostpfütze verunzierte den Teppich. Mit einem Finger folgte sie dem Rost über den Fußboden, wo die Farbe schwächer wurde wie die einer Vene nahe der Hautoberfläche. Als sie die Hand zurückzog, zitterte sie.

Die anderen schauten ihr zu, Dolly mit glitzernden, neugierigen Augen, Nick und Sartoris ängstlich, Roger voll Bewunderung darüber, wie schnell sie in ihr professionelles Verhalten übergewechselt war. Doch dann brach dieses Verhalten zusammen.

Sie schaute bleich zu ihnen auf und begann zu zittern. Nick Weiler sprang hinzu, um sie zu stützen.

»Ich glaube, sie wird ohnmächtig«, bemerkte Roger.

Das Durcheinander war nicht so vollständig, wie er gehofft hatte, denn nur der Alte und Nick Weiler schienen besorgt. Dolly blieb kühl und leicht amüsiert, sie schaute eifrig zu, tat aber nichts, um zu helfen. Doch Roger war entschlossen; dies war jetzt seine Chance, den Finger wieder an den Drücker zu bekommen.

Er sprang zum Glashaus hinüber, wo der Verkleinerer zwischen den gläsernen Winkeln und Prismen lag und selbst wie eine abstrakte Skulptur aus Glas und bunter Folie wirkte.

Aber sie hatte es vorausgesehen und streckte ihren elegant beschuhten Fuß aus, um ihn stolpern zu lassen. Er fiel mit all seinem Gewicht, brüllte »Nein!« und schlug krachend in das Glashaus. Alle außer Dolly sahen voll Schrecken, wie die Glasstruktur unter ihm zu explodieren schien. Im Raum regnete es plötzlich Glasstücke so groß wie Hagelkörner, größere Scherben, Splitter und Glasstaub. Rogers blutige Hände griffen nach dem Apparat, der von ihm weggerutscht war. Aber Dolly war schneller. Ohne sich um das umherfliegende Glas zu kümmern, griff sie zu.

Dann trat sie zurück, zielte mit dem Apparat, und drückte ab. Alle fühlten es. Es war wie ein plötzlicher Todeshauch, der sie in einem roten Lichtblitz beiseite drückte. Lucy und Nick hielten instinktiv die Hand vor die Augen. Nur Sartoris sah tatsächlich, wie Roger, blutüberströmt von vielen oberflächlichen Schnitten, die Hände hob in einer vergeblichen Abwehrgeste. Er schien sich von ihnen fortzukrümmen wie ein Stück Papier, das Feuer fängt. Das Einschrumpfen war so unglaublich schnell, daß man es mit den Augen kaum wahrnehmen konnte. In einem Moment wand sich Roger zwischen Glasscherben, im nächsten lag er zusammengerollt wie eine große Garnele auf einer Glasplatte, die einmal zum Hausdach gehört hatte.

Sartoris fühlte sein Herz stottern, was ihn nicht überraschte, und er kämpfte einen stillen, titanischen Kampf mit sich selbst, um den Muskel in seiner Brust dazu zu zwingen, sich noch einmal zusammenzuziehen und noch einmal und noch einmal. Er sog die Lungen voll Luft, die plötzlich sehr kalt war, und die Kühle drang bis in seine Knochen.

Dollys Augen glitzerten wie ein Stück Glas im Sonnenlicht. Sie drehte sich auf ihrem Absatz wie ein Figürchen auf einer Spieluhr. Der Arm mit dem Apparat war ausgestreckt, und dieser zielte dabei auf Sartoris, Nick und Lucy. Schließlich stand sie still.

»Zwei Häuser kaputt«, verkündete sie. »Aber du kannst das Weiße Haus für mich reparieren, nicht wahr, Lucy?«

Lucy starrte sie zitternd an.

»Wenigstens das hier«, zwitscherte Dolly, »ist noch immer perfekt.« Sie tanzte auf den Zehenspitzen ein paar Schritte zu dem Knusperhäuschen hinüber.

Zum erstenmal schauten sie alle darauf. Neben ihm auf dem Tisch lagen die Holzfiguren von Hänsel und Gretel, augenscheinlich weggeworfen. Drinnen kauerte ein kleiner Junge im Käfig; ein kleines Mädchen mit einer Kette ums Fußgelenk schlief vor dem Herd, von grausamen Eltern ausgesetzt, so sah es aus, und der Gefangenschaft bei der Hexe ausgeliefert. Und auf den Wangen des Jungen glitzerten Tränen.

Unendliche Trauer stieg in dem Alten auf. Sein Herz fühlte sich angeschwollen und mißbraucht an.

Dolly, von der eigenen Zauberkraft fasziniert, beugte sich über die Kinder und beachtete die anderen einen Moment lang nicht.

Mit wütendem Knurren warf sich Lucy auf sie. In einem Hechtsprung wie ein Footballspieler, der den Gegner angreift, packte sie sie an ihren Knien, und Dolly verlor die Balance. Sie bemühte sich zwar, den Verkleinerer fester zu fassen, aber ihre Hand traf gegen eine Holzkante, als sie versuchte, ihr Gleichgewicht wiederzufinden. Sie schrie vor Schmerz auf und ließ den Apparat fallen. Er rollte weg, und Nick Weiler hob ihn auf.

Dolly rollte mit Lucy über den Boden. Ihre Hand fand Lucys Haar und riß daran. Lucy schrie auf und bohrte ihre Fingernägel in Dollys Gesicht.

Sartoris zog sich ängstlich zurück. Er konnte nicht eingreifen, sein immer noch stotterndes Herz verlangte nach Ruhe. Schon der Anblick der kämpfenden Frauen verursachte ihm Schmerzen; als er die Augen schloß, wurde es nur schlimmer, denn er hörte es immer noch. Langsam manövrierte er sich hinüber zum Hexenhaus, er wollte, wenn möglich, wenigstens die Kinder schützen.

Mit schmerzender, geschwollener Nase starrte Nick wie betäubt auf den Apparat in seiner Hand. Was auch immer das war, er wußte nicht, wie man das Ding bediente. Er hielt es angewidert zwischen Daumen und Zeigefinger und spürte, daß es von Grund auf böse war. Er hatte Angst davor, sich zwischen die kämpfenden Frauen zu werfen, die ihre Zähne, Nägel und Ellenbogen mit ungezähmter Wildheit benutzten.

Sie waren fast gleich stark in ihrem Kampf. Langsam ermüdeten sie und mußten mit mehr Überlegung kämpfen. Ihre Wildheit wurde dadurch aber nur intensiver. Stärker. Lucy drängte Dolly gegen die Fensterwand des Raumes. Sie war entschlossen, den Kopf ihrer Schwiegermutter gegen das Glas zu schlagen, und suchte einen Halt unter ihrem Kinn. Verzweifelt griff Dolly mit ihren schmalen silbrigen Fingern nach Lucys Kehle. Die Balance verschob sich, Lucys Kräfte ließen nach, als ihr die Luftzufuhr abgeschnitten wurde. Dollys Augen traten vor Anstrengung aus den Höhlen.

Nick Weiler schüttelte seine Trance ab, legte den Verkleinerer auf einen Tisch und näherte sich den Frauen.

Lucy unternahm eine letzte gewaltige Anstrengung.

Wie in einem Krampf, der sie vom Kopf bis zu den Füßen durchzuschütteln schien, durchfuhr sie neue Stärke, sie ergriff Dolly und schlug ihren Kopf gegen das Fenster. Es zersplitterte. Aus Dollys Nase spritzte Blut, und sie fiel haltlos gegen Lucy.

Das Gewicht der älteren Frau schob Lucy, die an der Grenze ihrer Kraft angelangt war, rückwärts. Da nahm sie noch einmal alle Kraft zusammen und schleuderte Dolly weg. Der schlaffe Körper flog gegen das Fenster, wo er auf das gesplitterte Glas traf. Es gab nach und brach aus dem Rahmen. Auf einmal war Dollys Körper verschwunden.

Lucy wandte sich ab und fiel in Nicks Weilers Arme. Nur Sartoris sah von dem offenen Fensterloch aus zu, wie der Körper durch die Luft segelte. Er sah aus wie eine Puppe, die sich in Zeitlupe beim Fall um die eigene Achse dreht. Er wurde immer kleiner, hatte bald kein Gesicht mehr, eine schwarze hölzerne Gliederpuppe, die den langen Weg hinabfiel. Kein Laut ertönte, kein Schrei. Der Körper schlug auf dem Boden auf. Sartoris schloß kurz die Augen. Dann wandte er sich den Lebenden zu.

»Obwohl Leighton Sartoris und noch mindestens drei andere Zeugen zugegen gewesen sind, darunter ihr Dienstmädchen Ruta Lansky, ihre frühere Schwiegertochter Lucy Douglas und Nicholas Weiler, Direktor des Dalton Instituts, sind die Umstände, die den Tod von Dorothy Hardesty Douglas umgeben, weiterhin nicht ganz klar. Eine knappe offizielle Verlautbarung der Polizei lief darauf hinaus, daß die Tochter des früheren Präsidenten Selbstmord beging, nachdem sie erfahren hatte, daß ihre beiden Enkelkinder wahrscheinlich ertrunken waren. Lucy Douglas, die Mutter der beiden vermißten Kinder, erlitten Kratzer und andere Verletzungen und Nick Weiler eine gebrochene Nase, als die beiden versuchten, Dorothy Douglas von ihrem Todessprung abzuhalten.

Der Tag, an dem Dolly starb, begann auf einer Insel vor der Küste von Maine, wo Sartoris schon seit Jahrzehnten eine einsiedlerische Existenz führt. Dorothy Hardesty Douglas, die Witwe ihres Sohnes, Lucy Douglas, Lucys Kinder Laurie, 7, und Zachary, 4, Roger Tinker, ein Freund der Familie, und Nicholas Weiler, Sartoris' illegitimer Sohn, weilten auf der Insel, um gemeinsam mit Sartoris den Tod von Lady Maggie Weiler zu betrauern. Lady Weiler, die Mutter von Nick Weiler und langjährige Geliebte von Sartoris, wurde höchstwahrscheinlich in London entführt und ermordet.

Dolly Douglas verließ am frühen Morgen dieses Tages allein die Insel. Kurz darauf erfolgte ein Anruf beim Flugplatz von Bar Harbor, um herauszufinden, ob Dolly der einzige Passagier des Hubschraubers war. Es ist daher anzunehmen, daß Lucy Douglas ihre Schwiegermutter verdächtigte, die Kinder mitgenommen zu haben, nachdem auf der Insel ihr Fehlen entdeckt wurde. Auch die Tatsache, daß Sartoris, Lucy Douglas und Nick Weiler, der mit Lucy verlobt ist, Dolly nach Manhattan folgten, unterstützt diese Annahme.

Einige Fragen bleiben offen: Warum wurde erst nach Dollys Tod die offizielle Suche nach den Kindern eingeleitet? Und wo ist Dollys Liebhaber und zeitweiliger Lebensgefährte Roger Tinker abgeblieben? Wird er ebenfalls vermißt? Einem unbestätigten Bericht zufolge ist am selben Tag ein kleines Segelboot aus dem Bootshaus von Sartoris verschwunden. Dies könnte die Basis folgender Theorie bilden: Tinker hat mit Dollys Wissen, möglicherweise auf ihre Anweisung, die Kinder in dem Boot entführt und wollte sich später mit Dolly irgendwo auf dem Festland treffen. Die Entführung endete tragisch in der bekanntermaßen gefährlichen See um die Insel. Falls diese Theorie zutrifft, dann wäre der Verlust ihrer Enkelkinder, teilweise durch eigene Schuld, vielleicht Grund genug zum

Selbstmord für Mike Hardestys Tochter gewesen; hinzu kommt, daß sie eine Anklage wegen Entführung und Mord hätte erwarten müssen (auch eine fahrlässige Tötung, die während eines Entführungsversuchs geschieht, ist nach den Gesetzen automatisch Mord).

Aber es erscheint unwahrscheinlich, daß die volle Wahrheit jemals ans Licht kommen wird.«

22. 8. 80 VIP Magazin

Sie kehrten auf die Insel zurück. Es war wie immer unmöglich, im Lärm des Hubschraubers miteinander zu sprechen, aber Nick und Lucy hielten sich bei den Händen, als sie über die See dahinflogen. Unten erwartete sie der Alte und Ethelyn Blood mit dem Pony und dem Wagen.

Lucy war viel dünner geworden. Das fiel Sartoris gleich auf, als sie ausstieg. Er nahm sie in die Arme und küßte sie auf die Wange. Sie war feucht. Lucy hatte ihre Augen hinter dunklen Brillengläsern verborgen. Über sie hinweg blickte der Alte zu seinem Sohn hinüber. Dieser zuckte mit den Schultern und packte die Koffer auf den Karren.

Nach ein paar Minuten saßen sie auf der Terrasse. Der Tag war angenehm warm, die Herbstsonne hatte an Kraft verloren. Mrs. Blood servierte mit einiger Zeremonie heißen Tee, mit Orangen gewürzt. Sein zarter Duft mischte sich mit dem salzigen Geruch des Meeres.

»Hast du Lucy schon alle Einzelheiten erzählt?« fragte Sartoris schließlich und setzte seine Teetasse ab.

»Nein«, sagte Nick und griff nach ihrer Hand.

Sie saß steif in ihrem Sessel.

»Es tut mir leid«, begann der Alte. Sie drehte ihm den Kopf zu, aber er konnte nicht erkennen, ob ihre Augen hinter den Sonnengläsern ihn wirklich sahen. »Den Mist in den Zeitungen meine ich, und daß wir dich so lange von allem abgeschirmt haben.«

Sie sah von ihm weg aufs Meer.

»Hättest du denn die Wahrheit geglaubt, wenn du sie nicht gesehen hättest?«

»Nein«, murmelte sie fast unhörbar.

»Natürlich nicht. Und Nick und ich glaubten, der Apparat würde nur mißbraucht werden, wenn er erst einmal bekannt wäre.«

Sie lachte rauh.

»Du hattest einen Schock erlitten. Es war ganz allein meine Entscheidung, alles so geheim wie möglich zu halten. Ich nahm die Kinder und Tinker aus dem Apartment mit mir fort, wie Nicholas dir wohl gesagt hat. Ich steckte sie in eine von Dollys Juwelenschachteln, die klein genug war, um in meine Tasche zu passen. Niemand kam auf die Idee, ein altes Relikt wie mich zu durchsuchen. Ich hatte wenig Hoffnung, ich dachte, es sei unwahrscheinlich, daß sie überleben würden. Nach dem, was Tinker dir sagte, hat der Apparat Maggie und ihre Pflegerin getötet; wir konnten nicht wissen, ob Dolly ihn richtig eingestellt hatte.«

Er schwieg, dann fuhr er fort: »Wir konnten die Polizei davon überzeugen, daß Dollys Tod ein Unfall war, daß sie dich angegriffen hat und du dich wehren mußtest. Sie haben es dann als Selbstmord definiert, das hat ihnen eine Anklage gegen dich und weitere Untersuchungen erspart. Daß du deine Kinder verloren hast, wurde dir zu deinen Gunsten angerechnet, nehme ich an, da wollten sie wohl nicht tiefer bohren. Es gab nur ein großes Loch in der Geschichte.«

»Das Dienstmädchen«, sagte Lucy.

»Ja. Eine dumme Person. Sie hatte ja Tinker gesehen. Glücklicherweise benahm sie sich völlig hysterisch, und die Polizei glaubte ihr nicht. Ich sagte, wir seien ohne Tinker gekommen, nur wir drei. Das sind die Vorteile der Berühmtheit, man findet leichter Glauben. Es hat sich auch herausgestellt, daß Tinker noch eine Mutter hat. Sie schreibt der Polizei andauernd Briefe, aber die finden das wohl eher amüsant.«

Lucy lächelte schwach.

»Wie hat es dein Vater aufgenommen?«

»Er glaubt, ich sei jetzt vollends durchgedreht, weil ich in der Werkstatt immer so viel Klebstoffdämpfe eingeatmet habe. Er hat mich dankbar Nick anvertraut und hofft, daß ein guter, verläßlicher Mann sich um mich kümmern sollte.«

»Wenn er wüßte«, murmelte Nick, »wer sich hier um wen kümmert.«

»Müssen wir noch weiter darüber reden?« fragte Lucy mit einer dünnen, erschöpften Stimme.

Sartoris seufzte und tätschelte ihre Hand. »Nein, nicht viel mehr. Laßt uns hinüber ins Atelier gehen.«

Sie stand auf und nahm die Sonnenbrille ab. Dunkle Ringe zeigten sich noch immer um ihre Augen.

»Ich will sie sehen«, flüsterte sie.

Karussellmusik, hoch und leise und so entfernt, daß sie aus einer anderen Welt zu kommen schien, erreichte ihre Ohren, bevor sie das Atelier betraten.

Das Weiße Haus, an dem viele der Brandschäden inzwischen repariert waren, stand in einem ehemaligen Sandkasten, der jetzt einen Garten enthielt, größer und schöner, als er je vorher gewesen war. Das Karussell drehte sich in einem Labyrinth von Rosen, Himbeerbüschen und Sonnenblumen und klimperte seine leise Musik. Die Kinder ritten auf seinen Pferden, ihre Kinder, die sie nicht sahen, sondern weiter Ritter und Königin spielten.

Lucy schrie auf, aber Sartoris legte ihr die Hand auf den Mund und zog sie ein wenig beiseite.

»Wir müssen noch ein paar Sachen besprechen, und unsere Stimmen sind zu laut und zu rauh für ihre Ohren. Du hast nicht danach gefragt, darum habe ich es noch nicht erwähnt. Tinker hat ebenfalls überlebt, obwohl er durch die Glasschnitte viel Blut verloren hatte. Er hat sich in dem Hausmodell eine Werkstatt eingerichtet und arbeitet die ganze Zeit daran, einen Weg zu finden, wie man den Verkleinerungsprozeß umkehren kann. Wir haben uns darüber unterhalten. Er hat mir gesagt, wie ich den Apparat benutzen und instandhalten soll und hat mir alles erklärt, was er selbst weiß. Er sorgt auch gut für die Kinder, mit Ethelyns und meiner Hilfe.«

Lucy schlug die Hand vor den Mund: »Dieses Ungeheuer!«

Sartoris sah sie eine Weile an, als wollte er sich ihre Gesichtszüge einprägen. Dann schlurfte er zu der alten Kommode und zog den Verkleinerer aus der Schublade, in der er sonst seinen Whisky aufbewahrte.

»Der Prozeß ist im Moment nicht umkehrbar. Falls jemand das jemals zustande bringt, dann dieser kleine Mann. Ja, er ist eine Art Ungeheuer. Er gibt zu, daß er wenig über den Langzeiteffekt weiß. Es ist möglich, sagt er, daß die Lebenserwartung verkürzt wird, etwa zu der einer Maus oder eines ähnlich kleinen Tieres.«

Lucy sah ihn ruhig an. »Bitte«, sagte sie leise.

Nick streckte den Arm nach ihr aus, als wolle er sie zurückhalten. Sie ließ sich von ihm umarmen, küßte ihn auf die Wange und löste sich wieder von ihm. Er schlug die Hände vor die Augen.

Nachdem sie verkleinert und auf ein Bett in einem der Schlafzimmer gelegt worden war, standen die beiden Männer da und sahen zu, wie das Karussell sich drehte.

Schließlich wandte sich der Sohn dem Vater zu. »Jetzt bin ich an der Reihe«, sagte er und versuchte, scherzhaft zu klingen.

Der Alte zögerte. »Nicholas, ich bin sehr alt. Ich bin nicht mehr der, der ich noch mit fünfundsiebzig war. Ich bezweifle, daß ich überhaupt noch fünf Jahre zu leben habe. Jeden Tag fühle ich, wie es weniger wird mit mir, wieviel ich schon an Kraft verloren habe. Wer soll sich dann um dich kümmern? Und um sie?«

»Ethelyn ist ja auch noch da. Und Lucys Vater. Wenn er es erst einmal sieht, wird er es glauben.«

Sartoris gab nach. Er würde es tun. Sie umarmten sich.

»Leb wohl«, flüsterte Nick, »ich liebe dich. Denk daran, ich gehe ja nicht weit fort. Wir werden einander näher sein als in all den vergangenen Jahren. Und mach dir um uns keine Sorgen. Wir werden überleben.«

Und das taten sie auch.